骆宾基全集

山区收购站

骆宾基 著

山西出版传媒集团 山西人民出版社

图书在版编目（CIP）数据

山区收购站／骆宾基著. —太原：山西人民出版社，2022.7

（骆宾基全集）

ISBN 978-7-203-12216-6

Ⅰ.①山… Ⅱ.①骆… Ⅲ.①短篇小说—小说集—中国—当代 Ⅳ.① I247.7

中国版本图书馆 CIP 数据核字（2022）第 038653 号

山区收购站

著　　者：	骆宾基
责任编辑：	赵晓丽
复　　审：	武　静
终　　审：	姚　军
装帧设计：	张镤尹

出 版 者：	山西出版传媒集团·山西人民出版社
地　　址：	太原市建设南路 21 号
邮　　编：	030012
发行营销：	0351－4922220　4955996　4956039　4922127（传真）
天猫官网：	https://sxrmcbs.tmall.com　电话：0351－4922159
E — mail：	sxskcb@163.com　　发行部
	sxskcb@126.com　　总编室
网　　址：	www.sxskcb.com

经 销 者：	山西出版传媒集团·山西人民出版社
承 印 厂：	山西出版传媒集团·山西新华印业有限公司

开　　本：	720mm×1020mm　1/16
印　　张：	20.25
字　　数：	300 千字
版　　次：	2022 年 7 月　第 1 版
印　　次：	2022 年 7 月　第 1 次印刷
书　　号：	ISBN 978-7-203-12216-6
定　　价：	98.00 元

如有印装质量问题请与本社联系调换

目录

001 / 马小贵和牛连长
　　　　——国民党军人监狱故事
010 / 张保洛的回忆
034 / 王妈妈
046 / 夜走黄泥岗
058 / 旅　途
072 / 年　假
085 / 交　易
108 / 父女俩
138 / 老魏俊与芳芳（短篇系列）
177 / 北京近郊的月夜（短篇系列）
229 / 山区收购站
254 / 初　冬
266 / 白桦树荫下
279 / 暴雨之后
307 / 《老魏俊与芳芳》后记
309 / 《山区收购站》后记
311 / 《骆宾基小说选》后记

马小贵和牛连长
——国民党军人监狱故事

一

有谁见过在悬崖的石头缝里生长的小树吗？又枯又瘦，枝叶都稀落落的，怪可怜的。马小贵在国民党"军人监狱"里给人的印象就是这样。

马小贵才十四岁，眼睛大得怕人，就像十四年没吃过一顿饱饭，年深日久饿得脸色发青，头发稀散。见了人，那双大眼睛总是怯怯地试探人那么望着你，仿佛谁都对他不怀好心，问他什么，总是摇摇头，嘴挺严实。他是那个国民党军官牛连长的小勤务兵。

那个牛连长，看来却是精力饱满的青年，肌肉挺结实，中等身材，有一双鹞鹰似的尖锐眼睛。步法端庄、健捷，就是放风的时候，站在那个高围墙围绕的小空场上，也不像一个囚犯，那神气倒像一个在野外呼吸新鲜空气的外交部武官，目无所瞩，很有身份，这气派完全是在国民党"中央军官学校"培养出来的。服装既整洁，姿态又英俊。只是帽子撕去了帽徽，美国式军衣外套上，取去了臂章和肩上那三道铁。

马小贵从前对他是非常崇拜的，从心里对他怀着尊敬和畏惧，而且牛连长也并不常打他，只在不顺心的时候，敲他的脑袋。因为他是上司，马小贵是不向心里去的，有时候他欢喜了，也常常用手拧他的脸蛋，拧得很痛的。

二

总之,马小贵是服服帖帖地伺候了牛连长三个月,就因为烟土案子给关进监狱里来了。

原来牛连长是国民党"东北行辕""警卫团"的连长,谁都知道"东北行辕"和"长官部"是死对头,两个集团的军人,互相嫉视,互相找岔口冲突。就在新一军刚开入沈阳不久,牛连长打发他的小勤务兵从沈阳到锦州他的亲戚那里去取东西,马小贵不知道点心盒子里装的是烟土,用绳子吊着提在手里,他就那么大模大样地跳上了火车。那时候国民党的"军警宪"的稽查大权正握在新一军手里,但却没有注意到这个小勤务兵。牛连长若不是穿得那么整齐、打眼,还带着伪"东北行辕"的"警卫团"臂章,稽查人员是绝不会留心到他身上的。他是去接车的。他站在月台上张望那会子,就给稽查们看上眼了,等到他跟在马小贵后面向外一走,马小贵递给他点心盒子他又不接,稽查们就上前拦住了。不用说枪口对着他的胸膛要搜查,牛连长的脸色吓白了,盒子里查出烟土来。那会子,马小贵是痴骏骏地望着他的上司,并没有害怕,可是一听是他所尊敬的连长说:"我不知道他带的是烟土。他是我的勤务兵不假,可是烟土是从他手上查出来的,我不能负责。"马小贵就吃惊了,脸色也吓白了,他完全没有想到,他所崇拜的连长竟变成一个流氓,满口说假话,而且说得像是真的一样。他就说:"我不知道是烟土,是他叫我到锦州去拿的。"连他自己也吃惊,他在那会子竟敢这么大胆,竟敢把他素所敬重的长官叫"他"。自然立刻就挨了两个耳光,牛连长凶悍得像是发了疯,若不是稽查拦阻,好像能把马小贵撕碎了似的,他还大声问:"是谁?是我叫你带的烟土吗?我说过这话吗?"马小贵就眼怯怯地望着地上冒火星的石头沉默了,眼睛含着泪。结果,他们拴在一条绳子上,送到了稽查处。第一次审问的时候,马小贵只说:"我不知道那是烟土。"问道:"是谁叫你去拿的？"就低着眼睛小声说："连长。"再就不说什么了，问他是从谁手里接的，不说，问他牛连长那个亲戚住在哪里也不说，因为他怕对证出来把连长枪毙，他那幼小的心灵里还保存着农民的善良。因为他知道，"军警宪稽查处"和"东北行辕"有矛盾，这是和他关在一起的散兵游勇告诉他的。他们说："你不要怕，只要你说出从锦州谁那里拿的，两头一对证，你的那个连长一枪决，你是一点事都没有的。"若不是这些话，马小贵早就实说了，可是他现在要保卫他的连长，不管怎样恐吓，他低着头不说话。那时候，他们属于伪"长官部"系统的人物，确实要杀一个"东北行辕"的官员来出出气，来显显他们的威风。可是他们的对头那面听到了风声，连夜派人来提那两名犯人，说是"东北行辕军法处"要自己来处理，而"军警宪稽查处"的人回绝了，说一定要请示"杜长官"，结果，"警卫团"派了两排武装弟兄，包围了"稽查处"大楼，摆下机关枪阵地，险些没有开火，到底给抢救出来了。当晚上，马小贵和那位牛连长就送到"军人监狱"来羁押。

据一个盗卖军马的老囚犯说，起头一进来，牛连长对马小贵蛮关心的。他们是分开来，关在两个监房里，一放风牛连长就找马小贵，问冷问暖，有时候还叫他洗袜子，给他咸菜吃，还找他机密地离开囚犯群谈什么。牛连长并没有对他怀着什么感激，据那个老囚犯说，他是想骗他，恐吓他，叫他承认那盒子烟土是从火车上拾到的，或是偷来的。总之，不能在口供上牵连他，那么他就可以很快地开释，那么他就可以想法求人情，把他调出去。若是马小贵判了罪，就用调服军役的办法调出去。那么你就不难知道为什么马小贵总是眼光怯怯地躲着他，一听到牛连长叫他，就像蝎子蜇了一样，吓得脊梁骨发抖。给咸菜，他不敢不拿，心里并不愿意要，因为他从来没有答应他的要求，因为他知道他给他当上，因为从在车站上他昧着良心说假话起，就伤透了他的心了。他的那颗幼小的心魂再也挽不过来，但他还是保卫他，在"军法处"的审问当中,他还是不讲牛连长那个亲戚,不对实,怕对实证了,判他的罪。可是那个牛连长不感他的恩,相反,因为马小贵一点没有听他的话,在堂上,竟使他那么吃惊,这孩子完全固执着他自己的口供,一点把这担子承揽到他自己头上的意思都没有,就开始对他愤愤地仇视了。说他忘恩,说他:"你给他猪肉吃,他回过头来却咬你一口。"他再也不给他咸菜了,也不找他洗袜子了。有时候,用那双鹞鹰眼睛在他背后盯视着,谁都知道,若不是他同样囚在监狱里,一定会把那个又黑又瘦的小囚犯给撕零碎了,像鹞鹰撕零碎了小鸡似的。这样一来,马小贵像被遗弃了似的,那双怕人的大眼睛,有时候就闪出怨恨、痛苦的光辉来,每当有人和牛连长谈话的时候,他就用那种怨恨的眼色老远地窥着。仿佛要侦听牛连长对于他自己的官司有什么估计似的。实际上,牛连长是从来不正面谈他的案子的。

"牛连长,有什么消息么?"春天放风时,有巴结他的囚犯问。

"嗯?"

"'政府'改组会有大赦么?"

"嗯!"他说,"不清楚。"

"牛连长!"夏天放风的时候有人问,"这回选举'总统'会有什么好消息吗?"

"嗯?"

"会颁布大赦令么?"

"嗯!"他说,"不清楚。"

他说话时往往手摸着腮。他的脸总是刮得光光的,他像摸摸是不是还有毫毛没刮干净似的。他的鹞鹰眼睛向高围墙外面的天空望着,并不注意和他谈话的人,他就是这样显示出他所受的国民党军官的教养。

三

有一天，正是一九四七年，英勇的东北解放军春季攻势很猛的时候，"军人监狱"所有的囚犯，都听见了夜半的炮声。天一亮，放卯的工夫，那些衣服破破烂烂、脸色枯槁的囚犯们，神色都那么兴奋，本是迟呆的眼睛，都有种希望的火焰射出来，互相小声询问着："你们号子里听到了么？"互相猜测着："好像离市区不远了呢？"戴脚镣子的走起来，连跑带跳为的是不落在攀谈的人后面。连看守兵也给这兴奋的空气感染得不安而且惶恐起来，在囚犯群中大声喊着："解完手的快归队！""不许讲话。"谁都蹲在茅坑上装聋作哑，等看守兵走开了，又小声喊喊喳喳说着："这就快了！""没有三天的住头了。"等等的话。也不知道谁注意到牛连长在茅坑前边巡查似的走了一趟。囚犯们就都注意到他是在寻找他的小勤务兵了。

牛连长在小空场上找到了他的马小贵。

"马小贵！"牛连长迈着健捷步子从他身边走过去，头也不回地说，"这边来！"有权威的主人招呼奴仆就是用这种口气的。假若他的口气不是那么自信，不是那么平稳，马小贵也许会受惊，也许会因为受惊就拒绝他的召唤。因为他们已经坐了一年的监狱，而且足有十个月没有打过一次照面，说过一句话了。当时，那个瘦弱的小勤务兵，眼怯怯地向周遭的囚犯望了望，仿佛探问探问别人的意思，该去不该去。实际上，果真也有些人用眼睛阻止他，向他努嘴，向他暗地摇手，但他却一点也没有迟疑，就低着头，顺从地跟随牛连长背后，向一棵弱小的小柳树底下走过去。牛连长已经站在那里一只手摸弄着下颏，一只手抱着臂。

谁也没有听清楚牛连长和他的小勤务兵谈什么，那些囚犯，连忙提着裤子从茅坑那边走过来的，都老远向他们盯着，仿佛那个牛连长会谋杀他那样盯着。只是马小贵歪着头，用手指甲刻划着那棵小树，专心一意要在树干上刻划一道沟似的。牛连长是背面站在那里说什么。

"你到底会不会说话呀!"那个牛连长发火地大叫了,"你的舌头掉了呀!混蛋。"

只见那个又黑又瘦的小勤务兵,眼怯怯地但却固执地向他脸上一瞥,就又用手指甲挖起树干来。

囚犯群里有人说:"那个家伙不是好下水,他一定威胁他什么!"一个逃兵说:"他也是犯人,凭什么还拿势力压他。"更有热心肠的囚犯,老远向马小贵招手,明明那个小勤务兵看见了,但是还和没有看见一样,靠着树干不动。仿佛是牛连长发脾气宣告不再和"这个混蛋"说什么了,那个小勤务兵低着头,匆匆忙忙地走开来,把牛连长丢在背后。

"你还有咸菜吃么?"牛连长还在背后大声问。

可是马小贵逃跑一样,匆匆地走过来,一句话也不答。牛连长就用鹞鹰眼睛怒视着:"真是蠢!"那些囚犯,衣服破破烂烂的,戴脚镣子的,都迎着马小贵问:"什么事呀!""你怕他做什么?"可是马小贵低着头,谁也不注意,要走开去。有谁拉他的胳臂,他就用力地一甩手,被拦阻的夹尾狗,回头要咬人那样瞅人,就是和他同号子的盗卖军马的囚犯这时候问他什么,他也不响。结果,看守兵走过来,用拳头敲着人们的脑袋喊:"散开,散开,你们围在一块儿要暴动怎么的?"牧牛人驱散牲口那样给赶散了。

晚上,马小贵偷偷告诉那个头发有二寸多长的盗马贼说:"他还是要我开脱他。他说监狱要疏散,他能保出去。"

"那么你呢?"

"他说他给找人情,再调出去服兵役。"

"滚他妈的蛋吧!"那个老囚犯说,"他娘怎么养他的时候,没有难产死在炕上呢?他还有人心吗?"他给马小贵出主意,说:"不管怎么样,再过堂,你要把锦州他那个亲戚咬出来,对证对证。你别发傻了，对证出来你就释放了。"又说："你是穷家出身的，又是外乡人，他们本地有亲戚，一礼拜送三四回菜，又是肉，又是鸡蛋，你陪着他打官司不是发癫吗？再拖下去，就把你拖死了。"问他："听见了么？"他说："听见了。""听见了就好，那么睡吧！别胡思乱想了。"那个囚犯还用自己的衣裳给他搭脚。

四

两天之后，战争间歇了下来，监狱里没有一个人按照疏散法保释出去，但却提审三个案子的犯人，两件是贪污和私用公款的，一件就是这位牛连长和马小贵的贩卖烟土案。

当马小贵提出去，路过两排的监房门口的时候，无数的眼睛从小方洞口里向外瞅着，无数的囚犯小声从那洞口里叮嘱："咬住那个家伙！""要推干净呀？""别傻了！""口供好啦！你也许能当堂释放！""别害怕那个流氓！"马小贵这边瞅瞅，那边望望，跄跄地走过去，脸色惶惶得有些惨白。等到大监门的锁一响，那两排监房每个门中的方洞口，又是一些发亮的眼睛，又是一些小声的问询："马小贵呢？走过来了么？""回来了，还看不清楚。""好像是他的脚步声呢？"马小贵一走过来，就问："喂，怎么样？"只见马小贵那个又黑又瘦的脸上现出笑容，这是他住狱以来第一次的笑容，他的眼睛也有欣喜的光辉出现了。囚犯们都庆贺似的传开去："马小贵笑了！""八成这一堂把那个家伙给拴上了。"

五

据那个盗马的老囚犯说，那一堂过得确实挺好，军法官已经说马小贵是冤枉的，一等到锦州的犯人捕解到"军法处"，对证对证，就马上释放他。最初囚犯们都为他欣喜，而马小贵脸上也闪着兴奋的光，只在望见牛连长的影子时，那脸色才庄重起来，怕这心里的兴奋，给牛连长看到会带来灾祸似的，依然用怯怯的眼光侦伺他。牛连长却相反，完全用站在鸭子群里的红冠子公鸡的姿态，傲然阔步地走路，既看不出对他的小勤务兵的仇恨，也看不出他是给马小贵的口供拴住了，更看不出对于锦州亲戚被捕的担心。他是那么胸怀坦然，自由自在的像病院里休养人物似的走来走去。渐渐囚犯们的情绪冷下来，都摇头，沉思，代马小贵忧虑，说是："人家根底子硬。"说是："一个穷小子怎么斗得过他。"说是："这官司是在人家自己的衙门口上打，那不是在老虎口里抢小鸡。"两个礼拜之后，马小贵那双大眼睛里的希望火焰也渐渐熄灭了，眼睛渐渐变得更大，更阴沉，更怕人了，而且冰冷冷的，连对他的知心的盗马犯都用冷冷的眼光看待了。"小兄弟等八路军来解放吧！"囚犯们这样拍着他的肩膀说。"小兄弟等八路军来给咱们打开狱门吧！"囚犯们这样对他宽慰。但是马小贵一天一天地枯萎下来，眼睛一天一天呆钝起来，就像油干了的灯芯草，他的生命的火就要熄灭的样子。他变得怠惰，变得过分疲倦，而且是可怕的沉默，就是牛连长走到他跟前，他也完全没有反应，和另外的囚犯站在他面前一样。

这年秋天，放风的小空场上，就再也见不到他那瘦弱的影子，他病了一个月。据说在病的时候，他很想念他的祖母，他祖母已经是过世多年了，他是给祖母的一个远亲卖的壮丁。那远亲是一个有牲口的富裕农民，因为要调换他的老牲口得补贴一笔钱，就把他算在那笔钱里和他那匹老牲口一起交给一个镇上的大户了，那大户正好用他顶替了自己的儿子，送了壮丁。

马小贵九月里死在"军人监狱"里，在他死的那天早上，牛连长已经臂上挂了臂章，帽子上缝上帽徽，准备出狱了。因为他在一礼拜之前就得到消息，他等候这个日子很久，一天向看守打听三遍："马小贵怎么样了？""马小贵还喘气么？这口气可真难断呀！""马小贵怎么，还受这个罪么？真惨，挺好一个孩子。"确实他有些慈悲起来:"这孩子当初就是使性子么?若是听了我的话不早就调出去了。"但他尽管一天问三遍,又是叹息,又是感慨,却掩饰不了他那内心焦灼的情绪,而且尽管他那样慈善、关心,但他没有去看看他的小勤务兵。就在马小贵死的这天,牛连长打保开释了。腰带扎得不松不紧,走起路来,那么率,一出监门就大声问那个来接他的警卫排长:"开吉普车来了吗?"整个监狱,飘着这句话的响亮声音,那时整个监狱像座教堂一样,的确只听见牛连长的美国军靴声。囚犯们都伏在大窗户的铁栏杆上,向外望着,那些楼上楼下的无数眼睛,都凝集在他的背上,阴沉沉的,冷冰冰的,痴呆呆的。……也有人小声咒骂,听得清楚的一句是:"妈的,有一天,都宰了你们……"

张保洛的回忆

一

同志们,我明天就是四十岁的人了,可是大年夜晚过得这么痛快,还是我有生以来头一回。从来我也没有喝过这么多酒,怎么不多?这么大的杯子,一连气就是三下子,还不多?我的脸上热烘烘的,就像火烤的一样。我是不知道怎么来说好,若是从头拉到尾,这个回忆晚会就是开到大年初一也不会完。从心眼儿里向外说,我是不愿意提过去的。俗话说,人人都愿意说自己的"过五关""斩六将",谁也不愿意提自己的"走麦城",我倒没有这个意思。

不是这个意思呀!同志们。我不愿意提过去,就是因为过去太苦了,一触起来,心里就难受。就像掉在水里的人,全靠着我的手脚扑腾得紧,算是没有给淹死,咱们的军队一来,算是顺着竿子爬到岸上来了。你们想,触起来,心里还会好受吗?就因为这样,我不愿意提。

二

我的父亲是电报局的老技工,从济南的电报局一开办就有他。民国八年他去世的。死得很惨,他是死在电线杆子上的。尸首都烧焦了,缩成这么大小一团。那时候我就很能记事了。

电报局里有一个师爷姓徐,是个外路人。说得很好一口北京话,白净脸,有嗜好。爱吃炸酱面,常到我们家里来。五十多岁的老头子了,还没有留胡子,不是没留,是没有胡子,像个老公公似的。我总是不喜欢他,可是他总愿意逗弄我,不逗弄哭了就不撒手。有时捏着我的鼻子，说是伸不出舌头来，伸出舌头，就会上他的当，不是抹一嘴烟灰，就是烟油子。我母亲当面不说什么，背后也总讨厌他，说他拿着人家的孩子不当人。可是我父亲说，他是亲孩子，不过不会亲就是。他的兴致也不知道哪里来的，总是笑哈哈的，笑的声音很响亮，就是他这笑，我也不欢喜。

办丧事的时候，他穿着黑缎子马褂来的，一来就打发人到邻居家去借大烟盘子。对我母亲说，人死了，哭有什么用，还是往开里想。"再说局里还有一笔抚恤金可拿，以后还愁日子没法过怎么的？"望见我，就像没有望见一样，也不捉我的手了，也不捏我的鼻子了，我倒真感觉到远了，冷淡了，仿佛以前他确是亲过我似的。以后，他也不来了，就是在街口碰见，也都冷冷得像是不认识我一样，碰见我母亲可还勉强做着笑，打个招呼。不用说，以往那些亲友，也都很少来了，我父亲一死，屋子里就像有什么宝贝东西也给带走了。觉着屋子空了，炕也冷了。常常灶里不烧火，我们母子吃点冷饼子咸菜的那么过。好多日子了，关于抚恤金我的母亲一点也不在心上，老是流眼泪，说我父亲死得太惨，仿佛若是病死在炕上，尸首好好的，她就不会这么伤心似的。三个月之后，等到她关心这笔钱了，打听打听局里的人，有的说徐师爷经手的，早就批下来了；有的说怎么打铁不趁着热工夫，如今凉都凉透了，只好等着看吧！邻居们都给出主意，说是抚恤金可不比汇款，若是催得不紧，就是批下来，也不会向咱这门儿上送，日子一久，还不叫那些办文书的人给私吞了，还是打发孩子勤跑着一点才是正理。

就这样，我到电报局里去打听了。头一回去，门房上的和打杂的听差，一见我都还亲热，说是抚恤金批是早就批下来了，徐师爷不常来，还是到他那里去问问吧！等我见到徐师爷就给他行个礼，这是我母亲临走嘱咐的。师爷对我挺温和，不像以前那么逗弄人了。还留我在公馆里吃饭，特别给我搬个高凳子，脸色上也显着特别体贴人似的。

让他的女人夹块鱼尾巴或是鸡蛋什么的,放在我碗里。他自己可不给我夹,都是用筷子指点给他女人。临走还打发他女人拿出两块大洋来,一定叫我带回去买糖吃。并且说:"你回去告诉你娘,就说抚恤金还没有批下来。就说该怎么打算过日子,就怎么打算着过,别老是指望这笔钱,没有这笔钱,那么咱们就不过日子了吗?不是还得过么!若是上头发下来呢,我就打发人送去。不用来打听,有空我就过去看你们。"你们说,徐师爷这个人不是很好么?可是第二趟我去追问的时候就变了脸子,仿佛一天没有摸到大烟抽,赌输了似的。一见我,那脸子就阴沉得怕人,那望我的眼睛,就像母狗要咬人似的。我就胆怯地站在门口,也忘记了行礼,也不敢说什么。

"你又来做什么?这是讨债呀,还是欠着你们的账?"他那两道尖利的眼光就像母狗一样。许是望见我当时的样子,怕吓哭了我吧!又改了口气说:"你回去吧!呵,就说这不是欠账,用不着左一趟右一趟地来跑呀!回去吧!呵!回去对你娘说,没有批下来呢,还有不少的手续没办呢!"说话间给我开着外间的门,就像赶走一个讨饭的。我吓得什么似的,走出他的大门口,还回头望了望,不防备,一下子给恶狗吓过的人,就是这样,走出老远了,我还要回头看看。那时候我真奇怪,人的脸怎么一下子会变得那么凶,那么丑,以后就种下了病,凡是碰见满面笑哈哈的人,总疑惑这脸子底下另有一种凶相。自然啦!我这想法也是不对的。从那以后,我一个人就再也不去了。没有法子,我母亲只有亲自去找,叫我带路。到了徐师爷公馆,他女人就在门口挡着,说是师爷出去了,不在屋。大热天,我们母子俩,连口水也没有喝,就又赶到电报局。这一回,连门房的脸色上也现出冷淡来了。虽说管我母亲还叫大嫂,可是眼色已经带出戒备的神气,怕我们来闹事似的。说什么,也拦着不让进院子。"孩子进去也不行吗?""不是不行。大嫂,我说师爷不在就是不在,有什么事到他公馆里去找好啦!别人都在上班,什么人都不能随便进去的,上头有话。"问到抚恤金，就说："咱又不是案子上的人，哪能摸头绪。"我的母亲说："好啦！那么我们娘儿俩就回去了，若是王大叔心里还有你侄子呢！就给打听打听，几时能领下来。若是心里没有呢！就算了。"又说："我们娘儿俩的日子，也不比他爹活着的时候啦！那时候要喝一斤酒，不会打十四两，不来还要请呢！如今，就是请也许请不来呢！"说话的时候，眼睛望着空气，脸上显着从来没见过的一股傲然的刚强颜色，而且不听门房的辩解。你说怎么样？门房的脸色反倒柔和了，语气也变了，他说："不是不去，一去你就哭，你想，难道弟兄们看着嫂子流着泪过日子，心里就好受吗？你想，谁不是欢喜乐呵呵的……"

我们一回来，邻居们都过来问长问短，都说徐师爷没有人心，以前红嘴白牙来吃炸酱面的时候，叫人看着就不是个好货。有的说："到电报局门口去缝破烂好啦！看看他们好意思不？"有的说："天天清早到门口去堵他好啦！"可是我母亲一反平日悲惨的样子，说："难道没有这笔钱，俺们娘儿们就不往前过了么？反正头上是有天的！"一到晚上，就剩下我们娘儿俩的时候，她就说："你知道你爹交往的是一些山猫野兽么？""你知道你爹活着他们是什么脸子么？你知道如今你爹一死，谁都怕沾咱们么？""你知道么？"我就说："知道。""记住了么？""记住了。""记一辈子么？""记一辈子。""要记住他们，记住他们说的话，记住他们的脸子。"又说："你爹活着什么样？如今他们连院子都不让咱们进去了，连向屋里让都不让了！"她一说，我就叹气。我那工夫才十啦岁，坐在凳子上，佝偻着腰，捧着下颔，也会犯愁了。我母亲常说："你想什么呢？你那是怎么坐着呢？那是什么样呀！用你愁什么？你娘不是还有两个手么？只要你向上，往好里学，只要你娘还有这口气，就不用你操心。"以后就把我送到万国道德会的印刷厂里去，学手艺，她自己就在外边揽衣裳洗。那时候，买一挑子水才一个小铜子，可是就为了省这两三个小铜子的水钱，她老人家天天挎着大竹筐到南门泉子的洗衣场去，积攒了几个钱，给我做褂子，做棉鞋。她自己还是固执地连条裤子也舍不得买，说是自己年纪过了，补巴着穿，反正不露肉就中。辛苦了大半辈子，她老人家总是不忘徐师爷他们那一伙。她常说："神是一炉香，人是一口气。"实在说，那一伙比起以后我遇到的，还厚道得多。他们算什么呢？他们还没有骑在我头顶上喝我的血呢？

三

我干印刷二十六七年，从印木版，熬黑烟子，直到在官印刷局印票子、刷胶，又转到装订房，受的那些罪呀，真是三天三宿也拉不完。虽说我也讨了女人，连死的两个在内生过四个孩子，可是那全靠着我娘一个人支撑着，白天洗衣裳，夜黑给振昌家糊洋火盒。我呢？只能赚夜里加班的几吊工资，来添补着当零用，等到她老人家一死，又拉了一笔亏空，五六年当中一直苏醒不过来，肩膀上就像压了两座山。白天、夜里哪能喘一口舒坦气！这不是话说到这里么？我的心里就像五马分尸似的，闹得慌。所以不愿意触，一触起来就难受。

长话咱们向短里缩，日本鬼子投降的时候，我刚从日本宪兵队里放出来。因为派民夫，半道上我跑掉了。关了一个月零六天，吃的苦头，那就别提了。一出来，心里就想，这一回，横是该有个盼望头吧！

做别的自然咱们不中用，还是干本行。那时候，碰到什么人呢？碰见在官印刷局做学徒时候的老师，叫刘璧的。提起这个人来，在场的同志，还有熟识的。这个人并不是手艺人，叫老师，是一种称呼。他在官印刷局是装订房的头子。吃得肥脸大胖的，天热时候，整天拿着个大蒲扇，坐在院子里的凉棚底下，就像一个弥勒佛。那时候，他是一个官商合办的印刷所的经理。就怎么说吧，官僚资本的总管头目。见了我，可近边啦！说是到我那边去吧！都是官印刷局出来的人，还会亏着你么？反正省印刷局开多少，这里就开多少，活儿多呢？加班工钱另开。我一想，也好。因为什么呢？虽说我知道这个家伙是个吸血虫,眼睛当着人面就露出一种神气,仿佛说:"你这么穷呀!穿得这么可怜呀!可是我喂你两天就会胖了,你看我胖的,肚子不是连济南城都能装下去么?"那神气挺气人,可是总比省印刷局那种官派好,打个借薪条子,这科转那科,不催不转,催吧,像挨门挨户讨饭似的。条子批下来,若是等着这笔钱治病,那么就得拿去买棺材了;若是等着买棺材,尸首早就烂成一把骨头了。

干就干吧!这样我就到了他的印刷所。头两个月,工钱照发,可是有一宗,法币三天一个行市,两天一个大跌,拿到手,还有什么用?好容易改成发一部分实物,一个月能领一袋子半白面、二斤花生油,可是他就拖了。这个月,拖到下一个月,下一个月,又往下拖。十月份了,还领不到八月份的。找他吧!可不容易,三天五天的不照面。等酌量着活儿多了,赶不出来,他老爷来了。先说,印刷所怎么困难,收不上账来;又说,不管怎么样要维持大家的生活,不能让厂子关门。倒像他是个慈善家似的。最后就关照,好好把活儿赶出来,这回拿到款子,就开旧欠的工资。有一回我在工务课门口堵住他了。我说:"刘经理,我要支几个钱,家里的东西都卖的没有什么卖了。尿布和孩子,又没有人要。"自然我说的话有点不中听。

"这是什么话!"他说,"这话别人说还有情可原,你是咱们自己人,你可不该这么说呀!你该体谅咱们厂里的困难。外边的账收不上来,你说,咱们还能倒闭了,叫大家伙喝西北风么?我说的是不是?"又说:"这样吧,你到会计课借吧!打个条子!"

"条子打过啦!不收。"我的脸色可不大中看。

"我领你去看看。"没到会计课的工夫,他还说了一些厂里怎样赔累,怎样又借了一笔高利债还电力公司的账,若不是借到这一笔债挡一阵子,电线早给人家割断了……一找到会计课的吴主任,他就说:"老吴,怎么样?柜上能借支几个钱么?张师傅等着用。"

"账目收不上来,哪有钱呀!柜上今天连买玉蜀黍面子的钱还开不出哪！"

"不能给张师傅挪动几个么？"

"能挪动还说什么？"

"是呀！"他回过头来对我说。手背在手掌心里拍着："这怎么办？怎么办？"见我的脸色不对，又嘱咐他那个帮手："老吴，一点也凑不出来么？"

"你不信，我拿出账来给你看看，柜上有，我还能扣着么？"

"这么办吧，明天能收进来一点么？"

"那怎么敢说？"

"就这样吧，明天能收进多少，先紧着给张师傅支，因为他不攀别人，家口多，底子空。"看见我不说话，就又嘱咐他那个帮手："哎，咱们这样不好么？今天下半天，不会打发人出去收收么？"

"好哇，收上来，紧着张师傅支就是啦！"仿佛他也注意到我的气色不好，说，"那么晚半天你来一趟好啦！"

末后这句话，听起来，就诚恳得多，可是你若是信了，就算是又上一回当。他们可不管你家里是不是有人要饿死了，骗过一时就是一时。晚上再去吧！会计的脸色就又变了，找经理，又找不到。他们把那些该开的工资和实物抓在手里，放拆息，抢购物资，倒把，囤积，整天拿着耳机子打听行市，我算吃透了。今天推明天，明天推月底，赶到年底下没法推了，人就躲到澡堂子去啦！不照面了。我们就分成好几伙去堵，我呢？就到他家里去。他有两个太太，大太太住一个地方，小太太住一个地方，因为大太太当家主事，我们就到他大太太那里去等。自然小太太那里也有人守候着。大太太住的是一座洋房。窗上有绒布窗幔子，沙发上有绣花的枕头布。一间小客厅七八人就塞满了，我们去得晚，就得在门口的台阶上蹲着。街上有人放爆竹了，家里还有讨账的等着，你们说，我那心里是什么滋味吧！大太太第三趟出来，说："张师傅你还没走呀！"我说："枕头我都预备好啦！打算在这里守岁啦！"她就说："你到这屋，我和你说两句话。"好吧！我就把预备枕头的砖头交给别的人给我看着，跟她进去了。里屋电灯光直闪眼，大太太叫我坐在床上，给我一根烟，又递给我一盒洋火，递给我的工夫，还用手晃了晃，那股镇定劲儿，她算沉住气啦！不慌不忙的，仿佛外边那么些人，一点也不在她心上。两个眼睛像只老鹰似的，满脸寡妇相。她说："你们经理常提到你。说是多亏张师傅带着头干。人也挺厚道，日子过得也不大宽裕。"我说："是呀！再厚道，骨头就要零碎了。"她又说："本来，我给公安局打一个电话就成了。你是知道的，公安局局长是咱们印刷所里的股东兼董事，讨账要找他去呀！再不到厂子里去呀！怎么跑到我这里来了。我又不是你们厂里的股东，又不是你们厂里的董事。是不是？"她不让我开口，接着说："你是不同的，管怎么难，不让你难着，你们经理回来常说……桌子上这不是有三块大洋么？这是人家给孩子的压岁钱，你先拿回去用吧！可是有一件，你可不能对他们说。明白吗？"你们看，拿着我们的工资去放拆息，欠了我们三个月的钱，给这么一点儿，还得叫我们领份恩情，这是些什么人？我当时想，不管怎么样，拿回去先还隔壁邻右的账要紧，家里呢，还有三四斤玉蜀黍面子，凑合着过了年初一再说吧！不管怎么样，她是一个妇道人家。嗜！谁承想，以后才知道，那天晚上态度强一点的，每人都领到三块大洋，而且她对每个工人都有一套，特别关照不要让别人知道。我们有一个弟兄，给她耍得真可怜，当真觉得恩情独厚，头两天还死不承认拿过她三块大洋。狼吃人，嘴巴总还带着鲜淋淋的血，可是刘璧那一伙呀，喝了人血还假充为善的。转过年来，我就不干了。

四

正合适，五三印刷社缺人，在济南干过印刷的，谁都知道，"五三"的牌子老，公营的印刷厂，地道的官僚资本；可不知道，"官冷，私赖，五三毒"。头一个月,就不发工资,要用钱,打条子借。借又不能超过原薪,可是不超过原薪,借多了还是没有,得换条子,零碎地支。一个月的工资,总得借四五回,等到头一个月的都支到手了,第二个月也拖到月底啦!家里不用说,饥一顿饱一顿地过,那时候,我家里还是靠着糊洋火盒添油买盐的。不用说,我们明明三天能干出来的活儿,五天也不给他们弄地道。反正混吧!心口迷迷糊糊的,一年到头,就不知道什么时候青草发芽,什么时候梧桐落叶。若说人是死的呢,还有一口气。

那个印刷社的经理,是个"国大代表",报馆里的编辑,成月价不来一回儿,挟着个大皮包,整天在外边交际。他的手面可不同,净套购外汇,捣弄黑市的黄金。社里大小的事务,都由工务主任一个人把着,一天三顿饭,全是窝窝头。那工务主任,外表挺体面,不像官印刷局那些人颟顸,也不像刘璧那么奸猾。走起路来,就像一个青年军官,又英俊,又威势。气派可大啦!衣裳都是一尘不染的,领子是领子,裤褶是裤褶。从来没有人见到他笑过,你说他面冷吧,可是嘴头儿甜。对工人说话总称师傅。有一天他打发杂差来请我。什么事儿?请我呢?怕,也没有用,请,就去吧!一见面他就像百货商店摆的假人似的,手向一边伸,那意思是让我里边坐。他自己打开窗,好像他也刚刚从楼上的办公室下来。这是他的住宿的房间,房间布置的和旅馆的双人房一样。他的太太没有在屋,也许在里屋不出来。我坐到椅子上,又让我坐沙发,并且把电扇端到我面前,安置在矮茶几上。真是亲切、体贴,回头就叫杂差收拾桌子。他说:"今天请你吃个便饭,随便谈一谈。"我一听就放心了。我在官印刷局住过两三年,这些手法,我都吃透了。又是活儿忙,要叫我带头赶夜班了。又是我在厂里干得不错,将来装订房要依靠我了。果然不错,一上手,他就说:"你在厂里的工作挺出力呀!我都知道,生活怎么样呢?还过得去吗?"

"过去还说什么?就是过不去呀!"我说,"玉蜀黍面子一天三个行市，这两天家里就喝糊涂呢？人家说越喝越糊涂，可是不糊涂我们又能怎么样呢？"我是拿着真话当假话说，不打哈哈怎么办呢？还能在那些人跟前掉眼泪么？

"将来就好啦！不是么？现在都困难，都困难。"他说，"将来厂里还要依靠你，交给你来经管装订房。"果然是一个模子倒出来似的。又说："万师傅不行，到时候活儿赶不出来，叫厂里受损失……菜都冷了，这边坐吧！喝酒吧？不喝吗？不喝好，好喝酒，伤身体。咱们慢慢谈——这是青岛来的大虾，你尝尝。"这样又说到厂里新来了一批活儿，是财政厅什么长的老太太的寿辰册子。要装潢得古色古香，红绒面子、金边、银脊。又要活儿做得好，又要活儿赶得快。三天完不成，加夜工来赶；并且说财政厅长是咱们的股东，这个活儿做下来，一定给花红。自然啦，他是说只给我一个人花红，并且要打条子叫杂差把上月份的全部工资，一笔借出来，支给我。等到知道上个月份的，我都支出来了，他的眼光就阴沉了一下。我知道，事情糟了，因为支钱的工夫会计科的老李左嘱咐右嘱咐地说："这是私情，不能让工务主任知道。"还好，他当时没说什么，告诉我以后还能通融。

"活儿反正尽本事来做，可是三天不一定能赶出来。"我临走的时候说，"这不是我一个人的事，是吧！尽量赶。"

"只要你领头一喊。包管不成问题。"

"主任，我可不敢这样说。你老把我抬得这么高，摔着了，我可连药钱也出不起。真是呀！我要有那么大本事，早成气候啦！"我半似玩笑半似正经地这么一推，就走出来了。

要赶这宗活了，一天他就到我们装订房里来跑三趟。白天催，晚上催。一见面就问："张师傅，怎么样？能赶出来吧？"

"赶着看吧，可不敢拿准！"我说。

"大家得好好加油干呀！"

"给咸菜吃就是好事儿。"不知道谁这么说，"花生油八千法币一斤，加油还了得！"

人家主任，像耳聋，没听到一样。说刺儿话的可多呢！第三天上，他一看不是事儿，还没有压金边呢！就两只拳头按在腰上，胳臂弯成弓，冲着万师傅说："晚上若是赶不出活儿来，把那些磨洋工的给我记下来，月底扣工资。"这话明明是说给我听的。我心里想，滚你娘的蛋吧！扣工资，也赶不完。当天晚上，万师傅就拉着一批徒弟赶到大天亮，别人嘴里不说，心里都骂着，可是谁也不敢领头闹。半夜又有一顿炖肉吃，就这样算把活儿交出去了。

还是我做人太厚道，活儿这不是交出去了吗？支工资的工夫，会计科老李说话啦："条子得拿到工务主任那儿去批"。上回私下通融叫他知道了，会计受了一顿训。没法子，条子递到工务处吧！批下来，"数目太多"。一星半点的领回去又不济事。该发的小米，又压着不发，没法子领着老婆孩子来吃窝窝头吧！这不是耍赖，大五号机上的老蔡亲眼看到的，我老婆领着孩子整天提着个口袋，在人群里挤着，去买那一斤半斤的平价米。衣裳不是衣裳，鞋不是鞋的，就像一个讨饭的。我的大孩子在车站帮助人家拉排子车，自己还混不出吃来，有时还回家吃饼子，拿咸菜的！我能对着那些吸血虫哭么？平常我不半真半假地打哈哈式地和他们对付，还真哭丧着脸子露出一副讨饭的相儿来吗？二十年的被剥削的生活，把我的性子给变了。不知道的人当是我嘴头挺油滑，心底畅亮，什么事看得开。实在说，嘴头不油滑怎么样呢？逗笑和大哭，实在是就隔着一层纸，捅穿了，是一样；不过，一个是当着人面流泪，一个是当着人面玩笑，有苦留在心里。有时候逗逗笑，心里一股怨气，就像是烟似的，会跟着笑声冒出去。不呢，早就给郁闷死了，还能活到今天。那时候，我有什么觉悟，不知道什么是阶级意识，哪懂呀！谁知道头一天，我领着老婆孩子去，就给工务主任碰到了。他八成当是讨饭的，她和孩子都是一天靠三顿糊涂，瘦得两个眼睛有铃铛大小，自然不中看啦！

"干什么，张师傅！"他在门口堵住我问。

"这是孩子他妈。"

"唔！大嫂吗？这是你的孩子吗？几岁啦！"

"大的五岁，那个小的才三岁。"我家里的说。

"你为什么来了？有事吗？"

不瞒同志们说，我那时候，眼泪就含在眼里，逗笑的话也不会说了，可是还没露出可怜相来。我说："吃窝窝头来啦！工资又支不下来，家里一天没吃什么了。"我自己也不知道怎么这样说，我本来还想说："若不是我的老婆，没吃的就没吃的吧！可是如今孩子两三个了，赖也赖不掉，没有法子，还得管。"可是嘴里就说不上口。

"那不成呀！"他的脸色立刻变了，缩小了，"这是什么规矩呢！工资支不下来，你借呀，可不能这样！"他掉过身子去，临走说："还是叫他们回去吧！"

"回去！"我的胸口有一股气升上来，脸上也不紧了，舌头也灵活了，"还没有买车票呢！——跟我来，"我对家里的说，"怕什么！他还能吃了你，到厢房去等着吧！"我就给家里的掀开帘子，嘱咐她们只管等，开饭的时候，我就来领她们。回装订房不一会儿，杂差来喊我了，说工务主任叫我。一见面，他不说话，在楼板上走来走去的。

"有什么事吗？主任！"我说，"装订房里还有活儿呢！"

"你家里的走了吗？"他转过来，一手搭在椅子上。

"向哪走呢！"我说，"又没有亲戚又没有娘家。再说，厂里欠着我一个月的工资没发啦！四百一斤的玉蜀黍面子卖到七八百啦！若是折成实物，上一个月那该是多少呀！我们不会算这笔账……"

"你不要说这些，你要领工资，打条子好啦！你可不该领着老婆孩子来给社里难看，这像什么话？"

"打条子领不下来呀！"我说，"难道我没打条子么？一天一个条子，物价涨的这样，难道我还要存在社里放拆息吗？"

"你不要吵，你说话那么大声做什么？你告诉他们，赶快回去。"

"我不吵，我吵什么！咱们说理么——她们走累了，吃了窝窝头就走，你放心，主任，不会在这里找宿，我们还有一个茅草棚子。"

"废话！"他拍着桌子说。

"我的胆子可小，你别嘭嘭地拍桌子！"

"你捣蛋是不是？"

"怎么捣蛋呢？一天若是有三顿煎饼吃，我领着她们娘儿三个，来这儿找难看么？"

"我真没想到你会这样！"

"谁想到啦！我一个月不分黑白干三十天，会混的这个样？"

我们说话工夫，开饭的铃响了。我想，别耽误了饭，空着肚子吵不合算，就下来了。他喊我，我也没听。走到厨房捧了一捧窝窝头，兜到厢房里去，家里的给我掀的帘子。一个人手里塞一个，剩下来的就分开，两个孩子，抢着，一个眼前守着两个窝窝头。我自己跑到大伙房去吃，这顿饭，我怎么也吃不下去。听见厢房有人吵，我又跑出来。工务主任一手掀着帘子，一手指着外边说："滚！给我滚！"我走过去，他就走出来，我们俩走了个碰头，可是谁也没理谁。两个孩子吓哭了，家里的就流泪，三个窝窝头她就咬了一口，她也吃不下去。我当时就挺气。"哭什么？"我说，"这是吃咱们自己干活儿挣的，还没吃着工资，吃的是工资利息。哭什么？"又骂孩子："嚎什么丧，等你爹咽了这口气再哭！"每个人头上敲了一下。孩子们都怕我，立时不哭了，可是还"嗯嗯"地抽气。我叫他们赶快吃，吃完了再走。又嘱咐家里的："你就不用怕他，有什么事叫他找我说好啦！"一回到装订房，弟兄们都围上来问。因为我的脸色变得不成样了。谁都看出来我和主任闹事了，可是还不知道怎么回事儿。我一说，眼睛里就冒火，装订房的弟兄们都握着拳头，敲起案子来了。"原来这样呀！找他要工资去！""找他算算账！""问问他实物折成法币，又压两天发。是怎么回子事!""要闹,大家伙就要齐整!""没有个水落石出的结果,就不散!"三十几个工人,一路上像群分窝的蜂子一样轰轰地,楼梯踏得吱吱响,踏坏一块楼梯板,掉下去又打碎了一口水缸。工务主任从窗口上探了探头,脸色都吓白了,他说:"什么事呀!你们要干什么?"

"要工资!"我站在头前,刚开口一说,弟兄们就七嘴八舌嚷起来了。

"要把账算清楚。"

"今天就得把上个月份的,和这半个月的实物,一笔发下来。"

"我当是你们要来打架呢!"他又显得镇定了,"要工资也不能集伙成群的呀,这是什么行为?你们知道,我打个电话,马上就把你们关起来……"

他说头两句话的时候,我们还说:"打什么架,我们是要我们的工资。"但他一提"关起来",就有人喊:"先打了他再说!""抓过来。"头前就有人说:"咱们先和他说理。"这话还没有说完,只见他脸色又变白了,转身就要跑,实际上他是急忙着要回办公桌上去打电话。他若不是那么急,我还不会动手,我是怕他通知"公安局",我伸手一抓,他的西装就从肩上裂了一道口子,我一把没抓住,就叫别人一脚绊倒了,他的手一扬就攀倒了铅字架。哐啷一声,铅字扣了一地。他的衬衫也裂了,嘴上也流血啦!那是跌倒叫他自己的牙磕的。有人抓着他的领子还要把他拉起来,他没挨到打,可是头倚在桌子脚上不敢动了。他说:"这个事会计知道,经理天天打发人来收款,收上的账都是一天不搁,收多少,交上去多少。我又不经手……"说话时,他的眼睛发虚,像给捉到的贼一样,乌溜溜的眼光,直探察工人们的脸色。

"你不用害怕。"说话这人是一个姓郝的青年。平日在弟兄们当中,很有威望,"我们不会打你,你站起来。"

有人说:"不是你经手,你还要打电话关我们?"

有人喊:"打这个狗日的。"

谁抓了一把铅字砸他的头,姓郝的那个弟兄拦着说:"不要砸头,砸出伤来不好。"

人们一听就用脚踹开了,我在后边喊着说:"先打了再说。"

"我打电话……不是,给经理呀!"他用手挡着脸说,"这样打死我,你听我说,你们不是拿钱吗?"

"你先起来!"姓郝的弟兄说,又向我们喊,"弟兄们不要动手呀!"说实话,我没有打到他一拳头,他一倒下去,我就给挤到后头了,怎么也插不进腿去。门口和楼梯上都是工人了。我在后边喊着:"不能叫他打电话。"可是声音乱成一团儿,什么也听不清楚。就在这时候,望见我家里的,还站在院子里,我摆手叫她领着孩子走。那玻璃窗不知道什么时候打坏了,我的手也给划破了,都是人挤的,一着手就是一道口子。到底我又挤到前边去,人都静下来了,小声探听着。工务主任披散着头发向着耳机子说:"请孔经理快来,工人们都在办公室要工资呢!越快越好……"他还要说什么,耳机子就叫我一把抓过来了。屋子这时候蒙蒙黑,只见人们的眼睛,闪闪的发亮,像一些火珠子似的。那个姓郝的弟兄就轻轻拉了我一把,我把电话交给一个小徒弟把着,跟在他背后挤出来,人声杂乱的任什么也听不见,门口又挤不出去。挤到墙根上,他就附在我耳朵上说:"大门口得有人把着。"我就吆唤开啦!立时装订房、配书班的弟兄,就招呼着挤到外边去了。"不准闲人进来,谁若是走呢,就告诉他,等经理来,拿到工资再出去。"我这么一喊,都高声叫着:"谁若是不抱团体,就不是一个人!""把他的腿给折下来!"电话一响,我就推开两边的人跑过去,把着耳机子,经理和工务主任说的话,我都听得清清楚楚的,他问印刷社里是不是闹事啦,工务主任不敢实说,总叫他快点来。经理的口气,仿佛摸不清就不敢来,只是说:"工资明天一定发清楚，叫他们安心干活，明天我一定来！""那不行。"有些人就说，"今天叫他一定来！"哪知道这些七嘴八舌的声音，经理那边都听出来了。工务主任说："不行呀！一定要今天晚上赶来，若是你不来……"我就把电话耳机按下了。有人说："你叫他说完嘛！怕什么？"我就用眼睛找这个人……眼前的弟兄都不敢说话了，有的冷冷望着我，我哪知道，从这工夫群众就开头不满意我那种英雄主义的气派了。说真的，我当时就觉得自己是钢打的一样，浑身是力量，有生以来，我这是头一回。觉着自己说话这么响亮，觉着自己这么尊严，觉着个子也高了，魁梧了，眼睛也亮堂了，骨头也硬了。可是不知道这是因为和群众站在一起。那时候，谁把电灯打开啦！只见工务主任像输了家产的赌棍一样，软瘫地坐在椅子上，头靠着墙。老郝又隔着窗叫我，我就走出来了。那会子，我走到哪里，两边的人都让开路，背后小声说什么。我们刚下楼梯口，就听到街道上有人跑来了，大门口传来："警察来了！警察来了！"一声接着一声。老郝就小声说："不要怕，我已经叫你们配书班的人到排字房宿舍去喊人啦！我们排字房一定支持你们……"话还没完，四个警察已经走进来，其中两个挟着户口册子。大门口的人都躲开了，迎头警察就碰到我，四个警察把我圈在当中，一个说："你是干什么的？"

"干什么的，干印刷的！"

"哎！你说话怎么这样蛮呀！"

"带着他！"另一个助威。

楼梯上的人都跑下来了，正好，排字房的工人也都从后院赶到，都说："犯什么罪了带人呀！""敢带！""谁这么大胆要捉人呀！"那四个警察一看人多不对头，就说："我们不和他们说。"走到厢屋的柜房去，柜房里只有一个老的管账先生，他说："这不怪工人闹，实在说，你们是不摸底的，工人们一个多月没发工资，家里都饿惨了。"

"噢！你们自己的事情！"一个挟户口册子的说，"那好啦！你们自己解决吧！我们还当是外边的什么人混进来捣乱呢！"

警察们一走，排字房的工人就和我们连到一起了。经理那天晚上没敢来，打发报馆一个记者来啦！说担保明天给我们发工资，实物照发，生活补助金也不压啦！又说，我们有事该找"工会"，这样闹，是犯法的。若是经理来，我们那天非把他的汽车砸碎了不解恨。一个年轻的记者，又是外头人，我们就放他走了。那时候，都是自发，哪有今天的阶级觉悟，我还对黄色工会抱着幻想，一寻思，也对，就打发折页子班上的学徒，去找"工会"的人了。也没有和老郝商量商量，反正装订房，我一个人就做主了，也不听群众的意见。结果弟兄们闹得不团结了。还给"工会"做了一笔生意。因为头一天，"工会"来人还装样子，主持正义，过了一个晚上，"工会"的小报上就说有"匪谍"在当中捣乱了。听说，我们经理在什么"春"请过"工会"的客，背后送些什么礼物，就说不清楚了。结果第二天发下工资，可是要开除几个人，因为我们团体又要抱成一块儿，"工会"背后就出主意，当时一个人没动。可是过了一些日子，一个人一个人地开除了。第一个是我，因为迟到了十分钟。第三个就是排字房的那个老郝。

五

从五三印刷社一下来，我就病倒了，我知道装订房的伙计们都不满意我，说大家的事情，当时该大家商量着办，说他不是相信"工会"么，叫他找"工会"去好啦！我又羞又悔，心里越想越不是味儿，窝囊的，一倒下来，就离不了炕啦！我那两个孩子也病啦！顾了他们，就顾不了我，我家里的就说："孩子保不住，就保大人，孩子死了不要紧，你有个好歹的我们一家子就完了。"请医生，上红十字会医院，光车钱就不知花了多少。老郝来看我，还不知道我病了，什么话也没说，给我留下二十元金圆券，那时候，刚发下来，还值钱。过后，又给我在印刷社一张罗，又凑合了法币一五〇〇〇元。装订房的人都来看我了。我说："弟兄们来了，我们又见面啦！就是我张某人死啦也瞑目。"我哪有说话的力气呀！我说了两遍，我家里的才听清楚，转告他们，我那些伙计们都说："你放心养病好啦，有我们吃的，总不会叫你饿着。"有的说："治病，别舍不得花钱，缺了，我们还凑合。"有的说："过去的事不提啦！也别放在心上，弟兄们还是好弟兄。"我就点点头，表示我心里明白，心里亮堂，就是没力气说话，舌头不受使。那些日子我家里瘦的，脖子长啦！整天请医生，买药，煎药。夜里也不得睡，两个孩子又是炕上拉炕上尿的。我家里的不哭，我还挺平静，一哭，我就从心里烦。以后，她当着我的面，都是装着温和样，不给我悲惨脸子看了。两个来礼拜吧！我的病就好啦！那两个孩子可都死啦！钱也光了，邻居们都借遍了！怎么还好向装订房的弟兄们开口，就打发大孩子到铁路印刷厂去找老崔。我写了个条子，嘱咐他："若是你崔四叔见到条子，叫你在那里等，你就等，叫你回来，你就回来。"那天他没去拉排子车。到了铁路印刷厂，就找到老崔。老崔是在老官印刷局装订案子上跟我学过手艺的。一见条子，说："怪得好久不见他出来，这里他的老伙计很多，你在这等着我，我去吆唤吆唤。"他到里边一张罗，又凑了二万来法币。我就想，若是找事干吧，没有可去的地方，有的印刷厂又裁人，那些吸血虫办的厂吧，还不一定要我，因为我在"五三"闹事闹的名声很"坏"，若是真要我，我有一回斗争经验，也真正能好好地抱着团体和他们干了。

没法子，老待下去，本钱吃干净了，又得要找弟兄们告帮，都是挺艰苦的，凑一笔钱不容易，做个小买卖吧！这样我就挑起担子来，卖个笔记本、日记簿、信封、信纸什么的，印刷厂又能赊点、欠点。每逢二七早上，挑着去赶趵突泉的小集，下半天，到女子师范门口和三中、育英那些学校门口转一转，一天能对付着吃两顿玉蜀黍窝窝头，倒也混得过去。刚好有些学生也熟了，买本子也有欠账的了，咱们的军队也打过来了。当时，哪知道八路军就是咱们先进工人阶级领导的队伍呀,蹲在家里愁的什么似的,心想,这可好,刚刚能混上嘴了,这回又完啦!学校都放假,有几笔账也瞎了。谁想到,咱们的队伍攻的这样猛,白天,商埠地的国民党匪军的吉普车还来回地跑,夜里两点钟咱们的队伍就来到我们住的院子了。在窗户上悄悄地叫:"老大娘开开门,我们是八路军呀!"我家里的就吓得直哆嗦,我一想,怕也没有用,就说:"老总,不要急,穿衣裳哪!"心想先点起灯来,窗户叫大炮震的直抖,我心里又慌,就是摸不到灯了。外边听见有好多脚步声、耳语声、枪支碰触声。窗户口又有人影闪着,什么地方的大火照得一片红,窗户上闪动的人影清清亮亮的。脸贴在窗上的还在那里悄悄叫:"老大爷不要怕,我们是八路军呀!"到底也没找到灯,实际上,早就掉在地上了,也不知道什么时候碰掉的。我一开开门,同志们就进来了,头一个划着火照了照,问我:"灯呢?"我说:"老总,没找到,就在里边坐吧!"他们又圈着我问:"你是干什么的?"我说:"做买卖的!"他们望见墙根上我那个大包袱和两个筐子,就都放心了。又问我院子里有国民党反动派没有?炮声震得听也听不清楚,说了两三遍我才知道指的是国民党匪军。我就说:"放心好啦!这里没有。"找到灯,好歹弄了个灯草点着了。只见进来的同志们一个个都挺年轻、英俊,脸红红的,眼睛发亮,那种兴致就像喝过酒似的。我一看,就明白了,这样的军队哪有不打胜仗的。他们嘱咐我,不要害怕,说是吃过饭就开上去。又说,济南城就要拿下来了。卸背包,解开子弹袋,蹲的蹲,坐的坐。有的刷锅,有的找烧草。我站在一边想,这回可糟了,缸里就那么一点面子,桌上就那么一点蛋,若是给我吃光了,我们一家子就得挨饿……我也不敢说,我家里的这回不知道哪里来的胆量,就说:"老总,我们就那么点面子了。我男人病刚好……"我就说:"吃就吃了吧!说什么?"心里想,你哀告就会中用?一个扎着皮腰带的就走过来说:"我们自己带着小米,烧草用了也算钱,怕么儿?不要怕。"这个人是五短身材,胶东口音,脸型瘦弱,黑黑的，两个眼睛挺尖的，小刀子似的，看着我就像透到骨头里去一样。

我说："反正三五斤面子也吃不了十天，咱们馇一锅糊涂喝，喝啦，把缸一砸，砸个响儿听听……"我还是拿着真话打哈哈，话还没完，我望见锅里下米了，也不知道哪里来的，我家里的眼皮浅，一见粳米，就像蚊子见了血似的，抢着要帮同志烧火了。和我说话的那个人，就招呼："大娘不要动手啦！叫他们自己弄吧！"听口气，他还是一个管事的。别的同志就说："这是我们孙指导员。"我还当是八路军的指导员就是军阀队伍里的特务长，专管伙食的。他递给我一支烟，改口称呼我："房东！"我想糟糕，这是要打谱长住呀！别的我倒不担心，枪子打死了，更痛快。真的，我说的是实话，因为我那俩孩子一死，我活着就没有恋恋头了。从小到大，没有过过一天宽心日子，活着有什么味道？我不担心枪子，可是，柴草就那么一点，五六天就给我烧完了，打仗的时候，乡下人又进不来，拿着金子也没处买。

孙指导员又用那刀尖似的眼睛望了望我，问道：

"房东！你是做什么生意呀？"

"那不是么？卖个作文簿、练习本子什么的！"

他是坐在一个小凳子上，我就竖着两膝蹲在那里。

他说："老底子就是做生意的么？"

我说："不是，这是没有法子才干的。"

他问："那么以前干什么呢？"

我说："咱会干什么呢？以前耍手艺。"

他问："耍什么手艺？"

我说："干印刷的！"

他的脸上立时就开了花似的，也亲切啦，也柔和啦！他说："说起来，你不是工人吗？"

我也笑着说："不是工人还不会住这个茅草房子呢！一下雨漏的……"

他就拦着我的话,说道:"你知道,咱们共产党的军队就是工人阶级领导的,给工人打天下的。这回你就不用愁了!你还愁么儿?天下是咱们的了,济南就要拿下来了,你听,这炮,这都是咱们打的!我告诉你,你要记住,千万别忘了,后方接收印刷厂的一来,你就去登记。你干了多少年印刷啦?"

"从十三岁就当学徒,二十五六年了。"我虽说当时还不懂他说的"咱们共产党军队就是工人阶级领导的"是什么意思,可是他脸上那股热情,他那两个眼睛那股柔和气,又拍我的肩膀,又拉我的手,就觉得两个人通气了。我就问他:"要不要找人介绍?""从今往后,会不会裁人什么的?"他就一直地摆手,说:"从今往后是咱们自己的天下了!以前是美帝国主义和官僚资本统治咱们,剥削咱们,以后工厂是咱们自己的了,工人阶级是领导阶级。"我一听就透了,胸口就像开了一个玻璃窗似的。我说:"官僚资本可把我们给剥削苦了。他们拿着我们的工资去倒把,放拆息。我们工人的老婆孩子挨饿受冻,病死了也没有钱医。"到那时候,我才知道,原来八路军是给咱工人打天下,打蒋介石,打官僚资本呀!我们谈话谈得竟连外边炮声都听不见了,真是谈入了神,孙指导员又给我们夫妻俩盛饭,逼着吃。问我们可有孩子,我就说:"有三个,两个小的前两个月送到土地娘娘那里去了,大的在车站拉排子车。"吃着饭,谈着话,我的眼睛呀,就觉得格外亮堂,一望出去,就有十里远。孙指导员一边说着一边看表,刚掷下饭碗,就匆促地走出去集合队伍了!我舍不得他走掉,像落在水里的人好容易碰到一个船似的,虽说掷给我一根竿子,又指明了一条活路,可是总舍不得船开走。临走,孙指导员又悄悄嘱咐我:"不要忘掉呀,一来就登记。"

"不会忘。"我也在大门外悄悄地说,又拉了拉手。我想送给他一点什么呢?火光里只见他摇着手,脸上一股严肃气,那些同志们一个接一个挨着街道边的墙,向前开上去了。走得飞快,一点声音也没有。月亮底下，火光烧成一片，黑烟一股一股的，燎燎亮亮的。等大街上空了，一条街上只剩我们夫妻两个了，才一下子想起来，该送给他一本日记簿子。直到现在我还后悔，那时候的糊涂，真是喝糊涂喝的，就把心眼儿堵上了。

六

九月二十四日济南解放的嘛！我记得清清楚楚的。打仗的第二天就是八月节。赶到阳历十月初，《新民主报》的同志们就来了。我是天天出去打听呀！那时候有些人，还要观望呢！我可是抱定了主意：一登上记啦，就干；万一要是济南守不住，就跟着八路走，反正八路走到哪里，我就跟到哪里。打仗不会，烧火送饭总成。

《新民主报》一来，就住在二大马路上，我一打听到啦，就去了。路过邮政大楼的时候，那里还有一堆死尸，都是国民党匪军的，那里有两个营给咱们消灭了。砖头瓦块的满街都是。街上哪里有个老百姓？一望两里路远，静得像个空城一样，家家还关着窗户呢！报馆门口有个哨兵，他看见我站在那里，转来转去，就大声问："干什么的？"

我就说："印刷工人，我听说接收的来了……"

"里边，到里边去登记。"他说，"你来得正好，头一个。"

我进去之后，才知道我还来晚了，我是第二个登记的，头一个是老郝。老郝那会子到军管会去了，后来我才知道，怪不得老郝来得早，原来他哥哥就是老官印刷局的郝老二，四五年啦，不见，把他给忘了。他早就参加了党。现在他调到大连工厂当厂长去啦！一说起来我都认识，那个办理登记的同志就问我家里怎么样？我说喝了一个礼拜的糊涂了，他说后院有小米，等找个口袋，背回去一袋子，先别让家里的人挨饿。我一听，眼睛里可真要掉泪。又分配给我任务，叫我带着排子车去到仓库里推纸，说是出报等着用。我活了三十多年，胡子茬儿都要白了，哪有人这样信服过我，叫我一个人去推那么些纸，也没有人跟着,也没有人搜腰。我一看呀!真是拿咱当自己人似的,一点不见外。傍晚临回去,又给我装了一口袋小米。到家,正碰见我那大孩子回来,流落了几天,困在城里就是出不来了,饿得黑瘦黑瘦的。我就说:"吃了饭,你就收拾东西,我把你送到咱们自己的队伍里去,把那破绳子掷到一边去。"我在家里说话从来没有这么响亮过。我的孩子那么大了,我从来也没有好好看过。一回来,就骂。骂他没出息,不能添补家里,还来吃。因为他回来吃一口,我们就少一口呀!都是偷偷抽我不在家的时候,溜进来找他娘要咸菜,要饼子。自然有时候也往家里带两斤面子什么的。可是我总觉得他拿回来的不如吃回去的多。同志们,你们说,我们那时候叫国民党匪帮糟蹋成什么样子,当爹的还像爹吗?

我从来也没觉得那是我的儿子呀!仿佛心里就没有过,仿佛从来也没有看见过,像墙根底下的草似的,像门外的树似的。不知道它们是怎么活的。那天,我觉得我的眼睛也像孙指导员一样,透骨地望着他,他还胆怯,十八岁的人了,眼睛还乌溜乌溜地不敢直看我。我说:"过来,你过来,我好好看看你。"

他就躲,向后退。我一拉着他的手,他就说:"我回来不是找吃的,我是看看还有家没有……我要饭要了几个饼子吃。"

我的可怜的孩子,我心里难过得一句话也说不上来了。他一看见我掉泪了,就像受伤的狼一样,嗷儿的大叫一声,扑到我腿上,哭起来了,他说:"两天我没吃到一口干粮了,净喝些凉水……"

我硬着心说:"都是你爹不好……你爹也疼你……过去的事不说了吧!这么大了还哭,不怕羞吗?——淘米做饭!好好吃一顿,吃完,我就带你找接管的同志去。"

我家里的开头当是我说的气话,这时候一听,就惊了。两三天啦,她还不开窍,说什么也舍不得。直到去年年底,我入了党、当选了二等优良工作者、当选了红旗手,她这才不埋怨了。如今,我那个大孩子的部队开到杭州去了，前些日子来信说，他当选了学习模范。信里还带着相片，身子也魁梧了，个子也高了。他娘一天没事，就拿出来端详，老是担心他没说家口。我说："拿下台湾来，再立几个功，还怕没有家口？"她又担心他不会挑选，又担心他在外边说个南边人，总想在济南给他订一个家乡人，因为邻居们如今都上赶着给说亲，老是怂恿她。我就说："南边人北边人都一样。如今的事，都要民主、自由，你订了，他不愿意，还是打不完的官司。"她还落后，有的同志说，要我耐心地教育，我不是不知道呀！可是，我一听到学委会上关于赵富有创造车丝杠的新纪录，又看过苏联工业建设的照片展览，心里就老是嘣嘣地跳，若是要咱们新中国建设的像那个样子就得赵富有那样的工人多，要像那样的工人多，咱们的文化教育很重要。印刷厂负的任务很重大，怎么样能更提高咱们的工作效率呢？怎么样能把质量更提高一步呢？能减低成本，节约材料呢？……许许多多问题，实在，我哪有那么多闲心，老是和她磨牙呀！当然啦，若是她不进步，总是妨碍我工作的累赘，我还要好好地耐心教育。说句实话，想是这么想，可就是心里腾不出闲工夫来。

一九五〇年八月五日

王妈妈

一

鲁南山区有一座唿噜山,山并不高,却很有名。

附近不管是双山还是硅子山,实际上都比它高,都是一出费县城,远在二十里以外就能遥遥望见了;但唿噜山可不行,唿噜山还隔在一座丘陵式的高原背后,高原和唿噜山之间,还隔着一块小盆地。

唿噜山过去就有名,因为山上联防队的民兵组织得好,战斗力又强,镇压反革命以前,不仅土匪不敢在这座山上落脚,就是狼也不敢在这一带枣林子里露面。冬景天,不管在山南的小镇上,还是在山北那块小盆地的市集上,只要碰见身背围枪、手提着草狐狸的民兵,不用问,都是来自唿噜山上的。

唿噜山现在有名,是因为大石湾的互助组搞得出色,羊群最多,收成最好,日子过得最兴旺。尤其是一九五一年冬天,互助组盖了一座农忙托儿所,山下的传说就更多了,有的说像画上画的一样漂亮,有的说,比山南市镇上的天主教堂还讲究。

实际上,大石湾互助组的农忙托儿所只不过是两间石头房子,白块石砌的墙基,红砖砌花的窗壁,又有向阳的大玻璃窗,虽说是茅草顶,但在周围一带,确也是数得着的建筑物了。

二

唿噜山下的人都说,唿噜山上农忙托儿所的房子好;但在唿噜山上远近的村庄,一提起大石湾的农忙托儿所来,都夸说托儿所主任王妈妈好。

只要赶集路过大石湾的，都知道王妈妈。王妈妈带着一群孩子，就像老母鸡带着一群雏儿似的，春天在大槐树底下玩儿，夏天到树林子里去采蘑菇，见到谁跑远了、离开群就召唤，也正像老母鸡唤雏儿一样，不断声地咕咕。

王妈妈把托儿所的孩子调理得干净利落。谁见到都说像年画上的娃娃一样，就是鞋上的补丁，都是别出心裁，裱花似的整齐。肚兜和开裆裤，都是当晚换洗。所有这些零工，王妈妈都是分外揽着做的，组里并不计工，只因为王妈妈手勤，好胜，又喜欢孩子。若是谁家送来的孩子流眼泪，她就三遍两遍追问："是谁打了？""为什么？"老大不愿意，弄得亲生娘倒得赔笑脸。背后都说，王妈妈哪像一个托儿所主任，简直是溺爱子孙的老祖母婆。

不用说，组里的妇女都分外对王妈妈尊敬。有时到菜园子拔葱，都多拔两棵，碰到喜日蒸饽饽，都多蒸两个，说是给王妈妈尝尝，自然推磨、挑水什么的，更不用王妈妈操心了。

王妈妈常说："人心换人心呀！互助组是上对得起毛主席，下对得起我这孤寡老婆子，我也要对得起托儿所这群孩子！"

王妈妈是一个靠近六十的人了，倒有一口齐整的牙齿。笑起来，那爽亮的声音，就像青年妇女一样。耳朵上垂着两只大耳环，仿佛一对大门环子似的。头发全白了，满脸的皱纹。但是两个眼睛却像乱石堆里两汪池水一样，清澈、爽朗、春气洋溢的，充满了生命力旺盛的光辉。正像一朵花，刚在开；正像一株树，刚在夏天。

三

自从王妈妈参加了互助组，依靠自己的劳力换工过活以来，王妈妈的面色和眼光就变了，变得朝气勃勃的。

以前王妈妈可不是这样子，以前王妈妈就像秋后给霜打过的一株草似的，枯萎的，见了人就抬不起头来。两只眼睛漆黑的，和泥像上眼睛一样的漆黑，又阴暗，又无神。自打十三年前王妈妈的老汉死掉以后，王妈妈就是这个样子，夏天是半身黑棉袄，半身黑夹裤，冬天还是半身黑棉袄，半身黑夹裤。黑棉袄上是补丁，黑夹裤上也满是补丁。

王妈妈在大石湾只有两亩石坝垒的薄土地，亲人只有嫁给白果树村的一个闺女。那时候，王妈妈就依靠白果树村的女婿，春天来耕，秋天来收。耕地还得女婿从八里外的白果树村牵牲口来，捎着犁来；收割还得推着独轮小车来。王妈妈的老汉经常挑着担子到山口外贩枣，死后只留下两副筐。就是喂牲口草，王妈妈还得靠邻居帮衬。

年年都是王妈妈的女婿耕完了自己的地才来，自然年年都是大石湾全村的土地小苗都长了一指高的时候，王妈妈那两亩薄土地才播种。别人家种地，是迁就雨，迁就天，王妈妈种地是迁就人，迁就牲口。王妈妈不是不勤俭，年年收的粮食没有两棵树上的柿饼子多，王妈妈一年均扯有四个月，只好到白果树村去住闺女家。

王妈妈的闺女名叫桂姐儿，本来是个要强的人物，心又灵，手又巧，扎一手好花。妯娌辈里总是拔尖的，不管什么都是走在头里，公公眼前自然也吃香。但自打她娘家爹死掉，王妈妈不是来求牲口，就是来住亲家，自己在公公脸前，就仿佛有了短处。尤其是她的公公挺吝啬，每次王妈妈来住亲家，赶集就不打油了，豆油不打，灯油也不装。还得桂姐儿夜里挑枕头、绣鞋面，从自己体己钱里往外填补。而且还怕王妈妈有个错失什么的，落闲话，出出进进都担着份心事。日久天长，桂姐儿就不得不暗地窥探公公的脸色，勉强巴结讨好了。

王妈妈也是个强亮人儿，又知道自己闺女的心事，只要有口野菜吃，就不来住亲戚；来了，总是背着外孙女儿，白天到山腰去拾柴，晚上又是洗衣裳，又是铡草、喂牲口，整日价操劳。明明累得腰疼，还说受了点凉，不算什么。但桂姐儿的公公眼睛从来不向她注视的，仿佛是看不见她，耳朵也从来不听她说什么，仿佛是聋子。

"那么，你看呢？"有时，王妈妈私下对女儿说，"我要不，还是回大石湾去吧？"

"回去，你怎么过呢？"

"那么，再住两天，等割麦子时候再说。"

"住吧！"桂姐儿就叹息，又小声问，"怎么？香香她爷爷又说什么啦？"

"没说什么！"王妈妈也叹息，有时也说，"这两天脸色可不好看呢。"

"那是因为天旱，缺雨。老头子就是那么个脾气，没声没气的！"

桂姐儿明明知道公公吝啬，但总宽慰自己的妈。

桂姐儿的男人李小虎，和他爹正相反，是个大手大脚的豪爽汉子。身量也高大，站在人堆里半截塔似的。他常说："香香她姥娘，多住些日子再回去吧！我光打野味，就足供你吃的了。"若讲打围，攀山爬岭，兴致勃勃；若讲耕地，他就没耐性了。尤其是对王妈妈那两亩石坝地，他常说："山崖头上一块，山洼又一小块，零零碎碎的，真愁人！"

可以想象到王妈妈那时候是怀着怎样的心情了！王妈妈一提起来还说："若不是心里挂牵着闺女和外孙女儿，我呀，上吊的绳子早烂了，活着还有什么贪恋的！"

土改时候，桂姐儿的老公公第一次开口正色向她说话了："你回大石湾去，还打算要地呀？你不想想，没有人，没有牲口，光要地，就会打粮食呀？"

王妈妈就笑着说："地我不要，那两亩果木园子我也得要回来呀。那是王家传了几辈子的了，给地主利滚利弄去的。我还能整年论辈子地来靠亲戚呀？"说后两句话的时候王妈妈眼睛里就透露出怒气来。心里想，你当是离开你们家的牲口我就种不上地了。从那以后，王妈妈再没有到白果树村看闺女。并不是因为和亲家公公有了间隙，主要的是王妈妈参加了妇女会，又缝军鞋，又开会，还得和青年妇女换工看孩子，忙得呀，忙得喘不过气来！

　　王妈妈有了八亩石坝地、四亩果木园、五头山羊、两头绵羊。都是大石湾互助组给换工耕种、放牧。王妈妈从托儿所收的工票，支付了牲口工、牧工、耕工、耩工什么的还有富余。别人说，王妈妈日子过宽裕了，人才欢势。王妈妈觉得自己的欢势倒不在这里，主要的是如今能凭自己的劳力来换工了，既不用感牲口主的恩，也不用领私人的情，而那八亩地的庄稼，倒和全村富裕户的庄稼长得一样高，一样密，一样蓬蓬茂茂的。自己的腰是挺得这样直！这种世道她是越过越充满了力量，十分欢势中倒有三分豪气。托儿所成立的那天，当着大家的面，她说："我的心呀！在咱们大石湾扎根了，扎根就扎在咱们的互助组上。有毛主席的像作见证，我这老婆子呀！一定要和你们待我的庄稼一样，待我自己的外孙女儿一样待孩子。保证不偏哪一个，不向哪一个，都是咱们组里的子女！"

　　她确实做到了这一点，并博得外村的尊敬。

四

　　这一天，是个秋收后难得的好日子。托儿所王妈妈请了两天假，到白果树村去探望闺女。桂姐儿从割麦子时候，就托人带口信给她，说是又添了一个男孩子。她三年没离开大石湾一步啦！当时倒奇怪起来，怎么最近一年来连想到外孙女儿香香也没想到呢！母女情分也像淡了似的。实际上，她不是只有这么一个亲生亲养的闺女吗？那时候，互助组里正忙着捕虫子，王妈妈实在没工夫去，托人给送了两斤挂面、一篮鸡蛋。心想，等着种上秋地吧，但种上秋地，又打井抗旱，托儿所的孩子没断过一天。这个组里空啦，那个组里又忙，一直拖到今天，算是空闲了。

　　头一天，王妈妈就蒸好一锅白面饽饽，为了走亲戚，还特地托人在集上买了块大红布包袱，二十年来带着东西去探亲，这还是头一回，无怪王妈妈的柳条篮子，珍重地蒙上了大红布，并且换上了过春节的蓝布褂子。满仓他娘说："王妈妈！你真是越老越爱俊了！"王妈妈就生气似的说："桂姐儿她爹死了十三年，我就是那一身补了又破、破了又补的黑棉袄，如今我一见了黑颜色布，就厌恶。"说完，就像把十多年的郁闷都排泄了似的，两只黑眼珠一骨碌，又笑了。

大石湾村是坐落在唥嚯山顶上，但这个山顶和洼地一样，大石湾就像是建立在喜鹊窝里。天吧，永远是井口那么大一块。四围有一些稀稀疏疏的果木树林。王妈妈穿过枣林子，就望见山崖底下一大片岩石滩。大群的白羊吃着从那些岩石缝里生出来的野草。

"王妈妈你好呀？"满囤的爹，那个腿上有枪伤的老游击队员，坐在岩石上，怀里抱着新生不久的小羊羔。

"你好？"王妈妈笑着，"那是谁家的母羊又下了羔子啦？"

"你的呀！"

"是呀！"王妈妈高声叫起来，"亏了你呀！满囤他爹，怀胎没作病，我怎么来谢你呀！"

"这是全靠你那头母羊添欢人呀！报主子呀！再说，你把俺家满囤照料的怎么样呀？两年来，就没有生病闹眼的。还不是一样！你这是到白果树村去呀？"

"是呀！三年没去啦！"王妈妈说，"知道的人呢，说是不得空，不知道的人，还不说咱们日子过好啦，眼睛里就没亲戚了。"

"你如今，不比往年，也该把桂姐儿和外孙接过来住住姥娘家了。十多年桂姐儿就没回娘家一趟，我还说不定不敢认了。"

"你说接过来，又是外孙女儿又是外孙的，我是照顾托儿所呀，还是留在家里照顾她们娘儿几个？过春节，空闲下来再说吧！"

王妈妈和满囤他爹说话当中，又抱了抱她的羊羔，说是："没有五斤重！"那个老游击队员就决然地说："六斤也多呀！"王妈妈还问:"满囤大了,是不是打算送他上冬学?"满囤他爹说:"庄稼地的孩子,上冬学又怎么的!"王妈妈就老大不愿意,说:"你怎么还这样保守呀!将来咱们互助组还要改合作社,往社会主义的道儿上走呢!我可是不同意,你把孩子的前程给耽误了!"满囤他爹,那个老游击队员,终于笑着说:"再过一年看吧!"王妈妈说:"这还有理,大一点也好,省得累出心病来!"

离开牧场,王妈妈想,如今有了七头大羊、两头一年生的小羊羔了,下回到白果树村去,一定给闺女带头母羊去,也好繁生,作体己。

白果树村是在唿嚯山南,向阳的村庄。唿嚯山南的人,都是到山前平原的镇上赶集;大石湾和山北的村庄,都是到山背后那块小盆地的庄子里去赶集。山南归峄县管,山北是费县地界。因之,白果树村和大石湾,虽然相隔八里路,但属两个县份,而且两个庄子赶集的人,很难碰见。王妈妈不知道自己闺女的庄上变得什么样了。不知道三年来,她的日子怎么样了,她的公公是不是还一天到晚阴沉着脸,连自己的孙女都嫌吃得多?正想着,又碰见组员的孩子,托儿所年龄最大的抗日。抗日今年六岁了,就是贪玩,好捉雀、爬树。他是跟着他爷爷刨花生的,一定要代王妈妈挽着篮子送到山口外。

山口外的天空广阔,可以望见山底下的空旷的平原,大松树就像小菌子一样,河水反射着耀眼的阳光,山影倒铺在大地上,王妈妈觉得胸襟是这样开阔,答应抗日,明年开春一定领着托儿所的孩子到口外柿树林子去采"黄花"。并嘱咐抗日别在山口外贪玩,快回去帮着爷爷刨花生,临走又给了他一个白面饽饽。王妈妈也没有在山口外歇息,八里路的距离,今天走起来,仿佛缩短了一半似的。三年没走,有些小山楂树长大了,有的倒了二十年的石坝,也重新垒起来了,可见集体的力量大,外庄的互助组搞得也挺热火。不久,王妈妈就从岩石岗背后,望见那棵白果树了。白果树村,是在唿嚯山腰上。

五

王妈妈走进桂姐儿家的石围墙时候,院子里静悄悄的。只见红冠公鸡用一条腿站在磨台上,母鸡在屋檐底下晒太阳。原来这天桂姐儿和她的妯娌们都开小组会去了,屋里只有桂姐儿的公公李老汉,蹲在地上整理牲口套。石墙、磨台,都是三年前的旧样子,王妈妈只是感到院子仿佛小了一些,仿佛从前宽大一些似的。

当李老汉认出是王妈妈的时候,脸上现出热诚的、惊喜的神色来招呼她,完全是对待一个贵客似的。但王妈妈第一眼感觉到的是李老汉没有老,还是三年前的老样子,只是袄袖子破了没有补,黑布裤子上倒补着块蓝补丁。可见桂姐儿对他不怎么照顾,可见老汉还是挺吝啬,而且王妈妈觉得他比以前也像矮小一些似的。

"亲家呀!"李老汉从口里拿出钉子说,"你怎么还见外呀!人来了就好呀!还带什么东西呀!"

王妈妈说:"有什么东西呀,蒸了几个饽饽。你们这两三年,过得都好呀?"

"好呀!"李老汉说,"不说好怎么说呢?亲家!"又叹气:"去年天旱,老天爷不叫收,又有什么法子呀!"

"那么,你们互助组没打井呀?"

"咱们去年不是没参加吗,亲家!你闺女和你外孙女儿埋怨了我一冬天呀。今年呢,我说,我不当家了,咱没领导好,是不是?亲家!年轻的人吧,都往前巴结,咱呢,赶不上,也不能作挡路石头,是不是?亲家!"

十三年来,王妈妈头一回又听见李老汉口口声声称呼自己"亲家",仿佛王妈妈的老伴在日似的,那么亲切。王妈妈想,若是桂姐儿她爹还活着,该多么好呀!

李老汉又说:"亲家!你可是在咱们嗯嚓山出名啦!你算是有本

事的人呵！"

王妈妈笑着说："我个老婆子有什么本事呀！还不是靠着集体过日子吗？"

"香香她娘早就听说你过好了，要想回去住娘家。今年春不够吃的呀。我说，咱们能凑合着过，就凑合吧！她姥娘和人家换工，收点粮食也不易呀，是不是？"

王妈妈说："我哪知道你们今春缺粮呀，当时我手里还存着八斗麦子，三十来斤花生。"又说："过春节叫她们来吧！今年我们组里喂了十三口猪，年底要杀一口自己组里分，来吃冻肉吧！"

王妈妈和李老汉说话当中，一听见公鸡咕咕，就以为桂姐儿回来了，眼睛常常向外面院子望。就像有什么急待的事等着桂姐儿出面似的，但直到傍午桂姐儿才抱着孩子回来。桂姐儿已经是中年妇女了，但还和三年前一样，伶俐、整齐，只是黑褂子配上蓝布裤，使人觉得分外得素净。进来时，她两只黑而发光的眼睛，还留着会议上的兴奋气。

"呵呀！我当是谁呢？"一见王妈妈，她就又吃惊又欢喜地叫起来。又说："怎么今天走错了路，又想着来看俺娘们啦！"

王妈妈开始两句就望着她公公说："你看俺闺女说的，亏了我没有第二个闺女，若是姊妹两个三个的，还不知道说我什么啦！如今都是集体过日子，还当是往年单人似的？香香哪去啦？"并伸手抱过外孙来，问叫什么名字，缺奶不缺。不知怎么的，王妈妈突然想到抗日了，心想，那孩子就是贪玩，不会还在山口外走迷了路吧？

"什么风呀！把梁儿他姥娘吹来了？"桂姐儿的妯娌走进院子就扬声说，"怪不得今早晨喜鹊喳喳叫呢！"

"你看俺娘吧！"桂姐儿向跟在妯娌背后的邻居妇女说，"六十岁的人了，倒穿起一九蓝的布啦！"

王妈妈说："哟！又不是大红，又不是大绿，这样色的蓝布不兴穿，光留给你们年轻人呀？俺们大石湾可不像你们白果树！"

桂姐儿说："谁不知道俺娘村子是模范村呀！托儿所的房子盖得像皇宫似的！"

王妈妈咯咯地笑着："这还是假的呀！报纸上都表扬过，就是好呀！俺村的青年媳妇可不像你，还是黑布褂子！"

桂姐儿说："俺不是没有出门呀！你当是俺们就没有一件两件一九蓝的裤褂了！"

王妈妈说："俺村的人们就是不出门，才穿蓝布褂哩；出门，哪家媳妇不是红花裤、绿花袄的呀！"

桂姐儿公公也插口说："你闺女在互助组里也是把好手呀。今年工票捞得数她多，她就是爱素净，不喜欢花花绿绿的打扮就是了。"

所有这些谈话都是在邻居妇女们叽叽咯咯的笑声中进行的。王妈妈在那些中年妇女的圈子中，愉快地打着招呼、问好，衣裳发出窸窸窣窣的响声，脸上现着幸福、满足、喜悦的光辉。她忘记了抗日、忘记了香香，她觉得所有站在她面前的人，都是这样快活、友好、温暖，完全不像以前的白果树村，就像在大石湾互助组里所有的感觉一样。现在，她已经满足了。闺女和外孙已经看到了，只等娘儿俩密谈的机会了。没有来的时候，仿佛有许多事情迫切要来，现在来了才不久，就觉得要办的事情都办完了，只等和桂姐儿两个人谈谈心了。像我们所常碰见的一样，王妈妈越是等这个机会，那些热心的邻居们不但不走，反而又增加了。有的掀开篮子上盖的大红布，羡慕做饽饽的手艺和匠心，有的称赞王妈妈有本事，过得这样好，完全不敢认了。王妈妈就逐一解释："不是互助组，集体过日子，做梦也休想这辈子我能穿件蓝布褂子！""那是满囤他娘推的磨，巧儿她娘给上的色、点的五角星！"

总之，直到夜晚，王妈妈和桂姐儿两个人，才获得说体己话的机会。那天晚上香香还拉着她姥娘，要她讲故事。三年没见，香香已经是九岁的闺女了，王妈妈虽说喜欢，但却没有闲心讲故事。王妈妈最关心的是桂姐儿和妯娌相处的是不是和睦？互助组的领导作风、评工是不是合理？问桂姐儿，土改时候为什么不积极带头，惊奇原本是一个舌头挺拙的童养媳，会在白果树村当选上妇女会主任，并且能在乡代表会上做报告。实际上，大石湾的妇女会主任就是类似这样的人，但在白果树村，她却觉得惊奇。等吹灯睡觉的时候，香香已经伏在她腿上睡着了。窗外透进来秋天的月光。王妈妈仍然很兴奋，又问："李小虎什么时候参军的，是不是常有信来？"

"那么，"最后王妈妈低声问，"你公公如今还亲孩子？有时还抱抱？"

"常抱呀！"桂姐儿说，"自打听说你参加互助组了，土改以后又没来求牲口，对我说话的口气就变了！"

王妈妈说："他是个富农的脑袋，中农的命呀！光知道自己，不知道别人。以往咱是凭着劳动呀！铡草、拾柴，哪天闲着过？反正共产党没来，咱不知道那也是劳动！仿佛在他家白吃白喝似的！"

"去年呀，我们不是没参加互助组吗，听说，你那边收成好，老头就扬风，怂恿我带着孩子去住娘家。我说，她姥娘苦了半辈子，如今囤里刚刚有点富余粮食，我怎么能沾摸呢？我心想，再过一年两年，不用说，我要带着孩子去娘家住住。老头子就是富农脑袋呀！"

王妈妈就叹息了一声。觉得该知道的，都知道了。仿佛她就是为知道这些事情来走亲戚的。王妈妈下半夜，也没有很好地睡，心里挂着托儿所，又怕抗日贪玩迷了路。

桂姐儿说："抗日是谁家的孩子呀，你这样惦着？"

王妈妈说："唉！我是托儿所主任，我不惦着，谁惦着。"

那时候鸡叫两遍了。窗外黑黑的，有大风声，树上有落下枯枝子的声响。

王妈妈说："可不要变天呀！"

"那么，你不是住几天吗？还要明天回去？"

王妈妈说："都晒好柿饼子啦，不知道组里怎么决定。若是男劳动力下山运柿饼子，妇女们就得准备扒线麻，我不回去，耽误了生产还行？"

桂姐儿第一次对母亲表示了不满："你不是请了两天假吗？"

王妈妈说："抗日若是贪玩没回去呢？再说，变了天路就不好走！"

桂姐儿说："变了天，我们互助组用轿抬也把你抬到大石湾。再说，抗日又是六七岁的孩子了！"

王妈妈说："看看你们就是了。组里都忙着，我呀，在托儿所忙惯了，一闲呀，心就没有着落似的。"

第二天，李老汉还打算赶集去割肉，但王妈妈不管桂姐儿和香香怎样阻留，到底还是回大石湾去了。临分手，王妈妈还嘱咐桂姐儿两件事。一件是要好好团结她的公公，袖子破的那样也该缝缝，当时桂姐儿辩解说："还不是生产忙的，没心思！"一件是要倒出工夫来，叫香香去上冬学，自己打算将来贴补外孙女儿的花费。

王妈妈走后，桂姐儿的妯娌和邻居妇女还久久不休地谈论她。谈论她的衣裳，她的年轻的响亮笑声。都说："哪像以往背着香香去拾柴的老婆子呢！站在人面前倒像高人一头的乡妇女代表啦！"都说："一朵老牡丹花呀！那么新鲜！六十岁才开起来。"

王妈妈走后，留给桂姐儿的印象是，那么大年纪了，气势倒那么壮，而且那么果断、坚决，说走就走。这是从来没有的。她觉得在这世界上有这样一个母亲，是很自豪的！另外又觉得，仿佛在大石湾，她的母亲还有一个子孙满堂的大家庭，她的母亲是许多人的母亲，许多孩子的姥娘，已经不是属于香香一个人的了。

一九五五年一月二十三日至二月二十三日于北京

夜走黄泥岗

一

冬天，黄昏的时候，运输石料的民用大车队，浩浩荡荡地，在黄泥岗的大道边停下来，牲口喷着鼻子，公驴大声叫着。路旁是马家店的大车门，院子里的驴群仿佛对外面刚到的牲口打招呼，表示欢迎似的，也间歇不断地吼起来。这是比石料车先到的一批驴垛子，有的是给供销合作社驮盐的，有的是过路行商贩油的。

马家店店主马老三，是个六十开外的老汉，秃头，尖嘴巴，倒像个老妇人的面型，有两只狡黠的眼睛。腰上扎着一块似白不白、似黑不黑的围裙，正在墩子上片肉，听见店门外牲口的吼叫，就大声招呼："小午呀，大车队来了，赶忙打扫打扫西炕，泡壶热茶，李四虎一坐下来就要喝的！"说话时，马老三的眼睛不离片刀，他的全部精神，还是贯注在营生上。实际第一批投宿的客人，早已吃完东西，他这是特意预先给大车队准备的。大车队两天一个来回，从四十里外的帽儿山装上载，走到这里正天黑，若不预先把材料准备好，等车夫们一拥而进的时候，就忙不迭了。

名叫小午的堂倌，是他的儿子，刚满十六岁，却过早地发胖了。脸像娃娃，身材却像个肥屠户。肩上搭着一块擦桌布，一听马老三招呼就高声喊着："来了——来了——"声音悠扬，充满了忙碌中的愉快和兴奋的情绪。这时候店门外走进两个车夫来，找打水桶去饮牲口。马老三头也不抬地说："我开店还管你水桶使呀！你们怎么回回出车不自己带呢？"又叫："小午，把水桶拿给吴老汉！"可见除了李四虎，他对所有的主顾并不尊重，那两个车夫也并不管店主怎么不满，在他喊小午之前，早已提着打水桶走出去了。也可见马老三的脾气，车夫们常来常往，摸透了。

马老三片好最后一片肉，李四虎的脚一颠一斜地跨进门来。这是一个四十出头的彪形大汉，红红的脸膛，乌黑的眼珠，浓浓的圈腮胡。棉袍前襟，卷在腰上，扎着一块黑布腰巾，不结襟扣，露着里面小皮袄上的古铜色扣子。倒提着长竿鞭子，一进门就大声说："嘿！好冷的天呀！"

"都交九了，再不冷还像话呀！"马老三笑着，用围裙擦着两手赶忙招呼，"西炕上早给你泡好茶啦！伙计！怎么今天到的这样晚呀！小岭南边的洼地不好走吧！"

"道可坏透了，雪都化成了河，净是烂泥！"李四虎往西间走的时候，左顾右盼扫视着南北两个大炕上的商贩，仿佛注意是不是有熟人似的，实际呢？又不是。因为他早年在武工队和地主还乡团斗争的时候，不管赶集还是住店，总要时时地警惕地注意周围，这已经是遗留下来的习惯，那乌黑的两道眼光，这时就给人一种分外锐敏的感觉。"今天住客不少呀！又是大官村的集日了吧！"

"是呀！"南炕上有人招呼，"这边喝水吧！"

"大官村的集日，如今可热闹了！"李四虎似乎全不注意别人的招呼，仿佛是对大家说的，"光挖引河的民夫，就是二十万，若不是国家兴修水利，咱们这个荒山野谷，会这么热闹呀！上个集日，卖坦埠烟的沂水客都过来了。"

"大官集上有卖坦埠烟的了？"有人说，"真是，这不赶上往年祭旗山上的庙会了吗？"

"庙会也没有上过五万人呀……"

李四虎的话刚说到这里，那伙子车夫，一共十三名，就一窝蜂似的拥进来，闹闹嚷嚷的，由于屋子的温暖，发出舒畅的气息，彼此招呼着，各自占了适意的座位，有在地桌子坐的，有在炕上蹲着的，以致听不见李四虎往下说的是什么了。

二

李四虎过去在当地三五十里的范围内，是个有名的武工队员，大胆而且机警，枪法又打得准。早年国民党匪军驻扎沂水两岸的时候，他经常带着短枪，在敌占区出入，在敌人家门口镇压那些疯狂的杀人不眨眼的土匪地主。有一次深夜，越过一道短墙，跳进一个"还乡"地主院子里的时候，踏响了地主埋的护门地雷，因为受伤过重，以致当地方武装全部升级参加到三纵的主力部队里去时，他却还得住在军区留守医院里。伤好，腿却一颠一斜的，自然不得不退伍。以后就单独留在本村担任治安工作。一九五〇年又当选了乡人民代表，群众间一直保持着很高的威信。

这次南旺庄为了支援国家的水利建设，派遣互助组的骡子车参加工地运输，李四虎是互助组的组员，又是掌鞭子的雇工出身，有一套赶大车的经验，自然就派他出夫了，照例一天有十分工票，并且由互助组担任在外边的伙食和开销。临走，支部书记曾经嘱咐他："这一次出车，是支援国家的建设，赚脚力多少没关系，主要的，对牲口要上心，夜里勤加料，免得累瘦了，组里有意见。"又说："你是党员，又是人民代表，我想不用说你也明白，在外边咱们不能自满，要虚心，注意政治影响。"李四虎就说："知道了！"心想，这些还用嘱咐吗？我又不是二十岁的小青年。出车两个礼拜以来，互助组的骡子不但喂得肥实，而且按百里百斤的运费收入，又给组里增加了一头两岁大的牛。这样就使周围村庄的农民，都普遍羡慕眼馋了。有的本来没有车的，买了车，有的本来牛驾辕的，又添上驴拉双套，有的为了搞运输，才把牲口入了组，也有的富裕中农、单干户纷纷参加了。这样，只到帽儿山拉石料的这一条路上，就由七辆大车，增加到二十三辆，并推举李四虎赶头车。李四虎又是党员,赶车又有本事,更时时关心同伴们的车辆和牲口,自然威信是很高的。

三

现在李四虎见伙计们都在自己的位子上坐定下来,有的抽烟,有的闲谈,就开口问道:"后边还有什么车没上来吗?"

李四虎一开口,沸腾的话声立刻沉静下来,可以清楚地听见院子里和街道上的牲口吃草声和铃铛声。那伙子车夫都左右四顾,不敢确定是不是有人误了车。

"东洼庄吴老汉呢?"

"在这里呀!"一个头戴破毡帽的老头儿说。

李四虎又说:"你没有在泥洼里打扑腾呀?"

"不那么容易呀!"

"傅家庄互助组的牛车呢?"李四虎第二次巡视一周说,"不是吴老汉你的车在他后头吗?"

"在他后头不假,"吴老汉笑着说,"可是他的车在泥洼里窝住啦!我的车就走到头里了!"

"那么刚才你怎么不说呢?闷着头,像没有事似的!"李四虎说,"你怎么眼看前面的车窝住了,不帮一把,就自己赶自己的!"

吴老汉就说,后头还有小刘家农业生产合作社的双套骡子车。有人就说,那是个雏儿,拿鞭子就像拿烧火棍一样,他自己不在泥洼里打扑腾就是运气,要靠老天照应,还指望他能帮傅家庄互助组的拖车吗?

"人家可是农业社的车呀!"吴老汉眨眨眼睛说,"是起模范作用的呀!"

"鸟,"一个黑瘦的壮年车夫说,"这又不是跑汽车公路,光依靠牲口;不攀在庄里有上级培养,没本事,起鸟作用呀!"

若是单干户这样说，李四虎一定会当作对党的互助合作路线怀着对抗的情绪的分子来批驳几句；但说这话的是杨树庄的互助组组员，他就觉得确实有道理；而且他自己同样认为小刘家农业生产合作社，论生产并不比他们南旺庄互助组高一手，不过靠天然的土头纯。但他自己是领车，小刘家农业生产合作社的车是头一天来参加运输，要注意团结，尤其是当前的关键，是傅家庄互助组的牛车陷在泥洼里……

他说："赶车的本事再好，像你吴老汉一样，光自己顾自己，又能起什么作用呢？"

"我的好伙计！"吴老汉叹息似的说，"你也不是没见过我那头驴，瘦得像个螳螂一样，怎么能拉帮套呢？"说完就在炕沿上叭叭地扣烟灰，神色间仿佛说："反正什么不是处，都找到咱单干户头上，咱说什么？"实际上，吴老汉赶的是牛驾辕的双套车，一小时前他给牲口拌料，还拍着牛肩夸说他的那头阉牛给头骡子也不换，"过崖子，尾巴卷得像条蛇，一弓肩就拉上来了"。

李四虎说："你呀！岁数也挺大了！我也不愿说什么！出门拉脚，可不攀在村子里单干，谁也免不了过沟过崖的！你自己琢磨琢磨吧！"又说，看样子，小刘家农业社的车是落在大后头了，若是吃完饭这两辆车还不上来，再派牲口打接迎。

吴老汉当李四虎向他说话的时候，一直低着头，似乎烟管不通气，必须找根炕席草透透，一会儿通烟管，一会儿吸吸，好久没抬起头来。现在听见李四虎说饭后派牲口打接迎，就说："谁去牲口，我去人好了！"

那时候，堂倌小午活跃地愉快地招呼着，两手端着五个菜盘："躲开，躲开。又来了！"每个车夫都开始擦起筷子和酒盅来。

四

李四虎在喝饭前那两盅烧酒时，兴致照例是很好的，别人吃菜是为了喝酒，李四虎喝酒却是为了吃菜。谈话从这条山路的艰难开始，李四虎提到他往年跑青岛拉长途的故事了。有一次他赶的车正在当中，那时候年轻、大胆、贪睡，走的又是夜路。虽说坐在车前辕打盹，但耳朵还管事，听见前车牲口蹄子敲打木板声，知道是过桥，本来不打算下车，但牲口蹄子敲打的音阶有一点错杂，他就机警地把车带住了，到桥上一看果然有块桥板脱离了大梁，滑到一边去了。若不是耳朵灵，牲口蹄子一落空，就要出险。他谈话的时候，全没有一点骄矜气，那完全是由于酒好，胃口又旺，心情又舒适而来的兴致使然。谈话当中，停顿过一次，那时候，他听见小岭南的空旷上传来一阵阵大声疾驱的赶牲口声，自然他的话一停周围的人都注意到了，有人低声说："一定是小刘家农业社的车，赶到岭南泥洼，碰上傅家庄那辆陷在泥洼里的牛车了！"李四虎便听了一会儿，又接续他的谈话，不用说，他从那遥远传来的，由大声疾驱转为畅声长呼，就知道牛车在骡子相拖之下，已出了泥洼，奔上小岭了；更不用说，李四虎虽然在兴致淋漓地谈往事，心里却一直牵挂着那辆陷在泥洼里的牛车。

当他谈完话的时候，还有人问："为什么前边那几辆车上的牲口，没有从桥板空处踏下去呢？"自然所有的车夫，都对这个问题，感觉很大的兴趣。

但李四虎的注意却在远方的大道上，他听见牛项铃当当作响，听见骡子的串铃震震有声，又听见传来的歌声童音悠扬，可以想象到歌唱的小青年就是小刘家农业社的刘虎子，他是由于冬夜的月光、旷野、平坦的大道，由于自己年轻又是第一次出远门而有的那种愉快来歌唱的。但一会儿又沉寂了，连牲口的项铃声也失去了。李四虎知道这并不是大车又碰到什么阻碍，停下来，而是旷野间的风势转了方向。果然，一会儿歌唱又飘扬起来，李四虎望着众人说："你们听到吗？那小伙子的情绪还挺高，并没有因为傅家庄的牛车拖累了他，就怨天怨地呀！"接下去又说："你们问前边的车吗？这是很明白的，桥板钉子早脱落了，前边牲口一踏，凑巧，桥板一翘，车轮就带到前边的桥板上了,我的车正赶上这个空子——好啦,傅家庄和农业社的大车上来了,谁去招呼一声吧!"

这时候,从远而近的串铃音,响声大作,分明是装饰讲究的骡子车驶进村来。有三个车夫离开座位,匆匆走出去接迎。

五

若不是有人打接迎,骡子车也许不靠到路北马家店门口。

原来黄泥岗有两个车店,一个是本庄互助组开的大众饭店,一个就是马老三独自经管的马家店。大众饭店是本地水利工程建设开始以后新挂幌,马家店却是二十年前的老门头,中间由于战争停过业。远近行商,南北牲口贩,一提起黄泥岗来,谁都知道马家店,这不但是因为马家店门头老,主要的还是因为马老三在大勺上有一套手艺,肉片的薄,佐料调得讲究,焖、炖、煎、烹样样拿手。大众饭店都是互助组的妇女轮流值灶,做的是家常便饭,不讲口味,单讲实在。例如五百元一碗的白菜豆腐,三百元一碟的豆芽炒辣椒,在马家店是吃不到的。

因之,两个车店各有各的主顾,牲口垛子、手面宽的行商和拉石料的互助组车辆,往往住马家店;挑担子小贩、赶集卖粮食的农民和拉石料的单干户的铁轮车,往往住大众饭店。自然也有例外,像富裕中农吴老汉一顿饭好喝四两酒,常住马家店;傅家庄互助组的车夫,恋恋着邻庄邻村的伙伴,却住大众饭店。不过吴老汉虽在马家店,也是单吃单喝,单开钱;而互助组的车夫们,却是打平伙,一个桌子上按份子劈账。

当时,小刘家农业社的社员刘虎子,在那三个车夫帮助下卸了牲口,拴在车底上,就愉快地拍拍骡子的长颈说:"伙计,好好歇一会,再喝水,别抢人家簸箩里的草料呀!"为了放心,又把缰绳结得短一些,就高声赞美着:"这大明的月亮,好像过八月中秋一样,明天管保又是好天！"一边说着，走进烟雾腾腾的马家店来。在冒着黑烟子的油盏灯下，出现了。

这是一个正在发育期的青年，两只大腿又细又长，仿佛是个鹭鸶，裤腿卷到膝盖上，赤足穿着一双厚底布鞋，显然在沟道里洗过脚，裤子上还留着为马蹄和车轮所溅射的烂泥。脸上有种早婚青年所没有的红润颜色，又仿佛天寒冻得那么红润，两个大眼睛，闪着一种兴奋、愉快的光辉。许多车夫向他打招呼，道辛苦。就连原先讥笑他的杨树村互助组的车夫，也改变了歧视的眼光，夸说他唱得实在不坏，一定要让他喝口酒。

"领车在那边呢，过去吧！"有人说。

李四虎在西炕上向他遥远地注目，等他走近来，就说："你不喝酒吧——对了，不喝酒好，倒碗热茶吧！"

"你看，咱多粗心。"刘虎子倒茶时，两眼并不注意茶壶，"早晨报到的时候，咱光知道你是领车，还不知道你就是南旺庄上的李四虎同志呢。"

李四虎望着他那红润脸色所透露出来的愉快和歉意的笑容，心里很喜欢。我们必须说，在早晨初见时，他却不满意这种脸色，以为一个娃娃还能赶车吗？以为一个汉子脸色怎么倒像个闺女，但现在同是一样的脸色感觉却完全不同了。他开始问，傅家庄互助组的车夫情绪怎么样，并说若不是他的骡子车在后头，他们准备去打接迎的。又问庄外是不是起了大风，天上有没有乌云。知道庄外风很大，他倒似乎很安慰的样子说："该变天气了！"最后李四虎就说："那么小刘家怎么派你出夫来呢？你赶过车，拉过脚吗？"

刘虎子捧着茶碗说："俺们的庄不是小吗？都是佃户，过去就没有人拴过大车，哪会呀！若是套牲口的独轮手推车，可没人胆怯！"又说："社员们中整劳力不够，都留在村里刨地、压沙，反正一样的劳动日，在外边社里又管伙食，咱不会，就学吧！"

"你们又在碱地上压沙吗?哪里来的那么些工票开销呀!"

"还不是地里出产呀!今年一亩地平均多收十七斤粗粮呢!社里反正有公积金。"

李四虎就向周围问:"你们说,咱们的互助组有这个力量吗?"

"那怎么能比。"有人说,"刨谁的地,谁也不干,都怕往外找工票。"

李四虎见堂倌小午早已肩搭着擦桌布走过来,就向刘虎子说:"你肚子一定饿了!"自己起身让开地方,坐到地桌上,竖着一膝,兴奋而又愉快地说:"咱们互助组怎么能赶上小刘家的生产量呢?你们听见了吗?我可是今天才明白这个道理。"

李四虎和别人说话的时候,听见堂倌小午在背后笑嘻嘻地说:"来碗豆腐呀!那,你看,咱们那桌上有大碗豆腐,斜对面有大锅菜,咱们这可没预备。"又听见刘虎子说:"那我就到斜对面去好啦!"他回过头来,望见刘虎子向外走,并且好奇地注视小午,仿佛他奇怪世界上竟有这样胖的弥勒佛似的人物。李四虎还没有明白究竟发生了什么事,店主马老三已走过来,脸上现着狡黠的笑容,站在刘虎子旁边说:"你们小刘家农业社那么富庶,怎么这样抠呀!一个大钱还要攒出一把汗来,还要当富农呀!"

"你怎么这样说话呢?"刘虎子脸色突然庄严地环顾着左右在笑的人大声说,"我们农业社的资金都是搞扩大再生产的,难道有钱还要都浪费在吃喝上吗?"说着,就迅捷地走出去。

李四虎仿佛一个善于战斗的战士听见枪声一样,是那么机智地,立刻改正了自己的位置。他完全不去注意马老三是怎样瞠惑地站在那里,也没有注意那些停止了笑容、惊慌失措的互助组车夫。他是完全凭着一个共产党员的本能,从刘虎子庄严的声音里,感到了党的影子。他说:"好呵!谁说一个雏儿不能起领导作用呢?凤凰窝里还能飞出黑老鸦来吗?"

若不是李四虎及时地改正了自己所处的位置,他确实会遭到单干户的冷枪的。富裕中农吴老汉,听见刘虎子的话,脸上就露出欢喜的笑容,他本来要说:"这小伙子真傻,在座哪个人吃了互助组的觉得心痛呢!"但李四虎的发言,改变了他的笑容。所有的属于互助组的车夫们,都沉默着,可以清楚地听见外面刘虎子在饮牲口时所吹的口哨声。

有一个赶大官集的小贩说:"李四虎同志说得好呵,若是都像那个小青年似的,拿着社里的钱当自己钱那么在心,谁还不参加互助组呢?"

"鸟呵!"杨树村的互助组员说,"若不是贪图吃喝,谁愿意在外头,风里雨里地赶车呀!"

"可是也有你十分的工票呀!"吴老汉接口说。

"那么在家里编席子呢?到工地上做小买卖呢?赚了还不是自己的,一天岂止十分工票。"

"那你不是互助组吗?挣的运费脚力不是也有你一份吗?"吴老汉,眼睛不望对方,却斜睨着注意李四虎的脸色。

"可是在家里编席子也不光是单干户呀!还不是有些是互助组组员。赚的脚力,还不是有他一份,猪喂肥了还不是一样劈肉,组里买了牲口,还不是一样给他耕地。"

"是呀,"有人附和,"编席子、赶集做小买卖,收入是自己的,赶车的进项都缴到组里去,只拿十分工票可就不合理了!"

"那不是组里的车,组里的牲口呀!"第四个车夫插口说,同样两眼却注视着李四虎,"有的人想,一天挣十分工票,还挣不到呢!冬闲时候,又不是夏忙。"

总之,争论是不休的,越来越热烈。因为每一个村的互助组,有每一村的特点,有的出车十分工票之外,还有奖金可拿;有的扣除了公积金,牲口、大车、车夫按股分账;有的牲口和大车是组里公有的,但组员按牲口、大车的股金分红；更有的是一头牲口只按两个劳力计工。确实各村有各村的具体情况。

李四虎越来越明白地看清楚所有的互助组组员，为个人打算的多，为全组打算的少，而刘虎子却给他打开通往社会主义大路的窗户。现在他的眼色已不像听见枪声那么严峻，而是雨后天晴似的明朗。他说："伙计们，大家若不是一条心，怎么能提高单位面积生产呢？咱们还要往社会主义这个目标赶呀！为全组打算呀！"又说："怎么计工才能算合理呢？两下情愿就算合理，小刘家农业生产合作社就比咱们互助组更合理！不是吗？"

"是这个理呀！"大家齐声说。

李四虎说完话就颠着脚步，到外边喂牲口去了，这是临睡前拌第二次料。

六

当李四虎拌好牲口料，又在院子里站住，望着天空和飘荡的炊烟，发出幸福的叹息。

"看什么呀？"有人问。

"西北风呀！明天又是个晴朗天，咱们得鸡叫头遍就套车。"

"那么早呀！"

"明天还要过一块泥洼地，早走，趁着夜里上冻，有些车上的牲口不是不顶事吗？"李四虎望见说话的人是吴老汉，就说，"是你呀！你怎么样呢？"

"我呀！单干着看看吧！"

"转过年来，春天你就要难看了。"

"怎么的？"

"怎么的呀！你就不能出车了。你顾了车，就顾不了庄稼，顾了庄稼，就顾不了大车！"

"可是呀！"吴老汉吃惊似的瞪大了眼睛，僵直地站在那里。

"早点打主意吧！"

这一夜，李四虎和旁的车夫们都过早地就睡了，但李四虎却没有睡着。他想到南旺庄的互助组，想到武劳合作队的大生产，又想到刘虎子那红润的脸色、愉快的笑容，自己第一次开始感到有些老大……马老三这一夜，也没有睡好，觉得李四虎付账时，连上两趟的牲口草都找清了，有点不对头。这一天鸡叫二遍，拉石料的大车就出发了。果然不出马老三的意料，刘虎子那小家伙真的起了带头作用，从那以后大车队都到斜对面大众饭店去住宿了。马家店顿然冷落下来，只有大官村集日，生意才兴旺，以致堂倌小午平常也失去了往日的兴奋，时常寂寞地蹲在灶口打起盹来。

十月十六日于北京

旅　途

一九四九年秋天，正是解放战争的烟火越过长江，卷向西南，山东省的河流到处泛滥成灾的时候，黄河水利委员会的指挥之一周仪容，在离黄河下游第三指挥总部二十里以外的黄家村指挥所，接到总指挥部的电话通知：中共中央华东局在徐州召开的关于导治沭河的紧急会议，决定提前。限定她于九月二十四日以前报到。

当时山东全省所属各电台、长途电话，以及所有沿河党政机关、军分区、部队的电话总机和交换台，都以支援黄河抢修工程作为首要任务，不管是指挥所转挂外线，还是外线转挂指挥所的电话，只要是提到黄河水利委员会，线路当时就会接通。因之，女指挥周仪容很快就从各线路上了解了铁路和公路的交通情况。最后，她选择了直穿胶济路由青沂公路直达陇海路的交通线，这样在参加徐州会议之前，她足能有一天一夜的时间，绕道不远，实地视察一下沭河改道区的情况。以便考虑，到底她还是坚持自己原来的意见，主张按期施工呢，还是放弃自己作为设计工作者之一所决定的原来计划。

当天晚上她办好交代，仍和往日一样，八点钟就披上军装大衣，手持电筒，带着她的年轻而有战士风度的警卫员小王，到黄河大堤上去视察水势。满耳都是那声达二十里以外的轰轰然奔腾的流水声音，她需要注意是不是有倒灌獾子洞或鼠窟的漩涡。她沿着宽阔的黄河大堤，走走，停停，并没有因为第二天的远行，而透露出匆忙、草率的姿态。她的步伐永远是那么镇定而健捷。这种步伐，正像一个自己知道肩负重要职责的年轻将军，独立思考什么时所有的一样。

这天夜晚，星星繁密，没有月亮，只见黄河大堤两岸一团一团火光，水是乌黑的，堤路是灰白的。距离最近的一个哨棚，可以清楚地望见那些值夜的农村青年围火而坐，架上吊着煮粥的铁锅。他们愉快地集体唱着什么，但由于黄河河水发出的滚滚奔腾的咆哮声过于宏大，虽然周仪容距离他们很近，但见面火而坐的人，时而张大口，时而动着嘴唇，却听不清他们所唱的声音。

她在他们中间愉快地坐了一会儿，在那时，她的面孔显着少有的温柔、娇美、年轻。临走又和带班的人指示了次日该注意的事项（这是在棚子里谈的，只有那里水声被隔开，大声谈话才可以听见）。她没有告诉他第二天自己就要离开，她以为不需要牵扯他们的工作情绪，更不必要分散他们第二天早晨的时间——告别、送行，耗费些不必要的语言和精神。她走开不远，又站下来留恋地回顾了一次，最后摆脱了什么情绪似的，抬抬两肩，把军大衣弄得更贴身一些，跨着大步，走回作为临时指挥所的农舍来。

这时已经夜深一点钟，初上的月光，朦胧、神秘，田野间有雾气。农舍门口停着一辆吉普车，这是总指挥部派来的。司机正像一般过惯了军事运输生活的人，很会捕捉睡眠的时间，而且哪怕一点轻微的动静就可以随时惊醒。现在他正醒来，听见一种坚定有力的脚步声走来，知道是周仪容指挥巡视河堤归来了，就迅捷地跨下车来。

"张达同志吗？"

"是我！"他尊敬地回答。

"在车上睡不冷吗？"周仪容不等他辩白，回头向警卫员说："小王！领张达同志到你那里挤一夜吧！多铺一些干草，明天要赶长路！"

"不冷……"

"受寒，病了就影响工作。"表示这个问题已这么决定，并相信她的警卫员会执行得很好，就问汽油带了多少，告诉他青沂公路有的桥梁给水冲断了，还需绕道走村路。张达回说，这条路他虽然不熟，但已从总指挥部带了一份地图。

第二天早晨，周仪容披着军装大衣上了车。这天她换了整洁的黄咔叽布军服，腰上扎着皮带，越发显得年轻、英武。她的面型，看来不似夜晚围火坐着时候那样温柔、明媚，由于她那明亮的眼睛所现出来的敏锐、果敢、镇定的光辉，就改变了她的温柔的面型。那眼光正像知道自己的工作所含的庄严而崇高的社会意义的一个政治家那样，现出一种充满生活的热情和前程远大的自信精神。可以看出那是久经中国共产党的教养和培育所产生的一种精神，把她那温柔、明媚的本色，完全改变了。又因为她的军服整洁，装束利落，就越发显得她风度潇洒。为了眼界开阔，她坐在司机身旁的位子上。当她跨上车以后，对那个中年老成的驾驶员点头微笑，那意思是"我知道你睡得很挤，但总不会受凉生病的"。车开之后，风势很大，她就用军装大衣的狐皮领子遮挡着脸。

早晨的阳光驱散了大地的雾气，天空晴朗，道路又平整。周仪容想，如果不落雨，两天的时间，就能赶到沭河改道区，她足有一整天的视察时间，这一整天的时间是多么珍贵呀！

从黄河北岸，过渡到南岸，足有半里路程，但仅仅五分钟就过来了，可见水势虽落，但流速仍然很急，平底方形渡船越过码头二百步之外的下游才靠岸，从那里再逆着水拉纤，倒消耗了一个钟头。

上午十点，周仪容所坐的吉普车，才离开黄河渡口。当天在益都地委机关的招待所过了一夜。第二天吉普车走上青沂公路，午后一点又离开公路，那里正是桥梁被水冲断的地方，绕道走土地庙。大车道泥泞不平，似乎刚落过大雨。经过两个寂静的村庄，周仪容遥远地望见临近公路的岔口，自然那就是土地庙村了。但大车道和公路的交接处，有一潭水，有辆拉载的牛车陷在池沼中央，还望见高空挑着一个酒幌儿，不久就望不见了，原来吉普车已来临洼地。等到她第二次望见十字路口和泥沼的时候，吉普车已到达一座孤立的、屋顶矗着幌杆儿的小店旁边了。

一辆公路汽车停在小店背后的打麦场上。可见池沼中央的牛车陷在那里很久，并阻碍了来往车辆的交通。对岸公路上一辆拉载的货车，什么时候早已卸下了骡子，不见车夫，只见牲口在那里吃草。吉普车只好在路当中停下来。

二

路旁的小店是三间茅草顶的矮屋，大门足能通过一辆车，直通打麦场，没有围墙。作为大门过道的这一间，兼作厨房。那两间店的屋檐底下，搭着夏天挡遮太阳的凉棚，长途汽车的旅客都麇集在棚底下，喝茶、聊天，有的打扑克。

距离茶棚十步远垛着柴堆的草坪上，是体态臃肿的汽车司机，他蹲在打场的碌碡上，田蛙似的沉默着，时而望望周围，时而摸弄自己的鞋口，显然情绪不好。他的助手，穿着和他同样油垢满身的工人装，站在那里，随时准备听他的吩咐似的。

他们是两小时之前来到这里，当时那辆拉载的大车就陷在那里了，就像钉子钉住一样，车夫一次一次大声吆喝，那头辕牛在鞭子底下困难地喘息、挣扎，时而向左，时而向右，但见它两腿调换地位，却始终留在原处。公路汽车司机当时以为只要后一辆车卸下骡子来，驾在这辆牛车上拉外套，不会耽搁过久的。他倒担心牛车过来之后，汽车是不是能顺利地开过去。

坐在这个汽车上的有一个由于体格魁梧而惹人注目的人物，这就是当地的副专员胡刚。他穿着一套陈旧的黄咔叽布军服，方脸、大嘴、前额广阔，两只眼睛，现着一种豪爽胜于敏锐的神态，不管说话或是笑，声音总是像钟声一样洪亮。他也是奉命参加中共中央华东局在徐州召开的关于沭河水利建设会议的，带着三个随从人员：秘书、警卫员，还有建设科科长王方。本来他们专员公署有自备的中型吉普车，因为派到火车站接地委书记去了，他们就改搭这次长途汽车了。当时他看见公路汽车的司机,情绪很消沉的样子,就走过来问:"怎么样?同志!你看要等好久吗?"因为他的声音是那么响亮,以致引起不少旅客的注意,都走过来探听消息了。

"牛车就是拖上来,也够受的!"公路汽车的司机说,"那里泥洼那么深,汽车说不定也在那里陷住,等牛车拖上来再说吧!反正若是汽车陷在泥洼里就糟糕了!"

"咱们想想办法呀!咱们还能让这个小泥洼挡住咱们的路吗!"副专员胡刚说话时,向周围的旅客望着,果然在旅客中得到赞同的反响,有人提议等牛车拖上来,就找木头去填路。副专员胡刚说:"咱们先研究研究周围可利用为填路的材料吧!"就这样,带着一组旅客走到草坪上来。

这堆柴的草坪,地势高,可以望见周围的村道、坟墓、树丛、远远的河流。从那河里溢出来的水,填满了车道两旁的泥洼,并淹没了那块路面,形成大块的泥沼地带。近河处有芦草、鸭群,隔河一片田野,那背后又是村道、树丛,以及隐藏在树丛之间的村舍。但原来站在这草坪上的另外一群旅客,并没有注意这一些。他们都是一些珍惜时间的机关干部和积极分子。各人都要按照自己的预定日程,到达各自的目的地去。他们隔着崖下的那块水洼,注意着牲口,注意着车轮,注意着用肩抵着车轮的车夫的用力姿态。一个细高身材的汉子,还热情地老远吆喝着:"怎么不卸下骡子来呀!伙计!喂!后头的那辆车卸下骡子来吧!"这汉子,年过四十的样子,有两只骨碌骨碌乱转的大眼睛。农民短袄外面套着又肥又短的军衣,显着更细更高。可见这不合体的军衣是别人送给他的。他肩后还背着一个小包裹。他是淮海战役的支前民工,刚从军区疗养院出来,离家还有百十里的路程,自然很着急。他连声向泥沼中央呼喊着,这喊声虽然没有得到那两个围着牛车旋转的车夫的反应,但显然知道如果再怕麻烦,不卸骡子来拖是没有希望了,那个阔肩车夫就回到南边公路上去卸牲口。这就鼓舞了所有站在草坪上的旅客，谁也不离开草坪崖子。

就在这时候，副专员胡刚观察了周围。村庄离得太远，若是到村里去搬运木材，耽误的时间就太久。崖子西头的村道口，倒有一所敌人遗留下来的残破碉堡，周围净是些乱石头和碎砖。副专员胡刚就开始大声煽动地说："同志们，准备铺路的材料吧，牛车拖出来，咱们要保证汽车不在那块泥洼里陷住。"总之，他没有费多少唇舌，那些珍惜时间的干部和旅客中间的积极分子，都走向残破的碉堡去，并且在半途中奔跑起来，仿佛夺红旗似的，跑在最前头的就是那个套着又肥又短的军服的瘦高汉子。

但在这群旅客当中也有两个完全不同的人物。一个是县财政科新提拔的科员申志高，一个是在建设部门做材料供应的处长尤伟。这县政府的科员申志高，年轻、整洁、面目还秀美，本来站在副专员胡刚旁边，现在就偷偷溜出来，走进茶棚底下去，最先占据了一把躺椅，自庆得所地坐下来，两手叠在脑后，神气很舒适。处长级干部尤伟，是个腰围粗壮的中年人，仿佛不胜疲倦和旅途劳累的样子，但一见躺椅，就故作惊讶而羡慕的表情，似乎说："还有这样的舒服座位呀！"见申志高没有谦让的意思，虽然自负年龄高于那青年一辈，也只好另择椅子坐。可是那个自视很高的科员，并没有在那把舒服的躺椅上享受多久，一听见草坪上以及从低地的碉堡周围发出的惊呼，就不得不跑过去。果然有什么事情发生了，他跑到柴垛的时候，就望见离开牛车的骡子，坠入深水坑里去了，颈子下拖着缰绳，跌倒又跃起，终于改变方向，向有芦苇的河口游过去，水面上只露着头颈，芦苇丛中，吃惊的野鸭群纷纷散开，叫着，有两只扑着翅膀贴着水面飞了两三尺远。他听见有人在低地上呼喊："要绕道去截！"那个阔肩的车夫，脸上现着沮丧、焦躁、恐惧的神气，用两脚划着水走过来，高声回答司机的问话，说："牲口套断了，天黑再看吧！"

"那怎么办呀？司机同志！"有人问。

"那又有什么办法！牛车过不来，堵着车道，咱们就过不去！反正到土地庙村，找地方过夜吧！"

那些围绕着司机，依靠司机的意志决定自己行动的旅行商人和妇女，立刻匆匆走开去；而科员申志高却走在最前头，心想，这要赶在别人的头里，晚了，在土地庙村就占不到好地方宿夜了！但走近茶棚旁的车门，发现他后面的那一小伙商人又停住了，原来副专员胡刚和那些珍惜时间的旅客，从低地有碉堡的地方上来了，跑开的商人又回转，申志高也赶回来，仍然是挤在最前头，以便第一个预先知道胡刚的决定。

"这么一点困难的局面，我们就真的束手无策吗？咱们这么些人呀。你看，填坑的石头都收集了那么一大堆！"胡刚的洪亮声音钟一样的响。

"牛车上不来，有什么办法呢？"

"另外没有别的路可绕吗？"

"没有！"司机说。

那些依靠司机来判断事物的富有旅行经验的商人，又开始匆忙地走开，彼此小声说："还是赶快到村子里去占地方吧！"而科员申志高仍然是走在最前面，这地位是他跑了三步才取得的。回顾时，见那一小伙敏捷的商人跨着大步赶来，自己又跑了几步，保持了自己取得的前锋式位置。但一到打麦场（客车就停在那里，他的行李是堆积在车顶上，却压在最底下），发现追随自己的那小伙商人又回转草坪上去了，于是申志高只好第二次赶回来，心想，到底是怎么回事儿呀？还有什么办法吗？只见所有那些在低地曾忙碌过一阵的旅客，那些追随着副专员胡刚的机关干部都围绕着这个魁梧、高大的人物，纷纷陈述着什么。显然副专员胡刚已把所有的珍惜时间的旅客以及积极分子，都集聚在他自己周围了，他已取得了公众领袖的地位。他的方脸上和那爽朗的眼光，现着特殊的冷静的神气，可以看出他完全没有受周围的骚动空气所感染。

"这个意见是好的！"他说，"那咱们若是派人到土地庙村子去，就不单单借个牲口套了！咱们动员村庄上的牲口来支援吧！来两头大牛，还拖不出来吗？"他左右环顾，显然是找司机。他的眼光落处，人丛是那么自然地裂开一道缝儿，而司机就从那道缝儿里现出来。他坐在碌碡上，手里掐着一根麦秸。

"怎么样？司机同志！"

"若能找到牲口，就试试看呀！"他懒懒地说。

结果是副专员胡刚派出自己的随从秘书，到土地庙村去动员牲口，另外有三个积极分子，自愿陪他一块儿去，内中就有那个套着又肥又短的军衣的支前民工。

他们出发后，那一群珍惜时间的旅客和积极分子，都跟随在副专员胡刚的背后，保持着半步的距离，走到茶棚底下去。他们现在对这魁梧、高大的人物，是这样的尊敬、爱护，仿佛尊敬和爱护自己的公众领袖一样。以致原来占据了躺椅的那个处长级干部尤伟，不得不站起来，坐到椅子上去。他和副专员胡刚，虽然不曾在一个单位工作过，但彼此是见过面的。

"怎么样？今天晚上不会在这里住宿吧！"

"到村子动员牲口去了！"

尤伟和他谈话就完全失去了怠惰的神气，露出珍重自己的恭敬的口气来。副专员胡刚就和他对面坐下，结果躺椅却空在那里，谁也没有坐。尤伟提议打扑克，排遣这段等待的时间，副专员胡刚就笑着推荐他的建设科长。直到副专员也拉过椅子，在建设科长王方背后观战，申志高才感觉到那种由于胡刚而来的束缚空气，才消逝了。

实际上副专员胡刚对扑克并不感觉兴趣，不过为了表示他并不特殊，为了表示他和所有的在旅途上相遇的各级机关干部之间，尽管存在着职位、年龄和阅历的不同，但在生活兴趣上，他是和年轻人一样的。并且为了解除显然他自己也感觉到的那种在旅途当中,由于他的在场而产生的拘谨气氛,他旁观,并在建设科长王方出牌征求他的意见的时候,他就热情洋溢地转问背后的人。那种神气似乎表明,既然打扑克的那么认真,那么咱们当参谋的也该格外慎重。但从他不时转过头去,注意另外旅客的闲谈,以及由于王方出错了牌他所发出的爽朗的笑声里,都可以看出扑克并没有在他头脑里占据一点点位置,终于他自己完全被另外一组旅客的谈话所吸引,离开了牌桌。那个谈话的主角是省工会的干部,实际上他确也有意把胡刚吸引过来。他是回乡度假期的。他说到自己村里的水灾、缺粮户,说到卖猪换粮食的户多,赶集割肉的户少,说到喂猪赔本,必然影响到明年的增产。因为喂猪户必然减产,这样就直接减少了应有的肥料。

"鸡蛋呢?"有人插嘴说,同样说话时眼睛望着副专员胡刚,"反正灾情越重,卖鸡蛋的越多,买的就越少,鸡蛋就跌价了,可是也并没影响到农民养鸡。

"那么猪贩子到哪里去了?"副专员胡刚终于插口说话了,"鸡蛋贩子呢?都哪去了?难道农村的小商人都没有了吗?还是躲到哪去了?"

他说,问题是清清楚楚的,我们的村供销合作社还没有普遍建立起来,而且建立起来的村庄,也没有足够的人力和资金来掌握属于农业副产品的市场,因之,农业副产品的市场还掌握在农村资本主义分子手里,他们实际上并没有躲到哪去,他们不积极收购,是有意地压价,压得越低,利润就越大。另外,也是一种有意的对抗情绪在作祟。

"因之,我们必须把村供销社普遍建立起来,并且要掌握农业副产品的市场!这里并不单纯是灾情的问题,这里实际上是含有政治上的重要因素的。"

我们必须说,科员申志高对于这种虽然和他的业务有关的谈话,是并不感兴趣的。副专员胡刚在扑克牌桌侧坐着的时候,他曾经站在他背后，并给王方出过主意，并引起过副专员的注意。现在他估计到派到土地庙村的人该是回来的时候了，就离开在胡刚背后的那个优越位置，走到草坪上去。他向通往土地庙村的小道上瞭望着，现在他注意的是另外的一个问题：那就是准备一发现派去的人空手回来，就要抢先一步到村子里去占最宽适的过夜房屋；如果望见有农民和牲口来支援，那么他就抢先一步，占据长途汽车上最舒适的座位。自然不管是住夜的房屋，还是汽车上的舒适座位，他都要为副专员保留最好的，自己准备做他的邻居或是邻座。

就在这时候，黄河水利委员会的女指挥周仪容，挟着军装大衣，跨下吉普车，迈着健捷的步子，越过茶棚侧的草坪崖下，走到距离草坪三十步之外的水洼边上，——在那里蹲着两个农民。

三

"今天算是没指望到家了！"

"哼！到家！"另一个农民抽着烟管用叹息的口气说，"天黑能过去，就算碰到好运气了！"

"怎么样？"周仪容走到他们身旁，说话时眼睛向前注视着那三亩广的池沼地，正像全部精神集中在工作上，虽和身旁的人谈话，却又忽视谈话的对手一样，"过不去吗？"

"不把牛车拖出来怎么过去呢？两旁都是泥洼。"抽烟的农民说，"他们到村子里去动员牲口啦，看吧，什么时候能动员来！"

"是呀！"周仪容实在没注意那个农民说什么，尽自向池沼周围巡视着，显然四周没有路可以绕过去。又向卧伏在水里的辕牛及车辆注意，问："拖的什么？若是能抬下来，空车就好过了！"又问："司机也没有过去探探路吗？"

"不用过去！站在这里还看不清楚？一个油桶有五百斤！抱没法抱，抬没法抬！"

周仪容和那两个农民谈话时,像是在牛车附近的水面上发现了什么,她低头向水洼边上探察着,像是要发现从什么地方可以下水似的,自语似的说:"站在边上不可能判断的,要到前头去探探路!"又第二次向牛车附近注意,足证她确实发现了什么东西。

"若是汽车长翅膀吗?"

"你看到水面上那是什么?不是两棵草吗?那里!"

站在她旁边的警卫员小王证实确是从水面露出头来的两棵草。

"那么,那是不是长在大道上的呢?若是长在泥洼坑里的,那么泥洼坑里的水不是很浅吗?"

"是呀!"那个抽烟管的农民吃惊地说,"许是大道边界呢!"

周仪容把脱掉的袜子塞入鞋口里,交给她那警卫员,开始挽裤腿。……驾驶员张达,跟随在她背后,赤着腿下水了。从水面上,可以清楚地看见水底下的车道、草丛。

她发现水底下的路面,并不像她站在岸上所想象的那样泥软,反倒像踏在石板地上一样坚实。她立刻明白这是土地由于大雨所激而形成的坚硬,可见这股水出槽并不太久。她的脸色因为这一发现,显得兴奋、新鲜,一双眼睛的明朗光辉中,闪着愉快。

直到牛车附近,发现原来有两棵草从水面露头的地方,果然不出她的意料,正是大道的边界。原来这里的路面宽,水深过膝,自然地势也洼。不用说,这里的水浑浊不清,似乎原先就是存蓄着雨水的一小块泥坑,再加牲口和车夫屡屡践踏,烂泥就有三寸深,需要用力拔脚,有时防备滑倒,她不得不伸出维持平衡的手臂。以两棵草作为标志,她和驾驶员来往用步子测量路面的宽度。

当她和驾驶员下水的时候,如果说,已引起一部分干部注意的话,那么他们只是迷惑不解:为什么她蹚水过去呢?难道站在岸上,距离只三五十步,还看不清楚?等到眼见她用步子来往测量的时候,蹲在碌碡上的司机,最先跳下草坪,蹒跚地、喘息地走向池沼边沿的车道口，而站在草坪崖上的积极分子们，都随在司机背后跑来，并越过司机，彼此庆幸地欢呼着。……

自然副专员胡刚也赶过来，所有那些珍惜时间的干部旅客都追随着他，当他走到草坪崖头的时候，周仪容正从水洼中央走过来。

"怎么样呀？周仪容同志！那边的路面很宽吗？"副专员胡刚在崖上问。他们在水利建设会议上，曾经见过面。

"噢，你也是这趟公路车上的旅客呀？到徐州去吗？"

"是呀！我们在这等了好久啦！"副专员胡刚环顾左右，检讨似的自嘲着，"我们是怎么处理问题呢？离着三五十步，我们可没有到当场去调查一下，我们是站在岸上依靠现象来判断，是不是？"

"水底下的路面在那边是宽的，可是底下泥有三寸厚，有车道坑，还得依靠大家想办法找材料铺路。"周仪容站在崖下仰着脸，面向围绕着副专员胡刚的旅客们说。

"那没有问题！那里，你看……"

副专员胡刚的话还没说完，就有人开始脱鞋并高呼着："大家伙儿，动手铺路吧！"所有的旅客都纷纷解鞋带儿，有的说："若是咱们早脱了袜子，到水中央去看看，不是两个钟头以前就过去了吗？"

周仪容裤腿挽在膝盖上，满脚是泥，她没有洗，显然还准备和胡刚谈两句话之后，再回到水洼中央去参加铺路。当她发现原来碉堡附近早已堆积好铺路的石头和砖块，她是意外地欣喜。她从崖下的小道迎着那些光了脚抱着鞋的干部走，脸上现着对所有挽起裤腿子的人都称赞的那种笑容。那些干部在她路过身侧的时候，也都用尊敬的崇拜的眼光向她注目地望着，像是注意一个杰出的人物那样，脸上现着仰慕的微笑。周仪容走上柴草垛边的崖道的时候，副专员胡刚也绕过来迎接她，在她上崖工夫，并伸出大手把她拉到草坪上，彼此感到一种从来未有的亲切。副专员胡刚又一次自责，仅仅距离三五十步，自己就凭站在崖上的主观感觉来认识事物，并谦虚地说："若是用这样的方法处理问题，那不是很糟糕吗？"接着就谈到关于沭河改道的情况，这正是周仪容想要了解的，她的脸色更加庄重。副专员胡刚说，引河一带都是古代石层，工程设计如果不修改，三年完成导沭计划是困难的。不用说，他们赞同并坚持在沭河上游建筑储水库的计划。他的态度是爽朗的，但周仪容并不表示态度，她说自己需要到改道区去实地了解之后，才能决定自己的意见。并且是那么自然而得体地和副专员胡刚离开柴垛，散步式地谈着。她只说明，建立储水库，不但五年之内不能解决一千五百万亩以上的水灾问题，而且财政上有困难；而且今天需要农业上的粮食来支援各项建设，如果五年之后不能消灭沭河流域的水灾，那么不但是这一千五百万亩的粮食的损失，而且年年还要占用国家的大批粮食，因为五百万以上的农民，需要救济呀！在这里他们又发生了辩论，副专员胡刚仍像前次会议上的态度一样，赞同建立水库的意见，提到这是具有社会主义目标的远景问题，提到发电站和灌溉；而周仪容虽然不正面坚持排水入海的意见，却说明财政上的赤字、军事开支，而且上海的一部分投机资本主义分子还在粮食市场上囤积居奇，还需要从东北调粮去镇压市场。……我们必须说，在谈话和辩论中，副专员胡刚的声音同样是低微的，以致使人很惊奇，他们之间到底发生了什么机密的争执。自然周仪容并没有参加铺路的工作，直到听见吉普车开动的马达声，而警卫员来报告路已经铺好的时候，她奇怪自己竟忘记了是在途中要争取时间赶路的。本来庄严的神情，立刻温柔了："那么到徐州我们再好好谈吧！"副专员胡刚也改变了面容，笑着，大声和她告别，他们握着手，但久久没有分开，故意又找了些话谈，仿佛如果不是谈话，他们就不能做这样久的告别式的握手了。两人对于这次的见面和谈话，都感到从来未有的愉快、兴奋。直到周仪容上了吉普车，脸色才冷静下来，她看了看表，催促开车。

当吉普车开过池沼地带，而大批的铺路旅客用脚划着水迎面走过，让路的时候，周仪容从车门里探出身子来。"感谢你们！同志，你们辛苦啦！"

虽然她的告别，鼓舞了大家，引起了欢呼。都向吉普车两侧包围起来，有人说："我们大家都要感谢你呀！同志！"

"不是你们这么多的人铺路，我一个人天黑也过不去呀！"她说话时，吉普车一颠一斜地走着，群众追随着，她还听见后面送来的欢呼和大步在水里奔跑的声音。

"再见啦！"越过泥洼，她向挽着裤腿落在背后池沼中央的旅客挥手，愉快地又一次招呼。随后就关上车门，低声说："加快速度吧！"实际上她现在的情绪很焦灼，因为在这里她损失了将近一小时，而一分一秒现在对她是多么重要啊！

一九五三年十一月

年 假

一

在农村工作过的同志都知道，除了五一节、国庆日，是没有礼拜天的，平常难得一整天休息的机会，可见年假在第九区党委会和区政府的干部是怎样的珍贵了。

第九区区党委的工作人员，昨天晚上就走了，正副区长一清早也走了，虽然昨天深夜落了一场大雪，他们却全不在意，连厨子老王头儿也回到他本屯过年去了。平常热热闹闹的那一排临街的有玻璃窗的办公室，以及区政府背后那么大的一个院落，挂着区委会牌子的套院，里里外外只剩区委书记丁有信和通讯员小张两个人了。

丁有信是外区人，离家远，留下来照管假日间临时的工作。通讯员小张呢，是靠山屯的，他家离区政府有八里路。他不回去过假日，倒不是因为雪厚，不便于骑脚踏车，他留下来有另外两层理由，第一层，区委书记需要他照顾，厨子老王走得心急，缸里空空的，河又离得远，他走了谁挑水呢？还有晚上烧炕呢？谁劈柴火呢？引火柴要劈成一小条一小条的。还有街道上和院子的雪呢，烧饭呢，还能把这些琐琐碎碎的工作推到区委书记头上吗？区委书记本来一年到头就够忙的，难道假日还要他打扫雪吗？这是从工作上着想。第二层呢，从小张的兴趣上来说，他也不打算今天回去。因为区供销合作社女售货员孙香琴今晚上结婚，男方是卫生所的大夫崔毅，单凭崔毅倒没什么，可是新娘子是孙香琴，这就非要闹一个痛快不解！哼！她在人面前倒挺大方，全不把人当男子汉看，可倒好，背后恋爱了，一下子又要结婚了。这回呀！看看她当了新娘子是不是那样大大方方的，非看看她害羞时是什么样子不可。通讯员小张就是怀着这两个目的留下来的。在院子里打扫出一条走道，就挑水去了。

区委书记丁有信本是雇农出身的一九四六年参加工作的老干部，在他手下培养的区干部有的提拔到外县去担任县委工作了，村支部书记有的调到外区去担任区长工作了，但他自己一直没有升迁。这倒并不是因为他工作能力差或是工作作风有什么缺欠，正相反，是因为他的能力强，留下来做老模子，仿佛要发展轻工业就必须注意保养一个很好的生产机器的工作母机似的。他经常在棉布制服外，披着一件短羊皮大衣，出门或者下屯就在腰上扎根皮带，看起来，很粗率，但作风却老练。四十开外的年纪，姜色脸膛，带着一般农民所有的朴实神色，腰围粗壮，走起路来，仿佛两腿短于上半身似的。他熟悉每一个村的党团员以及生产积极分子，正像一个指挥者熟悉他部队里的优秀射击手一样，清楚他们"如数家珍"，爱护他们如珠宝。

现在他正准备作购粮工作的总结，他翻阅着昨天夜晚区干部休假前的汇报记录，任务是超过分配额六十吨，如他所常说的"胜利地完成了"！区信贷社和县银行农村工作组，一总吸收了将近八亿的存款，但靠山村却仅仅占二十分之一，这就是说靠山村六个屯落的农民，还握有两亿以上的现款。这就是问题了，他们把现款握在手里打什么谱儿呢？难道在村供销社里订购了什么生产资料吗？他翻了翻区社的统计材料，找不到什么。这里也确实登记了一些生产资料，有马拉农具，有肥田粉，还有人订购两支捷克式围枪（不用问，他知道这一定有豹子窝老申头儿的大儿子申才订购的一支）。另外有外国种母猪十三口，但总起来也不过四千万元。

"两个亿呀！"他想，"是不是会流动到外区去呀？两个亿若是'分泌'为资本主义是糟糕的，会影响到各屯农民的生活；如果浪费掉，那么就影响到来年的生产！"

他正在那儿思索着，透过侧面挂着霜花的窗玻璃，发现通讯员小张挑着两个木桶，从村外的雪地上走来了。远远看去仿佛三个打水桶在雪地上跳动，这是因为通讯员的个子矮！雪后的天气是晴朗的，早晨的阳光正明媚，外面一定还严寒，小张口里喷出的热气，都清清楚楚地看得见。区委书记丁有信奇怪，为什么他还没有走呢？他的寡妇母亲这时候还不在靠山屯的茅屋里，伏在窗户上老是瞭望南山坡的小道，巴望着他的影子呀！

侧面窗玻璃的霜花，不知是由于早晨的阳光，还是由于炉火正旺，完全融化了，窗台上滴着水。区委书记擦过窗台，把材料锁在抽屉里，就走到套院西面的厨房去。还在门外，就听见小张自言自语的话声："妈的，再看看这一下，再看看这一下……"他正握着小斧子劈引火柴呢！

"你把小斧子放下吧！"区委书记丁有信半谴责半爱护地说，"都回家过年去了！你还留在这里不走！"

"那么谁烧饭呢？"

"我自己烧！"

"我回去干什么呢？也没有事儿！明天一早回去还不一样啊！明天厨师就来了！"小张恳求似的说。说话时，手里还握着斧子，眼睛并扫视着周围，满地都是散碎的木屑。那神气仿佛说，就是回去也得把周围打扫好呀！就这样，谁也不能让他丢掉不管就走的。

区委书记丁有信知道，从他那两只乌黑的试探似的窥望的眼珠里就看得出来，若不用严肃的脸色来对付，是很难把他打发走的，但还没等他把面孔板起来，这心思就被小张的眼睛识破了似的，看着小张的神气，自己倒反而先笑了。

"好吧！"他改口说，"那么咱们俩包饺子吃吧！下半天你再回去！走晚了，路上可有狼！"

"我才不怕呢，我带着火，狼一见亮儿就得跑。"

对这样一个小家伙，区委书记是没办法的，因为他摸透他那种憨厚的脾气了，正像一个年老慈爱的父亲，面对着又惹人爱又淘气的孩子似的，他只好重复一句："要走，就下半天走！"

通讯员小张知道糟糕了，区委书记用这样平稳的口气说话，那就非在下半天走不可，这等于下命令。可是，他哪能今天晚上不闹房呢，行政助理员临走都和他秘密约好了，他还要看着孙香琴今天晚上在他眼前，是什么样儿呢。唉！真糟糕！要是有点什么事儿挡一挡吗，那该多好！譬如，突然有什么紧急电话通知，县委会要什么材料，……可是今天是年终的日子呀，糟糕！

他所盼望的事儿终于来了。突然他听见村口传来的狗吠声，雪后的村落是多寂静呀！这狗吠声是多么响亮呀！一定有什么外村子的人来，他丢下斧子兴奋地跑出去。

他猜得果然不错，一辆雪橇从村口外驰来。那是两头枣红马拉的雪橇，马身上由于汗气凝结了一层霜，仿佛两头红底白毛牲口一样。赶车的老头儿他面熟，宽肩、阔背，裹在羊皮大氅里，胡子上结着霜。雪车一斜，小张又看见他背后坐着一个姑娘，那头上包的围巾好红呀！衬着一片白雪好新鲜呀！她旁边是一个小伙子……不用问，这是一对来登记的未婚夫妇。

雪车停在区政府临街的门口，有许多本来在完全小学院子里滑冰玩的孩子，向这里跑来，欢呼着："新娘子！新娘子！"

"来登记的吧？"通讯员小张不知道怎样竟用成年人的口气说，"那么请到办公室等一会儿吧！"并在那对年轻的爱人走进来以后，带上门。

二

那个年轻的姑娘穿着干部服，用红布扎着两个辫子。进门时向小张闪着面熟的笑容，眼睛闪着亮亮的光辉，姿态很文雅，却没有向他打招呼。显然由于和她爱人站在一起，带着很谨慎的样子，靠墙站住了，有意躲开小张的注意似的，抬头望墙上挂的领袖像，又望装案卷的立橱。男的呢，上身是黑皮夹克，下身是西装裤，仿佛刚从理发馆走出来，总之，不是农村打扮。他是干什么的呢？干部不像干部，农民不像农民，倒像城里的教员。通讯员小张猜想着。

区委书记丁有信进来了，如果他不是从临街的窗玻璃外，望见那两头挂着白霜的枣红马，望见正打草包的赶车人老申头儿，猛然间他不会想到那个姑娘就是豹子窝的互助组妇女组长吴桂香。这倒并不完全是因为吴桂香的脸型，由于温存，由于过分的欢喜改变了，主要的是区委书记丁有信在思索着别的问题。他在想，正好，豹子窝老申头来了，要和他谈谈，他屯子里那些握有现款的农民打什么谱儿，从他那摸出二亿游资的趋向。他和吴桂香握过手，就问那个青年是哪个屯的。

"豹子沟屯的！"他说，"我父亲是王新和，我叫王树才，在矿山上工作。"

通讯员小张完全明白了，原来是豹子窝老军属的小儿子，在奶子山当采煤技工的，就向那个围着红头巾的未来的新妇不满地望了一眼，走出来了。对于那个年轻的采煤技工，他没有意见，老军属也是他所尊敬的人物，但对那个未来的新妇，他就瞧不起。长得倒不错，像个青年团员似的，可是为什么还要找工矿上的对象呢？党的过渡时期总路线宣传以前，靠山屯有两三个惹人注目的姑娘，都嫁到煤矿上去了，哪个底细他不摸！实际上能怨那些回屯的矿工吗？她们自己就不愿意在农村待，一见到从矿上回来的人两个眼睛就溜溜地发亮了，招引人家嘛！那时候她们看不见农村远景，倒情有可原；可是现在党的总路线像灯塔似的照着，还往矿山上跑呀！难道工业建设不需要农业支援呀！难道还看不见农村的社会主义远景呀！哼！落后！反正党的总路线没学习好！因之，他对孙香琴格外地喜欢起来了！她就是农村里长大的，她就不离开农村。将来卫生所变成医院，崔大夫还不是第九区医院的院长呀！说不定崔大夫还当选出席吉林省会议的人民代表呢，那时候多好呀！小张想着想着又高兴起来，一边扫着厨房的木屑，一边想到靠山屯。那时候靠山屯他放羊的那块草场，还不盖起有玻璃窗的完全小学校呀！不知怎么他却把从苏联画报上看到的两层楼的学校建筑物，搬到他家乡靠山屯村外的山坡式草场上去了。也许因为那山坡背后有一条两岸生长着几棵垂柳的小河，也许因为那山坡上的白杨树林和苏联画报上的学校景致相近，他竟没有听到脚步声，区委书记丁有信站在他面前了。

结婚证书的簿子锁在案卷橱里，钥匙给民政助理带走了。通讯员小张奉命要到四里外的小八家子屯把钥匙取来。这任务使他高兴，他可以拖延到晚上闹房。

区委书记丁有信站在门口，眼看着通讯员小张匆匆走去，心里仍然想着另外的事。靠山村供销社拨去了豆饼有四千块了，但区干部还反映豆饼缺货，区社又脱销，他要看看豹子窝给牲口拌什么料，豆饼真那么缺吗？还要和老申头谈，摸摸那二亿的头绪。结果他发现木槽里拌的既不是豆饼，也不是麸子，而是炒过的大豆和高粱。

"丁书记呀！"老申头一边拌料一边说，"明天不到咱屯去过元旦呀！有喜酒吃呢！"

"是呀！"区委书记丁有信说，"那么你们还杀了猪么？"

"就杀了一口猪呀！如今又不兴陪送，又要节约，老吴家就这么一个老姑娘，多少不花费几个，当老人的心里怎么过意得去呀！"

"你们屯里的余粮都出手了吗？"

"不是超过六吨吗？都出手了，谁不奔'社会'呀！"

"可是你们怎么还把大豆和高粱留下来，作马料呀！"

"豆饼缺呀！村社的豆饼一到，本屯的就抢光了，等咱豹子窝听到信，早没了，听说，十区一万一块，还买不到呀！"

"你是听谁说的？"

"听咱屯子吴喜财说的,他不是在城里开杂货铺吗,行情挺熟!"

"吴喜财常回屯子吗?"

"他吗?是呵,昨天又回来了,还不过了年走呀!"

区委书记丁有信仿佛发现了重要敌情似的,一手摸弄着马头,就和老申头谈开了。他总觉得靠山村握在农民手里那两亿的游资,和半个月连回来三次的吴喜财有关似的,但他又不捣弄什么,总是空手来空手去。等到他从老申头口里了解到豹子窝申贵互助组卖余粮所收入的款项,仅偿还县银行春季农业贷款就有三百六十万,他立刻记起工作组汇报中,豹子窝全屯所偿还的银行贷款就有一千二百多万,靠山村六个屯落,他估计这一项要占四五千万,这是他忘记从那两个亿里扣除的。这一发现,减轻了他眉头上的负担,他顿然感觉浑身轻松了许多。

他想,只要在农民手里这一个多亿不浪费,能投在生产上,只要和吴喜财没有什么联系,问题是单纯的。自然吴喜财半个月回来三次,还值得注意,靠山村农民手里还握有喂牲口的高粱和大豆,还需要统计收购。并希望县供销社大批供应豆饼。最后区委书记带着心胸畅快的心情,夸赞两头马喂得膘好,并问道:"你儿子申才怎么样?听说一冬打了七十多对野鸡啦?"

一提到申才打围,老申头就代替他儿子诉起苦来,他说:"村长不给他开入山证呀!一定要编小组才能开,可是打围的枪口不齐怎么编组呀!这个要打飞儿,那个就打跑儿。打狍子的打不准野鸡,打野鸡的吧,又打不准狍子,各有一套呀,怎么能拴在一块呢?老松林子周围都打扫干净了,入山证又不给开……"

区委书记丁有信告诉他,打猎编组是为了护林防火。"呵!这样说,还有什么意见呢?"他说,"可是他不这样说,他说都要走集体,单干就不能上山!"

若不是区委书记丁有信感到耳朵冻得痛,他还会站在雪车旁和老申头谈呢！现在他让老申头："进屋坐一会儿。"老申头提着鞭子在他背后随着，在办公室门口外，跺跺脚，为的是把雪弄干净，又抖抖帽子，用手把胡须两旁挂的小冰柱擦去。

"外面好冷呀！"区委书记愉快地向那一对爱人说，"你们坐在爬犁上不冻脚呀！"

"冻脚就下来跑呗！"那个整洁的矿山技工说，并且愉快地笑了。显然不久以前由于区委书记在沉思中所现出的冷漠脸色使他挺拘谨，他不知道为什么区委书记出去一会儿，就变得热情、亲切，而又愉快起来。

"吴桂香，你怎么靠墙站着呢？坐吧！"直到现在区委书记丁有信才明白结婚对于她是有着怎样严重的意义，以及她绯红的脸色所显示出来的幸福感。她要做新娘子了呀！他突然想到靠山村又将少了一个出色的宣传员，一个妇女的带头人。他想到二道沟的汪彩凤、冷风店的刘秀英……都是第九区的鲜艳的花朵、生产的能手，都嫁到矿山上去了。她们全都离开了土地，离开了生产，并且引起青年农民的波动，因为他们担心在农村里找不到对象，可心的人儿都往外流。区委书记丁有信并不是本位主义者，眼光只看到自己的第九区，实际上他所惋惜的是她们往往一到矿上就成为脱离劳动的一个工人家属，有的还滋长了享受观点，失去了自己的政治生命中所曾经有的光彩。

"你怎么打算呢？"他现在问，"也要脱离农业生产吗？"

"不脱离！"她说。

"结婚以后呢？"

"我将来还要在集体农庄里管果木园子呢！"

"我可以礼拜六骑着脚踏车回来！"年轻的技工补充，"矿上的职工宿舍还正建设……"

可惜通讯员小张没有听到她的谈话，实际上党的总路线宣传以后，她确实改变了原来的意图，明确了自己的方向，她开始更加热爱自己的生产组和山谷间的土地、树林、空旷，并且打算将来在空旷上开辟果木园，还要养蜜蜂。过了春节她们豹子窝就要建社。她说这些话的时候，眼光充满了对于未来的热爱，她竟这样迷醉于豹子窝未来的果木园和蜜蜂，以致忘却了她是来登记结婚的姑娘。她的脸上失去了那种伪装的谨慎和文雅，竟大声夸耀说："那时候呀！丁书记再到我们豹子窝去检查工作呀！管保一进沟口，就能闻到我们果木园子的花香了！"

"还有牧场呢？"赶车的老申头帮衬着说，"老松树林子东边那一马平川洼地，春天还不是一片好草呀！曲马菜、婆婆丁，一色是两三指高的嫩草，百十匹马散开去，敞开跑去吧！多宽绰呀！"

区委书记知道那确是豹子窝未来的好牧场，夏季落雨就成了一片池沼，如果旱地改造稻田，自然那里还可以改造为蓄水池，但豹子窝旱地和山陵地多，那么那片洼地就可以改牧场了。

不用说，直到通讯员小张气咻咻赶回来，区委书记丁有信午饭还没吃，他是这样兴奋、愉快。从吴桂香和老申头身上，他看出党的总路线带给的对于未来的信心和追求力，他为她的安心于农业生产，感到欣慰。以致通讯员小张很奇怪，为什么区委书记对她那么亲切，仿佛她原本是出席过县级劳模会议的人物似的。

当吴桂香领到结婚证书告别的时候，区委书记在门口留下她单独地谈话。他低声问："吴喜财的活动情况你了解吗？"

"不很清楚！"她也低声说，"他好像每次回来都是半夜就走了！"

"空着手吗？"

"上两回都是跟着刘老七家拉谷草的大车走的！"

"两回都是吗？"

"是！怎么？"

"刘老七是说上城里卖谷草吗？"

"是！"

"你们互助组不是缺谷草喂牲口吗?"

"他要拉到城里去卖!"

区委书记丁有信肯定谷草底下一定埋伏着粮食,为什么每次吴喜财来都碰上这个外带放债的富裕中农进城卖谷草呢?他嘱咐吴桂香回屯子去转告支部书记,吴喜财什么时候走,从村供销社打电话来通知。并说:"回去不要带一点风,风一吹,草一动,蛇就要溜掉的!"走到雪橇旁,区委书记又大声说:"你们对豹子窝抱着那些理想是好的!"这是被通讯员小张取钥匙回来打断的话题,他说:"可是这还有一段路要咱们带动起群众来努力!劳动日收入多了,资本积攒得有余了,才能开辟果木园,养蜜蜂!可是怎么来积攒更多的资金呢?第一步还是要做到提高产量!"他见老申头走过来注意听,又说:"你的牧场若是夏天来场水呢,不错,有山地,那么冬天呢,哪来的那么些干草?是不是?需要提高我们的产量,把合作社先搞起来。土地要投资,下本钱!可是你们实际上呢,卖掉余粮收入的款不往信贷部存?是呀!存也存得不多,在你们自己手里要浪费掉的!那么这个理想哪天才能实现呢?"

"是呀,"老申头负罪似的笑了,"是存在信贷部比在自己手里好得多!"

"是不是?"区委书记丁有信又望着坐上雪橇的吴桂香,伸出大手来说:"好吧!祝你们幸福,要把储蓄工作宣传好,想一想,动动脑筋!"和老申头握过手,又大声嘱咐她:"把你的包头巾裹裹好,别冻了耳朵!"那时候,雪橇已走开去了!

"再见啦!丁书记!"远远传来吴桂香的呼声。

"再见!"

我们不用问,区委书记丁有信这天的午间,没有能够包饺子,因为两点钟,区小学举行辞岁娱乐会,他需要出席,三点钟孙香琴和崔毅举行结婚典礼,他又必须亲自主持。结果吃的是烤冷玉米馒头和咸菜。但他吃得很香，很畅快。到底通讯员小张胜利了，区委书记临走匆匆，嘱咐他等民政助理员回来再走。

通讯员小张一个人留在那么宽大的临街办公室里，望着北窗外的大院子。好冷静的假日呀！他心里念叨，太阳赶快落吧！快点儿天黑吧！唉！怎么白天这样长呀！……对！把院子的雪都扫成堆吧！

三

幸福的黑夜终于在供销社仓库院落，降临了。来闹房的卫生所司药、看护，供销社的售货员、会计，以及妇联委员、小学教师、村青年团支书，都陆续地到齐了。民政助理员是黄昏以前赶回来的，通讯员小张担心新娘子孙香琴会溜掉，堵着门口坐着。他已经在炕洞里塞上三大块木头，现在屋子里是过于热了，有的解开大衣纽扣……自然挨着火炕的人，都愉快地担任着监视新娘子的任务，而新娘子被围在炕角上，表示不管群众怎样不相信自己，但自己是坦然地准备满足他们的要求，脸色鲜红如春天刚开的花朵，眼光闪亮地笑着。所有的要求新娘子表演的各项节目，都由通讯员小张和民政助理员小声地研究了，有独唱（由新郎口琴伴奏）、合唱、跳绳、双人秧歌舞，自然这些必须在炕上表演的。另外还有小张提出，经过群众秘密补充和修正的对白表演。新郎先开口问："你爱我不爱？"新娘必须当众答："爱！""哪里爱？""心里爱！""我不信呢？""你不信，听！我的心正嘣嘣地跳呢！"

总之，一切都准备好了，现在只等去取口琴的人回来就开始了。通讯员小张堵在门口，竖着一膝坐在那儿，他兴奋、脸红，一定要听听新娘子孙香琴，怎样能够当着众人说出这个爱字来，自然现在她还不知道有这样一项别致的对白表演。总之，正在这宝贵的千金难买的时候，通讯员小张听到有人伏在自己耳朵上说："区委书记叫你！"还没明白是怎么回事儿的工夫，又发现民政助理员什么时候已经不在了，自然他只好默默地撤退了。就要开始了！多么珍贵的关键呀！他还没有看见她怎样向众人告饶，说软话，恳求……但他不能不暂时撤退。

通讯员小张急匆匆地走进办公室，只见区委书记丁有信和民政助理员低声说什么，一个民兵背着枪站在炉旁烤火。区委书记的脸色冷冷的，一定有什么任务要执行，通讯员小张刚才所有的淋淋漓漓的兴致，顿然失去了。

"我考虑过！"只听区委书记丁有信低声说，"只要豆饼能满足他们的需要，余粮才能出手。吴喜财就是暗地收购，也不可能有多少。究竟今天靠山村的农民，经过党的总路线的教育，政治觉悟提高了。但刘老七的富农思想本来很严重的，这里一定是有什么和吴喜财勾结着，注意，我们的态度还是应该很好的，如果谷草底下真发现了粮食，那么我们还要请示上级处理的。"

"知道啦！"民政助理员，开始弄手套。

"小张！你怎么样？跟助理员到三棵树去放卡子吧？"

"好呀！"

"就在三岔路口等着好了，不要进屯子去！"

"知道啦！"

"明天你再回屯去过休假。"临走，区委书记丁有信又给他披上自己的短羊皮大衣，因为夜里冷，屯外风大。通讯员小张明白他所担任的使命，知道这是和农村资本主义势力做斗争，这是和他所想象的靠山屯山坡上未来的学校建筑有关的大事，自然这也就是区委书记曾经在报告中说的，走社会主义的道路是要大家开辟的。

走出屯外，果然风很大，通讯员小张就斜着肩膀走。天空发黑，但大地雪白。路上，他想，这个假日过得多好呀！多丰富呀！而且还要和反对总路线的人做斗争。虽然这一天他是那么例外的忙碌，而且午饭烤的冷玉米馒头，而且没有能够参加他期待了一整天的闹房，但他是这样的愉快、满足，还有点做侦察工作所有的紧张。又想到今天晚上，那个豹子窝来的登记过的姑娘，也一定很幸福地被贺客包围在暖炕上，可是她们就不知道这种幸福是区党委保卫着的，保卫着她们走向社会主义，走向集体农庄。想到这里，他感到自己也是她们的保卫者之一，突然觉得自己高大了似的，站在山顶上似的，这是他从来也没有的感觉。

这天半夜，他们三个人在三棵树屯东的大道上，截获了来自豹子窝的刘老七的拉谷草的大车。原来谷草底下装的是三百块以社员名义从村供销社套购的豆饼。自然坐在谷草车上伪称"搭脚"的吴喜财也被带到区政府去了。

三月十六日

交　易

一

　　护山村农业社坐落在老黑山背后白头山口外的空旷上。那片空旷很广阔，包括靠山屯、吴家屯、朝阳屯和护山屯四个屯子的全部耕地。农社的老根儿是扎在护山屯。

　　这护山屯本来只有三十几户农民，大部分是三年的老社员，因为富裕了，就在屯南又盖了些坐北朝南的砖壁住舍，向阳处一色是玻璃窗。各所住舍又全有木栅栏围的院子，围墙有胸口来高，就像铁路职工家属宿舍似的。所差的屋顶不是红瓦，而是洋草覆盖的。院子里堆的有草垛，还立的猪栏。窗口下都有鸡窝或鸭子、鹅住宿的地方。院门口外，各自栽着两三株杨树，因为刚栽了一二年，株干还很幼弱。街道呢，又干净又整直，整个屯子见不到一头牲口。

　　屯子北面，是原来的老护山屯。老屯子那些农舍，像棋子儿似的散布着，零零乱乱的。全是土壁墙，纸糊的窗户，一口窗上九根木棂的老样子。而且树木也古老、粗大，有的树枝子伸展到屋檐上，罩住整个窗户。那里边住的多半是外屯迁来的新社员。屋檐底下挂着一串儿一串儿红辣椒的，是朝鲜族住户，自然烟囱不是在屋顶上，而是立在窗口外头，像个房尾巴一样。

　　护山村农社主任魏丙，是个体健如牛，腰圆似桶的汉子。面型粗犷，却有一双明亮的纯朴而又热情的蒙古式眼睛。日常穿着一套黑色耐脏的干部制服，一年四季永远戴着顶皮帽子。那帽子上的毛都掉光了，简直分辨不出原来的底子是狐狸的呢，还是狗皮的。足有十七八年没换过的样子,但帽耳啦,帽舌啦,帽胎啦,还那么完完整整,足见他自奉多么俭朴,用东西又怎样在心。

现在,他正要套车,准备到街里去办交易。他们农社在八月节前要盖起一所附带小舞台的大会议室,全部要用火砖,东、西、南三面,都要有窗户,这要用九十六块大玻璃。而且要买洋铁瓦盖顶。

护山村农社是多么需要这样一所大会议室呀!碰到节日吧,村校的汉、朝两族小学生,可以在这里演出自己的节目。社员结婚吧,可以作公用礼堂。县里来的干部又可以在这里做报告,或者给四个屯子的全部青年团员上政治课;更重要的是必须有这么一个召开社员大会的广阔场所。冬闲时候,架土壁炉,白头山里有的是木头,烧得暖暖的,要开什么会不舒服呀!现在,夜里却要借村校那仅仅两间屋的大教室,白天要找大树阴凉。冬天晚上,要借村供销社那排木板钉的仓库,又冷,又透风。

但护山村农社所有的全部公积金,不过五千万,加上老社员们作为定期存款的投资,仅仅超过九千万。而且除了春季本社的生产投资,早都转到信贷去了,经村信贷部的手,又转贷给本村各屯的灾情户,有新社员的生活补助贷款,也有社外蜈蚣河屯互助组的生产资料补助贷款。总之,现在农社手里只有两百多万的流通金,怎么能随便挪用。现在正是铲过三遍地的农闲时候,正好动工,向人民银行农贷组交涉贷款吧,区委不准能批下来,因为农社还欠着农贷组将近一千多万的款子,而且农贷组组长说,没有扶助农社建设会议室这一个贷款项目。而建筑会议室又是在农社管理委员会在一九五三年春天就计划好了,今年春天并做了设计。没办法,于是农社主任魏丙就在那些热情的管理委员们支持和怂恿下,号召四个屯子所有的富裕户,把老家底儿都翻腾出来了。农社是有什么要什么,只要能换出现款来,只要能凑出订购火砖、洋灰、洋铁瓦、九十六块窗玻璃的用项就行。至于人工、木料,由社里出,反正有的是剩余劳力和牲口,可以上白头山里去"间伐",往屯子里运,不用额外的耗费。

仅仅一天的工夫,各种各样的压低箱子的物资出现了。这里有十二领狐狸皮、七张狗皮,还有黑熊皮、二两把儿的七寸猪鬃、春天入社时候隐瞒下来的牲口料、准备做酱的多余的豆子、入社以前留下来的作种用的葵花子……这一切,说明护山村农社出产是多么丰富,说明大家对于会议室的建筑,又是怎样的热情。豆子、黄烟、葵花子什么的,由村供销社按牌价收了,皮货、猪鬃,还有一麻袋蘑菇、八口袋木耳,只好送到街里去,听凭土产公司专门人来验货、划价码。农社专打外场、跑街里的财粮委员到县里开会去了,这办交易的差使就落到农社主任魏丙的头上。因为一则他街面上熟,二则买砖选瓦什么的又在行,一打眼,他就知道火色高低,是窑底子还是窑顶子。自然有的还不放心,怕他手握得太紧,图省钱,尽挑次等货色买。嘱咐他:"不要抠得太紧了,手指头松一点。"

实在说,魏丙现在还没有把全部物资换成现款,心里已经吝惜了这一点,我们从他戴的那一顶掉了毛的帽子上就可以想象到的。他现在觉得何必要盖洋铁瓦的呢?现在又觉得那不是过分奢华了吗?因为社外蜈蚣河屯还那么穷困,单干户还需要扶植。觉得要是盖洋草顶的,那就能省下三百万的资金,农社若是有这笔资金握在手里,就富裕多了。但全体社员是那么热情地考究会议室的形式,而且管理委员会都设计定了,当时他还没有发现竟有这些物资,还没有这种吝惜的感觉,自然就没有提什么不同的意见,现在虽然感觉到也只好作罢了。

护山村农社主任魏丙套牲口的时候,专门经营耕牛和马匹的老吴头儿,已经装好车,把最后一道绳扣结妥,就从腰里拔出烟口袋来,两手装着烟,心想,打发走车,就回三里外吴家屯的畜牧场去。

农社主任魏丙的老妈,是个身材高大的妇女,虽然六十开外的年纪,但仍健壮如男人。她刚喂完猪,用围裙擦着两手,站在车旁说:"碰到区委上的老李,可给我带好儿呀!"

魏丙尽自结着牲口肚带,顺嘴说:"好呀!"又抬抬车搭背,向老吴头儿说:"车,可有点尾沉!"他妈的话,仿佛他并不在意,他的注意全集中在双轮双套的牛车上。等他挂好油壶,就向手掌吐口唾沫,试试本事似的,拿起鞭子来。只见鞭子在空中一回旋,抽的空气咔儿的一声响,鞭尖并不见沾到牲口毛,那辕牛却带着帮套顺势转过来。那时候魏丙左右环顾着,神气很自得。"呵?还行啊!"他自言自语地说,又向屋子里喊,"怎么样啦?要走了!"

"他爷爷还在屋子里干什么哪?"魏丙他老妈喊,"车要走啦!"

"来了!来了!"随着这急促的声音,从门口跟跄地走出一个矮老头来。

老头子的身体和魏丙一样又粗又壮。他有两只精明的眼睛,那双眼神儿时时窥伺着什么,随时准备加以嘲笑似的。嘴唇发紫,周围有一些黄色的胡须,仿佛些生长在沙碱地上的枯草一样,稀稀疏疏的。他戴着顶破草帽,胸口却挂上一块为每个三年老社员都有的丰产奖章,脸上闪着年久不出远门的人所有的兴奋神气。这是魏丙的老爹,足有七年没出老黑山口子了,原在吴家屯畜牧场做饲养工作,现在他要跟着护车。

实际上,他自己有秘密的打算,若是卖掉那些土产和皮毛,他想,准能从自己儿子手里挖出一笔钱来,买桶子桐油和颜料什么的,因为他打算从建筑会议室的松木料子当中,选出一副作寿器的好材料来,给自己百年后事做个准备。自然,这是在听说要建筑会议室之后他才想到的。

我们必须说,魏老三本是个正直的老头子。干活儿既出力,又讨人欢喜。虽然端午节,他曾经花四十万买了一口猪,弄到吴家屯去宰了,按市价赊给了新社员,因此遭到魏丙在社员大会上的指责和批判。但他想,不按市价,我为什么凭着二分利息不去存款,拿来白白垫出去给人家买猪呀!我傻了吗!结果,他还是不得不当众做检讨。但他总觉得新社员沾了老社员的光，嘲笑自己的儿子逞能，向新社员讨好。新社员一借款，他就心痛。

"你是开劳模会去呀！把牌子怎么都挂出来了？"魏丙他老妈一见他就说，爽朗地笑着，"你没把我箱子乱翻呀！"

"哼！出门不挂，什么时候挂呀！"魏老三眨眨眼睛，笑着。但一见他儿子注视着自己的眼光，脸色就抵御什么似的庄重起来，仿佛说，看什么，我又没戴你的奖章。

在他父亲背后，魏丙用天真的单纯的眼光笑着，那神气似乎是说，老头子还是那么爱虚荣呢，还要在街里摆摆呢！跟着车，跨出院门口，又听见背后他老妈声音嘹亮地嘱咐说："可不要等天黑才回来呵！这早晚儿可没有月亮！"

"知道啦！"魏丙大声回应着。

牛车路过屯子的走道，有受惊的母鸡扑着翅膀，隔着栅栏飞向草垛的声音，并且咯咯呼喊着。屯子是多么寂静呀！本屯的生产队黎明就上白头山里去啦！

二

我们说过魏老三是个正直的人，为什么是正直的呢？因为以往是凡经他手租牲口或是"抬粮"、借高利贷，从来没有在过手时候落扣人家的。五分利就是五分利，一石二斗租就是一石二斗租。那时候，魏老三在街面上也是很有威信的。我们现在就说说，魏老三过去和街面上有些什么来往。

护山屯农民所说的"街面上"，指的是十八华里之外的一个小火车站，它是属于吉林到郭化的铁道线上的。

二十年以前，那小火车站还仅仅是百十户商铺，有二三十户饭馆、三户豆腐坊、一座油坊，有铁匠炉、木匠铺，总之，是个繁荣的小镇市。不用说，那些开饭馆的，大部分都有木板墙围的大院落，有宽敞的牲口棚、大马槽，借以招揽赶着大车送粮的庄户主儿。木匠铺卖的是花轱辘车、耕犁把子、打场用的木锨、爬犁座子。铁匠炉门口都有钉马掌的木头架子，卖铧子，打镰刀和锄头。车具店有各种大车套、辕马家什、皮条结的带着铜环子的牲口笼头、钉着响铃的项围圈儿。鸿记油坊放债"买青"，收购大豆。凡善伐木公司高价招收采木工人，雇揽冬季的农车运输。一句话，都是从四处大小屯堡的庄稼院儿上打算盘，谁都要和庄户主儿打交道，讲面子，拜把兄弟。自然这个小火车站商业上的旺季是整个冬天，那时候各屯子都完场啦！豆子是一车一车地往车站上送，牲口项铃声彻夜不断。实际上，这些街面上的商铺，主要的营业到不在门面上，而是靠背后往外放钱、出租牲口、批粮食赚钱的。铁匠炉不放钱，因之二十年来还是那两间草棚子。……

那时候魏老三领着家口逃荒来到这儿，租的是王老九的地，拴着一辆四个轮子的大车，三头牲口只有一头灰辕马是自己的。另外两头马是从老祁家豆腐坊租的，总共两石三斗的年租，有了驹子是双方各有一半。大车是从胡木匠开的铺子里赊的，自然价码高出三分之一，把五分的利息也算在里边了。到时候还不了账，就给这家木匠铺拉木头抵欠债，一来二去的和胡木匠拜了把兄弟。胡木匠是为了通过他向护山屯儿放账，魏老三这边是贪图进街有个落脚的地方，省了住店的开销。从那以后，不管是地里长的、山里砍来的、打围弄来的，不管是冻结实的野鸡、挂着冰碴儿的狍子肉，还是运来做酒的高粱、拉来壁炉用的劈柴，都在胡木匠大院里卸车，而且不用顶着老北风上"草市"，经过他磕头弟兄的手就销掉了。

魏老三在街面上是越来越熟，越得人缘儿。谁见了他，都老远地带着欢喜的笑容打招呼，仿佛见到一头用铁链儿拴着的狗熊一样，因为魏老三是惯于戏谑的。魏丙从心里不欢喜见那些街面上的买卖人对他父亲的笑容。那些杂货庄掌柜的，或者是油坊的管账先生，都亲热地叫他"老三"，当作和胡木匠一个兰谱拜把子兄弟一样，所不同的是见了他都要抢着摘帽子，都要说："我看看，把毛掉光了没有？"那些年轻的商店伙计，更有的管他叫："老丈人！""老丈人进城了呀！拉的什么呀？"魏老三同样表示自己的亲热："怎么见面不叫干爹呀！"如果是给豆腐坊送牲口租就说："喂兔子的大豆！你们吃呀！"如果是来抬钱，就说："不把你媳妇那块布里包的肮脏钱放出来几个呀！批石豆子给我吧！"这时候魏老三往往就要怕人摘帽子，赶紧自己抓到手里，握着并夸耀着自己的机灵："嗳，我早就知道这一手。"有一次魏老三的破毡帽给山货庄大掌柜的摘了去，本来他是要看看"毛掉光了没有"，结果，帽子给掷到地上，魏老三弯着腰去拾，又给一个商店伙计笑着踢了一脚，一脚踢到了对门的瓷器铺里，魏老三虽然还是笑着叫："怎么扠开蹄子啦！"但魏丙却感到自己的父亲是被人侮辱着。"帽子是头上戴的，怎么能用脚踢？"并且对自己的父亲不满，"那么大岁数了！干什么呀！给人耍弄着玩！"他夺过帽子用愤慨的眼光望人，但那些买卖人却全不注意他的愤慨，笑着说："这不像老三的儿子呀！是个杂种呀！还瞪眼呢？""滚你妈的。"为了避免父亲责备他，他小声骂着。因之魏丙从年轻时候，就很敌视那些买卖人的！而且不愿意进街。

  碰到年景不收，苞米没下来就断了吃粮，或者一开春全屯连种子都吃光了，魏老三要打发他到街里去"抬粮"，他开始总是坚决地说："我不去！"碰到谁家的病人不中用了，想跳跳大神，装两罐子酒，或者办丧事，要杀猪，要置办六盘六碗的酒席，要"抬粮"，魏丙开头总是坚决地说："我不去！"魏老三就骂他："一辈子你不用出头露面吧！""街上是有狼，还是有虎？怕什么呀！""咱们是凭着五分利往外拿呀！凭着豆子呀！不是求谁！"最后，把帽子给他扣在头上，总是半推半送地打发走。

  实际上，年轻的魏丙确实不受街面上的欢迎。"这小伙子哪一点像魏老三呀。""你看他那瞅人的眼神儿，像是要咬人的狼狗一样。"

这就是那些商人对他的评语。"抬粮"字据当然仍是要写魏老三的名字。

譬如说,春季借十六块大洋吧!字据上要写"经魏仲福手买得护山屯×××名下大豆一石",并注明现款付清,大豆限冬季某日交齐。气息是很严肃的,魏丙必须按手印,并且批上是他哪个手,第几个手指代替的"押"。这里就含着交不上就要送他坐监狱的意图。秋季大豆一下市,起码就是二十四块大洋,这里同样把五分利息算在内了。若是年景不收,一下市就是三十二块大洋一石,到期交不出,要改借契,依最高的行情改作欠款,外依五分利行息。那就是说,原来十六块大洋的借款,隔年就需要四十八块大洋来偿还。就这样,那个离护山屯十八里路的鸿记油坊,两年工夫,就用灰砖修筑起炮楼来,胡木匠的铺子改成有五间门面的锯木厂。小火车站变了,连祁家豆腐坊,都有了用木板建筑的三排豆子仓库。而护山屯年年场院上只落得几十垛当烧草用的豆秸。冬天糊窗纸破了,魏丙他老妈就用破铺衬布堵窗户,一年不如一年,豆子刚下来就没有喂猪的饲料。那时候,只要是个庄稼院,谁不弄几口猪养呢?有病有灾,上个庙,许个愿什么的,需要猪;逢年逢节,需要猪;红白丧喜事什么的,更需要猪。养猪却不在乎粪。那时候魏老三常说:"古语不假呀!'交官穷,交客富,千万别交杂货铺。'一年到头,都给街里忙活了!"年年魏老三不但欠着鸿记油坊的地租——等到王老九"闹日本子那年"败家了,所有白头山外的那片地,都押给了油坊;又亏空着胡木匠经手的三石大豆,年年打一石五斗的利息,老本儿还是三石。从那以后,魏老三就不大愿意上街啦!自己那匹辕马也卖掉了,牲口也难租了。街面上的人见了他也不抢他的帽子了,冷言冷语地向他讨账了。自然他的情绪也坏啦!人也瘦啦!一提起来,就说:"就因为民国十八年那场大水呀,发了鸿记油坊,穷了咱们护山屯!"

吉林省解放以后,自然债务取消了,斗争鸿记油坊的工夫,魏丙拉回来一头马。魏老三就说:"庄稼主儿,离开了街面上买卖人,和谁犯串换呀！"

"你就不用操心啦！爹！"魏丙当时并不是兴高采烈地而是脸色沉重地说，"区委上的同志说什么，咱们就怎么干，大不了，跟着他们上山里。"

"好呀！"魏老三示威地说，"你有本事，你来当呀！说话算话，屯子里有什么过不去的，等钱用，我可不到街面上去露头了！"

"算话，就这么办！"

从那以后，魏老三果真和街里断了来往，而屯子里有个大小事儿，也不找他了。等魏丙在护山屯挑起互助组的旗子来，魏老三还替自己的儿子担心，知道魏丙从人民银行农贷组弄来款子，又置牲口，又买豆饼，而且门路越来越宽，又是县供销社，又是粮食公司，最后连土产公司和国营木材公司都犯交易啦！国营公司收购面越广，护山屯越富裕，因为牌价稳定。庄稼受灾了，粮食不涨价；豆子丰收啦，行市也不跌。哼！这年月！魏老三又开始年轻起来，并用讥嘲的口吻夸赞自己的儿子了！但今年扩大社的时候，他却和魏丙闹翻脸啦！并且搬到吴家屯去住了，因为他老婆也和儿子站在一股儿。他想："好呵！大伙攒的几千万公积金容易吗？今天有啦！都要走社会主义啦！早干什么呢？咱喂咱的牲口，啥事也不管啦！"实际上，又不是这样。

三

"老头子要上街里，到底要干些什么去呢？"这就是护山屯农社主任魏丙离开院门口，心里所想的。

魏丙和他的老爹，好久没有单独地交谈了。从魏老三搬到吴家屯去，爷儿俩就有了隔阂。魏丙并不是对自己的父亲冷漠、排斥，并不是想使他靠近自己，影响他的狭窄的保守的看法。但一直被社务占据着头脑，倒不出空子来单独谈谈心。实际上，他是喜欢他的父亲的。

我们可以想象到的，一个农社主任是怎样忙碌呀！日常的事务又是多么琐碎和繁杂呀！春天吧，要考虑播种面积，听各生产队的汇报，解决各种各样的矛盾。譬如，水稻田扩大啦，朝鲜族的劳动力相对地就不够调配了；水田要插秧啦，旱地又要铲头遍；自然，邻区农社喂牲口的谷草缺啦，又要找护山屯农社；村信贷部缺乏活动资金了，更要找农社。另外，区委因为端午节市场上的猪肉脱销了，要农社支援；蜈蚣河屯互助组喂牲口料光啦，也要魏丙出主意。还有，他要接待来访的记者，拜望农场的技术专家，整理汇报材料，总结经验之类。这个刚拿着数目字走啦，那个又推着脚踏车来了！老天呀！若不是魏丙担任过三年村支部书记，若不是周围有党团员为骨干的互助组的老班底，他魏丙怎么会在千头万绪的日常事务中，保持着那么从容自如的风度，就是出门办交易，又怎么会有这样安闲自在的情绪。

魏丙一出屯口，就面朝外坐在车辕上，垂着两条腿，脸上几乎是显着假日一般轻松的神气。

"咱们那匹老辕马，这两天怎么样了？还好呵？"牛车寂寞地走着，魏丙望着牛耳朵，开始闲散无聊似的搭讪。

"怎么样啦？"坐在牲口草袋子上的魏老三说，"老了！到岁数啦！"

"卖掉吧！还留着它做什么呢？"为的坐得舒服一些而让牲口又得力，魏丙向后挪了挪屁股。

"哪！你们领导上说话呀，咱没有意见呵。要卖什么，就卖什么！"

就在这时候，背后传来奔跑的声音，来人是吴顺，吴家屯老社务委员吴喜明的儿子。只见他上身穿件对襟白小褂，手里拿着制帽，大步飞跑着，并大声招呼："老叔呀！等等！"老远还笑着，那双英俊的眼睛，乌黑发亮，分明是个又聪明又机灵的小伙子。

"搭车上街呀！小顺子！"魏老三平日很喜欢他，还没等到近前，就打招呼了。

"不，我爹让我来支钱的！"又喘吁吁地向魏丙说："老叔呀！家里等着用，要支五十万现款，老会计员说，你们刚出屯子，还能赶上，晚一步，还真追不上了！"说话间递给魏丙一张支款条子，八个社务管理员有六个都签了字，显然这是头天晚上就弄好了的。

"你把帽子捏在手里做什么？你看你头上跑的汗，快戴上吧！"魏丙仿佛并不在意这支款条子似的，实际上已经在考虑，为什么这六个管理委员一点儿也不关心农社现在手里还有多少资金，就随便同意这样一大笔支款。"社里没有钱！"他咂着嘴说，"干什么要用五十万呀！"

"哼！怎么能说没有钱呀！"魏老三在车上兴奋地恶作剧式地说，"新社员，一根毫毛也没往社里投，借钱啦，就有。人家吴顺他爹在社里存五六百万呀！支点钱，就没有。是不是不对路子呀！小顺子！"又暗地向吴顺眨眨眼儿，那意思是，向他要，他手里有钱！

但吴顺分明注意到农社主任脸上的变化了。现在魏丙神色是庄重的，不容别人侵犯主权似的。这种面容，是吴顺在党团员会议上所常见到的，每当一个有关农社整个利益的辩论开始的时候，这种脸色就出现了。以致吴顺不由自主地严肃起来，刚才还在他乌黑溜精的眼光中所闪现的隐秘的笑意，完全消失了。他说，这是白头山里带出口信儿，要把彩礼补过去。他说，这是春天定亲时候，社里答应过的。又说，女方农闲时候，若不把针线赶出来，到日子要，就忙不迭啦！

原来护山屯农社有三户社员都择定十月国庆节的日子办喜事。社里准备杀一口二百斤的猪，三户老少亲友并在一块儿招待，一个炉灶的开销三家分担，这样又热闹，又节省。但魏丙忘记了还要补彩礼。

"社里现在就有二百多万的流通金！"魏丙把鞭子横在怀里说，"你爹还不清楚吗？是有二百万。可是这个月份上，朝阳屯就有六户朝鲜族妇女要坐炕的，全社有八户社员添孩子。这一千二百个鸡蛋要多少钱？还有红糖，青市布呢！福利金维持不到秋收就完啦！余下来百把万，马要挂掌，车要换套，猪要麸子，牲口要料，你想想看，还有钱吧！"

魏丙说话的口气，是那么严正、诚恳、亲切，这也正像在党团员联席会议上吴顺所常听见的那种声音，这声音照例地感动了他。在吴顺的乌黑的眼光中，透露出又是尊敬又是恭顺的神气。这是我们那些农村的青年团员所常有的一种对老党员的珍贵感情。只要你把他当作值得尊重的，能了解领导意图，有着集体主义思想的同志看待，那么他就会用行动证明，你对他的理解和信任完全是正确的。

"实在说呢？老叔！"吴顺垂着眼皮说，"我娘柜子里还有两三块做被窝的料子，可是我爹说，等小花长大了，给她作陪嫁用，我回去动员我娘拿出来！"

"好呀，"农社主任魏丙愉快地说，但并没把支款条子递给他，还在沉思着，有所考虑地凝视着空间。看样子，总要批点。

"哼！小顺子！你真是傻瓜！没出息！"魏老三在车上掉过脸去，大声吐着唾沫，又向儿子说，"我明年说什么也不向社里投资了！钱放在自己腰里多便当呀！哼！"

"那么批给你三十万吧！"魏丙似乎并不注意他爹的牢骚。是呀！若是一点不批，就影响老社员的投资情绪了！他向吴顺会心地笑着，那种笑是只有属于自己思想阵营的战友之间才会有的笑，多亲切呀！这使吴顺感到骄傲。

"那么流通金用完了，钱从哪来呢？"

"咱们把会议室的玻璃款子扣下来，反正流通金是不够用的！秋天苞米下来，再安玻璃。结婚的彩礼吗，总要拿得出手去！"这时候他第二次想到如果把洋铁瓦改成洋草，那就宽裕了。

"三十万就行啦？"魏老三又挑唆地向吴顺努嘴眨眼儿。但这种讨好仅仅是换得吴顺的善良的微笑，牛车已在魏丙叱吓下走开去了。

牛车走出老远，吴顺还怀着一种崇拜的、亲切的感激心情，屡屡回头向魏丙的粗桶子形的背影望着，心里又是赞美又是奇怪地想，他身上有股什么魔力呢？你一见了他，不知怎么一来，不能不跟着他说实话，原来自己的打算，就一股风似的跑掉了！

那时候魏丙也回头向走得远远的吴顺望了一次，心里同样赞美道："这是个好团员，要好好地培养……"

"你怎么打算呢？"魏老三越处在不被自己儿子重视的地位，越不甘心，终于忍耐不住了。他说："我也要支五十万！"

魏丙不禁含着对于老头子心底完全了解的笑意说："你老人家怎么的啦！越来越像小孩子似的，存心和我为难呀！"

"和你为难什么？我在社里存了三百万呀！怎么小顺子支钱就有，我要支钱就和你为难啦！"

"你要买什么呀？你说吧！你老人家一说要跟车，我就知道一定有事儿！"

"你先别管我要买什么！行不行吧？"魏老三的眼光狡猾地窥伺着魏丙的脸色。

"不行！"魏丙笑着说，"三十万我也不能做主，你提到管理委员会上研究吧，……再说，就是会议室先不装玻璃，款子也不宽裕！"

"那么支给我二十万吧！二十万你当主任的有权批，二十万也行！"魏老三半真半假口吻里露出恳求的柔和音色来。

"那怎么能行呢？这是社员们投资建筑会议室的款子呀！"魏丙正色地拒绝。

那时候牛车已越过朝阳屯那片属于农社的水稻洼地，魏老三从扎腰上抽出烟袋，大声地敲着烟锅，仿佛烟管不透气似的，鼓着腮吹呼着。魏丙知道自己的父亲发怒了，正像雷雨之前必有的风势一样。他究竟想买什么呢？他还猜不到。

四

牛车越过农社耕地的边界，走上属于蜈蚣河屯耕地的长岭坡道。

那长岭周围的庄稼，明显的和农社大片的旱地不同，都是一小块一小块的，各自现着由于肥料厚薄而有的深浅不等的色泽。同样是玉蜀黍，高矮不一样，密度也不同。同是黄烟地，有的发黄，有的碧绿。每一小块土地和另外一小块土地之间有保存的界石或界垄，它们是蜈蚣河屯的单干户和互助组员经营的。魏丙现在是把蜈蚣河屯的土地，看作自己农社未来的一部分耕地的。三年前他担任护山屯支部书记的时候，他常来。他关心蜈蚣河屯的互助组，但实在说，是没有现在这样关心得亲切的。

"若是蜈蚣河屯冬天入了社，咱们把四围这些洼地，改成水田，一年该增产三吨粮食吧！"魏丙背对着父亲说，"咱们要为农社积攒大批资金！"

魏老三一声不响，抽着烟，还在赌气。

魏丙的牛车越过长岭，那有六十户以上居民的屯子，就在岗底下的小洼地里出现了。

蜈蚣河屯离护山屯不过五里路，两个屯子仅隔一道岭，却俨然是两个世界。那些在屯子背后，用小树干编插起来的猪栏，倾斜的程度，足以说明多半是废弃年久，连木头也糟烂了。那些茅草农舍，用柱子支撑着土墙，那些歪斜的门窗、低矮的屋檐，都似乎在诉苦："老天呀！我们这个屯子的精力，都给街里拔光了！我们是这样衰老无力呀！"

在村口的广场上，有些农民围成一圈儿，在那里看两个农民砍树。那是屯外最大的一棵老榆树，五年以前，还作为神树接受远近各屯的香火人祷告，偶尔还挂着"有求必应"的红布，但现在是在被砍伐了。所有围绕着它的农民，都远远地仰脸向上注意观察着树梢，仿佛要猜度它向哪边倒，以便及时地躲避。魏丙发现一个光着脊梁的高身量的农民，怀里抱着孩子，在那里指挥什么似的，摆着手，脸却注意着树梢。这就是一个互助组的组长，蜈蚣河屯唯一的一个共产党员。党的过渡时期总路线宣传之后，他才认识到自己放弃了生产的领导，给党造成的损失，开始参加并掌握互助组了。

"喂！宋吉良！"魏丙停住车，老远用两手作传声筒，"你们干什么呢？"望见宋吉良放下孩子走来，就下车迎上去。

"你要干什么呀！"魏老三不满地说，"三步一停，五步一站，这是路祭呀！"

"我就来！"魏丙说。"你们的组不是进沟里打洋草吗？"他老远向宋吉良问，"你当组长的，怎么在家抱孩子啦？"

"我们互助组散啦，秋天收庄稼再在一块儿。"宋吉良兴致勃勃的，"灯笼裤把老榆树卖掉了，要用车，给木匠铺往街里送！"

"组怎么散啦？"

"这个要砍柴，那个要卖零工夫，二瞎子倒是副组长，一挂锄就撂啦！打洋草吧！要删刀没有删刀，要绳子没有绳子，反正混过今年夏天去，就等着入社啦！"

"那么你们的副业生产计划完不成，苞米上追肥的时候，拿什么上呀？"魏丙问。

"还上什么追肥！"另外跟随来的两个农民，有一个插口大声说，"拉的债多了，用什么还呀？"

"去年你们农社十万捆洋草一上市，行市就落下来，还不把我们蜈蚣河屯给弄苦了呀！洋草烂的还少呀！"那一个穿破小褂的农民说。

"听说你们要盖五间大的会议室呀！"宋吉良问，"是不是要盖像铁路上的职工俱乐部那样漂亮的大厅呀？我给你们当零工去吧，好不好？"

魏丙用鞭子柄敲着自己的一条腿借此排泄不满的情绪。"这怎么能行呢？"他说，"你们怎么能保证住产量呀！若是你们的产量不提高，手里不富裕，明年入社怎么办呢？不能老是占用社里的资金呀！"他又鼓舞地说："今年洋草的行市绝不能低啦！你们知道，今年我们农社不打草，市场上就少啦十万捆的供应！"

"反正怎么样，蜈蚣河屯光靠自己是翻不过来。"穿破小褂的说，

"全得仰仗农社拉拔，不用说旁的，蜈蚣河屯谁家养上口猪啦？庄稼地不靠买肥料，怎么会有余富呀。过年入了社，社里本钱大，咱们组可不行。阖屯子就那么点牛粪，若不是背着农贷的肥料债，凭眼前的庄稼说，那天然好啦！可是去了债到底能怎么样呀！咱可拿定主意，说什么也不买豆饼再往地里上了！"他说话的声音像控诉一样，像是魏丙周围有几百群众在听似的。虽然他只是对魏丙说的，但眼睛却又望着宋吉良。

农社主任魏丙正用鞭子敲着自己的鞋尖，现在不是排泄不满情绪，而是思索什么了。只见宋吉良向他眼前示意，并低声说："你来！"正像党员之间常常有的情况一样，魏丙随着他走开去，走开五六步，又面对面站下来。

宋吉良说："老魏，若是信贷部能借给我们一笔款子，买上十几口猪，到冬天就会给社里攒下几圈猪粪，明年省了社里往外开支大笔的肥料款啦！你说，对不对？"仿佛他现在不是为组里打算，而是为农社打算。

"好呀！"农社主任魏丙那两只蒙古式眼睛突然闪出兴奋的光辉，"不是十几口猪，要叫蜈蚣河屯是凡准备入社的，都喂上猪，这样，明年才能节省出一大笔肥料款子来！"现在他第三次考虑到会议室建筑的设计了，那样讲究，实在奢华。他说："你今天晚上就到护山屯去，向农社的党组提出来，我支持你。"又小声说："农社若是把会议室的洋铁瓦顶换上洋草的，这笔款子就抽出来，贷给你们。"仿佛他并不是为了农社，倒是为了互助组似的，这就使两个党员之间的亲切关系突然凝结为一体了。宋吉良是那么感激地两手握着魏丙的一只手又回到他的互助组长的地位上来了，他说："我知道你会支持我的，可是管理委员会能通过吗？不怕我们背的债多啦？"

"这是为了农社呀！这包袱，农社早晚要背，若是明年蜈蚣河屯不借农社一大笔肥料款，不更好吗？群众也好，农社也好，党组若是一通过，管理委员会是没有问题的，可是洋草，你们还要打呀！要掌握紧，你知道，刚才我老远望见你抱着孩子，我实在不大满意。"

"我看出来啦！"宋吉良一说，魏丙就霍霍地笑起来。他又说："若是能叫我们喂上猪，老魏呀！上苞米我们就用猪粪，互助组就不必痛买豆饼的钱了！"

他说这话的时候，魏老三正好赶过来，全都听见了。"买猪？"他说，"又要农社里往外垫钱呀！"宋吉良就向他问候，支吾地说："老大爷，你越来越壮实啦！"

魏老三就说："哼！壮实，老啦，老得叫人讨厌啦！"咂着嘴，很得意自己在话里刺了自己的儿子一下。左右环顾着，笑眉笑眼的，但心里却想，这些耕着巴掌大一块地的工，尽想打农社的主意呀。于是又大声说："你们怎么不叫咱们魏主任，给你们一家再娶一个大姑娘呀！呵？"于是周围响起笑声。

"幸而没向老大爷你个人借，这么心痛呀！"宋吉良说过之后就和魏丙告别。他带着这次由于意外收获所产生的情绪频频向魏丙挥手，并且和他的组员们相互赞扬着农社主任："真是个好头目人！""人家当过党支部书记的，就是有远见。""党组能通过吗？""有门儿！"等等。原来宋吉良和魏丙的谈话，那两个组员都听见了。

"好呵！"魏老三攀上牛车，把草袋子一掷，仿佛怒气完全在于草袋子摆的不是地方，又把它翻了个身儿，拍了一下，大声说："社里不是要盖会议室吗？有钱了吗？我也支一百万。我要买口寿器！"他自己也吃惊，竟这样直截了当地说出买寿器的话来，并把支款数增加了五倍。"就这样，少一个子儿不行！"他又坚决地说，"我也不用你们劳动日，我自己有存款。"

魏丙反而平心静气地背对着他解释："支持蜈蚣河屯，就是支持自己的农社，咱们要从大处着眼。"同时正式宣布，自己对会议室过于讲究形式的意见，说这是奢华，并且说是不是农社能抽出一笔款来贷给蜈蚣河屯，还要请示区委。总之，他完全没有注意自己父亲所提的寿器问题，仿佛那是一种父亲赌气的借口。

"我不管这些，反正我要支一百万。"魏老三又把草袋子捶了一拳，拖到自己的臀底下。

"向前头坐呀！"魏丙背对着他还大声说了句什么，但魏老三听不清楚了，远远传来蜈蚣河的叫啸声，那声音混合着山韵，轰轰然地响。牛车来到老黑山的山阴了。

五

我们再说说坐落在护山屯和火车站之间的老黑山。

这老黑山北一面，净是些大块的乌黑的岩石，从石头缝里生长着独棵的小松树，或者三五棵小草。山南却是一片蓬茂的草坡，并有一丛密松林。从这上我们就可以知道，冬季的北风在山背后是有着多么猛烈的冲击力，山北的土层完全给它涮光了。那老黑山的主峰呢，也不知道是古代由于地震呀，还是由于蜈蚣河在这里以伟大的毅力寻找出路的结果，从山峰正当中分裂开来，就像给巨大的斧子一劈两半一般，裂口很宽，形成白头山区到火车站的一条唯一要道。蜈蚣河就在离山腰二十丈深的山谷底下，发着轰轰然的混合着山韵的回响，叫啸着。原来蜈蚣河屯所在的陆地，还仍然是在高原上，蜈蚣河从屯子前流到那儿，就突然跌入老黑山两峰之间的峡谷，形成瀑布，再弯曲地流出南山口，那才是山南的大平原。轰轰然地带着山韵回响的声音，就是从山涧瀑布那儿发出来的。

"爹！"魏丙大声地兴奋地回脸说，"你看看吧！多好的水呀！"

"什么？"

"我说多好的水呀！这是咱们的宝贝呀！过年，蜈蚣河屯一进社，咱们耕地就扩展到河口了。咱们在这儿安上小型水力发电，铡草的、推磨的都抽出来啦！还怕水田开辟多了缺劳动力呀！那时候，你老人家要买什么咱就买什么！"

"老社员过年就更不用抽出钱来啦！我说呀！后入社的都享福啦，蜈蚣河屯能拔出一根毛来呀！"魏老三也大声说，"老社员都给人家填底子呵！"

"我听不清楚呵？"

"我要支出钱来置寿器！"他愤愤地喊，"就是这样！"

魏丙故意惊奇地望着魏老三，爷儿俩的眼光一接触，不知为什么又都笑啦！

瀑布声越来越远，牛车在山腰最高处停下来。在那里有块突出的草坪，这是过山的牲口和车夫休息的所在。有辆花轱辘牛车，早停在那儿，从那母牛的一对朝天竖立的弯犄角上，魏老三就认出是蜈蚣河屯单干户王发老头子的牛车。王发当时正躲在车底阴凉里打盹儿，这是个面型枯瘦的老头子，七十岁啦，留着一口短胡子茬儿。魏老三跳下车来叫道："还睡呀！你可会享受呀！真是凉快地方！"

王发老头子睁开眼睛坐起来，脸上既不带打盹时所有的困顿神色，又不带半路欣逢老友的兴奋口气，说："天热呀！哪，坐坐吧！"

"一年多不见了！大爷。"魏丙拖着鞭子走过来问候，"耳朵还中用呀？"

"听得见。"他自语似的说，"什么都听得见，就是两条腿不大好，阴天下雨的，发酸！"

"你上街卖什么去啦？"魏老三问。

"卖柴火！还是去年冬天卖的。这不是一挂锄，老二就上沟里去打，打一车送一车！"

"你在街里没碰见我那磕头的把兄弟呀！"魏老三说，"他们的日子过得还好呀？"

"不行啦！"王发老头子说，"早就不行啦！如今谁家的日子也不行啦！私人的买卖就是不好做呀！什么样的买卖架住公家的铺子挤对呀!"

"这话可不是那么说,大爷!"魏丙拍着牛背,整理着牲口鞍子说,"旧市场那些买卖若是不完蛋,还有咱们的好日子过呀!他们在早,不是年年把咱们的庄稼拾掇得精光呀!"说话时,魏丙脸上现着一种富于自信,而又不容辩白的天真笑容。又问:"去年冬天你的柴火卖出去多少钱呀?"

"两百块钱一捆,咱们不是没有现成的呀!少卖一半的价!冬天还要给人家送十车木头桦子!"

"这不是和往年批豆子一样吗?"魏老三说。

"咱屯有人往外批豆子!"足证王发老头子的听力并不如他自己说的那么中用,"杨老贵上趟就批出去两石,他的牲口不是死啦!咱可没批!"

魏丙注意观察着魏老三脸上的神情,仿佛要搜索什么反应似的。但魏老三却笑着说:"耕着巴掌大一块地方,就不行呀!你看你的牲口,像螳螂似的!该调换调换啦!"

"看看吧!不入是不行啦——怎么,要走啦?"

"走啦!"魏丙说。

当魏老三跟着牛车下山的时候,魏丙拉着牲口缰绳,问他的父亲:"你听见了吗?爹!街里那些放高利贷的买卖人,还没有从蜈蚣河屯都赶出去!咱们向信贷部投的资金不是多呀!是太少了!咱们过去受的剥削还不苦吗?可是那时候,你老人家是和全屯的街坊一股子心呀?自己过好啦,就离群啦!"

"你有多少钱往外垫呀!就凭咱们社里几个钱,会把高利贷全从蜈蚣河屯赶出去啦!要你说,咱们会议室不盖了,都给那些人打饥荒吧!"

"盖是盖,不一定盖得那么讲究。"

"呵?你还要给改个样子呀!你们爱改就改吧!哪怕盖土坯

的呢！咱不管。你们是领导，可是我要支钱。"又说，"就支二十万，二十万总行啦！我要买桶桐油什么的。"

他说话的声音，像早晨一样的清亮，山底下都能听得清清楚楚。

原来山道上是这样寂静，树上掉下一片叶子都是那么爽朗的响。

魏丙现在知道他父亲已经从王发老头子的谈话中又一次认识到高利贷对于蜈蚣河屯是一种怎样的威胁了！这是魏丙在农社常常讲到的，现在他已经自动降低了支款额，但他不知道买桐油做什么。他想，总要给父亲买点什么，因为他父亲整个春天，劳动得很好，已经有了将近六十个劳动日了。

"到街里，给你老人家置一顶草帽子好不好？苞米下来，再给你老人家买件皮袄。"

"哼！"魏老三说，"你当一个大主任，亏你说得出口来！置一顶草帽！置草帽做什么？我就戴着这顶破草帽吧！要不，人家怎么知道我有个好儿子呀！这是幌子呀！我儿子若是不好，会让我戴着这么顶草帽呀！"他说话时把那破草帽摘下来，看着，并向自己的儿子眨眼，努嘴，完全是一个恶作剧的孩子似的。

六

魏老三七年没上街里了，他怎么会体验到护山屯农社在街面是占据着一个怎样重要的地位呀！他是那么珍重地整理了一下自己胸口挂的奖章，他不知道，这奖章在街面上是一点作用也没有的，因为拉车的牲口就是护山屯农社的标志，街面上的买卖人都熟识，只要是农社的车，就会取得街面上对赶车人的尊重，更不用说人人都熟悉的魏丙了。

所有那些卖盆的、卖罐儿的、打铁的、做靴鞍的，只要卖的不是供销社代销的商品，谁不想拉农社这个大顾主；所有那些编筐子的、做毡靴的，是凡卖的不是供销社所有的物件，谁不想巴结农社这个大买主。农社一买，论三打五打的要，十套八套的选。另外，所有那些开山货庄的、摆床子的、贩土产的，谁又不想拉农社这个大卖主的交情呀！所有那些卖咸酱菜的、开馆子的，只要不是统购统销所包括的粮食及油料作物，谁又不想成总儿地从农社手里买下来呀！那些有着特殊的锐敏眼力的商人，不仅认识农社所有拉载的车辆和马匹，而且一打眼就知道是吴家屯的还是靠山屯的。因为以往他们和那些屯子有着密切的来往，自然和今天来往的方式不同，如读者已经知道的，那时是债主儿和债户的关系。不用说，那些想从农社手里抢先买下物产的商人，是怎样对魏丙尊敬啦！他们老远就摘下帽子来，问候："老爷子好呵？"仿佛他们很关心魏老三，但一发现魏老三跟在牛车后，却又故作不见地继续攀问车上拉的货色了，唯恐耽误了时机为别人抢到手似的，实在来不及和魏老三打交道。魏老三开始还没有完全注意到这种变化，还注意木匠铺门前摆的棺材。路过草市，魏老三望见一个山货庄掌柜的，老远就欢呼起来："你还活着呀！没给打围的背去呀！呵？"并要遮护自己的脑袋，怕那个掌柜的摘他的帽子。但那山货庄掌柜的，却恭顺地摘下自己的帽子来："呵？老爷子怎么也上街里来啦！你好呀！"仿佛他根本没听见魏老三的戏谑。这使魏老三很吃惊。"你好！"他不自主地同样问候。

"下车喝喝茶吧！"

"不啦！"好久他不明白自己所处的地位。

那些山货庄掌柜的立刻赶到车前头去。那时候牛车已被商人包围。而山货庄主大声招呼着："魏主任呀！把蘑菇留给我吧！"有人低声问："老魏呀，把那八口袋木耳留给咱们柜上吧？"

"今年不行啦！"魏丙又一次高声宣布，"土产公司挂牌收购啦！"

"先是棉花不行啦！"有人大声说，"去年粮食也不让我们沾手了！今年春天葵花子又不往外卖啦！老魏呀！你打算不和咱们来往了呀？一点交情也没有啦？"

"是呀！"山货庄主说，"还讲交情不讲啦？"

"讲呀！"魏丙又是矜持又是爽亮地说，"秋天社里还有榛子儿、松子儿，这些都留给你们。"

"这不是越来你们农社留给我们的越少了吗？"有人说。

"国家收购面儿越来越大啦！留给你们还不越来越少呀！我们是农社呵！"

魏老三在那些商人的包围圈外，谁也没有注意他胸口上挂的奖章，仿佛他根本就不存在似的。他站在那里注意地观望着，有生以来第一次发现魏丙在街面上一站，是这样尊严、威武，环顾周围的神气，像一个胜利凯旋的将军，或是一个拥有富庶国土的王子似的。那些以往为他所尊敬的体面人物，那些以往向外租牲口、用老婆的名义向外批豆子的大掌柜的，那些靠五分利放小宗贷款发起来的商人，在他儿子面前，竟是这样虚伪地笑，又是尊敬又是自谦的脸色，正像他自己以往在街面上所曾经有过的一样。

魏老三冷眼旁观着，心想，魏丙是对的！是要把这些人的势力从蜈蚣河屯赶出来，赶得精光，连榛子儿和松子儿都不给旧市场留！他们过去把庄稼人害苦啦！买什么寿器！呸！

当牛车走出草市，魏老三又碰到街面上熟人的时候，他和人打招呼："你好呀！"并指着魏丙："这是我大小子！"

以致魏丙很奇怪，他老爹怎么会以他为荣誉似的，竟做这种不必要的介绍，而且脸色那么得意、那么庄重。瞬间，魏丙望着他父亲笑了，摸透了他心思似的笑了。脸上闪着为魏老三长久感受不到的一种光辉。老头子是多么天真呀！魏丙心里欢呼，仿佛自己又回到童年时期似的。爷儿俩互相注视之间，都感到彼此是这样理解、是这样热爱……一种新的珍贵的感情把这两颗心联系在一起了。

一九五四年十一月九日至十二月二十一日

父女俩

一

在沭河没有改道以前,油庄一带是个苦地方。若不是大旱的年景,若不是沂蒙山区的庄稼旱得枯死了,这里的收成总是不好的,年年总是闹水灾,收了小麦,就不能指望豆子,全亏油庄在马陵山以东是个热闹的市集,因之油庄本地的居民,大半依靠这三天一集的市日,贩卖点海鲜啦,盐啦,喂猪的干菜什么的过活。哥儿们多是开粉坊,这里的粉条是有名的,往东批发到新海连,往南输出到徐州。有的开店,或者是当牲口经纪,有的呢,当坐地贩子,就是说他占着一块好地方,外地运来大虾啦,黄花鱼啦,他总揽下来,当天卖出手再付账。总之,各有生活门路,庄稼地的事儿倒在其次。

每逢三六九的集日,你看吧!通往油庄的南北大道,穿过麦地的东西小径上,都是来赶集的农民,有的赶着猪,鸡叫头遍就离家在路上走了。鱼贩子呢,还在路上打个宿头,走到天亮,离油庄还有五里路。有挑担子的,有推独轮小车的,骑着自行车赶集的,多半是布匹贩子,车尾上的包袱垛得有一人来高,那是有多么熟练的骑车本事呀!一路上还和熟人打着招呼:"昨天夏庄集上怎么没见你呀,上了两车鱼销得可快啦!"另外还有推着胶轮车的货郎,车子上搭着架子,这架子在路上还是空的,一到油庄集关帝庙上,车上的箱子就打开了,架上就挂起各色的腿带子来,不管粉红色的、绿色的,都像庙廊上画的那种颜色,失去光泽似的,还有褪色的毛巾啦,绣花枕头啦,大红的被料子啦,都悬挂起来,还在正面挂出来双姝牌发油的美人广告,简直是一个艺术家的布置。车面上的玻璃盒子里，有"南路官粉""北地胭脂"，什么发网、发针、纽扣、丝线、面上带黄色圆月图案的镜子、漆着一层油的木梳，应有尽有……

现在我们单说在这油庄集老槐树底下摆豆腐摊的香姐儿。这香姐儿的娘家是官庄，十七岁就嫁到油庄来，过门不到三年就居寡了。如今香姐儿二十五岁啦！头年生的一个男孩子，刚好八岁。香姐儿除了种着土改刚分到手的三亩土地之外，从丈夫手里还继承了做豆腐的全套铺垫。有口磨，有头驴，只是豆子要从外路贩子手里买。另外还有三十六个博山瓷的老黑碗，槐树底下还有三套带坐凳的长案子。那坐凳和长案子都是固定的。案子腿是两根埋到地里的小树干，上面钉块长条板子算案面，坐凳也是一样。每逢集日，香姐儿的豆腐棚旁边，就有个老汉摆菜摊，菜一卖完，就收起秤砣和挑筐，到豆腐棚里帮衬着照料香姐儿的生意。这老汉样子斯文，手里不离烟袋和那个黑布镶边带着紫玉扳指作坠子的烟荷包。说是帮衬，实际上是坐在那儿就动动嘴。若是见到案面上哪个碗空了，他就招呼："小石头！那边开钱啦！"若是有人向他要醮头儿了，他就转达："小石头呀！把罐子递过去！"他自己从来是坐着不动的。偶尔也递一下豆腐碗，那就是说，一手捏着烟袋，一手从香姐儿手中接过碗来，就近递给小石头，说声："好好端着呀！别打啦！"仍然是不离座位的。这就是关庄的刑老汉，香姐儿的老爹。虽说卖菜，却穿着长衫，很像一个体面的教私塾的先生。他最爱听的是顾客夸赞他的小外孙子。若是有外路赶集的人说："这孩子可真伶俐呀！几岁啦？"他就说："八岁啦！我的小外孙呀！"说话时满把顺顺胡须，看起来很是自得。若是有人说："这孩子两个眼睛长得多秀气呀，和他妈一模一样呀，真秀气！"刑老汉就装作没听见一样，掉过头去和旁边人搭讪了："参军的该有信捎回来了吧！还在老五团当差吗？"总之，他不愿意听对自己年轻居寡的女儿的赞美。

实在说，香姐儿在油庄集上是个出色的人物。她的细细的眉毛、端正的鼻子、肥厚的嘴唇，本来是平常的，但和那双乌黑的眼睛凑在一起，竟是那么谐美，这脸型就给人一种娇柔的感觉，但如果仔细地观察一下，又会发现在那乌亮的眼睛深处，分明有种冷落的气息，对面望着，仿佛距离又很远。显然这是独身寡居生活所给予的气息，并非属于她的娇柔的天性所有的。日常穿着一套黑布裤褂，高领子、瘦袖子，完全是鲁南青年妇女所特有的时兴打扮，就像民国初年京式打扮一样。那衣领高到两边遮住半个耳朵，发髻之外，又单留一缕鬓发，抿在耳朵背后。自然裤腿也是瘦瘦的。裤脚和领子、袖口，都镶着边儿。头绳是黑的，腿带儿也是黑的，集日又罩上带着胸袋的黑布围裙，格外显得脸色发白，又脱俗又伶俐。不用提她的生意是多么兴旺了。周围十里八里来赶集的人，是凡手里有两个零用钱的，谁不想在她这露天棚子里吃块热豆腐呢？正像我们都市里的礼拜日似的，三三两两到冷食店喝杯牛奶、咖啡一样。有的老汉带着小孙子来赶集，主要的还是来吃块热豆腐。吃的鼻子尖都挂着汗珠儿。那作醮头儿的本是用芝麻油炸的辣椒酱，喷香喷香的、油黄油黄的，谁吃了舌头尖都辣得麻酥酥的。临离座位还不住地咂着嘴儿，赞美："好辣椒酱！呵，真辣！"香姐儿听到这种赞美，眼睛望着那人的背影，脸上就露出少有的笑容，仿佛说："谁让你没命地倒辣椒酱啦！"心里挺高兴。碰到年老的撒点盐面子当醮头儿的熟主顾，他们既不赞美辣椒酱，也不赞美小石头，他们却夸香姐儿："再过十年，这不是也快熬出头来了！""人家算是有本事。"从封建传统者习惯发出来的这些声音，在她精神上散布着一种麻醉作用，埋葬着她的青春。可也怪，香姐儿听见像没听见一样，看不出什么反应，还不及听见赞美她手制的辣椒酱，眼光会现出一种满足的微笑，看来，她的态度倒是很矜持的。自然有时在顾客中，还有些不三不四年轻的外路人，他们多是赶远集来的，背着卖完粮食的空口袋，在集上到处游荡，路过大槐树就给香姐儿的利落的全身黑的时兴打扮所吸引，小声喊喳两句就在案子前挤个空儿坐下来了。眼睛老是注意着香姐儿的眉眼，大声说："来两碗豆腐！"但小石头端过来却还不知道。他们小声打听她的底细，又故意让她听见，等到发现当地那些顾客都带着不满的眼神注意他们了，这才做出像被监视似的安分的样子来。最后还是怀着悻悻不满的心情走掉了。在这时候，香姐儿往往是脸色端庄，从脚底下看到胸口那样注视一下，从来不越过胸口以上的界线，去注意那些人物。对于这些人物，显然她是轻蔑的。一句话，在油庄她是封建思想体系所奉承的理想人物。并以她教育那些敢于在婚姻上表示自己意志的已出嫁的妇女，这些妇女大部分是妇救会的积极分子，在解放不久随着地主阶级的崩毁开始出现的。当时她们给香姐儿的影响很大，她背着父亲也参加过小组会，听到过关于妇女参加生产，争取男女平等和婚姻自主的传达报告，虽然在会上她始终默默地睁着两只乌黑的眼睛，像百灵鸟似的窥视着，但眼光中确实有过生机勃发的一种神韵，而且那么容易笑，过去做闺女时代的香姐儿又复活了似的。就在那两天，邢老汉发现香姐儿发髻上插着一朵黄色的小野花，老汉子越看越不顺眼。想说吧，又不好开口，不说吧，心里又气闷。这天晚上走到大门口，终于忍不住，又回来啦。他说："你把头发上那根草，给我拔下来，掷出去！这像什么呀！呵！给谁看呀！呵？我真不愿意说什么！"他见香姐儿顿然像枯萎了似的，手里捏着从发髻上拔下来的小黄花，垂着头，注视着，那花在她手指间旋转着……邢老汉就走啦！走到院门口，第二次又走回来，他又说："你怎么不跟好样儿的学，跟着那些青妇队会学好！在男人跟前没羞没臊的，像什么呀！"这话就温和一些，仿佛是解释自己刚才说的话过重了似的，仿佛是解释自己并不是生气，而是不能不对她关心。他见那朵黄花仍然在她手指间旋转着，并且越转越急，有一滴泪珠落在她手指上了……邢老汉这才满足地怀着无限欣慰的心情走掉了。从那以后，香姐儿又恢复了原来的姿态，脸色又冷落下来，失去生活的光彩似的。因为如果她获得妇救会的支持，依着自己的性子过活，那么她就会失去自己老爹的帮衬，并且也会失去周围一些人的尊敬，这是多么可怕呀！若是老爹撒手不管，她的日子可怎么过下去呀！藤条离开了树干，还怎么挺着蔓子生长呀！一个女人还不是像依持树木的藤子呀，再丧失周围的尊重，就是一阵小风自己也抵挡不住呀，还拉拔着孩子呢，关于这些，她是清楚的。等小石头长大就好了，但什么时候才能长大呀，深夜她常常这样想、叹息。

二

再说邢老汉，是六十七岁的人啦！形态瘦弱，一颗细山参似的，体质呢，可不坏，没病没灾的，从来没沾过医药。灰白胡须掩盖了他全部嘴唇，眼睛锐敏，显着精力旺盛又有什么不如意的心事一样，阴沉、淡漠，以致面部如石头雕刻的一样，看不出有什么变化。他在官庄并不是正路庄稼人，年轻时挑八股绳，秋天卖柿饼子，春天贩樱桃。七月节就到处赶集，卖织女姐姐案前的供品，瓜果啦，花红啦，两腿赶路挣的钱都花在嘴上了。喜欢抽沂水烟叶、喝六安茶，吃西瓜还要撒点白糖。胆量又特别小，平生只干过一次冒险的事，那就是跟着本庄一伙私盐贩子去驮盐。正赶上那些私盐贩子烧香祷告才能碰到的月黑天，黑的呀，对面不见人，过关卡全靠两只耳朵贴在地上侦听巡逻队的脚步……那天，不作美的打头拉道人，走迷了路。大伙儿正在踌躇间，听到一声枪响。当时别人都受过训练一样，就地蹲下来，只有他，抛掉驴缰绳，独自撒腿跑掉了。实际上那是看庄稼人错以为外村喊喊喳喳的结伙来偷玉蜀黍，冲天放的枪。从那以后，邢老汉就很受村里人的奚落，如今老了，还是为小辈人看不起。再说锄地，不会倒腕子，撒粪又扬不匀，家里外头，全靠他老伴邢妈妈一手操劳。

这邢妈妈眼看六十开外，如她自己所说的："土都埋在脖儿颈了。"倒着实健壮。头发虽灰白，脸上却是红红的，正像经年在暴日底下晒的一样。日常穿着两个肩头挂补丁的短褂,两个袖子整年卷在肘臂上,仿佛刚腌完了咸菜,又要割草似的。不怪全村老少,都对邢妈妈尊敬。自从老两口子土改分到两亩带着一口好井的地,邢妈妈就在村南开辟了菜园子。白菜啦,大葱啦,黄花啦,茄子啦,是节令菜都有。爬蔓子的,邢妈妈就在垄沟上用麻秸搭上架子;怕风的,邢妈妈就在畦子北边用麦秸编篱墙。扎架子吧,邢老汉就蹲在一旁递麻绳,编篱墙呢,邢老汉就在一旁分麦把儿,算是邢妈妈的助手。若是天旱就浇水,邢妈妈总是站在井台上挽辘轳把子,邢老汉就提着锨在菜畦子间开水道,有时堵不及还跑了水。那时邢妈妈就说:"唉!你把手里的烟袋荷包放下不好吗?谁还偷了你的去!"又常常说:"若是有一天,我走在你头里,剩下你一个人,日子可怎么过!"

邢老汉就说:"你怎么能这样想呢?你怎么会走在我头里呢?"

"那可不敢说,若是走在你头里,那么你怎么过呢?我真发愁。"

"怎么会呢?别胡说啦!说得吓人。"邢老汉说这话时,眼睛就现出严肃的不满和斥责的神气。邢妈妈也就满足地幸福地笑啦,这是她有意逗弄逗弄他,她把他当作个年老的孩子啦!实际上,除了他们老两口子,就只有香姐儿一个闺女,在官庄族门上没有一个近枝儿。

官庄距离油庄不到两里路,这个庄的鸡叫,那个庄能听见,那个庄的狗吠,这个庄也能听见。所以就是在三六九油庄集外的日子,邢老汉也常常去看闺女。油庄集头一天香姐儿要做豆腐了,他傍黑就提着烟袋来啦!谁家的头年媳妇过门分给邢妈妈喜饼了,他就用手巾一包,放在怀里暖着,给小外孙捎来啦!他们离得是这样近,夏季赶上月亮天,吃过晚饭来,在闺女家泡壶好茶喝,和闺女的叔公公闲谈一阵子,回来正好村里人歇透凉赶上睡觉。

香姐儿的叔公公是油庄集的坐地贩子,是凡鱼虾都过手。诨名坐地鼠,脸型由于那两只骨碌碌转的狡猾眼光,也确和他的诨号相符。但他很受邢老汉尊重,自然这完全由于他同样敬重邢老汉,这是在官庄邢老汉取不到的一种珍贵的友情。豆腐坊第三个座上客，是八十一岁的老汉刘子兴。这老汉腰身高大，脑袋圆滚滚的，像个酒坛子，是个有名的牲口贩子，也干过运私盐贩烟土的勾当。有人说他一辈子挣的钱，都贴了外村的女人，如今弄得无依无靠才回到油庄来。他在集上卖烧酒，外带自己卤的猪头肉。茶叶往往是他带来的，香姐儿常常白搭上柴火给他们老伙计三个烧开水。若是香姐儿做豆腐的日子，那么他们老伙计三个就要喝一大瓢热豆浆。那时候，屋子里总是雾气腾腾的，大锅灶上吊着大布包，漏浆的声音哗哗响着，邢老汉就蹲在灶口旁帮衬着烧火。说是帮衬，实际上是顶名，一会儿说："浆子不老呀！"一会儿问："好点卤水了吧？"如果还要添秫秸就支使小石头："去！抱捆秫秸来！"总之，他倒很性急，仿佛很忙，实际上只盼望香姐儿叫他的小外孙拿瓢……一等向外舀豆浆了，就握住烟袋提着板凳说："来了！来了！"这是答应他两个老伙计的招呼。三个人在磨盘底下，围着搁在大黑碗上的装浆子大瓢坐下来。邢老汉那两只本是冷冷的眼睛，就有一种兴奋的光亮闪灼了。这是他最幸福、舒适的时候了，仿佛刚刚结束一件很辛苦的工作似的。开始抽烟谈心了。他们不管喝茶也好，喝热豆浆也好，所谈的不外是集市上的新闻，很少谈到庄稼。例如，有人在油庄集上买了几个鸡蛋，本来是伺候媳妇坐月子的，可是打开一个臭啦，打开第二个分不清蛋黄和蛋白，一泡绿水啦，再试试把第三个打开吧，你说怎么样？里头的小鸡都长全毛啦！邢老汉听到这话就问："这是从谁手里买的，下一集还会找他吗？"那个坐地贩子就说："还不定哪个庄上的呢？下一集还敢露面呀！"八十一岁的马贩子出身的刘子兴和邢老汉的意见不同，他说："这不能怪卖主，谁叫买主不长眼色啦！卖鸡蛋的那么些，他怎么单挑这样的买！"香姐儿笑着说："那准是图便宜吧！"刘子兴就说："是呀！人家卖的价低，买的贪便宜，那怪谁？还不是怪自己。"这话从八十一岁的刘老汉嘴里讲出来，都觉得有道理，于是说话就转到类似的贪小利吃大亏的掌故上去了。香姐儿的叔公公有时又谈到油庄集比夏庄集规矩，诉说到夏庄赶集做小贩的苦处，说夏庄集的人难弄，欺生。譬如外路人去卖虾米吧！一放担子，小孩、婆娘就围上了！人越挤，围得越多，这个伸手要包半斤，那个伸手要包八两，卖着卖着就"跑付儿"了。虾米是递到人家手里去了，钱呢？可是从另一个手上接的，你当是付过钱啦！人家可催着你称秤儿，等你抬头看看吧！接过虾米去的明明是个婆娘，可是付钱的呢？却是个汉子。邢老汉就说："夏庄集上的人呀，就是难缠，往年我卖樱桃，哪回不是卖缺秤呀！总要卖缺三斤两斤的，两个眼睛还当四个眼睛用呢！人心不好。这回解放啦！我看要整整他们！"刘子兴又表示不同的意见，他说："这怪自己心慌不仔细，不先收钱就往人家手里递虾米，那还怪人家吗？你干什么行道就得精通哪一门。要不，都去做小贩子了，钱都那么容易赚，谁还去种地呀！"大伙一听，这个道理也对。所有这些谈话，香姐儿都感到兴趣，而最感兴趣的莫过于谈到祭旗山的庙会。一谈到庙会，香姐儿就想起演小生的张德旺来，在《拾玉镯》中他扮演傅鹏和孙玉娇用眼睛调情那会子，那是一双多么聪明、伶俐的眼睛呀！那把扇子在他两个手指间玩得滴溜溜转呀！于是又回想到自己逝去闺女时代所有的那些珍贵的记忆来，发着幸福的叹息。除了集市的行情、往年的掌故，他们老伙计三个也谈到村干部的动态，参军出外人的消息。例如，农会主任和他老婆又吵架了。香姐儿就说，天天夜里开会开到半夜，还得起来开门，要叫谁也心烦。但八十一岁的刘子兴就说："他呀！领着头叫妇女提高，新鲜不新鲜，自己的老婆管不住，倒给老婆管起来啦！解放以前，小三他娘敢和他吵呀？"邢老汉就说："她敢？若是回回嘴，王成的巴掌早过去啦！"于是香姐儿只得承认："那可也是呀！"也引不起大的争论。一大瓢豆浆，就在这样的闲谈中，一点声音也听不到的，跑进他们三个的胃囊里去了。都现着满足的、完全不知道豆浆怎么喝光了的神气，抽着烟，发着舒适的叹息。不管喝茶还是喝豆浆，三个老伙计，若是缺了一个，谈话的兴致，自然受了影响，就感到生活中缺少了什么似的空虚。开始对缺席的人关注起来，要打发小石头去找。若是马贩子出身的刘子兴不到场，她就会担心他有病，八十一岁的老汉子了！她怜悯地说："还自己挑水，用两个小筐担土填栏，唉，他见过大世面，有苦不说就是啦！"若是她叔公公不到场，她就担心是不是和自己儿媳在家怄气，又怜惜老汉，又同情那个守空房的妯娌。她女婿出门六年啦！说是在徐州给国民党抓了壮丁，淮海战役盼望着能作为俘虏，释放回来，可是等了一冬没踪迹。总之，只剩下两个老汉，那喝豆浆的声音就特别响，尤其是轮到邢老汉，嘴唇发声音……哧……哧……哧……可见屋子里多么寂静。

总之，他们都很满足，脸上都带着一种太平年月所有的那种安闲、自在和幸福的神情。因为，战争确实远远地离开这个地区了，而且随着地主阶级而消灭掉的，还有那些威胁着农民的苛捐杂税，尤其是在这基础上，他们又各自分到了足以自给的土地，那么，还有什么不满足的呢？还有什么可埋怨的呢？所有这些，都在他们的安闲的谈吐上、舒适的脸色上现出来。自然这里所说的，是在沭河改道以前的一九四九年的情况。

三

这一年春天，正是农忙的时候，香姐儿泡上准备推磨用的豆子，就去赶十里之外的夏庄集。心想，眼看就来到小满了，油庄集上市的豆子本来就少，又赶上讨换豆种的时候，若不早储备一点豆子，行市一定又要往上涨（那时候政府还没有颁布粮食统购统销的政策，一个区仅有一个村联供销社，不用说粮食市场是不稳定的，香姐儿在她的营业上的感觉是很锐敏的，有预见的）。临走，留下小石头在家看门儿，并嘱咐他若是出去挖猪菜，就把门锁上，钥匙放在猪栏门口那块石头底下，说不定官庄他姥爷来，给自己耙地呢！

我们必须说明，香姐儿一年到头除了赶节令儿去一趟两趟娘家外，是很少出远门的，就是从夏庄集上籴几升豆子，不是农忙也往往托人给买。这回自己去赶夏庄集，是因为临时一个怕涨价念头，偶然决定的，而且一打听本来赶集的小贩都早走了，只好自己亲自去。因为走得匆促，还是居家的打扮：黑布裤、黑布褂，里面套着件短袄，外边扎着一双黑腿带，所不同的，仅是脚下换了一双绣着大朵红牡丹的黑布鞋。口袋就卷在手背上，手指头上的顶针儿也忘记脱下来……是因为好久没出远门了，还是因为从小麦地里吹来的南风，或是春气媚人，云雀的鸣声悦耳呢？离油庄时，本是匆促的心情，但是走着走着，香姐儿就感到庄外是这样开阔，空气是这样洁净、清爽……顿然想到自己早已失去的挽着筐子挖野菜的少女时代来了，而且充满了节日的愉快的心情。

　　香姐儿正这么独自走着，不意半路碰到从区委驻村走上赶夏庄集这条大路来的一个汉子。这汉子的背影高大，穿着件农民短袄，外面扎着一根军用皮带，头上是顶黑布制帽，走路跨着一种鹅步，那派头很是有种自己觉得自己很威严的样子。香姐儿不要说从他的穿戴上，就是从那种昂然自得的步伐上，就知道，这一定是她本庄的民兵队长张达。因为周围十里八里是没有一个村干部用这样的昂然大步走路的。

　　这张达本是雇农出身，使得一手好鞭子，唱得一口好莱芜腔。往日只是见了年轻的女人，脸红，没话说，自从土改参加了党，脸色就显得严肃了，因为当时由于富裕中农还在摇摆，阶级斗争很尖锐，而且复杂，所以他的一举一动也很慎重了。等他率领油庄的民兵，在碾庄战役的火线上投入过战斗，立了集体功回来，人就变得威严了。走路，总是跨着大步，说话，总是用响亮的大声，就是面对两个人，也总仿佛面对着全队民兵似的，不知道的人以为他是打官腔，知道的人都清楚，原来他在阵地上给大炮震坏了耳朵，虽然不聋，但是声低了，自己就听不清楚，倒以为别人也一样。他在民兵当中威信很高，到处都传说着他的大胆和机智。因之，这个二十六岁的独身者，引起了油庄以及附近村子那些待嫁的年轻妇女的普遍注意。有的当面露着崇拜的眼光，借机在他面前献殷勤、讨好。但他总是脸色严肃的，从来不和谁嬉笑，以致原先最崇拜他的闺女，变成对他怀着最大不满的人了。她们当中，有的公开这么说："哼！有什么呀？我才不理他呢！"如果有人说："小声点，他能听见！"这个原本是他的崇拜者就说："他听见怎么样，就是要他听见！"

不用说，香姐儿也受了这种崇拜气息的感染，现在单独在半路上看见他，不禁暗地私庆，可真巧，怎么会碰见他了。就不由得大声招呼道："集上有谁等着你呀？走得那么快！"

张达一听就转身站住了："一早浇了浇园子，赶集就晚了。"又说："你怎么今天高兴啦，也到夏庄去赶集呀？"

"怎么？赶个集还得高兴呀？"

"在夏庄集上，我可从来没碰见过你。"

"那么些赶集的，就是有我，你也不会看见呀！"

"错过没你，有你，老远总能看见。"说这话时脸色还很和蔼。

"那么，你的眼睛还和旁人的不一样？"香姐儿说笑着。

"那也倒不是。"张达脸色有些沉重和她并肩走着，这么说。

"那你老远怎么会看出来呢？"香姐儿注视着他，搜索他心底似的。

"那怎么看不出来，准能看出来就是了！"他遮挡着什么。

"我脸上还有什么记号呀？"

张达这回被突破了什么防卫似的，就不禁霍霍地大声笑起来："怎么会有记号呢？"心想，这婆娘平日看起来，很保守、很落后，倒没想到她还这样有趣、机灵、孩子气。又想到，年轻时候，她是自己所向往过的人物（自然她是不知道的），可惜她在政治上不进步，解放以后，距离越来越远了。自己反倒忘记有这样一个曾经向往过的人物存在似的。于是就改口说："官庄小石头他姥爷，还是三天两头地来呀？"

"常来。"她说，低着头，显然还在别有心思地想着刚才所谈到的闲话。等又抬起头来，脸色才又现出庄重的神色，说："这两年，若不是他姥爷离得近，常常照应，日子还有法儿过呀！"

"那么你过的这份日子，还是依靠着他呀！"

"不依靠他，依靠谁呢？"

"共产党没来的时候，你自己有地种呀？再说，他如今过的安稳日子是依靠的谁呢？"

"那倒是……"

不知道是张达没有听见她在说话，还是不让她开口，尽自说下去："若不是那两年咱们八路军的队伍离得近，你能油庄集出摊子呀？你倒说，依靠他，你做豆腐，是他给你挑水啦！还是给你推过磨啦！我看倒是他常来沾摸你。"又说："不用说旁的，光你猪栏里的粪吧！一春一秋，叫他姥爷弄去多少呀！"张达说这话时，脸色现出一种气愤不平的样子，完全是仗义执言的一种慷慨声调，以致香姐儿不敢反驳，有些胆怯。

"是呀！"香姐儿充满娇嗔的孩子口气说。心想，他倒是在心，老头子推两车猪粪，什么时候也给他看在眼里了。由于张达的这种关心，她感到他对自己是这样亲切，反倒生出一种感激来，并把他对自己不满的责备，当作是体己话儿来听了。

"你不能老是受落后分子的影响，我说这话对不对？"

"你不说，谁知道呀！"香姐儿小声幸福地喃喃。

我们必须说，张达是没有听清楚她说的是什么，但他从她暗暗怀着一种感激和欢喜的神色上，顿然感到原来她还这么娇小，而且充满了对自己的信赖，这是从她那柔顺的眼光中感觉到的。这种信赖和柔顺，把他推到保护者的地位上了。在年轻的妇女面前，他从来没感到自己是这样高大、坚强、有力。他想,自然若是在政治上帮助她,她会参加到自己的互助组里来的,很快能成为妇女积极分子中的骨干呢!他研究似的望着她。

"你老是看我做什么呀?"她高声、愉快地问,"还不认识呀!"

"我看你今天就像变了一个人似的。"张达坦率地说,"一点不像在油庄集上的样子,有什么事儿吧!你这样高兴呀?"

香姐儿却笑着说:"你这话说得可怪,一个人怎么还会有两个样子?"

"那是呀!"张达仍然严肃地说,"可不像你往日在油庄集上的样子!"

"像什么样子呢?"

"像呀!"张达思考着说,"就像祭旗山庙会那年,我看见你的样子。"

"哪年,你在祭旗山庙会上看见过我了?"香姐儿追根刨底地问,仿佛在这谈话的线索里隐藏着什么珍贵的东西似的。她的神色是那么专心,眼光里透露着一种富有机智的猜测。于是张达就说,是沭河鼓开口子的第二年。口气里仍是严肃的,说,那年他刚顾给外庄当打头的,她呢?说不定就是刚过门到油庄做新媳妇的那一年。又说,她那天穿着红布衫,还戴着一对长穗的银耳坠,是站在刘家店围墙后头,离戏台很远。他说这些话时,声音仍然很高,仍然是站在全队民兵面前说话似的。说到这里他就问:"离戏台那么远你能看清楚台上唱的是什么戏呀?"我们有一句俗语"说话者无心,听话者有意"。正可以说明他们两个人当时的心境,在张达本来是闲谈,但香姐却从中听出另外一种意思来。她完全不去注意,距离戏台远近,能不能听清楚的问题,她却闹心,张达那天是站在哪里,奇怪地说:"我怎么没看见你呢?"

"你那时候眼睛里有谁呀!"张达就粗憨地大声笑着说,"谁也不在你眼底下呀,你会看见我啦!"

"要你这么说,我还不是凡人了!"

"就这么说吧!"张达望着她,直爽地笑道。

"那也就是你眼睛里看!"

"你说什么?"

"我说呀!什么也没有说!"就在这时候香姐醒了酒似的,望着四周围,突然发现什么似的站住了,叫道:"我的天!咱们这是走到哪里来了呀?前边这不是快到王家坟了吗?"

张达同样站住了,瞪惑地左右四顾,两只手叉在腰上,仿佛一个指挥在巡视阵地似的,大声说:"大天白日的,咱们怎么走到这里来了?"原来该拐弯的地方,他们没有拐弯,夏庄本来在东北,他们竟从杨树岔道那里,直奔正东斜道走下来了。"往回走吧!"张达挥着手说,临回身又停下来观察一下子。仿佛还不相信已经走到夏庄南边来了,还要证实一下。香姐儿不由得银铃似的纵声笑起来:"你是怎么领的路呀?"张达也不由得大声笑了:"这是怎么弄的呀!糊里糊涂走到坟墓林子里来了!"两个人顿然感到从未有的亲切、愉快。香姐儿一路上笑着、喘着,有意地埋怨、追问:"你是怎么领的路呀?叫什么迷住了呀?"仿佛她自己倒很清醒的,实际上倒是张达随着她的脚步走的,但张达也不分辩,一路上和香姐儿同样纵声笑着,仿佛很愿意受她的埋怨似的。香姐儿笑得眼睛里含着泪,一直重复地说:"你还两手叉着腰在那里发傻呢?""你倒是四下瞅什么呀?还有鬼呀?"张达每当听到香姐儿对自己的描述,就不禁又霍霍地大笑起来。两个人就像喝醉了酒的人似的,而张达的步伐也有些踉跄了。一回到大路上,一望见夏庄集,并发现有从集上提着酒瓶往回走的人,两个人都仿佛醒了酒。尤其是香姐儿的脸色,逐渐冷静下来,并且摸了摸顶后的发髻,怕有什么失态的痕迹露出来似的。张达感觉到她又恢复了在油庄集上所有的冷落神态,但当接触到民兵队长张达向自己注意的眼光时,她那两只眼睛的深处,分明还隐藏着一种悦心的愉快。

"你头里走吧！"她说，"回来在庄头井台上等我！"

是怎么样变更的位置呢？什么时候她竟对民兵队长张达获得了这样自信的支配权呢？张达自己也不知道，但却顺从着她的意旨大步走开去。并且为互助组办完了事，带着车绊和龙头、兜嘴，果真坐在庄头的井台上等候香姐儿了。

但回来的路上，却不仅是他们两个人，而是五个赶集回来的人，内中还有香姐儿的叔公公，油庄集那个有名的坐地贩子刘四。他是挑着卖剩的黄花鱼来赶夏庄集的，回来就脱干净手了，肩上扛着一根朝天竖的扁担，背上搭着两个空筐。还有油庄集的卖发网和绣花鞋面的老妈妈，一路上尽自埋怨自己绣花的荷红色丝线带少了，说是再有三两五两的也脱手啦！自然五个人一走出夏庄集就分作两伙儿，后尾一伙儿，就是香姐儿和那贩卖发网和绣花鞋面的老妈妈两个人。老妈妈还背着她的小白布包袱，香姐儿却空着两手，她买的一口袋豆子，由她叔公公在市场上找到本庄推独轮车子的熟人，早头里带走了。现在香姐儿是那么稳重地走着，但脸色却是红红的，刚烤过火似的，现着热烘烘的样儿。以致那个两眼锐利的年老的女贩子，不止一次地奇怪地注视她，问她："你今天怎么的了？在集上喝过酒啦？""没有。"她不自主地摸摸脸说，"穿得多了！天真暖啦！"又低头走着，看出是有什么心事似的。自然，头前走的那一伙儿，越走越远了。开头可以看出来香姐的脚步也很急，等到那个女贩子说："咱们可不要赶他们的脚步，咱们还走过那些汉子了？"结果，她们俩就越走越落得远。日斜两竿才到家。

就从赶夏庄集这一天回来的黄昏起，香姐儿就开始心神不安了。耳朵老是侦听着墙外的脚步，老是注意着过街的声音，谁家的鸡叫或者猪跑啦，都听得清清楚楚的。一会儿到院子里去看看猪栏，在院子里侦听什么似的站立一阵子，一会儿又摘下扁担去挑水，明明水缸是满的。她呀，总觉得张达在自己注意力所及的范围，总觉得随时随地会碰见他。心又慌、胆又怯，怀着什么重要的机密要急于看见张达似的，实际上又是什么机密也没有。只是想，再碰到他。直到天黑，香姐儿才放弃了这个念头，而且自己也奇怪起来。心想，怎么会这么不安呀？还是在王家坟那里给鬼迷住了，把什么怨鬼带到自己家里了？这样一想，就镇定下来，但是她还没有脱下那双绣着大朵红牡丹的薄底布鞋的意思，痴痴地坐在那里，一动也不动。

直到听见门环叮咚的响声，知道是自己娘家爹从官庄来了，香姐儿才想起来，该套驴推磨了，并且有生以来第一次生出一种对邢老汉厌烦的感觉，这是从来没有的。她想，为什么这样晚了还来，一天黑就来了，一天黑就来了，就不叫人家心里清静清静。

"怎么？没在屋吗？"她听见邢老汉站在院子当中间。每日，只要她听见门环叮咚一响、鞋底发出的托托声，就必定扬声说："是爹来了呀！"那声音隔着纸窗，在邢老汉听来是说不出的亲切，仿佛是她正在盼望着，等待着自己的来临似的。但现在掩上院门好久，还没听见自己女儿的招呼，也不见牲口推磨的动静，邢老汉还以为香姐儿不在家。但接着，他听见女儿的声音了："在屋里呢！进来吧！"这声音和往日不同，很冷落。邢老汉心想，许是赶集走累了，这是在村口碰到刘四知道的，再不，就是豆子买的上当了。进屋见到香姐儿刚换鞋。自然就问："买了多少豆子？上市的还多？什么行市？"又问："小石头是不是上夜学去啦？白天还挖了点猪菜！"之类的闲话。在谈话当中，照例在磨道外圈安排下自己所常坐的木墩子。

当香姐儿套上牲口推磨的时候，八十一岁的老汉刘子兴就提着自己的矮脚凳走进来了，把自己的烟口袋递给邢老汉："哪！尝尝吧！""我的烟叶也不离呀！""嗯，你就舍不得买我这样的烟叶子呀！"实际上，刘子兴自己明明白白知道是从一个主儿手里买来的烟，但总觉得自己的烟叶是特殊的好，而邢老汉明明知道是和自己的烟一样，但也总是觉得刘子兴的烟叶味道的确也分外醇一些似的。这真是很难解释的事儿。不久，香姐儿的叔公公刘四也抱着他的外孙来了。因为明天就是油庄本庄的集日，知道今晚上有豆浆喝。他是十分喜欢他的刚满周岁的外孙儿的，说是他的外孙的两条小腿，胖得赶上橡子粗了，还要叫邢老汉摸摸："你摸摸这屁股蛋子，净是肉啦！你看这两条小腿，简直有千斤力，蹬得人可疼啦！"之后，就开始问："那边的地都种上了？"

"没有。"邢老汉说，"今天栽了两畦子葱，蹲得两条腿发酸。"又说："一天光栽两畦子葱还行啦！还栽了两畦子西红柿，就不算活儿了？"

"你种那么些西红柿做什么？好吃呀？"坐地贩子刘四说："卖给谁呀？我看，还不如多开点小白菜地，来钱。"

"嗯！你这话又不在行了！"八十一岁的刘子兴老汉说。

邢老汉就敲敲烟袋说："你知道去年一上市是什么价钱呀！我就栽了两垄，一上市减价五百元一斤，住在西洼子的区上工作队抢着买，我看看，不对头，涨吧！涨到六百五，最后剩了三四斤，卖到八百。若论吃头，可真没什么味道，酸溜溜的一包籽儿，庄稼主儿算不认。"

"你光指望卖工作队的人，能卖出手多少呀？"刘四问。

"还有区上的卫生所呢！再说割麦子的时候县里还不下来调查组呀！都认货呀！反正，就是咱们不认。"

"不认！哼！你不说，庄稼人不会调制就是了！"那个八十一岁的马贩子出身的老汉说："若是调制不好，就是海参也不好吃。"他又说："吃西红柿怎么吃呀？吃西红柿得要拌白糖，离了白糖不行。一斤西红柿，拌上半斤白糖，酸味儿就解啦！和吃西瓜一样，又甜，又脆生，还有比西红柿好吃的东西呀！"

"是呵！"那个坐地贩子刘四说，"那么今年柿子下来了，咱们也称上半斤白糖，试试。呵！咱们也尝尝，呵？你说是不是！"后两句他是两手悬空抱着他的外孙儿，面向他那嘻嘻笑的小脸蛋说的。

"可得夏庄村联社的上白糖，"刘子兴老汉又说，"咱们集上挑担子小五卖的白糖可不行。那是什么白糖，还拌了炒面，搀了一半假，一斤抵不上村联社的八两。"

从这里坐地贩子刘四说："如今的小买卖不好做了！说，今天夏庄集上村联社上市了一半推车卖虾米的，价钱当时就猛地跌下去了。一斤要跌两百元。"又说："我看呀！下一集的鱼市，村联社怕是也要沾手啦！还不像带着布匹赶集一样呀！一个脚踏车上带两筐吧！不用多，咱们就别想赚什么了。"八十一岁的刘子兴老汉就说："村联社得有多少人手呀！咱不会挑着担子去赶离村联社远的小集么？"又说："村联社怎样也不能样样都贩，他弄黄花，你就弄鲫鱼，他卖盒子，你就卖小罐儿，面是宽得很，'活人还会叫墙挡住啦'！"

所有这些谈话，以往是香姐儿精神生活上不可缺少的一部分。她从这些谈话里，以往总是感到很大的兴趣，仿佛由于这些议论，生活就分外丰满、充实似的。但现在听来，距离是这么远，她感到是这样无聊和厌烦，而且从中分明又听出另外一种道理来，那就是："若不是村联社，如今能买到这样便宜的市布呀！虾米和盐鱼能卖得这样便宜呀！"自然这是心里的话，没有说出口来。从这里又想到张达在路上和她说的话，思量着："可不是，这些老汉子落后怎么的？整体不是愁那个跌价了，这个村联社又沾手啦！仿佛日子倒不如从前了。实际上，哪年他冬天不是穿着一条破单裤呀！"这是指刘四说的。总之以前她没有感觉到的，现在开始感觉到了。正在这时候，天呀！她听见院子里有一种兴奋的洪亮声音说："在家推磨呀！"舀浆子的瓢，险些从她手上掉下来。她的心嘣嘣地跳到胸口，脸上一阵红，而且就像嘴里没有了舌头一样。心想，他来了，他来了……

"谁呀？"她听见邢老汉惊疑地问。在院子里站住的人，又大踏步往门口走来了。

"你们好呀！"张达跨进门口大声说，"人还不少呢？呵！"

"你好,你好。"老汉们说。一阵小板凳和鞋底摩擦土地的响声。有的站起来,让出自己的坐物。邢老汉虽说不十分熟,但知道是当庄的民兵队长,一个体面的村干部,不免也显出尊敬的口气来说:"你可是不常来呀,怎么今天晚上闲了,没开会呀?"

"开啦!"张达用只有耳背的人所用的大声说,"哪天不开呀!全靠开会解决问题。"他左右环顾着,那神气很是尊严而又谦和的样子,使人感到格外的敬重。"怎么样呀?你们官庄的地都种上了吧?"又问刘四,"这是南洼子庄上的小外孙呀?"最后问那个八十一岁的老汉:"今天你在房后那块地上种什么呢?是谷子呀,生活过得去吧?"在谈话中,他也注意到香姐儿在阴影里的面向自己的笑容,如果说在赶集的路上那笑容是娇柔的、忘形的,那么现在这笑容却是亲切的、知己的。但他没有向她搭话,就在矮凳子上,平稳地竖着两膝坐下来,他的脸色完全不像平日那样严肃,而是兴奋、愉快,他说:"上级号召捉蚂蚱,任务挺紧,明天要编组下湖了。"又说:"南洼里,蚂蚱都长翅膀了,若是不抓得紧,一下场雨,就会起飞啦!"并补充道,香姐儿这里本有丙子他娘传达,因为丙子他娘到外庄走亲去了,他自己就兼着东头这几户的小组长。

"我又要说不中听的话了!"那个马贩子出身的刘子兴老汉说,"自己爷儿们,你可别生气。"然后正式说:"如今,做买卖吧!政府也伸手,种庄稼吧,又要领导。那么说,早辈子,咱也没听说种地还得有人管,可是也没听说地种瞎了,老百姓呢,还是靠着粮食长大的。"

"你没听老辈子说吗?"刘四插嘴反驳道,"芒种那一天,朝廷不是扶犁,耕他那一亩三分地吗?那就是领导呀!"

"要我说呀!"邢老汉抽着烟,叹息似的喃喃,"往年不捉呀,蚂蚱还少点,去年一来呀,我看是,越捉越多了。连十亩麦地都有了什么蜘蛛啦,老辈子谁听说过啦?"

"那是因为往年不捉虫子呀,就是有,谁还会理会。"香姐儿不自觉地向她娘家爹辩白,还笑着,不忍明显地顶撞她的老爹似的。这话从香姐儿口里说出来,很使邢老汉吃惊,因为她平常总是帮衬着自己,还说过"虫子是天生的,人就会捉干净了!"之类的话,怎么今天晚上突然变了调子,说顺心话儿给村干部听,当着自己面,巴结外人呀!

"这话说得对!"张达脸色尊严而又和蔼地站起来,两手还像正式军人似的捉住皮腰带说,"种庄稼,保守不行,要增产就要和天灾做斗争。"又说:"要走社会主义的路,就要听党的号召。"仿佛他是说给自己听的,读者可以看出来,他是习惯于按纪律性来向民兵队布置工作,而不善于向农民做宣传,因之他强调说:"党布置的任务,就要执行,因为党是为人民利益服务的。"

"这么会为庄稼人打算,怎么不把沭河治一治呢?"八十一岁的老汉刘子兴说,"年年的豆子不是都给水冲了吗?家家不是没有豆酱吃吗?这是大事呀!你们当干部的怎么不管呢?"

"那就不用你操心!"年轻的张达面对着这个刁恶的挑剔,用悻悻然的气愤口气,果断而有力地说。而香姐儿立刻就第二次支援他,她说:"那可不比修个院墙,打眼井,光是筑沭河两岸的大堤吧,我看也得一些人工了。"张达感到她是和自己并肩站在一起,她在卫护着他,而那个八十一岁的老汉子明明在向自己挑逗。于是他又问他:"你在外头混了年头不少呀,你回来是带着什么进的庄呀?是谁分给你的地呀?一年两季还有一百二十斤的鳏寡户救济粮,是谁给你的呀?旧社会给了你些什么好处呀?你住的那间草房子是谁给你搭起来的呀?木料是哪来的呀?"张达用激愤的声音指问,用闪灼的眼睛盯着他。以致使刘子兴像是顿然缩小了的刺猬一样,沉默了,最后喃喃地说:"那是不假,我回来是光光的一个人……"

"好啦!"张达又换了委婉的口气,正像他自己受到区委的严厉批评，或者自己批评了某一个民兵之后的情况一样，批评者在痛击对方，感到对方已经认识到自己的过错，就又宽慰道，"好好用脑子想想吧！"临走又交代了明天一早捕虫，需要准备的家伙，并坚决不让大家伙儿离座位送他，还说，以后会常常来。而在他走后，想起香姐儿所说的那两句话来，觉得突然感到她是那么体贴自己，而这种亲密感，就是在王家坟走迷了路，以及在夏庄集井台上等她，都是没有的。自然他很珍贵这种感情，并且开始对她有了某种期待。

这天晚上，八十一岁的老汉刘子兴像斗败了的公鸡似的，走得很早。但邢老汉却在他的老伙伴都走掉之后，很久很久，还独自坐在磨道外头抽烟。小石头放学回来，帮着卸的磨，邢老汉却一动也不动，忘记了他还要走二里路，赶回官庄去睡觉似的。直到香姐儿打发小石头睡了，并把最后一块石头压在豆腐槽上，问他："爹！你好走了呀？"

"有月亮，怕什么？"

"我娘不在家等呀！"

邢老汉还是抽着烟，最后终于用平平淡淡的口气这样问了："小石头她娘！"

"做什么？"

"你把磨盘刷子放下，过来，我问问你。"又抽了两口烟，平静地说，"张达今晚上来找你，还有什么事呀？"

"不是明天一早分组捉蚂蚱吗？"又说，"就是没什么，还不兴过来坐坐了？"

邢老汉宽慰地站起来，手里紧握着他的烟袋荷包，临走说："你的孩子，也那么大了，行呵！脚步迈得正就行。我还能跟你一辈子。关上门，睡吧！"

这天晚上，香姐儿熄灯很久很久，还是没有睡意。在黑影里睁着两只兴奋而又平静的眼睛，思索着。她所不能理解的是，为什么偏偏在赶集的路上，单独地碰见张达，而且大天白日又走迷了路。又想到自己纵情的笑声，黄昏时候心神的恍惚不安，仿佛那是另外一个女人似的，而且又仿佛自己和张达相处了很久的年月似的。关于邢老汉临走所说的话，她却全都没听见似的，知道他嘱咐过什么，但究竟是什么呢？她不了解。但她却感到自己今天的生活过得很有意义，自己很幸福，有种什么新的东西开始露头了，可是她必须摆脱掉她老爹的束缚。这束缚的感觉是现在才产生的。

四

捕虫以后，香姐儿和油庄的民兵队长张达在一天当中又单独碰见两次，而且两次都是在白天。一次是在庄后头的井台上碰见的，这次会见是意外的，为香姐儿特别看重的，因为张达本来住在庄南头，本来在那边的井里打水用，现在却到北井里来挑水了。这样就必须经过香姐儿的院门口。而在第二次，就是在门口的会面了，是香姐儿有意的在门口等他过路了。两次会面，双方的脸色上都闪着一种特别喜悦的光色。第一次的谈话，却仅仅两句。张达仍然是用高过一般人的声音说："这个井里的水，可干净呢！"香姐儿就笑着说："是呀！"那声音温柔得像猫一样。并大胆地，向他闪着两只柔顺而又心欢的眼睛，之后，让开道，张达就挑起水桶走过去啦！第二次是中午，张达挑着两桶水从她门口路过，说道："什么时候，还一块儿去赶夏庄集呀？""好呵！"她答，脸红红的，还笑着。但此后三天，香姐儿再没有看见他。自然，最初香姐儿是不安的，一打水的时候，就站在院心侦听着挑水人的脚步和说话声，整整一天却不见张达的踪影。香姐儿就像失掉了魂儿一样，一而再地思忖，怎么又不过来了呢？直到听说张达到区委会去了，才比较安定下来。不用说，香姐儿的一举一动，她的叔公公刘四都看在眼里了，尤其是在隔壁院听到张达和香姐儿第二次单独会面的谈话以后。当天晚上就在闲谈中问她："下一集还到夏庄去呀？"香姐儿就顺口说："去买什么呀，还老去。"心知这话问的有因，就越发厌烦这伙儿永远是谈些生意经的老汉子们了。

油庄集民兵队长离村的第二天，山东省水利局的测量队就背着漆着红白两色的标尺、三脚架、水平仪、测量镜什么的，在油庄和官庄之间的田野上出现了。来来往往一共三个人，也并没有引起两个庄的农民广泛注意。但等到第三天，有人透出消息说，是来划河道的，要把沭河的水全引过来，将来走这条新道，群众就纷纷议论起来了。有的村干部却躲在群众背后不出头，尽自推托："咱也不摸底，有意见找他们上边来的人说去。"

那时候油庄与官庄之间南北两边，各有一组人提着长嘴壶沿着标绳浇石灰线，距离足有一里宽。南边的石灰线上，围着半面从官庄走出来的一群人，内中有穿长衫的邢老汉，也有两个袖子挽在肘臂上的邢妈妈。北边的石灰线上，围着半面从油庄跑出来的人群，内中有扎着布围裙的香姐儿，也有买猪头肉和烧酒的刘子兴老汉和坐地贩刘四。两伙人像失了窝的蜜蜂一样，嗡嗡的话声混成一片，只见惶惶然的脸色，心慌的眼光，到处闪耀着，彼此感染着，不贴耳朵却听不清楚他们激动地讲些什么。就是站在说话人近前，也只能听见零碎的句子："这些水鬼！""不能打！""找头目人！"不知怎么一来，有人开始向什么目标跑了，所有的人都向一个方向跑来了。有人脸色苍白地边跑边问："什么事？"孩子开始恐怖地站在奔跑的人流里哭叫了。田野上有丢掉的布鞋。香姐儿也闪着恐惶的眼睛，向空叫着："小石头！小石头！"被人撞着、推着，转了半个身，最后，仍然跟随着人流跑过去。

原来人丛圈子里出现了民兵队长张达，他正一手叉着腰在说什么，而他的脸色是兴奋的、镇定的，肩上却背着一支快枪。于是人们也开始安静下来，有人高声骂着："后头不要吵！"张达的宏大的声音开始响亮起来："沭河闹水灾的年月，就要过去啦！以后，在洼地上要种什么，就收什么，再不用愁没有豆子做酱吃啦！"

"这道河一开，不是把油庄和官庄隔开了么？"有人大声说，张达认识这是官庄的贫农。

"以后，官庄赶集，怎么办呢？当中隔着这条河？"张达又注意了一眼说话的邢老汉。

"以后，油庄集要挪了，油庄不是中心了。要往北挪。"张达大声宣布，"总之，把水灾给消灭了，一亩地管保要打两季场就是了。"

这话一说出来，所有那些依靠洼地庄稼生活的农民，都兴奋而又惊喜地说："好呀！""咱们油庄的洼地，这回不是也赶上官庄的上坡地了吗？"所有那些依靠油庄集市过活的小贩，都闪着疑惑的眼光，纷纷嚷着："油庄集一搬，这日子怎么过呀！"引河线内有祖坟的人又说："这还要我们起骨挪尸呀！""那么我们在河道里的小麦地呢？"这当中还夹着这样的话："我看毛主席是不要这方人了！这不是烧香引鬼呀！把水灾搬到咱们家门口了呀……"那个八十一岁的刘子兴就说："这话有理！"

我们必须说，张达在群众包围中，是时时注意着这些议论的，并时时大声作解答，例如："坟要挪。""地要作价赔补。"因之，听见"烧香引鬼"的话，就回过头来，两个眼睛射着鹰似的锐敏光芒，在搜寻说话的人，并且注意到刘子兴对那话的响应。他的脸色严肃地问："刚才是谁说，毛主席不要这方人了？"所有的人都沉静下来，有的小声问："是谁？"但有的却装作什么也没听见似的，沉默着。当张达第二次环顾左右，追问的时候，香姐儿就用手指着遥远的地方，高声说："就是那个秃头顶，穿白小褂的——你做什么推我呀！"后一句她是向那个八十一岁的老汉刘子兴说的，并且她望见那个马贩子出身的老汉闪着一对饿狼似的眼珠瞟了她一下，他是这样地对她不满，仿佛她出卖了自己的人似的。香姐儿在被推时，还不知道是谁，现在发现原来是刘子兴老汉，而且又那么恶狠地望了她一眼，心里很吃惊，她从来不知道那个老汉竟有这样一双恶狼似的眼睛。现在他是转过身去，挪了位置，又现出平常的模样来。

这时张达在群众面前问道："你们没听出来，这是富农地主的声音吗？你们不认识他是谁吗？你们有的还要袒护他吗？当众面前，他有发言权吗？上级早就料到，开引河会有坏分子造谣、破坏的，我还保证咱们油庄没有这样的人，这不是给咱们油庄丢脸吗？他竟敢当众发言，他不是还没有解除管制吗？"于是他严厉地命令："把他带回去！"于是人们开始安静地、胆怯地散开去。

当香姐儿正左右四顾着，寻找小石头的时候，她碰见邢老汉走过来了。他的手里紧紧地扼着烟口袋，他的脸色惶惶然，并用一种异乎平常的眼光望她，她从这眼光里感到他们之间距离越大了，她明白那是由于她当众指出那个被管制的分子刘二圣来。

"你叔公公呢？"邢老爹问。

"没看见。"她用冷静而果决的口气说。

"老亲家！"刘子兴从旁边走过来搭话了，"油庄集一挪，咱们不得喝西北风呀！这两条腿还能受累呀？"

"受累不说，到外庄赶集不行，受气呀！"邢老汉和他随着人群走着，低声问："你说，干部不走群众路线能行吗？这可是非同小可呀！群众要反对，还能硬来开道河吗？"

刘子兴就说："你没听见刚才张达说什么吗？这事儿，上边不能不知道，可不能乱多嘴。"又说："论起来，事儿可是好事儿，往年巴望着沭河改道，还巴望不来，可是没想到改道选了咱们油庄南边这块地里来，毁了咱们的油庄集。"

邢老汉听见他所尊重的老伙伴这样一说，就像自己被人抛开一样，脸色越发苍白、不安，不由得注意周围的人群，正像自己被判了徒刑的囚犯，在路上望见那些自由地、兴奋地走过的人群一样，分外怯弱无主。而香姐儿呢？脸色同样是苍白的，因为她现在才想到她所依靠着生活的那座露天的豆腐棚，若是油庄集真的往北挪了，她将怎样呢？

她想，必得要和张达商量商量。

一进油庄村口，那个八十一岁的老汉刘子兴，就独自地走向自己村后的孤立茅屋里去了。正像一个不吃眼前亏的老光棍所有的态度，他知道邢家父女俩，要有争执，他自己是不愿在两者之间沾是非的。

邢老汉和自己女儿两人走进屋子，他一开口就喃喃地说："这老鬼，用他出主意的时候，倒走了，仿佛他不是本地本土长大的人。"

香姐儿沉默着，独自思索着什么。

"若是引河在两个庄当中一开，我想来也来不了，你们娘儿俩的日子，可怎么过吧！"邢老汉望着她说，他愿意听见自己女儿诉说忧愁，愿意听见她诉说失去自己支持的绝望，和他自己一样的痛苦。如果她说："就是绕道走二十里路，你也要来呀！"如果她说："你不来，我们依靠谁照应呀！"那么他就会感到无限的安慰和满足，但却完全出乎他的意料之外，香姐儿却心不在焉地说："那还用发愁呀！就是你不能来，我们娘儿俩还不能绕道走老河口去看你呀！"

邢老汉完全不理解似的望着她，她是在想什么呢？她说的怎么这样安稳呀！背后依靠了谁呢？离开他，离开娘家爹，她怎么还能这样镇静！

"好吧！"邢老汉转身做出要走的姿态，"你能自己挺着日子过，还不好！明天，我不来了。"

"河不是还没开吗？明天晚上推磨，你不来喝热豆浆子呀！"香姐儿注意到邢老汉赌什么气似的，笑着说。

香姐儿本来是想宽慰他，谁知道这样一说，倒使邢老汉顿然变了激怒的脸色。他说："你这是……呵？……这是……我来是要喝你那碗热豆浆呀？"他的嘴唇颤抖着，胡子像受惊的刺猬针一样竖起来，他仿佛受到自己女儿的最大侮辱，以致吓得香姐儿倒退了半步，但邢老汉已经不再说什么，愤愤地走掉了。香姐儿还不明白究竟是发生了什么事，并急步追出去，看样子，她想解释什么，但刚迈出门口，就又停下来,心想,从此往后,老头子少来走动,倒清净。而且突然明白,两个庄当中一开引河,她和自己的娘家就会断了联系,她感到一种解脱了什么束缚和阻碍她的某种牵连似的轻爽。对呀!她想,她要和过去那种没有生气的日子分手了,她既厌烦叔公公刘四那种鼠头鼠脑的姿态,也不愿意再看见那个八十一岁的刘子兴的虚伪的脸相和恶毒的眼光了。这样一想,她倒轻松、愉快起来,而当张达从她门前路过夸赞她的时候,她的信心越发增强了,要摆脱那一伙儿人。张达是特意来看她的,他说:"你今天做的算对了。政治上往前跨了一大步!"又说:"我有空,再过来!"

"可是我问你。"她小声说:"油庄集要往北挪了,我的豆腐摊子怎么办呢?"

"什么?呵!你还打算靠着集日过生活呀!"张达畅亮地大声说,"咱们要好好发展农业,你将来还不打算到互助组里来呀!"

"是呀!"香姐儿顺从地说,"那可要依靠你们干部给安排了。"

"没错,我保证。"张达果断地说,"有空我再来!"

当天晚上,香姐儿的叔公公倒提着小凳,照例来了,而刘子兴老汉又带来了茶叶,都奇怪,为什么邢老汉还会落在他们后头。

香姐儿冷静地说:"我爹不来了,要喝茶,你们烧吧!"并在锅里添了两瓢水,就抛开来客,到军属刘英那里,探听张达互助组的动静去了。

自然那两个老汉也没有久留,那个八十一岁的马贩子说:"许是和她爹闹翻脸啦!我看呀,老头子也做不了闺女的主啦!""怎么的?""今天是谁当众指出来的,你没在场?"这就是他俩临走之前的谈话。

"哼!"两个老汉之中有一个说,"和官庄她爹闹翻了,我看她的日子怎么过吧!"

五

再说，邢老汉从油庄回来，哪里也没有去。第二天晚上该是香姐儿推磨漏浆的日子，邢老汉仍然蹲在炕上抽烟，邢妈妈开会回来心里很是奇怪，说："你怎么今天夜里没到油庄去？"又告诉他，引河线里有坟的，上边要发迁葬补贴，地呢，要在评价组里自报公议，一亩小麦还有八十斤小米的青苗补贴。口气里倒挺满意，虽然他们自己在引河线里既没有坟墓，又没有土地。

邢老汉却像完全没有听见似的，叹息一声，自言自语地说："油庄的地气算完了！"又说："你知道吗？香姐儿她娘！咱们都这样大岁数了，若是有个三长两短的，就是找到人给油庄送信吧，要绕道走老河口，坐渡船，一转，就是二十里路，来回就是四十里，还能赶上咱们临走的那口气呀！"

"我看呀，没有比能收成再好的。若是沭河再不淹庄稼了，香姐儿他们娘儿俩的那几亩地，年年收两季，日子过得旺盛，就好。临走那天赶上那口气，就看看，赶不上，就算了，怎么样，还不是往土里埋呀！"

邢老汉却没有提到和他寡妇闺女闹翻脸的事，仿佛是并没在心，实际上又不是。因为油庄集上碰见香姐儿了，装作没看见，菜摊还是摆在豆腐棚口，可是一直没和香姐儿打招呼。只是对小石头反而比以前更亲了，散集的时候还给他买了两个石榴。

香姐儿虽然看在眼里，但却并未放在心上。她是那么伶俐而愉快地忙碌着，并当着邢老汉的面宣传沭河改道的好处。此后，且作为拥护水利工程的积极分子活动了。不管在井台上打水、河里洗衣裳，还是在自耕地上挖猪菜，一碰见人，她就学着张达的口吻说："这是国家的水利计划呀！要消灭沭河下游一千五百万亩土地的水灾呀！""这可不简单，咱们这里还是灌溉区呢！"又说："一千五百万亩土地，一年要出产多少粮食呀！咱们一个油庄集挪了，算什么呀！"说这话时，在她那两只乌黑的本是娇弱的眼睛中，闪着一股矜持而又充满自信的豪气来，而且笑声像银铃似的响。但，那些日子，只要当众碰见跨着大步的张达背着步枪走过来，就脸红，红得不敢抬头，因为民兵们都用含着深意的眼光注视她，而且油庄那些年轻的妇女见了她，就悄悄做耳语，普遍地管她叫"张达对象"。有一次军属刘英还俯在她肩上低声问："什么时候喝你们的喜酒呀？"她和张达私下还没有明谈的心事，反倒在她们眼睛中、脸色上，取得了明确的印证。他们是把香姐儿和张达的要好，看作是自己的胜利，看作是对那些封建传统的拥护者的严重的打击，到处说："哼！若是香姐儿自己愿意，她叔公凭什么敢挡人家的路。"到处说："引河一开，官庄和油庄隔作两下，她娘家老头子能怎么样，人家两口子愿意怎么样就怎么样，他在河那岸可过不来。"所有这些谈话，也点点滴滴传到刘四的耳朵里去，但他无暇注意这些了，因为他和那些油庄的小贩都集中在准备引河开工要做些什么买卖上去了。而且不知道怎么，油庄集一带的农民都在打听谁家卖地，洼地的价钱顿然涨了一倍，一亩地两亩的行市，可又没有卖主。……

如果把沭河改道开工之后的复杂斗争过程写出来，那不是这个短篇所能包含的，因为全部工程进行了三年。我们还是说邢老汉和香姐儿吧！

自然，张达早在一九五一年春天就和香姐儿结婚了，如今第二个孩子又满周岁了。而油庄集已经成立了一个包括七十户的农业生产合作社。集市往北挪了十里，油庄的街道上，再也看不见安锅灶的土台子和准备集日搭棚的木桩子了。原先香姐儿摆豆腐摊的地方，变成了打麦场。那些两腿插在地里的案子桩和板凳腿，都拆散了，在农业生产合作社的牲口棚的材料上，还能找到。不用说，油庄一带的土地一亩有三亩的收成，因为在引河工程当中，沿河两岸，户户都攒了屋顶高的大豆饼，远远望去，像许多大草垛一样。

一年当中，香姐儿抱着娃娃到官庄走两趟，邢妈妈也按节日绕道走老河口，来探望闺女。母女俩很亲热，只是邢老汉见了香姐儿仍不理，对小石头还是亲，问长问短。不外是："什么时候小学毕业呀？你刘子兴大爷爷还结实呀？没问起我来呀？"

现在他在官庄的农业生产合作社里做零活儿，跟着妇女剥剥苞米，扒扒线麻什么的，铡牲口草做下手，浇地呢，仍然是提着锹开水道。零零碎碎一年也有七十以上的劳动日收入。邢妈妈常对外人说："行呵！一年就是六十个劳动日也不少呀！这样，就是有一天，我咽气了，也能合上两只眼啦！老头子总算有依靠啦！"

老魏俊与芳芳(短篇系列)

老魏俊和芳芳

一个六月间的黄昏时候,天呢,不是正经的气色,大块的乌云从四面八方凝聚在一起,仿佛谁坐在高空调动、布置着它们;风呢,一会儿往南奔驰,一会儿又往北卷着,而且不该黑的时候,天却黑下来,黑得对面望不到六尺远。

这时候,一个十二三岁的女孩子,低着头,从柳河村口匆匆走出来。她是死去一周年的本村共产党员刘景泰的闺女,名叫芳芳,正在六里外五星乡的小学五年级读书,一天来回走两趟,若是晌午没有从家带干粮,就得多跑一趟,两条小腿细长细长的,走起路来可轻捷呢!她母亲是耕作区妇联委员,名叫王美英。现在她是受母亲的嘱咐,到柳河耕作区的牲口棚去牵推磨的牲口。牲口棚在柳河村东北角儿上。一年前,柳河村还没规划为五星高级农业社的耕作区的时候,这里是一块荒场,到处是古坟和埋葬外乡人的土墓,有些弯弯曲曲的小树木、刺猬盗的坟窟窿、水洼、苇草什么的……虽说在观念上芳芳早就破除迷信了,而且这里的棺骨早都挪了,变成一片溜光溜光的有大草垛的旷场了,但这样坏的天气,越来越黑,黑得眼前就像碰到鬼打墙一样,而且车道上净是稀泥,分明一个人走,却觉得吧嗒吧嗒有两个人的脚步声。牲口棚就在旷场的背后,芳芳两条小腿越走越快,最后像箭一样穿过饲养员老魏俊一个人住的大院子,一下子两脚跳进老魏俊住的向阳房门口,带着喘吁,几乎是欢叫着:"呵呀!可把我吓坏了!"

饲养员老魏俊正给那些刚刚出勤归来的牲口拌草,在这里的气息可是分外安静，牛的吃草喘息声，驴的不安地挪蹄子声，还有牲口挥赶什么蚊虫的甩尾声，都听得清清楚楚。一股为六月间所有的闷热气，带着浓厚的牲口粪味儿、雨季青草所有的腥湿气，冲脸扑来。只听见黑影里隔着东穿墙门，传来又粗又憨的老年人声音："怕什么！""是谁？""噢！今天推磨可没有牲口了！"这声音越来越近，最后，听见掷下拌料棍子，在芳芳面前现出一个又高又大的身影来，在模糊的阴影中，还可以看出来，这个六十岁的老汉，腰背是那么直挺挺的，仿佛从来不会弯曲似的，给人那种坚硬的感觉，就像石头雕凿的一般。不难看出，这是一种和武术锻炼与军伍生活有关的体质。

老饲养员魏俊在当年的西北军里，确实当过差，一手喂着炮兵连的十二头口外产的蒙古马，为了梦想下半辈儿有个养儿育女的温暖家庭，部队从南苑一调动，这个老雇农出身的魏俊，如他自己所说的就"流落"下来了。当时在北京推水车的大半全是山东老乡，他就满怀信心和希望干起这个行当儿来。过了两年，还是没积攒下什么东西，眼看四十出头的人啦，还能空着两手搭上盘缠，回家乡去当捐活的吗？哪里的黄土不是一样埋人！就背着行李卷儿又回到南苑附近的乡下，在人家地主大门里当了两年长工；不行，又租到三十亩"庄子地"，和单身汉老乡搭伙种，还是支持不下去，又得给地主捐活儿。就这样，又怨年成又怨命，又当雇农又当佃农，柳河村的地主从段祺瑞，换了张景尧的侄子，又换了什么萧振瀛，十多年的时间过去了，他老魏俊还是单身一个人。谁想，临老还能赶上这段黄金似的日子！解放头三年，老魏俊在柳河村分了地，有了自己的牲口，后三年从互助组到五星农社，他老魏俊账上有设备性投资，有生产性投资，又有存在信贷社的现金，如果不是三年来，回了两趟老家，算起来倒能有千把元的家当了。老魏俊却还是省吃俭用的，冬天穿着件破皮袄；现在呢，是件肘头、肩膀都有大块补丁的褂子，他准备等着自己的第二个亲侄儿再大一些，能领出来——现在还小，刚满五岁，还离不开他娘，再等两年就大了。他老魏俊打算把他过继到自己名下来,还打算给他在外面说亲事。尽管如此,饲养员老魏俊,却是五星社四个耕作区、十八个生产队的先进工作者。不管哪个耕作区所属的生产队上的牲口,也不管是牛还是骡子,只要是瘦得连牵到市场上去也没主顾来打听行市了,可是社里还舍不得放手,就牵到老魏俊的院子里来,说是"让咱们老饲养员侍候吧!"仿佛老魏俊有一套妖法似的,本来是一躺倒,就得召集一伙人,搭上四根大绳往上抬的瘦马,隔上两三个月,你领着人到老魏俊牲口棚里去看吧!简直就和柳河耕作区那头枣红马一样,那些原使唤主儿就分不清哪一匹是在这寄养的。你看吧!那些外村来的社员,摸弄摸弄这匹马的头,又拍拍那匹马的背鬃,端详端详蹄子,辨别辨别前腿儿,这个说胸口像,那个说眼神儿不一样!而老魏俊这时候的脸色呢!就年轻了十年。你看他吧!向这个本村社员努努嘴,向那个本村社员挤挤眼儿,一直问:"你敢认呀!是这个蹄口呀?""不错呀!你再看看背鬃上的毛色呢!"直到有人实在忍不住,指出来了,原来那些使唤牲口的主儿们也确定下来了,老魏俊还是不认账,只说:"你们看准了,就往外牵呀!我可是不认得!"现在呢,老魏俊情绪可有点不好,原来有六头马到田间大道去拖联合收割小麦的机器去了!那六头马扑腾得全身都是泥浆子呀!从大车上刚卸下来,连口草还没吃,就又牵走啦!

"若是推磨,明天晚上来牵吧!"老魏俊又说,"我一定把那头黑驴给你留着,下半天就从车上把它倒换下来!吃过午饭也行,谁也不让他牵!"

"今天,我娘就等着使呢!"

"今天不行,哪!我点上灯你看吧!那不是拉砖拉的?你看,连草都不吃,累坏了!"

"社里天天拉那么些砖做什么?"芳芳不满地说。

"盖猪圈呀!你没听说吗?咱们老猪圈里还有五十三口怀胎的母

猪呢，都要在七八月里下崽子，三四口猪挤在一块不行啦！要分栏了！社里又从大连买来的十啦口辽克夏小种猪，还没住的地方呢！"

"咱们自己不是有那么些辽克夏小种猪么？怎么还老远从大连买？"她那圆墩墩的脸上，闪着两只好奇的聪明的眼睛。

"得和外地辽克夏猪交换呀！"说话间，老魏俊从墙上摘下油瓶子改装的灯盏，"我还要筛草去。"顺手拿起草筛子来。

老饲养员住的房间有三个门，一个向阳的门，两个穿墙门，东头是牲口棚，西面是铡草的仓库，一排三间空空的，墙角儿堆着装料的麻袋、大车套什么的，有两三条长板，两头都用砖垫高，显然是冬季学习用的案子，都落了一些雀粪什么的。老魏俊在头里走，芳芳就在背后跟着。冬天这里多热闹呀！芳芳心里想，还是冬天好，大家伙全在这里围着灯，又有炉火，暖烘烘的，有时还演戏，台子就搭在院外垛草的旷场上，这里是演员的化妆室，到处是彩色的服装、涂粉抹胭脂的扮相，可热闹啦！可是现在这么冷清，就是礼拜天吧，白天也在村子里见不到个人影。等看见老魏俊蹲在灯底下，从草筛子里往外捡土块了，就也坐在半截砖头上帮着捡，问："怎么铡的草里这么不干净呢！"

"有土块不是压秤么！"

"压秤做什么？"

"做什么？多挣工分呀！"老魏俊说，"若不，什么人讲话啦，能带千军，不管一民。你当咱们社里上千户的社员，那么好带领呀！"

芳芳望见老饲养员拨弄草的那又粗又硬的手指头，突然想起在冬季学习时，他是用三根那么粗那么硬的手指头，捏着只短铅笔。想到这，就觉得好笑，但又觉得这样就会伤害他似的，叫他知道就会使他难过的，就又用正经的口气问："你的第一册农民课本念完了么？"

"哪有工夫念呀！"

"念了几年啦？"从芳芳那圆墩墩的脸上，从她那两只温厚的眼睛光泽中间，又现出那种又聪明又调皮的神气来，显然她完全是明白的，而且问过不止一次了。

"几年？两三个冬天啦！就是不中用啦！"

芳芳听见他富有感慨的话，果然为她早就猜到的，就觉得很满意。又说："要是你点上那盏挂灯多亮呀！怎么人家外村生产队的牲口棚都点呀？"

"咱们不能比人家！"老魏俊说，"能看得见就行！"

"我娘说，"芳芳思索着，闪着两只又聪明又光亮的温厚眼睛说，"赶到分了棉花预购款，给我和二小也买一盏带玻璃罩的煤油灯。听说款都下来了，可是还要等开过耕作区的会，才能分到手——唉！什么事老是等着开会！"她像大人似的发出一声叹息。

"大家伙一块儿过集体日子，不开会哪行！"老魏俊捡着土块问，"你娘今年一春，又挣了不少劳动日啦？有多少？"

"我没问！"

"没有一百劳动日呀？"

"一百早出头了！我们还有积了一冬的肥料折价款，也没下来呢！"

"你娘是咱们全耕作区五个村子的女头目人呢！要是旁人，不早要求管委会'五保'了，可是你娘就不要当五保户。一个人又要开会，又要劳动，供养你们姐儿俩念书，可是不易呀！"

"我明年高小毕业就不上学了！"芳芳叹息似的说。

"为什么又不上学了？"

"我娘说，再要上中学，就要当超支户了，可是将来要供我兄弟上中学……"

"不上学，你也有了书底子啦！"老魏俊带着安慰口气说，"在咱们社里一样能学到东西！只要你留心，哪点儿没有学问！种地怎么没有学问呢？咱们社的电技工，不是一个月比两个耕作区主任拿的工分还多呀！前两个月电缆坏了，北京城里的电信局子说，没人手修，得等到八月里才能腾出人来，当时正插秧，等水，咱们等到八月还能指望什么收成呢！可是人家电技工自己带着徒弟给接上啦！电井的水哇哇地淌，电信局子还不信咱们社有这样的能人呢！喂牲口，喂牲口也有学问呀！你没听说吗？北京中央的首长们在会上都提到了，中央首长向开会的外省干部说：'第二个五年计划，拖拉机出产的还不够分派，一百份地，还要使牲口耕九十份儿，你们可注意，不好好领导农民照管牲口，到时候缺牲口种不上地啦，可不行！'还要繁殖小牲口！外省那些到北京开会的一听，你说怎么样，都说：'这回回去，可要把喂牲口的粮食多往下放点！'可是牲口光靠喂料不行呀！就像你隔壁二哥似的，光贪图挣工分，也不管是什么道，又是泥，又是坑的，一车还是四百五百地往上装！牲口都弄得从泥里扒出来的一样，浑身净是鞭子印儿，哪行呵？我今天向畜牧主任反映啦！刘进才要是再使唤车，我可不给他调配牲口！"

芳芳闪着两只又聪明又温厚的眼睛，安静地听着，心里想，他什么都知道呀！原来第二个五年计划，拖拉机才只能有需要额的百分之十的产品呀！原来牲口还这样重要呀！又感到他谈话，一点儿也没有把自己当作不懂事的小丫头，就觉得老魏俊是那么可亲，而且在她那圆墩墩的脸型上，就显得分外端庄了。她也用大人的口气说："我爹活着的时候，他可勤快了，又给我们挑水，又给我们侍弄自留地的菜园子，一天不知道到我们家转几趟；可是我爹一死，半个月也不见来一趟，来回走动的隔墙门也堵上了，可自私哪！"自然她说的也是刘进才。又说："我娘背后可没有少掉了眼泪！"

"你娘心底那么畅亮，还会掉泪呀！"

"当面你怎么能看出来呢？谁也不知道，连我兄弟也不知道，可是我有一天半夜醒了，听见过。我明明听得清清楚楚的，可是我娘听见我也哭就装着没事儿似的问我：'你怎么醒了？哭什么呀！'还瞒着我呢！"

正说着，忽然她听见院子里传来她母亲的响亮声音："我们家的芳芳，可在这里呀？"若不是她母亲来，她简直忘记自己是来牵驴了。

"在这里呢！"饲养员老魏俊望着芳芳，只见她吐舌头，两个眼睛溜儿溜儿地在那等待责骂似的转着，就又笑着补充，"在这里帮着我干活儿呢！"又向她挤挤眼儿，那意思是说："不要紧，我给你遮挡！"

"你说说这个孩子呀！"走来的人发出响亮的声音，只从这声音中，就可以听出她是一个怎样能干而又好强的中年妇女，"叫她来牵牲口，我还等着推磨，就是等不来了！"一进屋听见饲养员老魏俊夸赞芳芳，说是她谈起话来，就像大人一样，可斯文了，那个柳河耕作区的妇联委员王美英的圆墩墩的脸上，就现出笑容，在门口擦着鞋底，幸福地叹息着："若是真懂事，我又省心了！可就是不听话呀！一回来，就拿着本书看，粘到炕上了。叫她烧火吧！还是拿着书，草都烧到灶口外头了，还不知道呢！也不知道那书上说的是什么，把她迷的那样！问呢，又不说。"

在阴暗的灯光底下，王美英那圆墩墩的面型，和芳芳一模一样，是那么温厚，但那双眼睛却又不同，在伶俐中又透着一种心底磊落、处事果断的气质。而那伶俐的神气，也只有手巧心灵的妇女才有的，仿佛她能绣得一手好花，又能给孩子剪些独出心裁的各式窗花的人儿似的。衣裤又那么干净、利落，完全不像一天劳碌到晚，怀中还带着一个四岁大小孩子的母亲。而且她自己也和芳芳一样，是那么健谈，一说起家常来，就忘记自己是来干什么的了。

"依我说呀！"饲养员老魏俊叹息着，"这样好的孩子，还是要供她念书呀！人家超支户的孩子怎么都上中学呢！"

"咱们怎么能和人家比呀！他大爷！"

"王三在咱们社里去年就超支一二百元了吧！今年还不得给他垫上一百二百的呀！人家两个孩子可都上中学！再过两年，就要有三个了。那么他怎么不留下大的，在社里多挣点劳动日呀！他可不这么打算，看样子，背个三百五百的债务，一点不发愁，只要社里敢借，他就敢使！"

"我倒不是怕背债，他大爷！"王美英一手扶着门框说，"咱们全社一百三四十个中学生，不超支的也就是二十来户吧！要不，他大爷，去年咱们小社里怎么会欠下拖拉机站的机耕费呢！不是都垫在这些超支户账上了么？咱们再叫孩子上中学，也超支，那么上中学的孩子更多了，再过十年八年的，社里还能找到几个年轻力壮的劳动力呀！没人种地，出产不了那么些粮食，拿什么支持工业呀！她大爷，你说，不是这个理儿？"

"那倒是呀！"

"我可不能和你说家常话了！"那个面型温厚、眼神伶俐的王美英笑着说，"家里还有两个孩子呢！"于是在她的想象里，有两个孩子，一大一小，静悄悄地，闪着四只怯怯的眼光，守在窗户上，就性急爬起来。她说："那头黑驴呢？"

"什么黑驴呀！"饲养员老魏俊突然严肃起来，"呵！那头黑驴今天累啦！今天没有推磨的牲口，明天吧！"

"那么，那头辕马呢？"

"马都没回来！"老魏俊仿佛要阻拦她似的，跟到东穿墙门口儿说，"就是回来，也不能再干活儿了！……推一斗也不行！等明天吧！"

"明天，你知道，他大爷，我又不得闲了！"

"今天可不行，没有牲口呀！"老魏俊半天又搔搔头皮说，"你牵那头花肚子母牛能行吗？还带着胎！"

"我不要牵它！"她还笑着，"没见过那样的牲口，拉一圈儿，站一站，可古怪啦！还得一个人拿着棍子，在磨道上跟着转，你说不急躁人！"

"我说不行吧！"饲养员老魏俊宽慰自己地叹息着，心想，你真的牵,也得另说。我知道你不会牵它!"

"你知道,她大爷!"王美英说,"向隔壁进才家借了两瓢玉米面子,不好再张口啦!再说,除了今晚有点闲空,明天耕作区又要开会啦!"

"再不,这样吧!"最后老魏俊说,"我给你另外到村子里去找头牲口……这头黑驴可不行,我不管谁,推五升也不行!"

芳芳站在旁边听着,心里想,这老头子真固执呀!可是,她对他又有一种说不出的喜欢。

三月十四日,西郊

关于饲养员给狗咬伤的问题

一

老饲养员魏俊到村子里去,给芳芳家找推磨牲口的时候,风势停了。但天色越来越黑,黑得对面不见人,虽说黄昏时候,却仿佛夜深三更天一般。

在模范军属袁月儿那座独门独院的住宅玻璃窗里,早已闪着灯光。五星农业社柳河耕作区的队长会议,仍然在这里继续开着,因为人工收割机播小麦,已经突击式地在进行。但牵连到许多问题,例如,落了两夜雨,全耕作区的一〇八公顷棉花地又要"突荒"啦;再说割小麦的镰刀吧,因为依靠南苑拖拉机站的联合收割机,就没有准备那么多,临到用了,市场上又缺货;麻袋呢,不足数啦;公用的打麦囤子的围席子吧,有的社员竟搭了自己私人的猪圈等等。

会议要研究的既多,在整整一个下半天的讨论中又被拦腰截断两次:一次是联合收麦机的驾驶员来找耕作区主任,要求把陷在田间马路上的拖拉机,用马匹给拖到石头铺的公路上去;另外一次是往新庄养猪场运砖的车夫小组长,来找耕作区主任,要求降低运输定额,说是道不好，牲口累。此外，还有来借支的社员，蹲在外屋等着。因之会议进度就慢，而代表柳河本村的生产队长出席的统计员小郑，脸色有些疲倦，实在想吃点什么东西啦，哪怕袁月儿回来给烤两个白薯呢！又想，我们苏头儿发现问题，就是不及党分支书老曹，来得果断、利落；不知为什么，甚至于他觉得耕作区主任苏仁还不及南泡子沿村的生产队长蔡进福有魄力，有主见。实际上呢，柳河村的统计员小郑是刚从因为雨季停了工的砖窑上转来不久，头一次参加耕作区的会议，不管对主任，还是对外村的那些生产队长，都没有深的了解。

出席今天柳河耕作区队长会议的，除了柳河村的统计员小郑之外，有天德庄的队长王昌、南泡子沿村的队长蔡进福、北泡子沿村的队长宋广、新庄的队长段明。

现在正轮到南泡子沿村的队长蔡进福发言，他大声说，南泡子沿村离最近的机播小麦地，也有三里，若是不给附加劳动日工分儿，出勤率就是不会高。光靠生产队长一个人，就是能耍十八般兵器，也玩儿不转。又说，社员们宁肯挽着裤腿，下水剔稗子，也不愿意把工夫花在来回的道上呀！不见实利，不听你的。语气间还有点发牢骚，还仿佛自知将要受到耕作区主任的批评而先做推脱的样子。话是说给耕作区主任苏仁听的，那双乌黑发亮的眼睛呢，却是望着天德庄的生产队长王昌。

我们知道，十年前蔡进福在北京有名的天桥市场，跟着师父打过把子，卖过艺，很见过一些世面，不但口头儿能说，心眼儿里还挺自负。实在说，南泡子沿一个村子的生产范围，他还并没看在眼上，他自以为场面小了，只能抡抡烧火棍，场面大，才能耍得开流星。他的脸膛黑瘦瘦的，那两只乌黑乌黑的眼睛，却充满热情、自信，不怪柳河村统计员小郑蛮尊重他，平日就是天德庄的队长王昌对他也高看三分。但现在，这个雇农出身的魁梧人物，却反对他："怎么你能说，离最近的机播小麦地也有三里呢！从你们南泡子沿村到东砖窑村有多远呢?"

"五里路呀!"

"怎么会有五里路呀?"天德庄的队长王昌从嘴里抽出短烟管说,"怎么还用量呀!从在段祺瑞手里,那条路我没少走呀,顶多三里地呀,苏头儿,你说呢?"他的话声洪亮,半是由于气势壮,半是因为雄健的体质,仿佛生来就不会低声讲话似的。

"单看走哪条路啦,"耕作区主任苏仁喷着烟斗的烟说,"要走车路五里不夸大,要走抄道儿,不出三里!"

"谁说走车路呀,"天德庄的队长王昌说,"手提着镰刀去割小麦,还要坐马车去呀?"

"可是,"南泡子沿村的生产队长蔡进福说,"你往回拉小麦呢?难道说,赶着大车,还要从苞米地里的小道上走呀?"

"我来提一下吧,"北泡子沿村的队长宋广,开口就很冷静,仍然保持着部队上的作风,"南泡子沿村若是到东砖窑去收割小麦,要附加劳动日工分儿,那么我们北泡子沿村到团村东的稻地里去干活儿,是不是也要附加劳动日工分呢?"他的谈话,总是冷冷静静,不带半点儿火气,但一出口就击中在要害上,听来,很有些分量。并且因为宋广转业回来,自知一直受领导上重视,因之,遇事就更加慎重思考。但天德庄雇农出身的王昌,却用怀疑不解的口气和眼光,望着宋广说:"要这样加起来还行么?我们天德庄到小南街去打草,有多远呢?没有十里路么?"可见他素日为人是憨厚、朴实的,一时倒把宋广的反驳意见,听作附和的了。南泡子沿村的队长蔡进福一听宋广的话外之音,知道自己的提议是不会得到什么人支持的,就带着急切的情绪说:"算啦!讨论旁的吧!"说完,他就从灯光底下退开去。现在他一心一意等待着生产会议结束,准备研究分配棉花预购款,再提自己的要求数字了。

天德庄生产队长王昌接着提出缺乏农车运输的问题。他的眉浓、眼大、嘴阔，精力永远那么饱满，声音永远那么洪亮。他说："我们今天拔了二十四公顷的小麦，都还在地里撂着哪，若是夜里再来场雨，还不出麦芽子呀？"

"那你怎么不往回拉呀？"新庄的队长段明说。

"拉？"天德庄的队长王昌眼睛里闪着光，流露出对于自己这样开始的谈话方法很自信的神气，因为经这一问，转得就有力，现在显然已获得在场所有的人注意的效果，就问，"拿什么拉呀？"

"你们的四个轮子的大车呢？两个胶轮子的拉载车呢？"又经过新庄队长段明这么一问，天德庄队长王昌才正式转到本题上。他说："本来队里有五辆，管委会抽出去一辆胶轮搞副业，又坏了两辆农车，到现在摆在西砖窑村木工组那儿，有半个月啦，还没动手修呢！昨天到新庄养猪场去送砖的，又断了大轴，全村就剩一辆车啦！"

"那你们的牲口不都是闲着了么？"南泡子沿村的队长蔡进福突然在炕角坐起来问。

"谁说不是呀？"

"借给我们使使吧！"他说。又俏皮地向耕作区主任苏仁眨眨眼儿，仿佛是说："我是试试他的意思！"又说："当然，我们这回要多加料，上心给你喂着。瘦啦，还是哪里磨破皮啦，我负责！"

柳河耕作区主任苏仁，现在竖着一条腿儿坐在炕上，下巴几乎抵着膝盖，时时用那个烟斗柄儿摩擦着脸，思索什么似的。他的面型又圆又小，如果不是满嘴那一圈儿黑压压的胡须碴儿，简直一个孩子的脸儿似的，又秀气，又天真，年纪却在三十开外了。穿戴很像一个老干部，原来鸭嘴帽啦，咔叽布制服啦，斜纹西式裤啦，都是区委会的老战友们给的，虽说有的是黄色，有的是蓝色，又很旧，但倒全合身。扩社并乡之前，耕作区主任苏仁是这柳河乡的乡长，在这远近五个村子里很有威望，人人对他又感到亲切。年轻的管他叫大哥、大叔，区社干部叫他老苏，生产队长称他："我们的苏头儿！"看待他，真如大家庭的尊长一般。他从来没有耕作区主任的架子,春节时候,南苑机场的电影放映队搞联欢晚会,他给放映队找凳子,搬椅子,又亲自提来暖水瓶什么的。一个带肩章的尉官喊他:"喂!同志,你们耕作区主任怎么不来呀?"那天他穿的是短棉袄,以致把他当作一般社员啦!直到现在统计员小郑还记得,那个带肩章的军官听见人说他就是耕作区主任,脸上闪出一种又激动又兴奋的光彩,并且一下子那么突然地伸出胳膊来,把他一个三十开外的人,像孩子似的那么紧紧地拥抱着!耕作区主任苏仁和在场的人,都笑啦。虽说柳河村统计员小郑也蛮喜欢他,但总又觉得他主持会议太松了,显得手软。他不知道,耕作区主任苏仁还在考虑南泡子沿村收割小麦的出勤率低的问题,而且就是出勤到稻田里剔稗子的也寥寥无几,今天他曾到团村东转过一遭儿,两场大雨之后,草长得猛,南泡子沿村所属的棉花地,两天来荒得吓人……是有问题的……

就在这时候,柳河耕作区的队长会议,第三次被拦腰截断啦!

二

有一个宽背、宽脸,就是两道眉毛的距离也很宽的青年,带着一股冷风和清凉的空气,踉跄地撞进来,高声叫着耕作区主任苏仁:"大叔呀,咱们的老饲养员给狗咬了!淌了那么一摊血,刚包扎上。是送市立医院呢,还是送卫生所?"又说:"到乡里去的路可不好走呢!叫拖拉机一搞,更糟啦!"他那惶惶的眼光、激动的声音,立刻感染了每一个人。耕作区主任苏仁,开始听说淌了那么多血,也一时拿不定主意,问:"是谁?""是老魏俊吗?""淌的血很多吗?""谁包扎的?""要送医院妥当吗?""卫生所能行吗?"连那些本来在他心里想的念头,还未经过周密思考的,也都从嘴里说出来了。"再不,还是我去看看吧!"新庄的队长段明首先抗议:"那么咱们的生产会议休会得啦,明天再开吧!"南泡子沿村的队长蔡进福说:"反正乡里的卫生所弄不了,这又不是老娘儿们生不下孩子来,又有什么考虑的,打发人送医院吧!你要是一走,会就算散啦!"

耕作区主任苏仁在众意难违的形势底下,不得不就势在炕上蹲下来,又抽出烟口袋,并在炕沿上敲了两下,半是喃喃自语,半是征求周围的意见似的:"老魏俊年纪那么大啦,又是孤身户,要是伤了筋骨,就要残废了!我看,就得往医院送!你们说呢?"又问:"刘进才!他还能站起来么?上得去公共汽车么?"

"反正得搭上一个劳动力扶着吧!"那阔背的刘进才说,"若是送医院,我让我二哥去套大车,我扶他进医院,挂急诊……我还熟。"

"是因公负伤吧?"耕作区主任苏仁吧嗒吧嗒抽着烟,谁都知道,耕作区主任苏仁这样抽烟,是在考虑什么,正在拿不定主意,自然谁也都知道,若是耕作区主任苏仁一旦主意拿定了,那么就很难再轻易动摇了。但统计员小郑是不了解的,他想,为什么这样的事儿,还要那么样为难,他不禁为耕作区主任着急。他不知道,若是不当送医院而送了医院,是违背农业社制度的,那就等于浪费集体的财富;但若当送医院而不送,因伤而致使老饲养员残废,同样是农业社的不可弥补的损失。

只听刘进才说:"哪是因公负伤呀!这若是因公负伤,那么我二哥呢!我二哥那回跟着大车拉肥料,是因公吧!可是从车上摔下来还不算因公负伤呢!药钱自己拿不说,疗养期的劳动日也一律不津贴。"这事,虽说谁也没辩白,但统计员小郑是知道底细的,他说:"那他不是喝醉酒了么?再说,他也不该坐在车上呀!他不跟着车走,倒坐在肥料上……"

"他就喝了四两酒,还是和赶车的老王一块儿喝的,怎么能说醉了……"

耕作区主任苏仁环顾着队长们说:"若不是因公负伤,就要考虑将来这笔钱从哪出了!老魏俊自己是舍不得花钱住医院的!"

"那就送卫生所算啦!"南泡子沿村的队长蔡进福又改口说,"狗咬一口，算什么？又不是给蛇咬啦！从前庄稼人哪有这样娇贵，别说老魏呀，就是比他好点儿的，有家有业的，叫狗咬啦，也别想能进医院呀！还不是剪点狗毛，打二两香油调调，糊在伤口上就得啦！狗咬一口算什么！"

"这样说是不对的！"北泡子沿村的队长，那个转业军人宋广开始发言，他的两眼注视着蔡进福，直率地军人式地批评道："从前是什么人统治呀！现在又是什么阶级当权呀！今天劳动人民的生命，当然是比过去娇贵啦！再说，剪狗毛，调香油，到底不科学，若是感染了破伤风，可就麻烦啦！"

"按理说，送咱们乡的卫生所也行呀！"天德庄的队长王昌参加意见，"孙大夫是年轻点儿，可也是大学正科出来的！"

"要是妇女难产什么的，孙大夫的手术可拿稳啦。"柳河村的统计员小郑也这么补充。心想，饿坏了，赶快决定吧！

但那来报信的阔背青年刘进才，见送卫生所的意见占优势，就向耕作区主任苏仁说："若是送卫生所，我可不能去，我们自留地的小白菜，再一场雨，更不值钱了！"

"现在我们先不说送到哪去！我们先研究出狗主儿是谁吧？能担负得起医药费吧？"耕作区主任苏仁说，"究竟是谁家的狗，把咱们的老魏俊咬伤了呢？"这话出口，不禁博得本村统计员小郑的赞美，他心里高呼道："对呀！我们主任到底当过乡长，想得周到呀！"

刘进才就说："他还能上谁家牵牲口去呢？"

"上谁家牵牲口呢？"

"驴不是在刘老五家么！"

"刘老五家呀！不是他家老大贩过猪的么？那行呀！"南泡子沿村的队长蔡进福热情地说，"他负担得了！"

"他若不行谁行呢！"刘进才又补充，"光说，他们院子里那两垛干草吧！社里出三百元现钱，还拿着不卖！等着牲口草涨行市呢！"

"他家五个棒劳动力，"柳河村的统计员小郑又补充，"五月节，他家还杀过一口猪，一半卖给砖窑上啦！他们自己就留了一半，有百二三十斤，全装在坛子里腌上啦！"

耕作区主任苏仁吧嗒吧嗒抽着烟，那两只圆溜溜的又天真又秀气的眼睛，望着北泡子沿村的队长，转业军人宋广，仿佛说："你看，怎么样呀！"见宋广并没有反驳意思，就说："决定送医院吧！不管怎样，我们要对老魏俊的生命、健康负责任的！"又说："刘进才负责！路上要好好招呼他！当然要你二哥套车送到南苑汽车站，——要负责呀！"刘进才一听，箭似的闪出去，从院门口传来兴奋的声音："没错儿！"

三

"醒醒醒醒，继续开会啦！"本村统计员小郑振奋地招呼着新庄的队长段明。

于是，还没有等耕作区主任苏仁发言，南泡子沿村的队长蔡进福又接续着向王昌队长说："我们车上就缺牲口，昨天晚上又倒了一头公牛，好体面的公牛呢！把你们的雪花青的公马借给我们吧！白天，我们用车，晚上呢，就都借给你们去拉小麦，你看，怎么样？爽快吧！"耕作区主任苏仁现在注意力还在记事本上，他在那里写完："今晚要派人代替老魏喂牲口。"心里希望耕作区党分支书记，或是柳河村的队长王光，赶快回来。到处是问题，若是夜里喂不好牲口，柳河区分配的三万块砖的运输任务赶不上，影响到母猪分圈，问题又严重啦！刚搁下记事册，就听见外边传来的一阵仓促的、杂乱的脚步声，队长会议第四次被打断了。

狗主儿刘老五第一个冲进来，背后跟着他的全部人马，三个年壮力强的儿子：刘富、刘贵、刘荣，一个闺女——最小的刘华，还隐蔽在那个不甘留守后方的他老婆的怀里，那刘老五老婆的脸上闪着一股奔赴战场的锐气，拖着满裤腿的泥，不见威风凛凛，但觉杀气腾腾。

刘老五呢，是个肩上扛二百斤粮食的口袋不弯腰的汉子，这回是他领头挂帅，而实际，阵容也并不整齐，他的两个儿子还老在拦阻，但有一个的头被他们母亲的手指敲了一下，就沉默了。那刘老五站在房门外，冷冷地向那还在惶惑四顾的柳河村代理队长统计员小郑问："是谁的主意呀！要我出医药费？""乡里有卫生所不去，还要住医院。"只听见他老婆在背后大声助威："真是！怎么想来着！"只见刘老五又回头威严地发布命令："不许你们插嘴！"又正面冷冷地说："从前，就是跌伤了腿，见谁住医院啦？这是谁的主意呀！"

那些经过一次次整党、整风，从群众以批评的武器围攻中锻炼过来的生产队长们，现在反倒分外镇定，而且纪律严明。只等待耕作区主任苏仁出面交锋，而他们准备随时保卫他，仅仅南泡子沿村的蔡进福，脸色显得意外的愤怒，竖着两膝，蹲起来，问："你是要干什么呀，刘老五！你还要暴动呀！"

"暴动什么呢！"刘老五口气、神色突然有些软下来，"来讲理的！"

"我们苏头儿不是在这里么？有话尽可讲，摆什么阵势！吓谁呀！"我们说过，谁都知道，蔡进福是在天桥打过把子、卖过艺的，虽说体力亏了，但气势还是威武的。

"我们敢吓谁呀？"一见丈夫气色馁下来，这个怀揣孩子的黑脸膛的瘦弱妇女，就挺身而出，叫道："他苏大叔，你是咱全耕作区的头目人，可不能两个耳朵光听一面儿的话呀！怎么？送医院，要我们出医药费呀？啊？他大叔，我们两头马和一头驴，连大车，带着全副车套，都投到社里了，我们那口大木槽，和那饮牲口用的两个大铁桶都不是随着大车投到社里了么？同是社员，怎么就不一样看待我们呀！事事都找到我们头上呀！柳河村的老社员哪一户也不比我们孬呀！又是荷兰鼠，又是獭兔的，谁家没有私人的经营呀！我们平常借三元五元的喂猪饲料钱，都支不出来，怎么人家超支户，又是贷款，又是救济，孩子还念中学呀！啊！小郑呀！你光看见那两垛干草啦！那是起五更、拉半夜，在出勤两头打的呀！"总之，她谈的全是和狗咬伤魏俊无关联的事，若不是她怀里的孩子爆炸似的啼哭起来，她还不会听从别人的劝导休止呼叫的。

开头，谁都看出来，耕作区主任苏仁，确实有些气愤什么似的，脸色显得冷峻、憔悴，稀见的一种苍老气。但在刘老五老婆诉说中，他的脸色逐渐又温和起来，仿佛对她的狭窄、自私、愚昧，表示怜悯。他知道，刘老五是十多年前一根扁担、两个筐，挑着大的，背着小的，从山东逃荒过来的，和社主任一样当过窑工，种过菜园子。直到现在怕灾荒，怕歉年。眼睛不看着全家能吃一年的粮食囤，躺在炕上就是睡不稳。而且他宁愿三个年壮力强的小伙子，留在庄稼地里冬季上夜学，也舍不得损失三百个劳动日，供养一个正式的初中生……总之，耕作区主任苏仁，是很清楚他的。当今年春天，正赶上北京市运输紧张，大批工业建设基地分头出高价雇脚拉沙子、拉砖、拉石头的时候，大车户纷纷要求退社，但刘老五在这点上却没动摇，可见还是应该很好地团结的。因之，耕作区主任苏仁就说："老刘！你们家养那么一头凶狗，在今天又有什么作用呢？难道说，今天还会有人夜里到你们院子里去偷干草么？"

"那倒是不会啦！"刘老五喃喃道。

"还有什么用呢？"

"用倒没用，可是喂了不是三年二年的啦！"苏仁那天真的笑容，有股什么魅力似的。刘老五开始说到他曾经装在麻袋里，背到河边上去过，到底没忍心……

"关狗什么事呢！"他的老婆赶紧说，"狗又不是人，它能懂什么呢？若是人不到我们院子里来，它可不会到牲口棚去找着人咬！"她坐在炕沿上，摇撼着怀里的孩子，沉思地想，这块木头，经他那么一招认，养狗就是有理也变成没理啦！

"那么是谁家的狗咬了人呢！"

"那可不能怪狗！"她仍固执地说。

"那么怪谁呢？"

"怪人！"她说，"这样黑的天，老魏头儿，不声不响地进来，狗还不咬么？"

"主要看是给谁办事，"刘老五又气势转壮了，"是给芳芳她妈王美英办事呀！"

"再说，驴是谁的呢？"刘老五的老婆说，"驴是社里的！"

"驴是社里的，对啦！"刘老五说，"是有病，怕传染，又牵到我家，托我单喂着的。"

"狗终究是狗，又不是人！"

"你不能这么说，"刘老五开始埋怨他老婆，"狗，我们是要打死的，可是医药费是事主儿负担；我们的狗若是在街上咬了人，当然我们负责，可是这是在我们院子里。"

"简捷麻利，送卫生所算啦！"南泡子沿村的队长蔡进福终于耐不住这纷扰的纠缠，向耕作区主任苏仁建议，"今天固然大家伙儿过社会主义日子，办农业社啦，劳动人民的生命健康要保证！可是狗咬了一口，总不会出人命，再说一动就去医院，乡里还要卫生所干什么？两个大夫，还有看护什么的，一年政府开销多少钱呀！难道光管老娘儿们生孩子呀！狗咬一口就不能治呀！"

"我们的小白菜都装上车啦！又要到卫生所呀！"手持着鞭子来探听动静的刘进才，从窗户外扬声说，"那我可不去！"

"什么小白菜呀！"苏仁的眼光向周围这么探询。

"他是借便儿，往城里送自留地的菜蔬！"南泡子沿村的队长蔡进福说，"这还瞒过我去啦。北京市里的菜，这两天缺，都赶行市呢！"

"那么南泡子沿村这两天有些缺勤的社员，不是到市内卖菜去了吧？"耕作区主任苏仁突然问。那两只圆溜溜的眼睛，正像猎人在树丛中听见草里什么鸟的翅膀声一样闪光。于是只见蔡进福霍霍地笑道："要不，抢收小麦，出勤的就会那么少啦！"我们必须说，现在统计员小郑，对蔡进福的这种笑容，感到从未有的厌恶，而相反对主任苏仁却感到从来未有的崇敬。

耕作区主任苏仁的又秀气又天真的脸上，闪出愉快的微笑，像一个久经思索不解的医生一旦找到病人的根源一样，顿然感到两肩轻松了很多，本已疲倦的神色仿佛突然呼吸到打开窗户而吹进来的新鲜空气一样。但现在他却不再谈这个问题，他向窗外说："你还是赶车走吧，要往市立医院送！"回头又向刘老五说："究竟医药费由谁出，是全由狗主儿付，还是事主儿也平均分担，将来再专门研究！明天你们还要抢收小麦，早点睡去吧，今天累了一天，不是么？"等刘老五率领全家，表示自己的意见一定要在将来专门做研究的时候再提之后，就走掉了。围在窗外的乱杂的孩子和爱凑热闹的人群，也被南泡子沿村的蔡进福大声吓唬走了。北泡子沿村的队长宋广，就悄悄地问道："将来还能要妇联主任王美英负担一半儿的医药费么？"本村的会计员补充说："上次的救济粮，她都推辞，坚持不要，让给别的户，还供养两个高小学生，专靠她一个人劳动，又不超支，生活实在够苦的了！"

耕作区主任苏仁就反问北泡子沿村的队长宋广："饲养员给社员去牵推磨的牲口，难道不算是给社办事么？不能算因公负伤么？"又说："怎么样也不能牵连芳芳她娘，若是管委会批不准，不分摊这笔钱，就从我的劳动日里扣吧！"

大家说："是呀！饲养员给社员去找牲口，应该算是为社服务，这样的服务态度还该鼓励呢！"

耕作区主任苏仁说："关于这个问题，将来由管委会研究，咱们现在还是要讨论南泡子沿村的抢收小麦的人工组织问题！王昌，醒一醒！……对啦！净等外村支援是不行的！南泡子沿村的问题，严重！"南泡子沿村的队长蔡进福大声叹息说："苏头儿呀！我们是不是要开到半夜呀！我可实在饿啦！"实际上他知道自己要在放松南泡子沿村的生产领导这点上受批评了。于是北泡子沿村的队长宋广，就用手碰了下他的胳臂，递给他一支烟。

一九五七年八月十二日定稿

六月的早晨

一

柳河耕作区的生产会议结束的时候，村子里已经传来下半夜的鸡叫声。

尽管会议结束的这样晚，但有些次要的问题还是没能够充分地讨论，棉花预购款在柳河耕作区的分配原则，也没有能够做出决定，按队领取。主要的是因为柳河村饲养场的老饲养员给狗咬伤之后的医疗问题，引起的争执，打乱了会议的程序。虽说如此，柳河耕作区主任苏仁，在会议结束后，还是接受了四个村庄的生产队长的要求（柳河村生产队长王光缺席），按各队的借支户多少，平均式地发放了一小部分棉花预购款，但在他心里还嘀咕着，不知道柳河村的生产队长从外村回来了没有？饲养场是派谁去接手的等等。自然，分款，又耽误了好些时候。

等那些生产队长从那困闷人的屋子里走出来，才注意到夜空出现了月亮，原来下半夜的天气又转晴了。人们一时觉得从会议上带出来的瞌睡感，全给天空的月亮和村街上的凉风，驱散干净。当时都发着精神苏醒的声音，纷纷赞美着月光，"嚯！白天一样呀！""天也该转晴啦！""要是晴这么三五天，咱们的机播小麦，光用人工也薅下来了！""但愿这样！"说话当中，各自分道，回往各自的村庄去了。

柳河耕作区主任苏仁，却独自从村口往现在已改作垛草场的老乱葬岗子走去。他不知道在饲养场代替老魏俊喂牲口的究竟是谁，如果他不去转一转，就是倒在自己的炕上，也睡不安稳的，这正是勤谨的当家人所有的常情。不想，刚走到垛草场，就听见从矮围墙院子里传来的马喷鼻子声。不止一头牲口刨着蹄子，叭叭地响，还夹杂着牛鸣、牲口在空槽上擦痒所有的缰绳链子的当啷声，足见饲养场里没有什么人，它们的槽子空了好久啦！柳河耕作区主任苏仁知道，柳河村的队长王光，从管委会回来的一定是晚了，还不知道老饲养员给狗咬伤了呢！……赶紧三步并作两步走，抢进牲口棚里去给牲口拌草。心想幸而自己来转转，稍一疏忽，岂不是造成损失。

这是该在上半夜拌的第二合草，只要拌些麸子就可以，但耕作区主任苏仁却多抓了两把豆料，因为他知道，天亮要出车，牲口都有重载拉，不比平常，需要喂得饱。

那老魏俊今晚不在，不仅马匹沾光，就是牛槽、驴槽，也都额外加了麸子和炒料。

这天夜晚，唯一吃亏的两头牲口，是青年生产队在柳河饲养场寄养的一头辕骡子，和一头大肚的瞎母马。原来这两头牲口归青年队的队员彭武专用，也是派出来往养猪场扩建工地上运砖的，就近在柳河村寄喂。赶车的彭武却又不在柳河住宿。他哪里会想到，这两头牲口因为失去老魏俊的卫护，刚吃过头合草，就给刘进才暗地拉出去，套在赶往北京市立医院送饲养员的大车上去了。

等他给柳河生产队的大小十六头公用牲口，拌完第二合草，还打算回村子去找王光派人来接手，不想，又听见村子里响起第二遍鸡叫声，看来，离天亮不远了。他心想，这会子王光睡得正酣，天亮还要带队去拔小麦，再说，把他叫起来，一时也难派出合适的人来，倒不如让他安安稳稳睡足觉，天亮再说吧！在这里就显出柳河耕作区主任苏仁在工作上的谨慎、负责，对于同志的体贴、爱护。虽说，决定自己留在饲养场不睡了，但肚子却感到空乏，东找西找，只见灶头上悬吊的小筐上，盖着遮尘布，掀开一看，只有半碗酱，不管哪里也没找到半块饼子或是一截白薯什么的。

　　柳河耕作区召开社员代表会议和生产小组长之类的大型会议，都是借饲养场的空草房作会场（也就是那间冬季作学习用、演戏作化妆用的空房间），耕作区主任苏仁对于老饲养员住的屋子是熟悉的。自然这时候就想到在他住屋南窗底下的黄瓜架子，就伸手窗外，从密密蓬蓬的叶子底下，摘下两根黄瓜，在衣襟上擦擦，蘸着一点酱吃起来。心里想道，这老魏俊的伤势不知道怎样？现在一定是住在医院里了。又想，这老汉别看孤孤零零一个人，日子过得可挺幸福呢！窗外头不要说还搭着遮阴凉的瓜棚，墙上还贴着纸烟盒里的图片；再看那些图片，都是京戏里的人物和场面，各自不同，一行十张，分作六行横排着，远看又十分整齐。总之，给人一种生活舒适、幸福，心满意足的感觉。因此，面对老魏俊的精心装饰的墙壁不免赞叹起来。想到自己也该把家庭装饰装饰，但实在说，这五个村庄的家业，二百来户社员的生产、生活，都要依靠自己和党分支书记领导、关心，哪里有过片刻松闲的时候来注意这些。又想到，棉花预购款早已领下来，三天啦！还没有分配到户，有些社员还等着零用款项，感到真是忙了生产，就顾不过来社员的生活；要顾社员的生活，又会耽误了集体的生产，社务占去了整个的脑力和工夫，哪还有余力注意琐碎的家务。所有这些都是在他吃过黄瓜，躺在老饲养员的铺着凉席的炕上想到的。正像鸡叫两遍，醒来之后的中年人一样，静静地思虑着，却又不明白自己究竟是在思虑什么似的。等到感觉寒气袭人，已经是从似睡未睡的状态醒来，这才听清楚什么时候窗外已响起倾盆的大雨声，这雨声带着股吓人的威势，听来不由得引起他一阵惊慌，预感到天灾来袭一般。赶忙推开门一看，外面已是漆黑一团儿，雨倾如注，幸而听不见风声。心想，虽说没起风，但那机播小麦，一定是纷纷落下粒子……损失不会少，若是这样的雨势下到天明，穗上的麦粒还不落个溜光净……正在柳河耕作区主任苏仁在门口呆立的工夫，大雨击地的声潮中，有马喷鼻子声，听来还在墙外垛草场，实际上大车已赶进饲养场的院子里来，引起棚里在吃草的牲口，一阵兴奋、激动的欢叫，这是送饲养员老魏俊住院的大车回来了。

"谁在里头呀？"他听见车夫刘进喜大叫，发怒地喊，"怎么不赶快出来接车呀？"

"来啦！你都湿透了吧！……不要管了，你进来吧！"

"快出来卸车吧！伙计！"刘进喜没有听清楚是谁的口音，在说些什么，也不注意是谁在这里接手喂牲口，尽自匆忙地在倾盆大雨中跑开去，正沿着院墙跑的工夫，远天有电光闪来，隔着那道抵胸的矮墙，他见到有人从老魏俊的住室里走出来，头上披着块雨布，那圆小的面型、乌黑的眼睛，分明是苏仁，就不由得一惊，心里叫道，老天爷呀！怎么，我们的苏头儿还没有回家去困觉，跑到饲养场来住了。不由得赶忙转回来，又在隆隆的劈雷声中跑回院子，向耕作区主任大声打着招呼，并在黑影里准确而又迅速地摸着牲口套，帮助他所敬重的全耕作区的领导人卸车。还兴奋、勇敢地拒绝耕作区主任苏仁的驱赶，几乎笑着说："衣裳湿透了怕什么！我脊梁沟里早就成了一道小河啦！可倒凉快！"尽管苏仁催促他进屋去避雨，还是等到把辕骡鞍具、带铜环的后鞦什么的都从车上摘下来，搬到屋檐底下去，才离开。

临走前，他还帮助耕作区主任搭上罩胶轮车的防雨布，并且大声叫道："咱们也该盖几座车棚呀！那些没搭帆布的，这一个夏天都淋坏了呀！"跑回他住的村巷之后，又引起了村子里一阵阵的狗吠。原来雷雨已奔驰而过，现在连屋檐椽子滴水声和沟渠里的积雨流动声，都听得清清楚楚。

二

车夫刘进喜走了之后，柳河耕作区主任苏仁把刚从车上卸下来的两头大牲口，吊在槽子上空，等它们憩息过来再饮水，心里想到这么两点。一点是关于盖车棚的问题，心里说，话倒是不错，天德庄的农车所以损坏很多,如今全村只能套出一辆拉小麦的车,还不是因为没有车棚,保养得不好。但现在劳动力在主要的生产上都调配不足,哪有余力搞基本建设。看来,就是从此天晴,若没有外力支援,机播小麦还会来不及收,会受大损失。另外一点是,天亮得派人到天德庄去借牲口,代替刚出勤回来的这两匹牲口出车。他认识这大红骡子和瞎眼母马都是北泡子沿村春天入社的牲口,觉得它们累了大半夜,上半天要休息休息的。在给那大小十六头牲口拌第三合草时,从村子里又传来第三遍鸡叫声。

不久听见拾粪老汉的咳嗽声隔着垛草场传来,却又仿佛是在矮围墙的院子里一样,这正是黎明寂静的气氛中所有的那种感觉。等到给那两头回村不久的牲口饮过水,拌上草料,村口的井台上就有吊桶打水的响声了。门外的天空,变得那样蓝,蓝得透明、悦目,还可以看到淡而不显的金光,足见天是真正转晴了!又有黎明时才出现的飞鸟,啾鸣着,从低空掠过,也是晴天的早晨所有的现象。柳河耕作区主任苏仁,站在屋檐底下,望着黎明的天空,不禁心情也随着开朗起来。想到,幸而雷雨来得急,去得也快……垛草场南边那些社员自留地上,也出现了两三个中年汉子相互打招呼的声音,似乎都在评论天亮前这阵雷雨,都在担心机播小麦地里的庄稼,损失会不会很大,但从那些谈话声音中,分明也听出有人流露着一种毫不隐蔽的兴奋和私自庆幸的情绪。口气里仿佛是说,尽管社里的小麦有损失,可是幸而自己的私人菜地还好,叫道:"若不是我的萝卜出土早,也不得给砸坏了呀!"他听到不免觉得好笑,心里说:"党委书记卢文说得一点不错,农民个体经营惯了,就是眼光狭窄,小麦若有损失,在劳动日上就要少收入了,岂是那两畦子萝卜可以弥补的!"

正在柳河耕作区主任苏仁借着老魏俊的铜盆洗脸、擦手的工夫,悬在门口,喇叭口正朝饲养场院心的有线扩音器,就发出这样的播音:"各耕作区主任、总支委员注意啦!各村生产队长、社员代表注意啦!"

底下说明因为天亮这阵急雨，小麦地里进不去人，还需要上半天晒晒，下半天抢收，现在各队的劳动力，都要转到稻田上去挠秧。另外指示各耕作区主任，要分头检查各区棉花地的排水情况，要求党总支委员和各耕作区的主任晚上到五星乡党委会汇报。并说机播小麦地由于这场雷雨所受的损失究竟是大是小，还没法估计，不过肯定地说，只要天晴下来，两天之内就能把小麦抢收到场园。在这之后，又简短、有力地说："为什么我们敢这样说呢？因为二三四五部队要派队伍来支援咱们五星农业社，帮助咱们薅小麦。"语音充满豪气和热情，显然是乡党委书记卢文的声势。柳河耕作区主任苏仁听到，要求检查排水情况的时候，认为既然党委书记这么指示，可能是这场雷雨要构成灾情，心里又没底，很感不安。听到最后的消息，又不禁心里发出欢叫："哎呀！还是咱们的解放军来支援呀！我早就想到了。插秧幸而二三四五部队来支援，抢收小麦，又来支援，收割稻子的时候恐怕还得来伸手支援。"一时又很宽心。

不想，正当柳河耕作区主任苏仁急不可耐地准备离开饲养场，去找柳河村生产队长王光的时候，老远飘来爽朗的，只有早晨才有的那种妇女的笑声。还听见一种耳熟的中年妇女声音说："没人更好，咱们一个人牵一头。"

"干什么要一个人牵一头呀？"耕作区主任苏仁从老饲养员住宅的门里迎头走出来，出乎那些年轻妇女的意外，竟吓得她们都笑起来。那些活泼的脸色，由于睡眠充足而有的愉快眼光和笑容，在柳河耕作区主任苏仁看来，不觉得惊异，心想，社里都要构成灾情了，可是她们倒一点儿心事也不担呀！只见来的这伙儿年轻妇女里有社主任的儿媳赵娟娟，会计室王普家的刘三娇，她们当中唯一的中年妇人，就是李飞龙家的。她的粗腰，圆滚滚的像大木桶一般，前头扎着块遮膝围裙，黑黑脸膛，两只眼睛骨碌碌乱转，看来，又泼辣，又能干，又狡猾。但柳河耕作区主任苏仁知道，不管她是怎样强悍，却是遵从比她年轻二十岁的赵娟娟的意旨行事的。原来赵娟娟是这伙人的生产小组长，现在手扶着刘三娇的肩膀，站在那里旁观似的，并不直接出面搭话，只在初见时问候一声："大叔，怎么你在这看牲口呀？"神色很是庄重。只见刘三娇笑着接口说："大叔，天亮打的雷声多响呀！你一个人在这不害怕吗？"纷纷把耕作区主任苏仁围住，人丛当中却单单不见了李飞龙家的，他哪里知道，她们早已有所部署，那李飞龙家的趁空溜进牲口棚牵牲口去了。

"你们没听见党委书记刚才的广播吗？"

"听见啦！"

"那怎么还能留在村子里呢？不下稻田挠秧么？"

"能下水，还有不去的？"王普家的刘三娇又咯咯地笑个不住。神色间露出一种又秘密又难为情的样子。

"那么要牵几头牲口呢？"耕作区主任苏仁问。

"牵两头就行了！"

"对啦！就牵这两头！"说话人是李飞龙家的，一手牵着一头毛驴，走出牲口棚。

柳河耕作区主任苏仁直到现在才看出来，她们是在用狡猾的嬉笑态度，和他，饲养场的临时经管人进行着迫切而又严肃的斗争，在她们那些愉快而又狡猾的眼光中，哪里会想到社里的棉花和小麦，她们现在只注意当前的牲口，想到磨盘、苞米和细孔箩。只准备一场激烈的舌战，但却完全出乎她们意外地，听见耕作区主任苏仁说："不是就牵这两头毛驴吗？那怎么还惊动你们这么些人呀！好了，牵走吧！"

"真的呀？"李飞龙家的本来还准备和来夺缰绳的人抵挡的，一听耕作区主任苏仁的话，反而摸不清底细，望着赵娟娟，顿时没有主意了。

"怎么不是真的呀！"

"那么等会子出车拉砖呢？"社主任的儿媳赵娟娟问。

"这可是你当主任亲口答应的呀!"李飞龙家的说,"可不是我们犯纪律呀!大兄弟!"

"呵?"柳河耕作区主任苏仁第一次感到,一个饲养人员,和妇女们打交道所有的那种啼笑皆非的感觉,说,"你们可真是机灵呀!还没等人开口,就要动手抢缰绳,等让你们牵去了,又说得这么好听了!"

"那么到底是让牵不让牵呢?"王普家的刘三娇,在许多又是笑又是叫的声音中正色问,"要是不让牵,还能让我们把着磨棍来推么?领导上不是常说要照顾我们妇女么?"

"妇女是要照顾的,可是生产第一,若不是天德庄的大车坏了两三辆,有些牲口闲着,咱们的牲口,白天就不能套磨。现在你们就牵走吧!……"柳河耕作区主任苏仁用当家人的口吻说,"等会子出车,就绕路从天德庄子走,再在那里挂上外套,也不耽误什么!"

"啧啧!到底领导人好说话呀!""领导人办法多呀!哪像老魏俊那么死心眼儿。"她们当中互相称赞,并用眼光望着耕作区主任苏仁,有意让他把这些赞美话听见似的。还有的说:"怪不得当头目人呢,真是照顾咱们呀!"

"好啦!好啦!"耕作区主任苏仁,带着一种一夜未睡的憔悴脸色,在赵娟娟告别的时候笑着说,"我知道,都是你在背后出的主意,要是不答应,也要牵走吧?"

那脸色稳重的赵娟娟一听,就故作吃惊的样子,睁大两只又黑又亮的眼睛说:"大叔,你怎么往我身上推呀?……"不知怎么她竟没有说下去,反而咯咯响亮地笑着,一掉头,摇着两只羊角小辫,鹿似的跑掉了。她们拥拥挤挤说着笑着,刚过垛草场,那柳河村的生产队长王光的粗短身材又出现了。他老远隔着围墙就大声叫着:"苏头儿,真有你的,怎么用你在这里看一夜牲口呀?刚才妇女们知道老魏俊不在饲养场,来牵牲口,我才听说是你在这儿!"

"老王大哥，先把这些撂在一边吧！"柳河耕作区主任苏仁在饲养场门口迎着王光说，"刚才管委会的广播你听到了么？"

"听到啦！"王光兴奋而欣慰地露出牙来笑道，"我早就说咱们的部队会来支援的呀！昨天夜晚在东砖窑村我就知道了。还是二三四五部队领导主动来联系咱们的……"

"还有呢！"柳河耕作区主任苏仁神色严肃地说，"天亮这阵雨不好呀！听卢书记那口气，怕是构成灾情了！你一早没有到咱们庄外去转转吗？"

"在村边上转了。"他说。脸上立刻阴暗下来，叹息似的说："就怕是咱们的小麦有些损失，都熟透了，还架得住大雨砸啦！"

柳河耕作区主任苏仁临走嘱托他，派人到天德庄去牵牲口来，把青年生产队寄养的大红骡子和瞎眼母马需要歇工的原因，也交代了！等穿过饲养场前的垛草场，见那独棵柳树上还挂着闪光的雨珠，村街西侧的排水沟里，积雨已满。到处是小块的池塘，到处是渤渤发声的雨水流动的畅亮音调。

空中的云雀在抖着翅膀悦耳地鸣叫着，这正是六月麦收时节的一种音标，听来就会感到早晨的阳光将要炎热，这一天将是一个万里无云的暑日。耕作区主任苏仁感到鸣声悦耳，又仿佛很遥远。心想，这若是能睡一觉多好呀！但他不能，他还要去检查棉花地排水情况，因为这是关系五个村庄的大事。

二月十七日春节之夕完稿
二十七日定稿

午睡的时候

一

午间，柳河耕作区妇联委员王美英，到饲养场去牵牲口推磨，听新接手的饲养员说，能推磨的那两头牲口，一早给耕作区主任苏头儿打发出去了，现在还没送回来。

"那你也该去找一找呀！"妇联委员王美英说，"该喂草的时候不喂还行啊？"

"我还得腾出手来呀！"新接手的饲养员说，"出车的牲口这不是刚拌上草么？"

"这是谁牵去了，光知道使，天晌啦，还不往回送！"

"咱们柳河村虽说小，也有六七十户人家，苏头儿临走又没留话，你当妇女队长的不知道，咱哪能知道？要是留在村子里推磨，一头午还不是缺勤呀！谁没挽着裤腿下稻田挠秧，就是谁吧！"

一句话提醒了耕作区妇联委员王美英，心想，西头的生产小组长赵娟娟，上半天就没出勤，少不了是她牵去的。就向新接手的饲养员说："好吧！我给你去把牲口找回来。你呢，下半天可得要把那头推磨的黑驴留下来，不要叫它出车啦！晚上我出勤回来，再套！好么？"

"你怎么吩咐，咱就怎么办，这还有不好说的吗！"新接手的饲养员说，"一定给你留下来就是。"

王美英这才离开饲养场，到村子里去替饲养员往回找牲口。实际上，就是她晚上不推磨，知道该喂草的时候，不往回送牲口，也会出面来帮助饲养员往回找的，何况是老饲养员魏俊不在村子呢！

二

现在正是柳河村的出勤社员午睡的时候，不整齐的村街和小巷，都很静。静的呀，可以听见远处孩子的哭声，还可以听见谁家的母鸡给狗吓得飞上柴垛，咯咯咯地惊鸣不止。近在村口是些社员私人养的鸭子，凑在一起，在流水沟里洗澡，兴奋而又愉快地摇着尾，用翅膀扑打着水面，得意地欢叫着，这正是雨后放晴的酷暑天气所有的现象。不管是人家院子里的水道，还是巷子里的沟洼，都像些小溪一样，流着水，发着渤渤的声音，足证天亮之前下过的雷雨，着实不小。阴暗的巷子里除了有些赤足的孩子，在小沟里弄水玩，见不到什么人影；草垛之间的车道上，会计王普家养的那口辽克夏纯种小猪，在懒散地闲逛着，走两步就找墙角石头或是小树什么的擦痒。不用说，那耕作区妇联委员王美英得挑着路落脚，一时靠南边的住家的屋墙背后走，一时又贴车道北边的高崖子上走。

那五星农业社副主任程树业住的地方，没有院墙什么的，可也说不到是临街的房子。靠着村子里的车道旁，有块小空场。面临这块空场的西屋，就是副主任程树业的儿媳妇赵娟娟的住宅，南山墙上开着一口有玻璃的窗户；面临这块空场的北房，是程树业夫妇和他的老母亲程大妈分住着。原来的那块小空场，垛着作为烧草用的大草垛，给人的印象是，要么房后没有草垛场，要么是缺少一个能干的家务主持人来铺排，有种门户堵塞的感觉。实际上王美英知道，副主任程树业整天忙着社务，一个月不准在家住上五天，整个儿的精力，就没有放在家事上。而程树业家的和他的儿媳赵娟娟，倒都是能干、利落的手儿，又是日常不肯缺勤的先进社员；在这小空场上垛草，确实依着程大妈的主意，说是这样抱烧草便当，夏天又挡着阴凉。这无非是当老婆婆的怜惜孙媳妇，省得出勤回来，为了烧草再绕圈子去多跑腿，把该垛到房后头的烧柴，却垛到房前来了。从南边村道上看，它像座小山似的正挡着北屋的窗户和门道；从东边小巷口瞅呢，它又遮住西屋的窗户和门道，仿佛人脸上生了个大肉瘤，又堵着眉毛，又挡着眼睛。王美英每次来，心里总是这样想，要是我呀，宁愿一年少得十几个劳动日，也要把它搬到不碍眼的地方去，那样心里该多畅亮。

"娟娟在家么？"

"谁呀？啊！二婶儿呀！"赵娟娟正在灶台上刷洗碗筷，先从门口探出头来，一见是耕作区妇委王美英，赶快出来迎接，在围裙上擦着手，笑着，"怎么不进屋呀，二婶儿？"

"你二婶儿不得闲呀！"王美英在门外站着说，"想套牲口推磨，听说从早晨放出来，还没收回去呢！我这不是牲口没牵到不说，倒还有了差事，给饲养场往回找牲口呢！"

赵娟娟就说："牲口是我们小组里没出勤的几个人牵的，我们套的是那头刘老五入社的黑驴，一卸磨就给李飞龙家大婶牵走了。晌午头儿上，哪里还会推磨，说不准，也许拴她家屋檐底下，喂着呢！"

"要是喂着还好，就怕不知道痛惜牲口的人牵了去，饲养场的人手又是青黄不接的时候，还不得了把的使。知道是谁牵了去的，心里有个底，也就不着急了。"王美英又问，"怎么就你一个人呀？你婆婆呢？小程没回来看看呀！"

"他不是在青年队上看水吗？哪还有工夫呀！"

"你这丫头，别当着我的面儿说嘴啦！"王美英那圆墩墩的脸儿上，现出一种神秘的笑容，那原本坚定而自信的眼光中，闪着一种少有的柔情。她说："前天夜晚回来的是谁呀？你还当是二婶儿不知道呀！"

赵娟娟就不禁用拳头挡住嘴巴，幸福地笑道："二婶儿说话，可有意思啦！"从她那天真的笑容和直率的谈吐间，流露着一种内心的满足，这是上得公婆的宠爱，下得丈夫体贴的妇女所有的那种满足。这天她上身穿着件带拉锁儿的自制短衫，白底小蓝花，腰下扎着块短围裙，那围裙是蓝布的，四周扎着缝，在当中用白线勾着两朵并蒂的大牡丹。直到这时芳芳的母亲王美英才注意到，她似乎是见胖了，心想，不怪人说南泡子沿村的姑娘都会打扮，讲究穿戴，人家不知从哪讨换来的花样子，又素气，又大方，就是好看。那赵娟娟本来很直爽，现在给芳芳她妈上下打量着这么一瞅，原来红润的脸色，越发红润，外带一份娇羞，笑着，红唇衬着一口白牙，说小程是回来给奶奶送钱的。原来驻在东窑村的青年生产队，都直接从管委会那里分到了棉花预购款。

"怎么？青年队的预购款都分配到社员手里了么？你可知道是按

劳动日百分比分配的，还是按困难程度分配的呢？"又说，"咱们耕作区就难分配，难还难在南泡子沿村。二婶说话你可别多心，你娘家那个村子，要是按劳动日百分比分，还能得到多少啊！反正得等分支书记老曹回来再说啦！你说，该怎么分合适呀！你二婶第三册识字课本还念不下来呢！哪里来的主意。"又说："不进屋去啦！你二婶出来，屋门还没关，芳芳在炕上睡午觉呢！倒不是怕什么杂人摸东西，你二婶儿家有什么宝贝怕人呀！我是怕猪进屋乱拱。"

王美英刚转身要走，不想，就给从北屋窗户里传出来的呼声拦住了："那是谁在说话呀？不是芳芳她娘么？怎么不来看看我，和我说个话呀！"原来这正是社主任的母亲程大妈的声音，只见王美英又伶俐又讨赵娟娟欢喜似的张开口，一个"哟"字没喊出来，倒仿佛孩子似的暗自缩舌，意思是，和你说话说的，惊动了她老人家，又挑眼啦！不进去，不好，要进去，岂不耽搁大好的工夫。王美英这瞬间的神态，给赵娟娟的印象很深，她从没有想到一个三十岁开外的妇人啦，还会有这种讨人心欢的娇媚气，心想，芳芳她爹活着的时候，说不定怎么疼爱她呢！嘴里却往北屋窗里回："是东头我二婶儿来啦！"说话间王美英走过去。脚底下一色是泥浆子，还要跳着走，只听见程大妈伏在窗户的小玻璃上，向外望着说："她二婶儿可小心走呀！别滑倒了摔着。"

王美英就笑着，在门口外擦着鞋底，往里响亮地叫着："大娘呀！社里的劳动日都叫你们一家子挣来了！心还不足呀！光想挣劳动日工分啦！连捡两块砖头填填走道的工夫，也舍不得耽误呀！"

"你还说呢？大康他二婶儿，这两三场雨下的，我就没敢叫我们家年轻的去挠稻秧，劳动日，还不都叫你们东头生产组婆娘们挣去了呀！"程大妈说话声音中，分明带着一种受奉承的老人所有的高兴和自得。健朗地笑着，又补充道："可倒好呀，芳芳她娘。你光顾挣工分啦！连进来看看我这老婆子的工夫，都舍不得耽误了，是不是？"

一见王美英笑容满脸的样子又改口说:"大妈和你说着玩呢!我这刚泡了壶好茶,来,快脱了鞋,往炕里坐吧!"

王美英就推辞道:"我在炕沿上坐坐就走啦,还要给饲养场往回收牲口呢!"

程大妈就说:"那还用你跑啦!大康他媳妇到李飞龙家去看看吧!牲口可是该喂的时候啦!"赵娟娟一听老太太的吩咐,立时答应着走出去。程大妈就又亲切又机密地凑向王美英的耳边说:"你可不能挑眼,没填道。家里外头还不净累她一个人呀!一早就推磨,没得闲呀!就是要捡砖头弄石头填道,我也不让,你知道。"用更小的声音说:"有喜啦!四个月了!要不,我就留在家里,不让她去稻子地里挠秧啦!"王美英一听就忘记了自己院子里的猪,悄悄地小声叫着:"怪不得我打量她,就觉得腰粗,还当是发胖呢!"又说:"如今的妇女可真是有福,在我们做媳妇儿的时候,头年要是怀了身子,就给人笑话死了,老人眼前,哪还敢这样排场。"

"咱们老家不是迷信么?都说当年的孩子命硬,妨老人。要是当媳妇儿的头一年揣了怀,不要说旁人,就是公公和婆婆,再也不会给好脸子看。可是我呀!不管这些,只要给我养个重孙子就行。妨就妨我当老婆婆的吧!"

三

原来这程大妈和王美英都是山东莱州府的人,在柳村来说,都是外来户。谁都知道,这莱州府北部分的人,都是会写会算,擅长做买卖;南部分的人,都是两眼墨黑,靠着土地过活。程大妈从二十岁上,就跟着自己男人跑口外,跟着男人开荒啦!种菜园子啦!男的雇给地主到沟里打洋草,她就割柳条子,编筐啦!总之,是力气活儿都干过。二十年前又来到北京南苑,老汉给窑上挑水,她就带着程树业在窑东租地种,爷儿俩轮流着上窑,轮流着下菜市,日子过得刚稳定,不想,老汉又死在这柳河乡,从此程大妈算是在这落户了。如今程大妈已是六十开外的老人,头发全白了,但体力还健实,不管是牙齿、眼睛,都看不出什么来。天好,还能跟着年轻的妇女们出勤,去整治棉花地。拿杈子、抹耳子什么的,还是把好手,出活儿不多,质量上可是数得着的。现在她嘴里含着长烟袋,那烟袋是乌木杆儿镶着玛瑙嘴儿,是程大妈的爱物。程大妈在口外多年,完全是旗人妇女的姿态,盘腿坐着,两个耳环又粗又大,若不是脚底下两样,简直就看不出是个关里的妇女。脸上呢,满是皱纹,那些皱纹有粗有细,整个儿的构成一种慈祥、纯朴的气息。两只眼睛呢,却又如见底的池塘一般清澈。两只手,肉又厚,掌又大,指头又粗,看来,很有把力气。她从过去的迷信,又说到以往的苦处,发着幸福的叹息,羡慕着今天妇女的地位。说道,她结婚三年啦,走趟娘家,男人还不肯在村子里和自己前后脚地一起走,怕笑话,脸上就现出老人所有的毫不隐讳什么的笑容,说:"年轻轻的哪还敢两个人并着膀走呀!"说得王美英不由得纵声笑个不止。

程大妈又说:"五月节她公公又要捉两口小猪秧来养,可我呀!你知道,大康他二婶子!我就没放口。"末一句声音小得几乎听不出来,同时眼睛又现着说机密话儿的亲切神色。又大声说:"大康他二婶子,你说,我能放口么?还能给她往家里揽活儿吗?平常,哪天出勤回来,不是她到井里去挑水呀!她可机灵啦!从过门儿,就没叫她婆婆动动扁担呀!挑水啦!洗衣裳啦!补补缝缝的,哪一样还不是她一个人呀!她婆婆整天不是忙地里的活儿,就是忙自留地的菜园子,要再弄两口小猪来,还不又要落在我们年轻的孙媳妇头上呀!"

"大娘你这就不对了!"王美英笑着说,"怎么不对?你不知道上级号召社员们多养猪吗?咱们社的农业发展方向有两个重点,一个是养猪,一个是开稻田。你想想呀!"

"我还不知道,咱们当社干部家属的,要带头呀!你当是我真老糊涂了呀!我当时要轻易开口答应下来,还会知道她当孙媳妇的难处呀!这不得我当老婆婆的在她公公跟前挑明吗?实在说,我就是脚底下不争气，要不，挖猪菜还算回事了？后来，和她公公、她婆婆，我们开了家庭会，不是再喂两口猪吗？两口猪里得有我和我们孙媳妇一口，喂大了，算是我们的私份子体己。你猜你那大哥怎么说，说我偏心向着孙子啦！"说着，就畅快地笑起来。

王美英那圆墩墩的脸上，又现出无限温厚、赞叹的神气，喃喃地自语式叫道："这赵娟娟还不知道哪辈子修的呢！碰到你这么个疼人的老婆婆。这不是福气吗？"

"可我呢！大康他二婶子，我也知足。他爷爷活着的时候，没享到的福，我也都享啦！不说别的，他爷爷后半辈子，就没穿过一件新棉袄呀！哪年冬天不都是到天桥的估衣摊上去找呀！买回一件什么人穿过的长袍子来，一件改两三件呀！大康他爹，哪还穿过件囫囵衣裳，吃过不掺菜的饼子呀！"

"如今，孩子们哪知道以前咱们过的是什么日子呀！不要说有补丁的衣裳啦！就是家里做双布底鞋，大娘，你可没见呀！都是哄着穿呀！都要穿胶底的打球鞋呀！哪还知道，老一辈子的苦处。"王美英现在说着，不但忘记了院子里还有没拴的猪，连晒在院心的准备推磨的苞米也忘记啦！又说："要是年成好，只要孩子听话，我也不疼，怎么人家借支户的孩子脚底下，都穿打球鞋呀！咱们又不是借支户，还不能穿吗？可是就怕年成不好呀！今天，天还不亮呢！听见那场雨，还敢想收成呀！"

程大妈一听，脸色就严肃起来，放低声音，耳语式地问道："可是呀！他二婶子，你没听说，社里的小麦这会要减产多少呀？听说他苏大叔，一早饭也没吃，一手干粮，一手把着脚踏车，走啦！"又叹息似的说："你说，大康他爹不累心呀！小社时候，七十户、八十户的还好团弄，如今这是三个乡合并的高级社，大小十八个村子，要是小麦减了产，得了劳动日工票，见不到多少粮食，这千数户的日子怎么过呀！不找他们这些头头脑脑的呀！这春天又是挖土、挖沟，又是修路盖猪舍，耗费了多少工呀！我可是替他担心呀！小卢要在这里常待还好，要是再一调走，可怎么办呀？"

王美英就说："咱们党总支有三个书记，四个总支委员，都是管委会的领导人，就是总支书记卢文有调动，也不会落在你家俺大哥一个人身上。再说咱们头一年不把这个社基础打好，上级也不会把他调走呀！你可不要在局外多担这份心事。"又告诉她，二三四五部队若是开来支援，两天以里管保把那几十公顷的小麦全收进场园里了！并说，头午部队没来，是机播小麦地里还存着水，得晒晒。

程大妈一听有部队来支援，抢收小麦，就满脸露着笑容，念起佛来，说道："若是这样，减产就会小点儿。"

现在程大妈要王美英泼掉手里的茶，坚持给她兑热的。实际上，她喝的并不是什么茶，壶里泡的是把炒焦的高粱米。她解释，这比茶叶好，凉喝也不伤人，舌根儿底下又发甜，又解渴。原来这是一两年前程树业在北京开劳模会讨换来作种用剩的。程大妈说，在关外都拿着来焖饭吃，又说，还打算秋天收了，要是不认土性，就托人往山东老家带一瓢半瓢的去作种。还说，虽是二十多年没回去了，可是心里，过年过节的，总是想着。有些年轻时的耍伴，不知还活着没有？刚说到这，又怕引起王美英的心事来，问道："芳芳呢？"又说道："你看农业社都各人忙着各人的，念书的碰到礼拜天，也要到棉花地里找点活儿干，挣几分，不出勤，就很难碰见你们娘儿们，说说家常。"耕作区妇联委员现在就连忙下炕，大声叫着："我的天！一坐下来就半天，一会子怕要打点下地啦！我出来，门都没关呀！"

程大妈坚持要下炕往外送她，并埋怨道："我又想起来啦，芳芳她娘，今早晨我和娟娟还背后说你的短话呢！你不是咱们柳河区的妇女领导人吗？可是怎么不争着，在咱们柳河区安盘电磨呀！"尽管王美英笑着准备开口解释，但她做出不听的样子，说："听说，东窑区的妇女，有的挣到两千分啦！咱们柳河区的婆娘，除了南泡子沿村的，还有软的吗？不都是外来户么？为什么就没有人家东窑村的婆娘挣的工分多呢！工夫不都是叫磨道占去了吗？"

王美英就笑着说："大娘，论起来，是我们社干部办事不行，可是这里也有困难。"

"我知道，"程大妈尽自走进里屋套间，仍是大声说，"又是等明年开稻田，安上低压线，才能装电磨！光许愿，不上供！"

王美英就爽朗地笑着辩解："大娘，你总不能不让人家说话呀！你说的这个理，是呀！不在咱们耕作区开稻田，要单安低压线，不要说光电杆子咱们就买不起，就是买得起，也没有地方去买电线呀！不是咱们的工业出的货，还不够咱们农村用的吗？北京城外这几个有名的农业社，哪个社不是电力灌溉呀！"

"怪不得她公公说，农业社得依靠工业哪，我光想，工业要咱们的粮食，给咱们拖拉机和汽车使，倒没想，安个电磨，也是这个道理。"说话间，程大妈擎着一瓢小米走过来，小声吩咐道："你用衣襟兜着，回去给芳芳姊弟熬粥喝吧！这是黏小米，我们孙媳妇从娘家带回来两瓢，给我熬粥喝的，快点吧！"又说："你若是见外，大妈就生气啦！"仿佛她刚才是有意说话留她一步，以便舀小米给她。仿佛知道她一两天没有推磨，虽说天天出勤干活，吃的却是不顶饥的白薯似的。王美英满脸红红的，坚持着推辞，说："平常吃大娘的东西还少呀！小孩子家，知道什么呀！"正好赵娟娟从外面走回来，立刻从旁相助，说："我二婶儿就是这样不好，什么好东西呀！又不是政府发救济金，二婶领了，别人就少领一份儿……"在笑声、喘吁声中，六只手相捉、相攀，到底还是王美英服输了，兜起那瓢小米来。赵娟娟又告诉她，那两头推磨的牲口，李飞龙家的已经送到饲养场去了。

当天柳河耕作区的妇联委员王美英，从社副主任家回来的工夫，怀着深切的感动，不仅是因为程大妈对社里小麦，或是对自己的关心和亲切感动了她，主要的还是因为程大妈对于孙媳妇赵娟娟的亲切和体贴。她想,她做妇联委员的,正应该用这样细致的注意,去关心和体贴所有柳河耕作区的出勤的妇女,这也正是党在农村工作条例中所要求的,只有把本耕作区的妇女工作做好,她才不辜负程大妈那样的老太太对自己的敬重。她回家路上这样想着,精神是少有的兴奋和饱满,正像在工作中获得珍贵启示的一个妇女干部一样。

三月十五日,西山

北京近郊的月夜（短篇系列）

黄　昏

一

"带着火柴么？咱们点把草烤烤脚不好啊？"

"这是咱们农业社割的芦苇子吗？"

"是呀！天可真冷，冻脚呀！"火柴在南泡子沿村生产队的赵桂亭老汉手里，哧的一声划亮了："你看看，我穿的是什么？这叫鞋么？"

"可该换棉鞋啦！"

"会计室不借支给我，上哪弄钱去换呀！呵？"这声音粗壮起来，"你说不是么？咱们又不是个体农民，有条小门路走！"那根火柴，在他手里尽自燃烧着，仿佛全没有放在心上，直到火柴将要烧到他那又粗又硬的手指头时，他才恰当其时地插到芦荻草里去。火柴在快熄灭的工夫，恰恰就燃起篝火来。

那火光一亮，周围反而显得更黑，照得赵桂亭老汉的脸，喝过酒一样的红，他那愤愤的眼光啦，胡子间的阔大嘴唇啦，宽宽的肩膀和矮矮的身材啦，都显得清清楚楚的。还可以看出来，他那嘴唇周围的胡子，硬硬的，刺猬毛一样竖立着。"你说不是这个理么？"他把火柴递给站在旁边的人，还想说几句牢骚话，但见没有反应，这才要注意对方是谁。就着篝火，一眼看去，那人瘦瘦的，头戴军帽，脚下是双厚底布面军靴，既不是南泡子沿村的，又不像北泡子沿村的，总之是外地打扮。就问："你是几号井架子上的？"

"我还没编组哪！"他说，声音挺轻松愉快，"我刚从部队上转业回来,在家待不住,都说咱们在这里搞大型水利建设呢……我一看,规模还真不小!"

"对啦!"南泡子沿村的赵桂亭老汉说,"看看吧!咱们这工地上,夜里比白天还热闹。男的、女的都上齐了,一百四五十号人哪!"

说话间,他又打开一捆苇草,投在火里。那干草就发出嗞嗞的响声。烟呢,一会子发白,一会子发黑,笔直笔直的,蹿得老高,足见黄昏以后,虽说冷,旷野间却是一点儿风都没有。若是从远方看,只能望见悬在这上空的一排电灯光,像都市的马路一样,但这里的灯光是单排的,而且是沿着打井架子排列着,底下呢,是条大沟。从远处看,只能望见那排像巨大的风车似的打井架,但隐蔽在这条沟崖间的煮胶泥的锅灶啦、烧起来的篝火啦,蹲在这儿烤火的人啦,从旷野的平地上是望不见的。不过,这道沟涧实际上却是人工开辟的河型水库。

"抽烟吗?"

"我有旱烟,纸烟还抽不来。"南泡子沿村赵桂亭老汉,从猪皮烟口袋里装着烟,"听口音,你是团村耕作区的吧!"

"对啦!"那年轻、细瘦的复员军人,吐着烟,又说,"这么一条水库,要灌溉多少稻田呀?能供得上二百亩用的水量了么?"

"多少?"南泡子沿村的赵桂亭老汉故作不满地说,"你看这一块碱荒地有多少?这是四百八十亩呀!都要靠这道水呀!"

"咱们这里可变了呀!"

"变了?"南泡子沿村的赵桂亭老汉兴奋而响亮地说,"大变了呀!你还没到新庄南边去过吧!你去看看,那田间大马路,两辆大车排着走,宽宽绰绰的,明年还要铺石头面呢!不是大变吗?原先你知道那是条什么道吧!两岸夹一沟,车辙没到大车轴,一走三晃荡,那还叫路呀!拉庄稼,后面得专跟一个人捡穗子。如今,路面高过两旁,鱼脊梁骨一样!"

"这是哪条道呢?在有李子树的瓜园那边吗?"

"你这是怎么的啦!"南泡子沿村赵桂亭老汉故作迷惑不解的样子,两只眼睛闪着股狡猾神气,"你不是说的柴树堂家的瓜园子么?是呀,北泡子沿村的,有李子树,别的村子哪有?新庄南也没有呀!就是柴树堂的瓜园子地有李子树,你猜猜在哪呢?咱们这是蹲在哪里呢?"

"这里,那么原来是在瓜园地基上么?"

"你若是早来两三个礼拜呀,伙计,总还能赶上刨李子树呢!"

"真的呀?"

"砍树的那两天,柴树堂就蹲在这沟崖旁边,痴呆呆的,像是把他的心,从土里刨出来似的。庄稼人吗,谁扶养大的,谁不心疼。可是他姑娘柴桂英愿意归社,土改分的地,压根儿就有他姑娘一份呀!如今都是年轻人当家,归了社,就得由社里规划,要服从集体。你还上哪找瓜园子去,不是大变了么?"

南泡子沿村赵桂亭老汉在闲聊中有两次蹲在那儿和走过来的伙伴打招呼:"刚来呀?""烤火吧!我是打东窑村来,哪支到钱啦!白跑一趟!"头一个走过去,第二个在这蹲下来。这人是柳河村的富裕中农刘老五,比赵桂亭老汉高一头,很有把力气,他一蹲下来,就从腰里抽出烟袋来,却不在自己口袋里装烟,而插到赵桂亭老汉递来的烟口袋里去,可见刘老五虽说是富裕户,抽的黄烟却没有赵桂亭老汉讲究,不用说,两个人平素交情是不错的。

"大变了!"等柳河村的刘老五装完烟,赵桂亭老汉收起烟口袋,仍是又兴奋又感慨地继续道,"在从前,打东西窑村走,谁看见过孩子呀?老五,你说,不是么?解放以前,简直连个妇道人家,也难得碰见呀!不都是些单身汉、外路雇工么?可是现在你打东西窑村走走,街上的孩子都挡腿,还都是五六岁的,可倒齐整,就像一块菜地上出来的小葱一样!"

"再早,"柳河村的刘老五低声说,"听说,那还是民国初年,段祺瑞手下人在那开窑场烧砖啦!从北京城里招来些窑工,我们的老乡,这才越来越多,慢慢地,这才有了村子。当时咱们柳河耕作区,也都是块草场呀!哪有住户,南北泡子沿儿,还不是一样。苇子都人多高,哪有人家。听说清朝时候这一带是皇家的围场,除了团村驻扎着旗兵营,周遭儿几十里哪有住户,谁敢来割把苇子呀!……"

篝火正旺,谈话越来越热烈,但全和那从部队上转业回来的青年无关了。只听见南泡子沿村赵桂亭老汉的响亮声音在说:"不要往远说,就说五〇年以前吧!家里来客,若是想打二两酒,得走到五里外的南街镇去,哪像如今这样享福呀!一个耕作区有一个供销社,不要说酒,连松花、牛奶糖都有,还不是变了!"那声音似乎在和刘老五夺取听众。

这时候,来往的脚步声频繁,有年轻的打井组员,从沟崖上往下大步跳着,跨过芦荻草垛,只听见一阵木板响,有笑声,有欢叫,有追逐声,突然这追逐声感染了蹲在篝火旁的青年人,大声叫啸着跑开去。"什么呀?"老远问着。"好大的一个山猫儿!……快……向东去啦……"喧闹声远开去,就听清楚铁匠炉有人拉风箱,呼嗒呼嗒响,煤火一亮一亮的。还没到开工的时候,这是有人在那里燎水。还有从打井棚里传来的空水桶摇荡声,锯木头声。但所有这些完全没有影响到南泡子沿村赵桂亭老汉和柳河村刘老五烤火、抽烟、聊天的情绪,实际上,团村耕作区那个转业军人,现在已经离开篝火,给十号井架上的青年拉走了。但追逐野兔子的青年又都喘吁吁地向篝火这里跑来了。"要是白天,管保能围住……差点儿,我踹到它的头。""它也吓蒙了……""咻!不要响!"他们带着青年人所有的欢跃,在篝火周围蹲下来。

二

"那时候呀!"柳河村的刘老五仍然低低地说,"种地人谁敢溜进这围场来割草呀!听说有个贝勒,贝勒就是满族的王爷,在这个围场里，听老人说，碰到他，就没命啦！打死人白打死。这个贝勒，腰里扎着八根御赐的黄带子，打死一个人，就解下一条腰带来，算是偿命啦！"

"变了呀！真是大变啦！"南泡子沿村赵桂亭老汉安闲地往火里塞着芦荻草，只见有个青年像是松鼠一样，突然两只眼睛一骨碌，随着另一个青年，背着火光偷偷溜掉啦！心想，一定是检查工地的社干部来了，一抬头，见隔着篝火，果然站着一个身披干部短大衣的人。原来还是个姑娘，头上扎着两条辫子，胖嘟嘟的脸膛，黑乎乎的。眼睛又大又亮，带着股似怒非怒神气，满端庄。他认识，这就是北泡子沿村柴树堂的独生女儿柴桂英，又是柳河耕作区的团支委，又是北泡子沿村的妇女队长。心想，这姑娘嘴头可不让人，要开口就不管是不是老街坊还是老地邻………只见柳河村的刘老五，那么高的汉子，捎二百斤粮食不弯腰的人，突然羞愧似的喃喃自语："也不知谁点的火……我刚坐下……还没暖过手来……"

有个在草灰里烧黄豆的青年，抬眼一望，三尺外站着团支委柴桂英，掉头就溜掉了。

"这苇子还要剔出来盖养猪场用的！"柴桂英说，"这样烧了烤火不是浪费么？二十根苇子就顶一斤杂合面，若是烧自己家的就心痛了吧！"

"可是冻脚呀！"南泡子沿村的赵桂亭老汉本来想躲开的，却不由自主搭话了，"你看看我脚底下这双鞋，单干时候，我也没有受过这个罪呀！"

"那么说你还有理了？"

"那我们给社里来干活儿，可不能把脚冻坏了？"

"你不是南泡子沿村老赵头儿吗？"

"是呀！"赵桂亭老汉说，"我和你爹熟，你爹开瓜园子的头一年，还是我给讨换的瓜种。在先，都给地主萧振瀛家捎过活儿，当过雇工，论起来，你还矮一辈！"

"我认识你，"柴桂英笑着说，"冻脚可也不能烧社里的苇子呀！怎么不换棉鞋？"

"社里不借支，上哪弄钱换棉鞋？"

"不会自己家里做么？"

"说得容易，谁有工夫做呀？布呢？麻线呢？"

篝火还没有完全熄灭，柴桂英两只明亮的眼睛，在火光中闪着笑意，仿佛说："你都五十岁的老头子了，在我面前，还像孩子一样的说假话，叫苦呀？"赵桂亭老汉望着她那机灵的眼睛，也笑啦！并且说："真的呀，你还不信呵？"

"那么你喂的那口老母猪呢？"

"说的是呀！若不是这口老母猪，我手里还不这样紧哪！"赵桂亭老汉说。心想，哈！这丫头真不简单，我们南泡子沿村，谁家喂口猪，她在北泡子沿村都知道呀！

"怎么样？"柴桂英仍然笑着问，"小猪崽儿都二十多斤了吧？"

"不假呀！"南泡子沿村的赵桂亭老汉一听提到他那十二口纯辽克夏种小猪秧就不自主地站起来要走，"要不还会这样困难啦！一天得多少东西喂呀！要不，自留地里还有点出产，萝卜总有点吧！白薯总有点吧！拿到市场上去，不都是能换钱的么？可是有这窝小猪秧，你就不用想手头松快啦！"

"怎么按市价，拿现款，你还不让人去捉呀？"

"还小呵……得再喂几天……"

"那怎么能卖呀，"黑影里有人故意大声说，"一天长一斤肉，多少钱呀……"

"天色可不早啦！"南泡子沿村的赵桂亭老汉似乎聋子一样，尽自喃喃着走开去，"怎么头上还没有一个弓子响呀！"

他听见背后传来隐在黑暗里的为年轻妇女所有的哧哧笑声，还有人在喘吁中小声笑着说："这老头子……养着十二口辽克夏猪秧子……还冻脚……"就觉得脸一阵子发热，火烤的一样，竟跟跄地走到芦荻草垛中间去……

"你上草垛干什么呀！"柴桂英听见草垛响，就射过手电来。原本在哧哧发笑的，突然爆发了咯咯的笑声。

"哎，我这怎么走的……"南泡子沿村的赵桂亭老汉喃喃着。

"怎么放着大路你不走，倒上草垛呀！"柴桂英为了不让她组员的笑声停止，又故意冷冷加了一句。她的女伙伴就用拳敲了她一下肩膀，简直笑得说不出话来，也直不起腰来了。有的手里还提着捆从篝火边拉开的芦荻草，也扔掉了。

这时候从遥远的砖窑村，传来嘟——嘟——嘟的拖拉机秋耕声，显然这是有两个大胶轮的拖拉机的声音，为了在封冻前完成秋耕计划，也增加夜班呢！月亮还没有出来，星星们冷得似乎发抖，但柴桂英和她的打井组员，像在春天夜晚一样……

夜　　晚

一

围着篝火闲谈的男组员们都给赶开了。北泡子沿村柴桂英打井组两个女组员，在黑影里帮衬她们的小组长，把篝火边上当座位的整捆芦荻草搬开，掷到垛上去。

这两个女组员，一个是爱用手背挡住嘴，哧哧发笑的彭武媳妇，一个是北泡子沿村何小兰。

那柴桂英臂壮腿粗，松树一样壮健的姑娘。两只眼睛，亮亮的，坦率地望着人，有股男人的豪气；何小兰却相反，两条腿又细又高，脊背溜直溜直的，仿佛一株挺立的白杨，两只眼睛，睫毛长长的，又谨慎，又机敏得要命。论力气，柴桂英挑个二百来斤，走个一里半里的不用换肩。何小兰呢，摆弄牲口最拿手，不管耕地套上多么难调弄的马，赶车又碰到多么难走的泥洼道，全不算什么。在她的鞭子底下，拉重载牲口，上坎儿下坡的，可稳当啦！总之，两个姑娘各有长处。自然在农业社的水库工地上，柴桂英打井组是在四个耕作区的青年心目中有名的棒。今天夜里，她们是二轮，头轮的打井组男工，正在打井棚里换探棍，时时传来敲竹楔子的响声。

当拖拉机嘟——嘟——嘟喷着烟儿的声音，从遥远的旷野传来的时候，篝火已经灭了，周围漆黑，她们就像站在河沟和山涧里一样，头上的夜空，只是狭长的一条儿，星光暗淡，正像月亮已经在地平线上露面那会子所有的光色。她们一时都保持着寂静，从那一排十三座的打井架子周围的乱糟糟的声音中，向远处侦听着。

"好像开到砖窑北边去啦！"彭武媳妇儿低声说。

"'热特儿'在咱们柳河耕作区，嘟——嘟三天，棉花地就拔不及啦！可是在砖窑耕作区，四天啦！还嘟——嘟呢！"何小兰说，"真怪！"

"小李子一个人坐在上头，不害怕呀！"彭武媳妇儿又说，"离着村子又那么远，又没有个伴儿，深更半夜的，我可怕！"彭武媳妇儿的声音，那么亲切，媚人。仿佛她和拖拉机手小李子很熟，实际上谁都听得出来，这种亲切，全是从柴桂英对他的态度上感染来的。可见柴桂英平日在她的组员当中，有着怎样迷人的威信了。

二

原来郊区拖拉机总站派来的两台拖拉机，总共不过在北泡子沿村待了三晚上。那两个驾驶手带着实习生和农具手们，都住在储藏牲口刍秣和电料器材的仓库里。不知道怎么搞的，在他们开来的当天傍晚，就都知道这健壮英武的黑姑娘叫柴桂英，知道她是柳河耕作区的团支委员，还知道她唱得一口好歌，有着音色嘹亮的喉咙。

当她带着打井组员从那公用仓库的门前走过的时候，他们都站在院子里，有人隔着那高过胸口的土墙，向她招呼："柴桂英，给我们唱个歌呀！"她的组员们都很奇怪，他们怎么能知道她是谁，柴桂英脸上却一点儿不显稀奇的样子。她带着一种慰问部队的那种有礼貌的笑容说："好啊！等你们完成冬耕计划，咱们开个联欢晚会好啦！"口气是那么大方，有气魄，自然她的那种昂然得体地接受他们那种热情要求的表现，得到他们的暗中赞美，并都殷勤地跑过来，围着她。只见她摸摸"热特"拖拉机的胶轮带，又敲敲"德特"拖拉机的钢板轨带，问这问那的，真像碰到老战友一般。那天晚上，在打井轮休的时候，她和她的打井组员，竟又倚靠着芦荻草垛，不自觉地唱起《我的可爱的家乡》来，完全像过春节的合唱队在排练时候一样，柴桂英是嘹亮的高音，她的组员们是低声附和。她忘记了她父亲带给她的不愉快（那雇农出身的柴树堂，既不埋怨他姑娘把瓜园子地归社，当初没给自己留下来当菜地，也不埋怨水库开工刨了他的李子树，只是沉默着，顿顿喝二两白酒，时常白天睡大觉，不出勤）。柴桂英知道，五六年来，那块瓜园子地是年年用猪栏粪铺底，那些李子树都是土改保护下来的。春天花开一片呀！刨掉，掘成沟，他心痛。尽管她了解他，但对他的不出勤不满。在水库工地里，她有时不自主地叹息，何小兰、彭武媳妇儿的情绪，都随着她有点儿沉闷，因之，当她的组员们附和着她歌唱的时候，何小兰紧紧抱住她的肩膀，现着一种不仅是受到她的兴奋情绪的感染，而且是由于她们组长的愉快而有的欢乐。

北泡子沿村那些年轻的媳妇和留在村子里的小姑娘们，同样对那些开到她们村子里来的拖拉机手们的生活，感到新奇、向往。他们两手经常弄得油脏，用布擦着，脸上也一样，不是带着尘土，就是挂着油，但他们却一个个都那么行动利落，像是部队上下来的人，有股农村青年所不及的特色，活泼而又有军纪似的。她们都对这些人怀着好感，不仅供给他们所要知道的有关柴桂英的材料，并且倒也探听到他们这些农业机械工人的底细。她们的消息是惊人的灵通和正确，只两天工夫，整天在水库工地上出勤的那些柴桂英打井组的年轻妇女们，也都知道，头一天和柴桂英打招呼的原来是带队的干部，区政府农林科的。知道开"德特"的是程师傅，穿着件对襟黑褂子。开"热特"五十一的是工人装，年轻，帽舌总是朝天戴着，走路健捷，皮鞋嗒嗒响，人称他作小李子的人。更知道他是出席过北京社会主义建设先进工作者代表会议的优秀人物，还是个中学生，挺用功，晚上总要在灯底下看书，很少加入程师傅那一伙打扑克。

第三天过午，柴桂英带着她的打井组走出村口，就碰见那个帽舌朝天的小李子，他正提着满桶水迎面走来。柴桂英就像老友一样招呼他："你提溜动了？小李子！"她嘲笑式地看着他笑，口气倒仿佛她比那个拖拉机手大得多的大姐似的。他呢！当时给她们的印象，确实有点儿忸怩，低着头，说声"提动了"，走过去。当天傍晚，等又碰见柴桂英打井组迎面走回来，拖拉机手小李子，还坐在停住的"热特"上，老远就摘下航空式风镜来，准备笑着打招呼。她们见他满脸是土，两个眼圈儿像熊猫一样，只是笑时露出的牙是白的。彭武媳妇儿不用说，手背挡住嘴，先就笑个不住，就是何小兰也不禁低头发笑，不敢再抬头向他瞅，可是柴桂英反倒没有笑，只是向他说："你可要把我们的地给耕好，保证七寸深呀！"她又打趣般说："我们有空，可要检查。"她从他的神色中看出来因为没笑他而产生的感激。

等她们走过去，小李子才突然想起来，在柴桂英背后大声说："你们的棉花柴拔不及呀！玉米地什么的都耕完啦！我们就要往西开啦！"

"什么时候再开回来呢？"柴桂英老远站下说，"你把这个小'热特儿'留在我们耕作区，让在南泡子沿村那边的'德特'开到西边去不好么？"

"那哪行呀？"他露着一口白牙笑着说。

"那怎么不行呀？"柴桂英又回到他跟前说。

"那不行。"

"那怎么不行？"她学着他的口音俏皮地歪着头，"你倒说说呀！"

"都分配好啦！'德特'从南边天德庄往团村耕作区开，我的'热特'就担负你们和砖窑两个耕作区的棉花地。"

"那么你的'热特'什么时候再开回来呢?"她说,手摸弄着拖拉机,仿佛摸弄一头对方所骑的心爱的马匹一般。"一天还是两天?"

"那要看砖窑耕作区腾出多少地来,反正我得耕完才能往回开,不能让我的'热特'来回跑空,白白消耗油呀!你说是不?"

"这我不管,你总得说,一天是两天吧?"

"总得两三天!"

"好吧!"她放开手说,"我们腾出地来等着你,来晚可要受罚的。"

现在是一周过去了,"热特"还是在砖窑村嘟——嘟——嘟地耕作着。不用说,柴桂英打井组的组员们都在关心着拖拉机的动静,就是柳河耕作区党支部书记,也在担心,说不定什么时候突然变了天,土地封冻,那么机耕地就要完不成冬耕计划。

三

"我看呀!"何小兰站在水库沟道的黑影里说,"砖窑村耕作区的领导干部对冬耕抓得紧,地总有耕的,拖着'热特'一直给他们耕完算事。那时候,咱们的棉花柴也全拔光了,地也都腾出来了,可是也上冻啦!"

"听说,砖窑耕作区的大保庄提出口号,要腾出地来等拖拉机,不让拖拉机等地。"彭武媳妇儿又小声说,"大保庄的生产队长老戚站在棉花地头上,大喊着往外包,拔四根拢一个劳动日不成,就说拔三根半,像在天桥叫行似的。听说砖窑后村孙傻子脱光膀子,一天一人挣了三十分……"

"你听谁说的?"柴桂英问。

"怎么的?"

"这话不对头!"她思索一阵,又说,"主要的,砖窑耕作区是老社底子,棉花地是整块的,咱们这儿呢,东一点,西一点,头一年归社。还有的抢着进机场打草,三遍棉桃还没捡,她们不知道妨碍冬耕。咱们可不要听着风就是雨,跟着乱说。"说得彭武媳妇儿在暗中吐舌头,回不上话来。

这时候,她们都听见二十八号打井架子上空的竹把儿弓子,发着吱吱的响音。北泡子沿村的头轮男工组,开始干活了。接着是二十三号的弓子,也在半空响起来,声音却是嘣嘣的。

"听!"何小兰说,"吴兴组,好像打到石头了!"

"刚才我问过,"柴桂英几乎俯在她的组员耳朵上说,"才二十七米,咱们有把握超过他。"她抖抖短大衣,披在身上,一手搂着何小兰,一手揽着彭武媳妇的肩头小声说:"你不知道么?这两天韩大嫂就嫌打井组的活儿苦,要听见有人说,砖窑拔棉柴的一天能挣三十分,不又要闹情绪呀!"

当她们三个人在沟涧式的水库间并排走着的时候,空中夜航机群的响声,由远而近,隆隆而过,在机场的上空盘旋一周,又远远绕开去。柴桂英带着她的两个组员,和来往的熟人打着招呼,等走进二十八号打井棚,听说韩春田家的又找她们去了,三个人二次走出工棚来。正赶上每隔五分钟,就有单架夜航机从头上掠过,足见刚才它们远远绕过去,就是准备改变队形,头衔尾地降落。从机场那边射出的灯光很亮,水库北边的高压线杆子啦,芦荻草垛啦,都露出半截头来,绿汪汪的,仿佛在闪电的光辉下,或是人在海底一般。柴桂英本来要到露天铁匠炉那头去找韩春田家的,从那里不断传来叮叮当当的锻铁声,有火星四下闪射着,还听见有人大声说话。但走到半路,柴桂英就停下来了,看样子何小兰、彭武媳妇儿都是那么明白她们组长的心,都一声不响地随着柴桂英站住,而且确实在夜航机降落后的沉寂中,听见远方有嘟——嘟——嘟的马达喷烟声,似乎"热特"拖拉机距离近了。

她们彼此什么也没有说,完全像一个人似的,都跨着飞跃的步子,仿佛要赶去欢迎似的,奔向沟崖斜坡。一上去,只望见从机场射来的强大的白银似的灯光,照亮了半边旷野,除了在跑道上发亮的甲虫般的飞机滑走外，反倒什么都看不清楚。只在那强大的灯光熄灭的瞬间，柴桂英和她的组员才看见拉着铁丝网的一排短木栅栏，和靠近那机场栅栏的为五星农业社所有的广大的垛草场，眨眼工夫又黑漆漆的了。她们都听见"热特"拖拉机的马达喷烟声，仿佛在二里外那条靠近机场的有树木的老车道上，都给大垛草场挡住似的，又仿佛仍然还在砖窑耕作区北部似的，那"热特"的马达声一阵子近一阵子远……东边什么时候早已出来月亮，圆圆的，红红的，喝醉酒似的，远近景色显得迷离，涂着色似的。国营农场那北泡子的水面也红红的，老远看来，冷凄凄的，光秃秃的，深夜一般寂静。

"还是在砖窑耕作区……风吹的！就像开过来一样。"彭武媳妇儿说。

"怎么？也看不见咱们村子拔棉柴的呀！"何小兰在月光底下向东瞭望着说，"咱们党支部不是号召三天以里拔光么？"

"准转到村北头去啦！"柴桂英肯定地猜测着，为了证实她的猜测，又两手捧音，响亮地唔唔叫了两声。不一会儿，旷野传来唔唔的反应，原来都在水库大北边呢！何小兰说："准是小妞儿带队呢！就是她的声……"话还没有完，又从北泡子沿背后那个方向传来唔唔的欢叫声，仿佛说，我们在这哪，果然柴桂英猜得不错，那些留在村里的老弱劳力都转到村北去啦！而距离近的这一伙儿，却是新庄的女社员，她们也在白天搂烧草，夜班拔棉柴呢！

"这回若是小李子把'热特'开回来呀！总够他加夜班耕的。"彭武媳妇儿说。

"你们在这叫唤什么呀！"有个青年口里嗑着炒豆，从水库底下跑上来，一手用电棒儿向四处照着。

"谁呀？"何小兰笑着，用手挡住冲脸射来的电光。

"我呀！二十三号打井棚的！"

"你是砖窑后村的吧？"柴桂英在黑影里皱着眉问。

"是呀！"

"呵！那么把电棒灭掉吧……你们怎么样？今夜晚能见细沙子吗？"柴桂英又问，"你说，你们头轮接班的，是接过多少米吧！"

"二十六米来的！"那青年叹息，口气懈怠，做出不值一提的模样，还伸过在月光底下显得过分苍白的手来，讨好地要她吃炒豆儿。

"鬼话呀！二十六米来的！"柴桂英不满地说，推开他的手。

那青年就狡猾地笑起来，只有心怀秘密故作直爽而又给人当面揭穿才会这样笑的。连忙说："哎！哎！你不吃，别把豆子碰洒了呀！"又不无骄矜自得地说："你知道还问什么？呵？没落在你团支委员领导的妇女典型组后头吧！"

只见柴桂英也闪着笑容，在月光底下，向他俏皮地眨眨眼睛，仿佛对这挑衅满不在意，又仿佛一时无话可答。总之，从柴桂英这种特有的表情上可以看出来，仿佛那青年不是砖窑后村的青年团员，定是社会主义建设中的积极分子似的；总之，柴桂英对他是亲切的，只有在她和熟悉的党团员之间，才会看到用眨眼这种方式来表示好感。实际上，柴桂英和他还并不十分熟识，所以对他顿然产生一种亲切感，正因为他对她隐瞒了二十三号打井进度的数字的狡猾，正因为那种不无骄矜自满的挑衅口气，这就顿然改变了她开始对他那向人脸上乱打手电和嘴里嗑着炒豆儿闲逛荡的姿态所给的反感。

"怎么走啦！"他还站在那望着。

"我们好接班啦！"柴桂英回头向他招呼，还是一手抱着彭武媳妇儿的肩膀，一手揽着何小兰的腰，并排走下斜坡。

四

那水库的西边斜坡仍然埋在阴影里，在那一排沿水库沟伸展开去的十三座打井棚的灯光下，可以隐约地看见打井组员来往走动，有的蹲在棚口喝茶、聊天，自然都是在等待二轮接手的。上空那一排十三个竹捆扎的长弓子，全都发着特有的响声，混杂着沸腾的人声。在南头两座打井棚之间的大块空地上,是露天铁匠炉,风箱在那儿呼嗒呼嗒响,火光时大时小也发着呼呼声飞腾,还有敲打作为凿井眼用的大钻头的叮当声,就仿佛一个热闹的夜市一般。这里有些人团团围住铁砧在看外乡来的铁匠锻铁,有的是二轮打井组员,有的是从村子里赶来看热闹的,还有近村的孩子们,戴着红领巾,在这里凑趣,争着做些无酬劳的零活儿,轮流着拉风箱啦,给本村打井组沏茶添水啦,那种兴奋的眼光、欢乐的情绪,只有在节日有杂耍儿可看的晚上,或者在远途旅行中集体露宿时候才能见到的。那些从村子里赶来的社员们,有的是进机场打了一天的干草,有的是拴着牲口耕了一天机耕之外的土地,总之都是农业社的积极分子,他们是那么热情地关切着旷野上进行的水利工程,一到傍晚就怀着一种赶庙会般的心情到这来了。他们都在幻想着这片旷野改变的景象,幻想着春天汪洋大海似的一片无边无际的稻田,兴奋、愉快,打听着几号井可以见沙啦,鼓舞着本村的打井组不要落在别村的后头。时时在这里能听到有人对区党委书记的赞美,传说全靠他的热心和支持,银行才批准了大批的农业贷款;或者是对乡党委书记卢文的称道,说是他能干,肩头有担当,除了开辟一百公顷稻田,还从国营农场接过来粉坊的全部家当儿,包括十二名拿月薪的制粉丝技工,说是若没乡党委书记老卢的支持,这个担子社主任是不敢挑的。他们在这喝着本村打井组泡的大壶野草茶,大声议论,还带来各式各样的新闻。例如,管委会决议要从各村抽拔小伙子组织将来专门经营稻田的青年队啦,砖窑耕作区大保庄调出一辆车去,给他们全村的养猪户社员拉了一车酒糟回来啦!又有人说,在管委会办公处看到大批的半瓦特小广播器,说是不久全社十八个村子都要装上有线广播,出勤回来,往炕上一躺,你听吧,天桥大戏院的京戏送到门儿上来!总之,这里是非正式新闻的交流站。柴桂英和她的打井组员们,走到这露天的有烧开水锅炉的空地,像走进集市一样,只大声招呼一下,就听见韩春田家的从蹲着的地方发来的应声。

原来，韩春田家的婆家，是五里外的南街镇耕作区，娘家是北泡子沿村的，她带着两个孩子来住娘家，为的是离水库工地近，早晚出勤便捷，而且半天日工半天夜工地来，正可意，因为孩子夜里睡得早，省了姥姥再看护。她的男人在家里搞自留地的白菜（自然主要的劳动力留在自己那小块的菜地上，次要的劳动力，拿到农业社的生产上）。家里还有一个戴红领巾的大孩子，还养着两口白猪。她呀，不用说，身在北泡子沿村，心可在南街镇，真是挂着这儿，牵着那儿，有心进机场去打草，一出南街镇的北门就是机场的南门，离家近，但又没人看孩子，而且在这里一天按十三劳动日计算，工价比农社其他活路高。好在每天夜晚，还尽可在这露天铁匠炉旁找到从南街镇来换班的邻居，心里总算透点儿气。

"那么我们家白菜地还没刨干净呀！"当柴桂英走过来时，还听见她在大声说，"他到底一天干点儿什么呀！也不到新庄粉坊去挑喂猪的饲料，也不搂柴火，我看他的书白念了，他爹也不管管他，就由着他的性子呀！"等转过身来，望见有人和柴桂英老远打招呼，于是又回头向蹲在那里的南街镇来的换班人说："好啦！等歇歇儿的时候，再见。"这才正式迎面向何小兰走来，却说："你们到底是到哪去了？害得我满处找。"

再说向柴桂英走来的是团村耕作区主任的老爷子，八十三岁的汪奎三。他头戴瓜皮毡帽，身穿长棉袍，前襟扎在围巾上，露出棉套裤，扎着裤腿儿，双鼻梁棉鞋。彭武媳妇儿一看，就知道是团村耕作主任汪千里的媳妇一手打扮的，心想，这老汉可真有福气，穷苦了一辈子，到晚年却打扮得像个瓦盆店掌柜的啦！只听他向柴桂英说："我是来找天德庄老屠户，要猪秧钱的。头端午捉去的猪秧子，说是给捎来，到了也没给捎来，那是千里媳妇喂的体己猪，攒私房的。"这老爷子说话的口气，带着一种谦虚而慎重的味儿，仿佛和平辈人谈话一般，可见他对柴桂英是怀着一种怎样的尊敬，平日从他做耕作区主任的大儿子口里听到一些关于柴桂英的什么话了。最后他又说："我三小子从部队上转业回来啦！也在这儿看咱们的水利建设呢！"又问："你没看见他呀！他记得你，还说，有年来偷瓜，叫你给赶得，鞋都跑掉了，他还要看你哪！"

我们必须说，那柴桂英开始和他打过招呼，就急于要摆脱开他赶紧去接班的，但她不得不礼貌地问："老伯，你怎么也来到工地上啦！真是稀罕呀！"等到汪奎三老爷子谈到他儿媳妇私房养的猪，就随口说："呵！是呀！"实际上她不知道到底汪奎三老爷子在叮当响起的锻铁声中还说了些什么。但她却在这阵子，在嘈杂的诸般声音中，分明清楚地听见远方有嘟——嘟——嘟的拖拉机喷烟声响亮地传来，她听出来，"热特"确实已经从大垛草场北边往东开过来，但还分不清楚是往村子里开，还是将要在村西加夜班耕地。

"好啦！老伯！歇会子到二十八号井棚去喝茶吧！"柴桂英听见汪奎三老爷子最后的一句话，知道他没听清楚，又几乎俯在他耳朵上喊道："我们要接班啦！"

柴桂英笑着向那老汉告别，斜着肩，为了怕擦落披在身上的短大衣，一手在胸口扣住大衣襟，从人丛中穿过去，一手还牵着彭武媳妇儿。

现在柴桂英两人又和何小兰并肩走了，六条腿齐步迈进，自然韩春田家的是合不上她们三人大踏步前进的脚拍，就独自随在后头。彭武媳妇儿才小声向柴桂英问："你认识汪千里的三兄弟么？"又说："你没听见老爷子对你说么？"就在这时，何小兰猛然停住，于是三个人都听见"热特"从大垛草场北边传来的声音。韩大嫂正想着，小铁蛋不去挑喂猪饲料，他爹也不管，光靠点白菜叶子什么的，猪还不要瘦下来呀！不意她们在沟间空地上站住了，这才发现，什么时候月亮已经高了，只见竖立在高空的那排打井架子，映着苍白月色，都像挂了层霜，涂了层银似的。

"到咱们耕作区来了！"

"是，过来了！"

"谁过来了？党委书记来了么？"韩大嫂听见她们笑着，就奇怪起来，不知道她们到底笑什么，有些什么秘密。觉得她们年轻，正在花开三月的年龄，又赶上封建老风俗老习惯不时兴了，大家快快活活地"走社会主义"的时代，再说还都是青年团员，农村中的先进分子。她，一个年过四十的人，怎么会懂得她们这些年轻人的心事呢？

"笑什么呀？你们这些小妮子！"

"你听！"柴桂英又抱住她的肩膀，倒像自己是个大姐似的，"是什么？"

"什么？我的耳朵不好使，什么也没有。"

"你听呀！是不是'热特'开过来了，在咱们村西头呢？"

"我当是什么呀！"韩春田家的喷喷不止地说，"拖拉机开过来给咱们耕地，又不是帮咱们来打井。"

"呵！关系可大啦！你知道冬耕地关系到明年咱们耕作区的作物产量呀！"柴桂英又向彭武媳妇说，"咱们不要上去看了，咱们还要追赶二十三号打井组呢！"一边走着一边想到小李子一个人坐在拖拉机上耕到下半夜，旷野里全都静下来，除了月光、风声、草影，再也没有什么，不会打瞌睡呀！该多单调呀！她沉默着，一直走进二十八号打井棚，从肩上抖落短大衣，就面向从井口板上跳下来的男组员们吩咐道："你们谁上去看看，要是拖拉机在机场南，给咱们夜班耕地，就沏壶热茶，给拖拉机手小李子送去。"有小伙子热烈地响应，迅捷地跑出去。

韩春田家的一声不响地跨上井口板去，攀住十字杠，打夯一样动起来。关于柴桂英两次在路上碰见小李子所露出的相悦的神色、兴奋的眼光，她是感觉到的。但她却不明白，柴桂英怎么会这样大胆，竟敢在人们面前公然吩咐人去送热茶。她不知道在一个农村姑娘对一个农业机械工人怀着一种亲切的、心慕眼羡的友情之外，还有另外一种感情，那就是一个耕作区的团支委员，对于一个年轻的社会主义建设的先进工作者，所有的，相亲相悦的友情。

月　出

一

柳河耕作区青年团支委柴桂英，带着她的妇女打井组，把打头轮儿的男工组替换下来不久，男工组那个最年轻的小宋吉，一个刚满十八岁的青年团员，提着半桶热开水跨进来，那把铁壶搁在棚外头。他找到手电，要在这歇息的时间，到水库工地北边去（靠近大垜草场附近），给值夜班的拖拉机手送茶去。临走，柴桂英又叫把她的短大衣带去，说是冷就披在身上，不冷就裹着铁水壶来保暖。

小宋吉说，不冷，不要带，但何小兰、彭武媳妇儿都说还是带着好，离着三四里路，茶凉了怎么喝呀！又都说，到底柴桂英想得周到。小宋吉没话可说，只好带着柴桂英的短大衣走掉了。

小宋吉走后，二十八号北泡子沿村的打井棚里，只听见半空的竹竿捆扎的长弓子，嗡嗡地颤动着，响个不停。

原来这河型水库所打的井，和北方一般打井不同。这里所打的是自流井，足有三十米深，还要安装杯口粗的竹管子，单等这水库的河道里一排六十眼竹管井都装好，需要水插秧的季节也将来临了。那时候，再把竹管子拦腰截断，那一排六十眼竹管井，就会像喷泉口一样，喷出水来，汇成一条广阔的河型水源。两岸上八座三寸口径的电力抽水机，尽可以日夜抽水灌溉，这水库的水源是永不涸竭。因之打井工程，是为五星乡的党委书记所注意的办社关键，又是五星农社各项土工劳动中最累人的活儿。那柴桂英打井组四个人所举的那个大铁棍式的凿井具，足足一百七十斤，虽说借着弓子的弹力，一起一落之间，重量仍在百斤开外。再说，抬得不高，捣得不猛，凿得就不深，柴桂英妇女组是在水库工地上争强好胜的，组长在原来的柳河乡就是有名的响亮人物,现在她们和本村的男工组约定,要在进度上远远超过团村耕作区的吴兴组,此外,还和二十三号砖窑后村打井组暗地较量着,打起井来岂有不卖力的。一时除了空中的竹弓子发出的有弹力的响声外,倒很寂静。只听见从水库上头的平地传来的旷野间的风声,刮着高压线呜呜发响。一会子好大,一会子很小。六十米外邻村的打井棚里发出的呼喊什么人的声音啦,在风箱呼嗒呼嗒声音和锻铁的叮当声中夹杂着的大笑啦,都听得很清楚。

再说,头轮下来的那三个打井工吧,现在都在井台旁的走道上,有的蹲着,有的坐着,在喝茶、休息。喝茶也要轮班,因为三个打井工面前只放着一个大碗。那水桶的热气是腾腾直上。组长高老阉,是有名的闷声闷气不大有话的人,现在抽着自己种的烟叶,烟袋又很短,一抽,嘴唇就发着嘶嘶响声,看来烟力又醇又猛,实际上呢,倒是在猛力劳动后,着实有些疲乏了。打井组员宋世旺呢,也没歇过来,正摘下帽子扇着风,大口喝着茶。呵着气,神气是又热,又渴,但看样儿,这会子他那筋骨啦关节啦什么的,在劳动之后,又再舒畅不过了。

他穿着套学生装,脸色红红的,有汗气,两只眼睛不见疲乏,反倒显出兴奋而又适意的样子。喝茶工夫,还从地下捡起当过茶杯用的废竹筒,看着,转一下,又喝口热茶,再转过去,自语式地说:"要是有铁丝缠上么,还能凑合着用。"组长高老阉就伸手接过去,也像木匠在观察木料时那样,看着,抽口烟,又转过来。

"怎么样?"打井员宋世旺问。"不行啦!"组长高老阉扔在脚前,立刻二次又拿起来,看看说:"正好能劈几块楔子使!"

"我看看哪!"宋世旺又伸手接过来,端量着,喝口热茶,呵着气说,"嗡!还真够厚呢!套竹绳接头的铁圈儿呢?来比比看!"

"不用比。"组长高老阉喷着烟说,"能劈好体面的六块竹楔子!"

"哪!喝茶吧!"宋世旺自己喝完了,又舀了一碗,递给坐在干草捆上憩息的青年打井工。

"我不渴！"那打井工仿佛正在和谁赌气一样，抱着双膝，把下颏压在膝盖上。

在二十八号打井棚里，除了妇女组的韩春田家里的嫁到外村去，还算半个北泡子沿村的人，只有这青年打井工许来顺是真正地道的南街镇的人，和柳河耕作区不沾边儿的。今天午班儿，他刚从调工员那儿拨过来，是补缺额的。不用说，只要本村打井棚调出来给外村补缺额的，不是体力上差点儿火候，就是思想上有点儿差成色。总之，是从本村劳力中选漏了的。在被调走去补外村缺额的人来说，自然对本村打井组长不满，在外村有缺额的打井棚来说，自然也知道来塞空子的总是有缺点的。因之，北泡子沿村打井工宋世旺，虽说表面上对这外村青年采取团结姿态，但在心里却像瓷器店的掌柜的碰见手拿探棍的盲买主一般，对他是提心吊胆，满怀戒心。自然许来顺也从他那时而探测自己的眼色中看出什么来，情绪也就越发低落，听着组长高老阎往肚子里咽下一股又醇又猛的烟团儿时，听见唇齿之间发出的那嘶嘶的抽烟声时，就反感，还有那喝茶还大声呵着气的动静，听来也够讨厌的。他想，为什么他不回村子去，编到老弱队里，进飞机场打草呢，一天乐呵呵的，稍微卖点力气，就超额，何必在水库工地上受这份排挤呢！搞到外村棚打井来啦！捣药似的，摸了半个白天零一个夜班的大铁杵子，还赚不到个好脸。见鬼呀！他坐在干草上，两手抱着膝，闷闷地想心事。

这从南街镇井架上调来补缺额的许来顺，不要说，那种唉声叹气的神气全不似这北泡子沿村打井棚里的其他打井员，就是他的打扮也和一般北泡子沿村的青年不同。虽说同样是家制的布底鞋、蓝布学生服，可是穿在许来顺身上就有点扎眼、别致。原来，在他那两只胳臂上，套着大半截黑布袖套儿，这就给人一种截然不同的印象，说是耕作区供销社售货员吧，怎么在水库工地上干活；说是五星乡的信贷社会计吧，柳河耕作区贷过生活款的，就没有人认识他。现在他抱着两膝坐在那儿，感到着实有点儿口渴，他自己也不知道，为什么宋世旺端碗给他时，又那么直截地拒绝。等组长高老阉喝过茶，他才又伸手拿过来，把大碗底儿朝上一翻，又舀点热水涮涮。宋世旺蹲在许来顺对面，眼睛有意避开，心里在想，这小子的毛病，还正经不少呢！怪不得十九号打井棚里往外剔呢！

宋世旺虽然只是斜着眼睛瞟了他一下，那种不满的神色，却正好给在打井的柴桂英发现了。

二

我们必须说，这柴桂英的黑脸膛儿，现在红乎乎的，闪着一种精力焕发的神色。她那两只膀子在凿井工具起落之间，感到和自己腰身起俯之间是那么谐美、有韵，仿佛现在不仅是她那两臂使那凿井具起落，而且还感到竹弓子带着自己的两臂起落。不管是何小兰，还是彭武媳妇儿，现在脸上都闪着红扑扑儿的兴奋光彩，都沉醉在这机械式的有节奏的劳动中，浑身热咕嘟的，全似置身在春暖三月的天气里一般。偶尔她们的眼光一接触，就相互半是鼓舞半是自得式地交换笑意，仿佛说，咱们的力气用得多么合拍呀！打得多么顺手呀！

打井组长柴桂英一眼注意到那个补缺额打井工的侧面，觉着那股沉闷赌气的样子就分外显得刺眼，心想，怎么只要是外村来的流动工，都这么样呢！难怪宋世旺那样看他。但又想，这个小伙子却又不像一般流动工那样耍滑头，不管情绪怎么灰，打井倒是一把手，有力气又不藏奸，把他巩固下来倒好，因为二十八号男工打井组的夜班总缺额，原来的高老阉组打井员有的又调到粉坊去磨粉了。

刚巧，这会子打井棚里静悄悄的，除了长弓子嗡嗡颤动不止外，远远近近都有这种夜渐深、人渐静的感觉。棚外头突然有猫捕鼠一样迅速的跑步声，接着是停在棚口外头的脚步，有谁打着吱吱叫的嘴哨儿。大伙儿还摸不清是啥事，只见那许来顺隔着棚席向外搭话了："我不去啦！"不知道是因为在午班儿歇歇儿时，组长高老阉说过他，还是因为情绪没转过来，就坐在原地没动窝儿。不怪宋世旺提心吊胆的，席子缝间露出一个眼睛来，棚外有过路人窥探什么。就大声问："那是谁呀？"那只眼睛不见了，在棚门口却出现了一个细高挑儿，背后仿佛有人推他进来的，显得有些踉跄，眼珠溜儿溜儿的，望着许来顺说："在这儿不坏吧！嗯，小伙子！"

"你怎么样？"许来顺说，"我反正明天不来了。"又自语式地叹息道："还是进机场搂草去！"

那个细高挑儿一听，又丢眼色又向他努嘴，意思是这种机密话只能出去商谈，但南街镇来的那个补缺工却没有动。在柴桂英看，这青年倒还自重，就似笑非笑地接过话茬儿来："为什么不留在这里呀？那么棒的青年，要留在村子里，跟在老头儿和穿开裆裤的孩子后头，进机场搂草，不给人家当典型来讲吗？呵？"

"哪！"许来顺感到这话来得突然，开头儿不知说什么好，但舌头却不由自主地滑出这样的话来："搂草的活儿可轻巧哪，干什么不是一样挣劳动日呀？"心里又想："多么糟糕，说得多么没出息呀！"

不想，这话又给韩春田家里搭上了。她说："可是在工地上，按十三分计算呀！三天不是四个劳动日么？再说，还有一角一天的伙食补贴呢！"

"搂草还不是一样呀！要超额一百斤二百斤草还不容易。"许来顺果决地说。

"别说白话啦！"韩春田家里的说，"我知道！"

"这两天在哪里搂呀！不是都在跑道西头么？可是今天打靶场东头都开放啦，咱们东街就有一天搂到五百斤的！"这话从南街镇许来顺口里说出来，二十八号打井棚里的气氛立刻变啦。

"真的呀！"韩春田家里的头一个吃惊似的叫起来，"那怎么我碰见铁蛋他二伯，他没说呢！可倒瞒得我挺紧呀！"

"若是打靶场东头开放啦，乖乖，那草多厚呀！"彭武媳妇儿也很兴奋,望着柴桂英的脸色,现出不胜羡慕打草工的神气。打井组长柴桂英很快地感觉到,彭武媳妇的臂力也松弛下来,腰也弯得乏力啦!就赶忙说:"若是咱们棒劳动力都进机场打草、搂草,咱们这一千五百亩的荒碱地,怎么能生出稻子来呀?""咱们党委书记,左讲右讲的方向是什么呀?""是谁在小组会上举手报名通过的生产计划呀?我们在工地上的,不是都在小组会上举过手,报名参加水利建设的么?"她那口气在最后有点愤慨,但那红乎乎的黑脸膛啦,那长睫毛底下两颗闪光的眼珠儿啦,有光润的嘴唇啦,都还带着笑意,还很亲切。

彭武媳妇一听,不由暗地伸舌头,自责不该在这时透露进机场打草的念头,韩春田家里的一时也回不上话,那个鬼头鬼脑的细高挑儿,一见南街镇的人不得势,也偷偷溜掉了。只有许来顺还是抱定第二天进机场的主意,心想,把我调开十九号打井棚,算干什么呀!我惹过谁啦!这样挤对我呀!

但蹲在他对面的宋世旺却想,妈的,若不是柴桂英抵挡着,这小子就给我们砸锅了。男工组长高老阉却全没有注意这些争论,他闷头在废竹筒上画着线,拿着竹缆绳用的竹批子作取直的标尺,恰似埋头业务不问政治的人们一样。

三

北泡子沿村打井棚一时又沉寂下来,半空的长弓子还是嗡嗡地响,但那弹力,已经显出又缓又钝的调子来,可见柴桂英妇女组的打井员们需要换班憩息了。但小宋吉还没回来。谁都注意到停止很久的"热特"拖拉机早又喷着烟,在三里外发出嘟——嘟的耕地声音了。说明小宋吉已离开大垛草场往回走着了。

果然不久,那穿着黑布棉袄的小伙子,披着柴桂英的短上衣跨进来。脸上冻得发红,那双又乖又伶俐的大眼睛,闪着精神抖擞的光辉。他说,外边的月亮,可好啦!像大白天一样。又说,新庄在大垛草场西头捡棉花的妇女，都跑到拖拉机那儿找水喝去了！何小兰就不满地说："她们可真稀奇啦，离着村子又近，村头上就是粉坊，哪里找不到点开水呀！倒去喝打井棚老远给拖拉机送去的水！"柴桂英就说："喝就喝吧！什么好东西呀！"又说："可就是累了小宋吉的两只腿啦。"叫他赶快坐下歇着。

"我不累！"小宋吉满不在意地回答。两眼好奇地注意着组长高老阎手头上的废竹筒，蹲下来说："干什么还打线呀？"一手扶着高老阎膝盖儿。

柴桂英又问："怎么样？你走到那儿，茶没凉么？"

"没有！"宋吉低着头说。

"那么拖拉机手怎么说哪？"

"说是回去给他向打井组的人道谢！"小宋吉又想到什么这才抬起头来，兴奋地叹息着，"可真逗呀！他管'热特'叫'我的五十一呀'，说'有点发热啦！'好像咱们说，我的那头好辕马呀，有点发喘似的。他摸摸轮带，那样子也像咱们摸摸心爱的牲口大腿，拍拍牲口胸脯一样，真逗！"

"这拖拉机手是谁呀？"柴桂英又问。仍然把着十字杠，打着井。

"是谁我没好意思问，反正不是那个小李子，那个先进分子我认识。怎么不认识呢？瘦瘦脸膛，一笑有口雪白的牙！也许他是下半夜接班，反正我没问。"

柴桂英不再说什么，可是顿觉意味索然，仿佛离着三里路去送热茶啦，还用自己的短大衣保暖啦，都显得无趣似的。但这只是一瞬间的感觉，就又消失了。她见高老阎带着男工组来接班，心想，不要耽误了正事，打靶场东头一开放，打草定额还在三百斤上，不要说南街镇的外路工，就是离飞机场远的本村的日班打井组，也要流动。这样一想，就感到自己的责任的重要了。一个在农业战线上的先进人物，只要一想到有关生产上的重要问题，感到自己的责任，精神会顿然焕发、集中。柴桂英原来那种索然无趣的感觉,自然烟儿似的消散了。她又一次注意地观察着许来顺。只见那个补缺额的打井工,紧攥住抬杠,打起井来,仍是力气十足的,可见这小伙子,虽是挑肥拣瘦的有点尖心眼儿,可是干起活儿,确还实在。这柴桂英注意他的工夫,早已把短大衣从干草上拾起来,披在身上,又把谁的制服帽拿过来扇着脸。见何小兰提着桶子路过,才向彭武媳妇儿说:"你们等着热开水喝吧!我要出去一会儿。"说着,就随何小兰走出打井棚来,一心想找工地主任谈谈,如果韩大嫂悄悄地就缺勤不来了,不要说二十八号井势必落在吴兴组和二十三号后头,就是出勤打夜班的妇女组也怕是巩固不住了。

水库沟涧中,月光冰冷,水一样发白。"瓜地"南头的苇塘洼底子啦,黄昏时点过篝火的痕迹啦,芦荻草垛的黑影啦,都清清楚楚地现出来。水库南头的露天铁匠炉呢,冷冷清清的,可以看出来是夜将深的时候了,原来在那里拉风箱凑热闹的孩子和村里来闲谈的社员,都已回到村子里去了。现在怕已多半倒在暖炕上了。从柳河村传来一两声狗吠。柴桂英出来时,还觉得脸上热烘烘的,但一走在月亮底下,就感到凉风刺脸。可见水库上边的旷野间,更会冷些,心想,可不要落雪,封地,完不成冬耕计划呀!不想,走到十九号打井棚南边,又碰到团村耕作区主任汪千里的老爷子。在他旁边还有一个年轻人,面对面向她走来。

"是谁呀?"他说,"你看,嗯!多么巧吧!我们爷儿俩正要看你去!"又转脸有意说话给柴桂英听似的,"你不是要看柴家的大姑娘么!你看,这不是,长得多高了!"这才又转向她做介绍:"是我们家老三呀!我和你说过的,从部队上下来的!"

柴桂英就不由得笑着说:"是呀,欢迎你们转业军人回来,参加咱们农村建设呀!"又说:"我在二十八号打井棚,有工夫来看我们吧!教教我们新歌儿什么的,好吗?"

"好呀!"她听见那人在苍白的月光底下说,看不清那人的脸色是红是白，声音听来又似豪爽，又似热情，心想，为什么不愿多说一句话呀！当团村耕作区主任汪千里的老爷子说："你们谈谈吧！"他自己借口要到吴兴打井组去，独自走开之后，柴桂英顿然感到失去掩护似的，反而局促不安，不知道是由于汪奎三老爷子走得突然，还是那种借口走开的话儿里，表示着什么希望和目的过于明显啦，总之，她一时不知道怎样好。

"你在小学念过书么？"

"我么？"柴桂英两手玩弄着自己的辫子，思索着什么，"嗯，念过两年文化班！"又说："哪有工夫念书呀！"摆了下头，就势把手里的那根辫子甩到肩膀后头，仿佛把拘谨自己的什么同时摆脱掉了一般，第三句话才响亮起来："我们站在这里做什么？走走不暖和么？我还要找咱们工地主任老田同志去，就是你们团村耕作区的田有禄呀，你不认识么？"

"认识。"汪三宝说，"他在东砖窑村开会呢！我出村的时候，看到他和乡支书记，骑着自行车，前后走过去的。你找他有事么？"

"是呵！"柴桂英向前走了两步又自语式地说，"天真冷了呀！"又停住脚步："到我们打井棚去坐坐，好吗？"走在回头路上："要是冷得早了，对咱们不利呢！"

"怎么的？"

"许多活儿，咱们赶不出来呀！管委会还要求咱们把水库两旁的那八座电力马达草房按计划盖起来，你看，那不是一垛一垛的砖都预备好了么，可就是抽不出劳力来动手盖呀！""咱们用电力灌溉，没有电技人员还行么？"柴桂英又开始笑了，完全恢复了自己的爽朗的声音："你可不要小看我们农村呀！咱们社里的电技工陈小庚可棒啦！对啦！就是南街镇耕作区的陈大丙的四兄弟……"不管柴桂英怎样有意地把她的话谈得很自然，但往前伸脚啦，迈步子啦，身不由己似的步势，都有一定尺寸摆着那样，连她自己也觉得有些稀奇。还感到那人在月光底下注意地观察着自己的眉眼似的，虽然她是目不旁顾的，却分明又感到他那锐敏的眼光闪射。她想象不到这个当年到她园子里偷过瓜的青年，究竟是什么样儿的长相，但她已经感到这人似乎是过分得精明，而且又毫无根据地感觉到自己和这种过于精明的人，很难处得和睦。一走进打井棚，柴桂英就向坐在干草上喝茶的何小兰她们高声说："我给你们带来了教歌儿的老师啦，来，认识认识吧！"她回过头来，那么自然而又得体地在介绍中间，注意到汪三宝的英俊的面型，注意到他确有两只过分精明的眼睛，那两颗眼珠儿，特别黑，特别亮，仿佛全体的精力都为这两只眼睛所消耗亏了似的，在英俊中透露着瘦弱。只见他，在电灯光底下，反而没有对自己注目，而是用军人那样的潇洒风度，向介绍给自己的一个一个北泡子沿村的打井工注目致意，看样子又愉快，又亲切。

"这是南街镇来帮助我们的许来顺，你别看他闷头不响，打井可是个棒手。"柴桂英在向汪三宝介绍当中，注意到许来顺那种属于受到赞美的人所有的驯顺的神情，不禁笑着。自然许来顺心里的惊奇比听见对他的赞美而生的感激还大，他从来没想到，那乌黑脸膛上有着两只爽朗眼睛的姑娘，会叫出他的名字来；而且不管他在机场打草，还是在南街镇忙场，从来没有听见什么人说他是个棒手，当着人面夸过他。

"让我来打会子试试，看看我有资格到水库工地上来没有？"汪三宝仍然没有向她注目，而是那么磊落而又潇洒地从她的面前走过去，向周围笑着，"呵？怎么样？"

"你打他那一头儿吧！"许来顺没有松开十字抬杠，却指使那复员军人代替了对面的小宋吉。

"你行吗？同志？"那小宋吉故作怀疑的样子说，暗地却向许来顺宋世旺努嘴，"这可得有把力气才行呀！"

"试试呀！"汪三宝大声笑着。

于是高老阉男工组在汪三宝代替了小宋吉的喧笑声中，又打起井来。只听见那半空的竹弓子嗡嗡的响声中间，夹着一阵阵从弓架子上发出的吱吱的杂声，可见北泡子沿村的男打井工，都已暗自加了膀力，有心要叫这个帮手告饶，或是要讨他的夸赞似的。

柴桂英同样笑着，嘴里却说："可不要欺侮人家部队上来的同志呀！人家没打过井，膀子当然没有咱们练出来的人有劲啦！"她又一次注意到许来顺满意而自得的眼光，而且感到那种满意的自得的神气，已经改变了他的面型，有种活泼可亲的东西，从他眼光和脸色中现出来。

许来顺这瞬间也注意到柴桂英那种满意而愉快的眼光，见她端着热气腾腾的大碗茶水，要喝还未喝。心想，她是多么好呀！多么大方，多么爽朗呀！打了一天的井，他还没有注意到她是多么值得自己尊敬的人儿呢！又亲切，可又叫人畏怯呢！

他暗自决定，要在她的领导下，留在水库工地的二十八号打井棚里。

半　夜

一

"你们这样欺负外村来的客人，以后谁打咱们二十八号井棚门口走，还敢进来呀！"等到那南街镇韩春田家的走进来，打井组长柴桂英就笑着向男工组说，"都下来吧！"实际上，男工组不过打了刚刚半个时辰，但却已经都在喘吁吁地发笑了，那个团村耕作区的复员军人汪三宝，到底也没有在这些打井的小伙子面前服软，双方都带着友谊球赛之后的亲切笑容，松开十字杠，彼此一再注视着，又是喘又是笑，说明这阵子都耗尽了力气，有点乏累了。

那复员军人汪三宝跨下打井台板时，还抱着那个外村来补缺的许来顺的肩膀说："小伙子，真棒呀！"嘴虽是这么说，但柴桂英注意到他趁众人混乱的谈笑中，向自己看过来的两只过分敏感的眼睛，这是他走进北泡子沿村打井棚来，第一次向她投来的眼光，全是军人式的注目，那么有力、透彻。她懂得那一双又黑又过分敏感的眼光中，所含的意思是：面前的这个姑娘，是怎么样的人呢？对我怎么样呢？她怎么那么镇定地望着我呀！好像又离着很远。我不了解她……柴桂英在这种军人式的注目底下，全不像月光底下单独接触时，那么局促。正如一个有威望的女主人，在家庭里对待外来客人一样，安静、自信又亲切，还保持着一定的距离，向他笑着。从他身旁走过去之前，还问着："怎么样？不累吗？膀子可要发酸的！"

"不累呀！这和打夯一样。"汪三宝同样笑着，那双眼光在瞬间，也转为一般的精细神气了。走过去之后，又掩饰什么似的转问许来顺："你不抽烟吗？"接着掷给男工组长高老阎一支纸烟，又面对面喷吁着笑过一阵，坐在干草捆上，才问："一个夜班能打多少米呀？"

"一米来往吧！"

"那还不慢呀！你们还打白天的班么？噢！这么说，明天你们两个组又分在白天班里打井啦！谁打上半天呢？你们呀！那么说，你们这是三组扭在一起呀！劳动很紧张呀！劳动力并不富裕呀！"又问一眼竹管井能浇多少亩稻田，听高老阎说可以供应八亩田的需要量，而五星农业社要开辟一百五十公顷的荒碱场，就不禁第二次赞叹这冬季水利工程的浩大了。

许来顺坐在一旁不禁自得地插嘴道："若是碰到沙土地，一天能下去三四米，就像咱们打的这块石头层，一个夜班打不到一米呀！"宋世旺在那听着，很担心他当着外人面前，说出给农村青年丢脸的话来，例如进飞机场搂草挣工分多，比打井的活儿又轻之类。实不知许来顺既取得复员军人的另眼相看，怎能说出自知没出息的话来。不想，柴桂英接过话去，站在打井台上说："你留在我们二十八号打井棚怎么样？你别看今天打到石头层了，赶明儿就会见到细沙！难道青年还怕地底下的石头么？碰到石头就跑吗？"

"我倒是不怕石头呀！"

"那么你留到我们打井架子上了？"宋世旺又追问一句。

"你们要不嫌我，留下来就留下来。难道打井还吓住我了吗？"许来顺笑着说。现在宋世旺看着他那两只黑布套袖也不显眼了，看着他那眼色也柔和，脸型也年轻、俊秀，不似先前那么浮躁了。

"话是一句呀？"柴桂英又说。

"那还假啦！"

柴桂英向韩大嫂望过去，那眼神很想探问探问她，仿佛说，你看，许来顺也不看着工分哪里高，向哪里跑，你呢？直到现在，柴桂英才发现，原来她从外头一进来，就压根儿没抬起脸来。可见柴桂英刚刚从外村来客身上，转过注意来。很清楚，这个骨骼粗壮的中年妇女，在和谁怄气。柴桂英低声问道："你怎么啦？"

团村耕作区复员军人汪三宝，是多么敏感机智的人儿，在听她和许来顺谈话时，就感到自己在这打井棚里是有点儿多余的，等听见柴桂英低声和那中年妇女说什么，就觉得自己还没有在她心目中，取得应有的位置和注意，尽管小宋吉现在很热情地招呼他，还是立起身来向大伙儿告辞了。临走，按扶着许来顺的肩膀，不要他挪动，又拦住打井台上停下来的妇女们，不要她们往外送，答应她们，说有空就会再来玩的。

二

"怎么样啦，是谁惹你啦？"不怪汪三宝敏感，柴桂英在他一离开，就转向南街镇韩春田家的问道，"许来顺可是留下来啦！你还要回去，进打靶场搂草去吗？和谁生气啦？"她的注意力全集中在自己打井组的巩固问题上了。

"到底谁惹你啦？韩大嫂。"何小兰也低声问。

"没什么！"韩春田家的终于叹息似的说，仍是低着头，不肯说出底细来。

正在柴桂英望着何小兰，眼睛现出迷惑不解的时候，就听见棚外有人高声叫道："老韩在你们的井架子上吧？"仿佛他不是韩春田的叔伯弟兄，倒像外姓人一样，进棚一见到许来顺，就说："怎么？你也在这里呀！怪道我们家老韩吵着要进机场去搂草，我说无风不起浪，这又是你吹的风吧！你怎么到哪个井架子，就给哪个井架子上添麻烦呀？"

"现在许来顺答应我们，留在这里打井了！"柴桂英赶忙护庇着，并向韩春田家的说，"你下去吧，有话，好好谈。"又叫小宋吉接替她，但给许来顺抢前一步代替了。他现在脸色变白，他不知道自己说出打靶场开放，有人一天搂草搂到五百斤，竟在水库工地上惹出纠纷来。

进来的这个彪形大汉，正是南街镇东街的生产队长韩福田，身穿半截羊皮袄，搭在膝盖上，开着胸口，露出里头对襟黑棉袄的一排扣子。头上是大耳狗皮帽，脚下穿双军用棉靴。一眼看去，就是常赶大车进北京拉煤的手儿，只是缺根鞭子。

"那么说，情绪稳定了，好哇！算是进步啦。"南街镇东街的生产队长韩福田大声说，"要好好地干，是多棒的小伙子呀！"

这时候韩春田家的走过来，低着头，在把稻草捆上一坐，两手抱膝，专等本村领导人的批评呢。

"你刚才在咱们东街打井架子上说的话，对么？"果然韩福田走过来，手拿着根稻草，折着，仿佛是在思量难开口的话一样，"不对呀！"又说："要是咱们听说打靶场开放啦，都去抢着打草，你想想咱们水库工地上，还会有谁愿意来挨冻呀！稻田还要开吗？不要开啦？再说社里让劳动力软的进机场打草，也是等于国家救济他们呀！你明白吗？不能谁愿意去，谁去呀！没有劳动纪律行么？再说，若是三百斤的定额太低了，可以提意见呀！把打靶场的定额提高呀！"

说到这里，他手里的那棵稻草也撕扯零碎了，还思索着，大声地叹息，就在这时，从他背后的棚门口，走进两个人来。

三

最先领头走进来的人，是个短小身材，不管是瘦瘦的脸型，还是那雄鹰式的一对眼光，还是头上、脚下，都给人一种短小精干的印象。手上戴着双蓝色的毛手套，围巾胸前搭着半截，背后搭着半截，两只拳头叉着腰，总之，风采挺率。跟随在他背后走进来的，也穿着短装的马车夫式的羊皮袄，瘦高身腰，红光满面，眉眼间蛮和蔼。

小宋吉一见南街镇生产队长韩福田背后的两个人走进来，就像机灵的松鼠那样，忙碌地站起来，同时用脚尖暗地踢了一下在哧哧抽烟的组长高老阎。当时，虽说那短小精干的人物，伸出一个手指，远远地阻拦小宋吉的动作，但也来不及了。连打井台上的妇女们也都望着他，齐声欢叫："党委书记来了？""怎么没听见车子响呀？""田头儿也怎么不声不响呀！"那满面红光的汉子就笑着说："在棚外站了半天啦！"

"我看，党委书记是走迷了路吧！要不是在月亮底下，走迷了路，怎么会走到我们二十八号井棚里来了呀！"

五星乡的党委书记卢文笑着说："听说你们的进度很快，就走迷路了。是不是你们的进度要超过吴兴组啦？"

"谁说呀！"柴桂英那两只乌黑发亮的眼光，充满又是得意又是喜出望外的兴奋来，讨人欢喜地说道，"我们北泡子沿这伙人，怎么能超过党委书记培养的典型组呀！"在棚里所有人的笑声中，可以看出来，柴桂英平常是很得党委书记卢文的宠爱的。

"这只是开头，你可不要骄傲呀！"党委书记卢文笑着说，开始脱手套，解围巾，又吩咐水利建设主任田有禄，"把吴兴找到这儿来谈吧！"可见原来他确实还没有在这里久停的意思。向柴桂英说："不要耽误你们打井，你们打你们的。"又转向小宋吉："你也不够整劳力呀！怎么不扛着草耙进机场去搂草呀！呵？"小宋吉就咧嘴笑着，仿佛是说自己懂得这是党委书记在嘉奖自己的反话。卢文又说："是你给拖拉机手送热水去了吗？谁的主意呀？真好啊！我们刚才打那里检查了一下耕作质量，转过来的，你爹也蹲在地头上，看小'热特'在月亮底下给社里耕地呢！"后几句话自然就是转向柴桂英说的。又问："怎么？听这弓子响的声音，还在石头层上，是不是？"

"不知道后砖窑村二十三号架子上怎么样？他们也打到二十七米啦！"柴桂英说。

"后砖窑村的进度，怎么这两天也会这样快呀？"

"他们把场园上扛麻袋的壮工都调到工地来了，张兆的小组长，可棒啦！"小宋吉倒背着两手，贴在棚壁上激动地说道。

"那么说，你们北泡子沿村的打井组，不是在工地上，碰到两个棒的对手吗？还不只是吴兴组哪！"党委书记卢文充满喜爱地在小宋吉头发上拍着，"是不是？""要赛过他们两班人马，可要做好组织工作！"后一句是向高老阎说的。

"你们这两天怎么样呢？"党委书记卢文现在坐在韩春田家的身旁，不要她挪动，"就坐在这吧！"开始听韩福田关于南街镇东街生产队的打井组的汇报。要他小点儿声谈，说："不要吵架式地嚷嚷。"在听汇报当中，一眼注意到在棚口探头的一些歇班的打井小伙子，见他们那种窃窃私议和闪闪发光的眼睛，就猜测到什么似的说："魏才，你们还不信吗？她们的进度是赶上吴兴组啦！柴桂英可对你们保密哪！"足见关于南街镇打井组的进度和劳动情绪等等，他已经都知道啦！而主要的注意，仍被先进打井组气氛所吸引着。

柴桂英开始还回颈作势，眉毛一动，眼睛一闪，意思是，究竟怎样，还没把握，你可不能给人家张扬出去。等见到党委书记全然不睬自己，竟把她的"保密"态度也当众揭开啦！那脸上就做出个要哭的痛苦模样，这种招人怜爱的模样，只有在宠爱自己的母亲面前才会有的一种女孩儿的娇气。但这只是瞬间的神情，正如知道自己是在众人注意之下似的，就连说："哪有二十七米呀，真没有呀！"又不由得响亮地笑了。只见在棚口露面的那些小伙子中有一个，开始还笑着，很有自信的样子，等一见到柴桂英那种响亮的笑容，脸色顿然变了，还高声叫着走开去："好呵？他们二十八号瞒得可严啦！打到二十七米啦！可还一点口风不露呢！"谁都听得出来，他回到自己打井棚去，将要怎样激动地对那些自满的人说些什么话。

南街镇东街的生产队长韩福田站起来，听着党委书记卢文那种精力饱满的人所特有的笑声，心想："他一点也不看重我们这些落后打井组的汇报。一进来，他就表扬柴桂英那些人，自己虽说站起来多老高，可是就没有看见似的，等轮到自己来谈问题了，又半截腰转过去说旁的了！反正我是看透了，若不在生产上搞出个样儿来，不管南街镇问题有多大，总不在他眼里的。"实际上，他并不知道，党委书记卢文整个注意力，在于鼓舞那些先进组的劳动情绪和打井进度上，并没看重南街镇打井组关于由打靶场开放而产生的问题，主要的还是由于他并没有把南街镇打井组的波动，看作问题，倒是注意到韩福田在解释问题上的简单生硬。因之，当他看到那高大的汉子的背影走过去，就说："你怎么走呀！你有办法解决他们的情绪问题么？怎么你能说，提高打靶场搂草定额呢？问题是你没有把话解释清楚呀！同志！"他说："坐下，坐下！"又说："你要和他们算算这笔账，一天一个人进机场搂三百斤草，给农业社增加多少收入呀？九元，对了。市场上是三元一百斤，可是还有脚力呢？为什么搂草的收入会这样多呀？对了，这是飞机场不取分文报酬，要在旁的地方，一天搂不到一百斤。所以这笔收入等于国家支持我们农业社的，一天咱们有一百几十人进机场搂草，打苇子，收入在千元以上呀！这种收入归谁呀？对了，归全体出勤的社员所有，是挖土方的、打井的、赶车的、漏粉的、铡草的、耕地的都有份儿。这是集体主义的好处。都得到这个好处了，谁吃亏，没人吃亏。"党委书记卢文在这瞬间，热忱而又沉着自信，用教员在小学生面前的口吻,问韩春田家的:"你说打井的吃亏吗?没有!这话说对了!"又转向南街镇东街生产队长韩福田说:"你说打井的吃了亏吗?对了,是沾了光啦!你不要简单地说,国家和农业社的关系,你要问,飞机场打靶场的草,可以去打了,但要照顾劳力弱的困难户,那些困难户说,既然国家照顾我们,那就不要记劳动日了,让我们进去打十天,那里草厚,连打代搂能弄个五千斤、七千斤的。这不是一百五到二百来的进款么,也省了年底下和来春政府救济我们。你们说,怎么办。是现在不提高搂草定额,满三百斤记一个劳动日,超额二百斤奖金四元好呢,还是不记劳动日好呢?怎么样?呵!"

"谁知道是这样呀!"韩春田家的就歉然地做着笑容说,"你说也没说明白呀!"

"我没说明白?"南街镇生产队长韩福田高声叫道,"我没有说,这是农业社照顾劳力少的困难户么?我没有说,这样省啦多发救济金吗?"

"你看,还是没说明白呀!"

"你是没说清楚,说清楚别人不会有意见。"

"对啦!"那彪形大汉见党委书记卢文也这么支持韩春田家的,就笑着说,"我怎么会说清楚呀!反正有人不清楚就是了,可不知道是说的不清楚呀,还是听的不清楚!咱可是嘴笨一点儿!"

这时候东窑村耕作区主任胡广才低声招呼着党委书记,笑嘻嘻地走进来了。他的脸上永远是现着幸福的模样,一看就知道,这人不管在生活上还是在工作位置上,都怀着一种热爱和满足。他问党委书记卢文说:"魏才回到二十三号架上大叫大嚷,麻痹大意,给柴桂英组赶上了,还不知道呢!"高老阎和宋世旺就腾开空子,走到打井台上去,讨好地催促柴桂英下来休息,说是刚好她们也打了半个时辰。

"刚才哪一个是魏才呀?"何小兰一下井台来,脸上闪着欣然的神色小声问。

"就是里边套衣领往外翻着的那一个！"宋世旺说。

"哪一个？"柴桂英提着短大衣凑到跟前小声问。

"八成儿就是在水库上头，拿着电筒向人脸上照的那个！"彭武媳妇儿说，又问，"不是脚底下穿了双球鞋的那一个么？"最后肯定地第二次说："就是他！"

棚口周围现在挤满了歇工的各村的打井组员，听说党委书记卢文在二十八号打井棚里，水库上的积极分子、党团员就忙乱得像蜂王周围的蜜蜂一样，出出进进。有的在党委书记卢文和南街镇东街生产队长谈话时，就在棚口晃来晃去，无非表示自己是响应党委书记的号召，没挑白天的班儿，而是在夜班里打井。来晚的分支委员和生产小组长，只能挤在棚口外头，向里探看，并以激动的神色关切的心情小声探听，党委书记是在和谁谈话。自然这种在人丛中探问什么的声音，照例在月亮底下受到嘘声。因为都在注意听党委书记所谈的，关于打靶场开放的搂草定额问题。有的不是南街镇的，但也有老爷子或是孩子天天进机场搂草去，自然都关切这个问题。

"怎么都挤在棚口呀！呵！把道都堵住啦，看狮子还是看龙灯呀！"人丛中突然响起南泡子沿村生产队长蔡进福的嬉笑的声音，"你们不是打井来啦！是赶庙会来啦！"

南泡子沿村生产队长是细高个儿，腿脚又灵便，从人丛中刚挤到棚口，党委书记卢文就在棚口出现了。他问："怎么，都歇班儿啊？"许多围在近处的打井工像节日一样兴奋地回应着："是都歇班儿呀！"远处的打井工在月亮底下都似树丛一样，密集地、一堆一堆地排列着。当时一个披着破棉袄的青年，靠在棚口，给南街镇东街的生产队长韩福田看见了，向他招手，他就弯着腰又似欢喜又似躲避党委书记卢文的注意似的，从人背后往棚里窜。有人的手电晃过来，又恰在棚口的灯亮下面，人们都瞅着他那老鼠见猫的样子发笑，而南泡子沿村生产队长蔡进福，又故意在党委书记身侧堵住他的道路，大声问："这是谁呀！"果然在众人注目之下给卢文发现了，他就问："刘双喜呀！你和祁玉芬的问题怎么样了？"于是那来自各打井棚的首脑和积极分子们，都满意地哄笑了。仿佛他们早已猜中党委书记要说的话一样，党委书记卢文开始还不明白为什么大家伙那样高兴地哄笑："怎么？他们不是要结婚了么？"

"他们俩可是蛮好的一对。"东窑村耕作区主任胡广才笑嘻嘻地说。只见党委书记卢文突然转过身来，脊背挡住棚外的人群，眼睛指着柴桂英的侧面，耳朵几乎俯在胡广才肩膀上低声问道："汪千里家的老三，来看过柴桂英吗？"

"听说刚才有人见到，在这里帮她们打井。"他笑着低低地说，"可是我还没见过什么样呢？"

两个乡社的首脑人物，这样又机密又亲切地几乎是脸贴脸地交谈，虽说站在周围的人听不见，但却给何小兰看在眼里了。心想，这一定是说柴桂英啦！可是指她和谁呢？难道有人说了什么闲话么？赶忙又用肘骨碰柴桂英，又给她递眼色。但柴桂英看到了，还没有完全把注意力从南街镇东街生产队长和刘双喜的谈话上转过来，脚移动了，身子也转过来，但还要说完自己准备要说的话。她听见刘双喜向韩福田说，刚才南街镇那些闹情绪的打井工，亲耳听见党委书记么一说，都没意见了，都说，要是这样，他们就是在打靶场一天能搂八百斤草，得十元超额奖金，不是更好吗？那高大的韩福田队长却说："到底是党委说话灵呀！咱们累得嘴唇干了也没用。"

"你就是没说清楚呵！"柴桂英所要准备说的就是这句话，还笑着，等回过脸来，党委书记卢文和胡广才，已经走到棚外那些在歇班儿的打井工们的人堆里去了。

她的组员何小兰，只能悄悄地说："等会子再告诉你吧！"又说："刚才你眼睛不管事儿啦！"

夜　归

一

　　五星乡的党委书记卢文，知道所有围在二十八号打井棚的那些正在歇班儿的农业社员们，是普遍怀着怎样的兴奋心情，期待着能听见他说些什么鼓舞人的话。知道他们都愿意听到，你也在这打夜班呀！平常真看不出来呀！或者问，你是在几号打井棚呢？怪不得进度还保持在中等以上，有你们几个在那井棚里打夜班，当然是啦！党委书记卢文果然也这么说着，问着。在歇班儿人丛间走着，这里站一站，那里停一停，有时还在月光底下用手电射那对面人的脸。只有两种人，他不这样注意，一种是担任职务的党团员，一种是还生疏，不摸底细，又说不清是哪个村庄来的。

　　人们都在苍白的月辉底下，站着，注视着他那短小身材，听着他那精力饱满的外府口音，有的笑着给他闪路，又有的迎着站起来，并故意说话给他听，希望他能在这寒冷的夜班劳动的打井工们中间，注意到有自己在场。有的准备着这样回答："我是天天来打夜班呀！从开工还没缺过勤呢！走社会主义富裕道路，没有干劲还行呀！"有的准备指出本村的伙伴："他呀！哪天都是上工先到，下班走到最后，鸡叫头遍才能回到村子。"总之，这些大都是各村的青年团员、积极分子，他们都愿意把自己的最好的情绪、劳动态度，或者是别人的最美好东西、值得夸耀的积极面貌，在乡党委书记卢文面前献出来，表示对他的欢迎和敬爱。

　　党委书记卢文除了那些来自四个耕作区，十八个村庄的党团员、先进的生产组长、出色的打井工之外，还认识一些土改时期的积极分子，并乡合社当中显得有些特点的老汉。

　　"怎么？不用打手电，听声音我就知道你是谁呀！"当他还离开五步远，就这么向南泡子沿村的赵桂亭老汉说，"是不是你顶下来呀！

硬撑不行，能干下一个冬季也不能作数，进度老是落在旁的村子后头，怎么行呀？"

"党委书记呀！你不是这么说么？"显然赵桂亭老汉很高兴。卢文在五步以外，听见声音就当众认出他来，在他是很自得的。"可是有一样，要是天再冷下去，管委会不批给点煤，不要说打井的伸不出手来摸铁杠，就是胶泥不烤烤，也落不到井眼去呀？进度还要慢呀！"

"各打井棚，可以生个煤炉子。"党委书记卢文听见后部分理由，坚定、果断而又简捷地说，"可以！"

南泡子沿村赵桂亭老汉的声音，立刻变得雄壮、有力。他环顾着，似乎在银白色苍茫的光辉下寻找谁似的，说："怎么样？我说党委书记会答应，你们听见了吗？"见到乡党委书记卢文转身趋向另外的人，他又挤过去，两手分开围绕在卢文周围的人，解释说："我还没说完呢！"

"呵？还有什么？"乡党委书记卢文停止了和天德庄的打井组的交谈，回脸问，并用手电射着，要看看赵桂亭老汉的说话神色似的。

"我们场园上堆的苞米还没有剥，种苞米的人还没捞到吃，可是也不知道哪里来的两口小猪，天天就在那啃开啦。"他很满意自己所准备的词令，那声音已经说明，他并不是不知道是谁家养的猪，只是不愿说出来就是了。听见有人反驳，他就大声叫道："我们南泡子沿村互助组种的不假，可是如今都不是农业社社员了么？怎么不能向党委书记提呢？这话可是太新鲜了。"

南泡子沿村的生产队长蔡进福见到党委书记闪动在人丛间的手电，知道在找自己，就从他所支持的发言人背后，现出来，走到党委书记卢文的手电光下，用回答赵桂亭老汉的姿态说："白天吧！打夜班的在村子里睡大觉，白天班儿的又都出勤啦！又要支援农场，又要拔棉柴、砸石子，你说，找谁捣弄互助组那点儿苞米吧！"走到党委书记卢文面前，又用愤愤的口气说："就是村子里还有两个老妈妈，可是这样冷的天，场园里一没有草垛，二没有挡风的围墙，坐也坐不住呀！"

"谁家的小猪呢？"

"那谁知道呀！反正是有主儿的！"赵桂亭老汉说。可以看见他的胡子都刺猬毛一样竖立起来似的，"哼！那么点苞米？本来五斗也有呀！"

南泡子沿村生产队长蔡进福向党委书记卢文低声说："是孙有荣家的两口小猪，哪有圈呀！从他家搬到南苑来也没有养过猪呀！让他找根绳子拴吧？一天半天又摩擦断了！"

"那也不光是我那两口小猪秧呀！"原来蹲在这小圈子外缘的孙有荣，在赵桂亭背后大声地、又冷静又清楚地说，"还有那些鸡呢！你怎么不说呀，谁家的鸭子成群地往场园跑呀！"

所有那些来自各村的打井工，现在分作三类。有一伙很感兴趣，笑着。有的向前拥挤，攀着别人的肩膀来看站在核心的党委书记卢文，怎样来处理这个问题，好奇地听南泡子沿村生产队长蔡进福向党委书记说些什么，这些多半是青年。第二类是各自怀着同样的类似问题，例如有的村三遍棉桃都是小社社员的，该分到户，可是现在还堆在本村生产队长的窗户底下，没过秤，鸡呢，就在上头乱刨，撒了些粪，老是拖着不分，不全糟踏了么？所以也向前挤，希望能有说话的机会，有的还要先听听党委书记对于南泡子沿村互助组的苞米处理的意见，再决定是不是提自己的问题，这往往多是中年的打井工。第三类，对于南泡子沿村赵桂亭老汉怀着不满，觉得他不该用这些琐碎的属于本村几户的问题，来纠缠党委书记，他们都希望有人向卢文提出一些关于全农业社的各项规划的动态，例如，有的人愿意知道，有线广播的扩音喇叭是不是要按生产小组来分配、装置。有人想知道粉坊有十二个拿工资的技工，一个人有月拿七十元的，到底一年做粉丝能给社里赚多少钱呢！更有的希望党委书记谈谈，是不是社委会真要成立电工组，希望选拔技工时，卢文能想到自己。不用说，所有这些问题，他们都是从本村生产队长那里听到一些消息，但还不满足，还希望能从卢文口里得到证实。一种是怕本村生产队长传达得不彻底，一种是幻想着党委书记卢文和本村生产队长的传达有出入，希望卢文说的话能更和自己的要求相符。但在这之前都没有开口探问，现在又都希望有人来向党委书记卢文提出来。自然，这第三类大半是各打井棚的一般党团员和积极分子，这些人占全部歇班儿的打井工的三分之二的多数。

干练的基层党委书记往往在各种场合上，都是和大多数的群众中的积极情绪相谐和的，卢文就是这样干练的基层党委书记之一。他知道，自己不能纠缠在南泡子沿村属于几户的琐碎问题上。尽管这样，他仍简捷地指示蔡进福，必须抓紧时间，做出具体的处置，最好会同乡人民代表把那些玉米过秤分到户。因为他说得这样简短、平静，第二类打井工感到不满足，第一类和第三类打井工就感到党委书记卢文这样轻松自如地处理了最难解决的问题，摆脱了琐碎事项的纠缠，是很舒畅人心的。都用欢欣、兴奋的心情，围绕着他，他也仍然保持着原来那种兴奋、亲切的面容和目光，在歇班儿的打井工们林立的人丛中间，继续走着，在没有走过的地方，继续和这个打打招呼，又打着手电认一认那一个耳熟声音的面型。他越来越感到仅仅这样不能满足那些群众的激动情绪，他总要说些什么，但他还没有准备，找不到题目，而他明明又从那些环绕着他，追随着他的各村歇班儿的打井工们手电下的眼光和笑容上感觉到，他们都不愿意首先破例来向他提出什么，但又都期待着什么。

这时候在月光底下，在密密的人丛中间，突然有一种清脆悦耳的声音："在哪呢？"又说："等我回头找到你们队长，催催他。你不能那么说，王昌整天给'土方'缠着，也脱不开身子呀！在哪呢！"这人被手电照着，面容善良、愉快，戴着干部帽，穿着干部上衣，底下却是条农民的扎腰棉裤。谁都认识这就是五星农业社的副主任，雇农出身、每年冬天的扫盲对象程树业。他顺着人声的招呼："在这里哪！程头儿！"走到手电闪耀来的所在，接着高声说："你们从垛草场南边绕过来的时候，我正离开粉坊，我猜你们是检查拖拉机的夜班耕作去啦！"又问："怎么开呀！"

党委书记卢文就一个拳头叉着腰，激动地，思考地，在人丛核心来往走动了两步，之后，对农业社副主任程树业说："我们为什么不和大伙儿谈谈呀！就在这里不好吗？"

"那怎么不好。走群众路线，更好！"

在黑影里，只听见党委书记卢文问："吴兴在哪呢？"由远而近地向二十八号打井棚里传来高低不等的招呼声："找吴兴哪！""吴兴！吴兴！"

二

十三号打井组长吴兴，随着工地主任田有禄，到二十八号打井棚的时候，党委书记刚刚离开。工地主任田有禄知道卢文在棚外头和打井工们说闲话，以为过一会儿就会进来。就低声向吴兴说："外头挺冷，咱们就在打井棚里等他吧！"又大声高叫柴桂英，说："你们俩嘀咕什么呀？外村客人来到你们北泡子沿棚里，也不给张罗碗热水喝呀！"

"知道啦！"柴桂英说，面向何小兰，眼睛又望着吴兴，却又像没有看见他似的。那吴兴独自走过来，向柴桂英她们打招呼。这时柴桂英望着他的两只眼，才开始活动，表示见到他，而且讨好地向他笑着，但还来不及回应，仿佛何小兰在向她说的是一件秘密的重要消息一般。那吴兴又周到地转向在打井台上的高老阎打井组问候，说，自己的打井组也是歇过两班啦！这班打下来就要收工，以便天亮来打早半班。高老阎说："那咱们一样呀！我们这里是柴桂英组打二轮，明天下半天的班儿。"

这团村耕作区的打井组长吴兴，虽说是在水利建设当中出现的先进人物，还是个不到二十岁的青年团员，但说话的姿态和他的面貌一样，给人一种稳健、憨厚的印象。他上身穿着肥阔的对襟短大袄，前腰有两个衣口袋。他说话时两手就插在那两个口袋里，肩背像熊一样厚敦，脸色又稚嫩，又庄重，正像自己知道在工地是给周围的人做榜样看的人所有的庄重。眼睛有光辉，看出很健壮，但却看不出他是愉快还是不愉快地思考什么。

"你们今天见不到粗沙么？"柴桂英一离开何小兰，带着她所需要知道的东西完全都已得到的那种愉快和讨好的脸色，在吴兴看来却是有点儿讥笑自己的眼光，走过来。

"那怎么敢说呢！"吴兴神色有些慌乱地抽出手来，被动地和她握手，感到那只手柔和而又肌肉丰满。觉得她那讨人喜欢的笑容里又有种高傲，那种爽朗悦耳的声音里又有种自得，就分外慎重地、庄严地说："那怎么能敢随便猜测呢！不能随便说的！"又说："我们打夜班的这两组，白天不在一班，白天的进度慢。"

柴桂英就说："我们二十八号打井棚也是一样，白天也不是不慢，不知道是冬天天短，还是白天干活儿心散！"．

"心散什么呢？白天还有什么光景看吗？"吴兴在这时候就笑了，本是庄重的脸型就有种年轻、活泼、天真的神气出现了。"是因为白天班上的打井工，都是年纪大，劳动情绪又跟不上咱们吧！若是打白天班的，你叫他替换替换打夜班，就很难调下来。"

"白天班儿上，磨工夫的多！耍滑的也多！"柴桂英说，"你说得很对！"

"为什么咱们不想法儿包工呢？"何小兰在柴桂英身后，扶着她的肩膀，向柴桂英说，眼睛还看着她耳侧的脸色，这往往是一般少女在自己敬重的青年面前所常有的态度，总是不能向吴兴正面看一下，仿佛自己倒是全不在意对面站的是什么人一样。

在这之前，工地主任田有禄蹲在门口，手里端着碗热水，一边注意月光底下党委书记在人丛间走动的短小身影，一边听着柴桂英和吴兴两人的谈话，向蹲在身旁的南街镇韩福田低声说："你听到么？两个人谈的，挺近乎呵！""先进青年嘛！谁叫咱们早下生了二十年呢！同是一样话，咱说出来，就听不懂……看什么呀！"后一句话，是韩福田向那些抱着肩膀，彼此又是往前推，又是向后拉的青年打井工说的。他们都在小声窃议："哪一个是？""就是那个有俩辫子的！"在月光底下也看不清是谁的面目，一听有人蹲在棚口吆喝，那些外村青年，就又跑开去。所有这些，柴桂英的耳朵都注意到，并且很满意自己所处的已为水库工地青年积极分子们看作重心的地位。

"怎么包工法呀！"工地主任田有禄突然走过来说，"说说咱们大家听听不好么？"

"好呀！"何小兰就现着笑容说，"让我们副队长说说吧！"

"你就说了吧！我还不摸头——呵！你是说按米包工呀！对了！"柴桂英突然想起来，有一天她们嫌白天杨公远打井组磨洋工时说的。她们说，最好管委会按一口井总计的劳动日数包给打井组，七天完工也是那些劳动日，十二天完工也是那些劳动日，这样会刺激劳动情绪，还可以由村生产队按米数进度来包给早班、午班和晚班。工地主任田有禄和十三号打井组长吴兴正在聚精会神地听着，彼此以询问和赞同的眼光互相交流的时候，棚外传来高低不等的催促声："找吴兴哪？快呀！""还有柴桂英！""卢书记叫你们哪！"

三

柴桂英紧跟着吴兴、工地主任田有禄走到棚外的空场间，照例一手抱着何小兰的腰，一手围着彭武媳妇的肩头，把南街镇的韩春田家的丢开了，忘记了。三个人一看，水库沟涧铺满如霜的月光，各打井棚的歇班儿打井工们都围绕一圈似的，面向核心，远一些的，都蹲在那闲谈、咳嗽、抽烟，仿佛等待着什么似的。党委书记卢文周围，有人来往移动，正处核心，手电光交错地时而射到这个人的侧面，时而又照到那个人的眉毛和鼻梁。可以看出农业社管委会的副主任程树业的自信的笑容,又可以看出砖窑耕作区主任胡广才满脸现着幸福自得的神色,他们都站在党委书记卢文两旁,代替他向社员们解说什么,仿佛党委书记的贴身的近卫似的。手电交错中,还见到党委书记卢文那短小的身材,一只拳头叉在腰上,环顾着,等待着,又询问着什么。周围已经有嘘声了,只听见南泡子沿村生产队长蔡进福的爽亮声音:"前头的蹲下,挤着不暖和吗?怕挤的往后站!"围绕着党委书记卢文等农社领导人所站立的核心走了一圈儿。

柴桂英在这里和她的两个女打井员分开手,她们蹲在群众的最前缘,柴桂英却是属于核心小组里的一员,面对她们站着。群众安静下来,有人跺着脚取暖。柴桂英怀着节日的兴奋情绪,在手电照射下,皱眉、发怒,但又咧嘴笑着:"谁呀?该死!"在前面的青年群众间引起最后的一次笑声。

五星乡党委书记卢文,开始用他那特有的精干人物所有的强健声音说,自己虽然是在水库动工的时候,来过两次,都是白天,而且那时候刚开工,人乱,东西也缺,不是断把锨,就是抬筐少系绳,打井工的劳动热情也没有今天自己所看到的这样饱满,自己很高兴。说:"还有个好消息告诉大家,那就是,我们搓着两手等得发急的灌溉区的电路设计草图——已经取得北京市电业局的同意、区党委的批准了。"并说:"这个草图,和原来农林科帮着农业社设计的不一样,缩短了电路,节省了若干低压线和电杆。电信局同意了我们的修改草图,答应将来在西马路口,靠近二道水库的地方,装置地下电缆。而且原来设计的十六间装置电力马达的车间,改为八间,一间安装两个电滚子。抽水灌溉时,只要一个劳动力就可以看两台。"说:"总起来,经过咱们电技工小陈一个合理化建议,比原来,给农业社节省了单是电线和电杆就要在两千四百元挂零的投资。"在年轻的打井工们之间,开始兴奋地低声交谈什么。有人悄悄问:"谁?""节省多少?"在年长的一些打井工中间也有骚动,有的赞叹:"小陈的本事还真不小呢!"

以致南泡子沿村的生产队长蔡进福不得不一再从蹲的地方，站起来大声说："还没到休息时候哪！""谁！不要笑啦！"

"但是，我们领导上可还是碰到困难题目了！"党委书记卢文以洪亮的坚定而又快乐的声音说，"这就是我们要找典型组摸摸底，现在呢！把它提出来，和大伙儿商量的……"

"什么困难呀？说吧！"有人在外沿大声问，"吓不倒我们团村耕作区……就是了！"只见月光底下有些黑影闪动，年轻的打井工弯着腰向前头溜，准备等待抢先接受任务似的。

"我们全五星乡一千一百七十户社员，出勤率都在百分之九十四以上。问题是，现在领导上再没有可以机动的劳动力，往水库工地上投了！可是八所车间还得要在封冻以前这两天里盖起来。"党委书记卢文本来的响亮声音，顿然松弛下来，两手在身前手指交叉地扣在一起，"大家说，怎么办吧！"

"那还不好办？"人丛中有笑声叫道，"让三四五部队来支援咱们打井，咱们各村打井棚里头的木瓦匠可多啦！"

"谁，这么会找窍门儿呀！"农业社管委会副主任程树业的充满清脆的声音说，"咱们不能事事都依靠部队支援呀！"说话中间，还射出手电，在人丛间寻找着发言人。

党委书记卢文又开始严肃地、响亮地说："我们把田间马路的修筑工程，停下来行吗？不行！若是封冻之前不筑好，明春一开化就要翻浆，我们运肥的车辆不能通行，就是严重的问题。那么冬耕是不是停下来呢？不但不能停下来，我们要不再加两三架双轮双铧犁，畜耕部分的定额，就要达不到要求。进机场打苇子和搂草工，是不是能往外调配呢？不能。那些都是软弱的劳动力，拿到水库工地上不顶事，在机场，一天可能搂三百斤干草，往外调出十个人来，一天咱们就要损失九十元的收入，这样的高额收益，咱们上哪找去呀？是不是留在村子里的铡草工可以调出来呢？草铡不出来行吗？不行。留在村子积肥的，又都是妇女，来不到咱们水库工地上的。总之，两万土方的灌溉渠和水库的土方工程，要按计划完成，两千来亩的棉柴，要赶紧拔，赶紧给拖拉机腾地，我们是处处和老天抢时间。老天要封地，咱们要在封冻前，不留尾巴，不拖累明春的劳动力，打乱整个农业作物的耕种计划。要是拖一点儿尾巴，把这八所车间留到明年开春怎么样呢？"在这里党委书记卢文提道："这样就要影响到二千亩荒碱场的平地、培土埂子，就还要影响到四千五百亩的育苗、插秧，因为除了我们要改的两千亩，还有和国营农场用土地交换来的稻田两千五百亩呢！要么就要影响到上千亩的棉花播种开苗，等等。"又问："你们说该怎么办呢？四个耕作区的党团员、积极分子，全社十八个村子的区乡模范，各生产队能使木锯的木匠、会垛墙的瓦工，大半都在这里，想想看吧！我们该怎么样办？"一时空场上很肃静。党委书记卢文用手电在人丛间闪射着，问："张兆！"听见人丛中回应："有。""你说怎么办？"没有回应。问："魏才？"听见人丛中回应："在这里！""你说怎么办？"没有回应。问："刘双喜？""在这哪！""你说怎么办？"

只听刘双喜声音里有种故意刺激什么人似的声音，答道："我说，不好办！"

"怎么，还是给困难吓倒了吗？呵？"管委会副主任程树业插嘴说。

"一听打靶场开放，我们南街镇打井棚，就嫌打井工地上的活儿苦，管委会要是添车不添马，又给加了活路，那赶明儿还不都躲在村子里，不敢来呀！"

"你可不能那么说，当着党委书记面打自己耳光，说的咱们南街镇那么不体面。那会子，是没有听清楚道理！"有中年汉子的声音传来。

"现在清楚了该怎么办呢？"团村耕作区的打井青年们在吴兴小声鼓动之下、窃窃私语中，有人挑逗式地说："还敢揽一个车间盖怎么的？"

"那单看怎么说法了！"韩福田在党委书记卢文身侧代替南街镇

的打井工发言似的,又向那手电光下的汉子说,"是不是呀?"

"还有怎么说法呢?"在柴桂英怂恿和何小兰的鼓舞下,彭武媳妇,年轻而又娇柔的似笑非笑的声音说,"我们北泡子沿村妇女组同意,上半天少睡一会儿,下半天再早来一会儿,包做两间草房的泥水活儿,当杂工……"

前沿的各村青年打井工都热烈地纷纷议论起来,有的在大声商量着,打井的两个人一换班,主张一个井棚抽下两个劳动力来去盖车间。但党委书记卢文却并没有过分注意这些青年的积极的、热情的表现,他所注意的倒是那蹲在外圈,占三分之二的沉默力量。他的手电在群众间,逐一闪射着,检阅似的从这个沉默的脸上,闪到那个肃静的脸型上,所有这些人,多是中年,而且是工地建设的主力。党委书记卢文仍然问着:"怎么你们不表示态度呀?"

"话没说完,怎么能表示态度呢?"那个南街镇的生产队长,彪形大汉韩福田代替那沉默的力量回答,"是不是呀?你们说。"眼睛又望着党委书记卢文,见他那疑惑不决的眼光正在看自己,又补充道:"还能义务工么?得说出一所车间给我们多少劳动日的附加报酬呀!"于是卢文知道了这种沉默是一种什么性质,是在期待什么。他坚定而简捷地向蹲在外缘那些中年打井工们宣布:"当然按每所车间的实需劳动日数附加!"于是听见在那些沉默的后沿,开始了纷纷的低语,划火抽烟和有喜意的叹息声。

"这样吧!"韩福田又大声以群众代表姿态向卢文果断而有力地说,"要是这样,我不敢说旁的村,我们南街镇东街生产队的打井组,八个一班儿的减为六个人,把呱呱叫的孙木匠抽下,外带一个杂工,支援电力马达抽水车间的建筑工作。"又大声向站立起来的人丛背后喊:"怎么样呀!伙计们!你们可得说硬气话呀!不要说我犯主观呀!行吗?"

"行啊!"在兴奋的人们杂语嗡嗡的声音中,有热烈的回应,从南街镇打井组员们站立所在传来,"你就看着掂对吧!"

"南泡子沿村的蔡进福躲到裤裆里去了吗?怎么听不见动静呀!你没听见吗?我们南街镇东街的打井组,和你们挑战了!"

"我们那个村子通共也不过三十多户社员呀!怎么能和你们南街镇比。"蔡进福的响亮声音,从蹲着的一伙儿人中间发出来,"我们这不是合计吗?添车不添马,我们可拉不动呀!就这样连马驹子都得要上阵……"

"你没听见吗?大把的工分等着咱们往家背呢!"南街镇的韩福田粗犷地笑着,"你还怕附加的工分多了,压肩膀呀!"

但所有诙谐、兴奋、生动的谈话,在党委书记卢文看来,已经是无关重要的了,他所要摸的东西,已经摸到了。剩下来的,是需要工地主任田有禄去掌握了。在月光底下戴起自己的蓝色绒手套,低声又嘱咐田有禄,办法尽管可以多加讨论,不要耽误打井的换班。

党委书记卢文在这天晚上,获得印象最深的,是南街镇生产队长韩福田的姿态。在最紧要的关键上,他起了决定性的推动作用。他想,他正像一个主帅在获得胜利的战场上,想到第一个领头冲锋,奔上高地,因而引起全线战斗的欢呼和冲进的悍将一样。尽管这悍勇的大汉作风还生硬,但在卢文看来,却又是这样机灵,简直有些妩媚处呢!

四

党委书记卢文离开水利工地不久,柴桂英在开始来往换班的打井工们中间,发现东窑村耕作区主任胡广才推着脚踏车奔向沟崖。她离开自己的打井组员,在僻静的水库沟崖斜坡上喊他,并把住他的车柄,沉默半天,才说:"卢书记在我们打井棚门口,和你贴着耳朵,说过我什么啦!你得了吧!胡主任,你这笑声里就承认,说过我什么了!你今天晚上,不说清楚,我就不放你走!"

"你这丫头,怎么不信人呀!"那东砖窑村耕作区主任背着月光,整个脸色在阴影里说,"我还哄你吗?"又笑着说:"就是说,也是夸你，没有一句贬词儿！"到底不肯把党委书记说的什么，对她泄露。两个人坚持很久，如果不是高老阉打井组招呼柴桂英，他还不知道怎样脱身呢，尽管他恳求她，又是长辈，但她还不肯这么撒手放掉他的车子的。

等到所有各打井棚的头轮工，都离开水库工地回村子去了，柴桂英打井组的组员们，才逐渐从兴奋状态中冷静下来。注意到什么时候天色暗下来，远处高压线给风刮的呜呜叫。拖拉机的嘟嘟声，很远，仿佛耕到北泡子沿村后去了。这天夜晚，她们议论着，究竟是连井都按总工分包给打井组好呢？还是只像南街镇的提议一班抽出两个人去，单独支援车间的建筑便利？鸡还没叫头遍，她们就收工了。仿佛这天夜班，她们感到过度的兴奋又过早的疲倦、思睡。但仍然还是水库工地上最后离开的一个打井组，因为她们的村子离工地最近。

照例一离开水库打井棚，离开那单调的竹弓子的催眠响声，都又精神活跃起来。她们逆着冷飕飕的风，弓着腰往前走，原来平溜溜荒碱场上的风，比在水库沟涧里所想象的还大，而"热特"拖拉机的灯光，还是在垛草场南闪动着，足证西北风多猛了，机声反而不显。她们现在还和往常收工回村时一样，路上议论着共同感兴趣的问题，韩福田的固执、有气魄，蔡进福的外似英勇，实际上却懦弱，一要他的真功夫，就说软话了。自然对党委书记卢文都是一致赞扬的，说，话从他口里一说，就不同，听着听着，你就不能不站出来。说他有股魅力，叹息道："对咱们社可比咱们自己都关心、出力呀！"只有柴桂英这晚上收工回村，说的话少，仿佛想什么心事。直等听见何小兰估计着"热特"拖拉机的灯光距离，她才突然又摆脱掉什么似的，把那辫子往背后一扔，决定性地问："谁和我绕过去，检查一下机耕地去。"韩春田家的说风大夜黑，还看什么呀！开始时不同意，见三个年轻人都那么热心，又说，自己孩子还在炕上等着吃奶呢！独自奔北泡子沿村走了。何小兰和彭武媳妇两个人就追随在柴桂英身后，叫着："你倒是等等我们呀！"又见柴桂英打着手电，蹲在新鲜的耕过的土壤垄沟间，测量耕的深度，等她俩赶到，她又独自向前走开了。

"还要耕到天亮呀？"她们听见柴桂英在风声中向拖拉机手问。

"是谁呀！"开始声音中还含着一种寂寞性的倦怠，足证拖拉机手原本就没有注意到有人走过。瞬间，这声音活跃、生动，带着一种欢呼式的感情，机子也停住了："团支委员柴桂英呀！"分明是小李子的声音，果然在两只手电交错的闪光中，现出小李子年轻、英俊、纯朴的面型，用手挡住眼睛，说："我当你们早过去了！"还说："你们吃烤白薯吗？"

"风这样大，你冷不冷呀！"柴桂英问。又说："你别下来了，明天见吧！"往回走着，又转身，跺着两脚上的泥土问："小李子！是谁给你的烤白薯呀？"

"新庄的，她们在这西头拔棉柴来的！"小李子问，"怎么的？"

"不怎么的，我问问。"柴桂英还站在那里，老远用手电向他坐的驾驶台射着，思考什么似的，又慎重地喊道，"这么大的风，你可不要吃人家给的冷东西呀！好啦！明天见吧！"

"明天见！"

这时听见从北泡子沿村传来的头遍鸡叫声，月色昏沉，四围发黑，但何小兰和彭武媳妇还在马路上等她，她俩在她们的组长说第一声再见时，走过来的。她们虽然现在感到下半夜的冷风刺骨，天在准备落雪似的，但若是在这等她两个钟头，她们还是愿意的。柴桂英感到她们之间的青春、友情，以及这夜半从村里传来的鸡鸣、西北风刮的高压线的呜呜响声，都是这么充满了幸福的气息，带着自己乡土所有的美感！多好呀！她心里高叫着，并伸开两臂，把她那冻得弯腰跺脚的闺友和娇媚的彭武媳妇，揽腰抱着，背着风走开去。

一九五七年十月八日至一九五八年二月一日写于西山

山区收购站

一

老黑山公社小屯管理区收购站的女主任曹英,到公社开山产会议去了。会期原定两天,现在是第三天了,还没有回来。管理区供销部的会计小刘呢,一早就挟着镰刀下去支援秋收。现在留守门市的,只有老收购员王子修一个人了。

这正是一九五八年秋季,全屯子男女社员正分组割庄稼,翻地,到沟里去采集山产品的忙碌时候,除了午间和夜晚,村街上见不到什么人。整个屯子静悄悄的,静的可以听见村外头的母鸡咕嗒——咕嗒叫着,给什么吓的飞起来的声音。

王子修老大爷这时候在桌面上拣猪鬃,听到动静隔着窗玻璃往南岗上一看,见有三头庄稼院式的大围狗,正从南岗桦木林子间的山道上往下跑,连蹿带跳,吓的一些猪往两旁直窜,在地里找食儿吃的母鸡就溜溜地顺着垄沟跑,有的竟飞到道旁的洋草垛上去了。

这三头大围狗,一头是黑的,一头是黄的,还有一头是黑脊背鸭绒色的。王子修老大爷一看,就认出来,这是芦苇河公社的猎户胡喜春所养的围狗。王子修老大爷到底是老山行出身的人,眼力不错。果然,在那三头庄稼院式的大围狗的后头,出现了头戴尖塔形狐皮帽子的猎人胡喜春。这个人膀大腰粗,长得魁梧。外穿一件俄式光板老羊皮大衣,背着围枪,兴冲冲地从南岗上走下来。

王子修老大爷隔玻璃窗看着,心里就很纳闷儿,怎么今年公社这样忙,胡喜春倒上山来得这样早呢?又想,他怎么没有把那头细腰短尾的洋种猎狗带出来呢？心里这么想着，口咬细麻绳，把拣齐整的猪鬃捆成把儿。他的手法那么熟练，麻绳绕两圈儿，就是一扎。之后，摘下眼镜，解开围裙，从柜台面上拉过装烟的方盒子来，装烟抽了。

王子修老大爷的烟盒子是豹码子木做的，很珍贵。据说这种木材制的盒子，就是酷暑天储存二斤肉，也绝不会变味。装烟呢，扣严啦盖子，永远保持烟的湿润。王子修老大爷的烟盒子不但讲究，烟袋也讲究。乌木管、玛瑙嘴儿，长长的，正好伸直自己的胳臂才能点火。但他穿的，却又很平常了，上身是对襟短袄，还套着两只蓝布套袖，裤脚扎着宽腿带子，布底鞋，倒像是一个老式杂货铺的记账先生。眉毛又浓又长，两只眼睛闪着一种为精明的老年人所独有的冷彻光泽。脸色红润，仿佛为参茸酒之类滋补品所长期调养出来的。实际上，他却是滴酒不沾的。

在老黑山一左一右三二百里范围之内，是凡一个老的跑山户，没有不知道小屯收购站老收购员王子修的。就拿皮货来说吧。要是黄鼠子皮，他搭手一摸，不用看，就知道是立春之前猎获的，还是立春之后弄到手的。只差一个节气，皮毛的质量就不一样，价码就有高低之分；要是紫貂皮，只在背毛上吹一吹，察验察验那些大针毛的弹力，就知道是栖居在山顶巉岩之巅的珍品，还是山底下石头砬子岩穴里的出产。从这里就可以想象到王子修老大爷在完达山东部一带有名的猎户心目中，是有多么高的威信了。但近两年来，越是有名的猎户、老"访参"的山户，却又很少把他们的珍贵猎获物拿到小屯收购站来，要他过目、鉴定，在他手里成交了。他们都在背后说，老王头儿在小屯收购站把着口子，就别想能卖出高价来。因之，年年秋冬两季在王子修老大爷所把守的小屯收购站里成交的，一般来说党参、五味子、狼毒、黄鼠子皮、灰鼠子皮、熊胆、野猪油、草籽之类的山产居多，偶尔也收到一两苗移植参和论斤卖的园子参，过期割的鹿茸之类。因为这些山产的等级差距不大。虽说这样，由于小屯附近山区的出产丰富，小屯收购站年年上缴的利润，还是不错的。

现在王子修老大爷口含长烟袋，一手托着烟管，一手把那三把子猪鬃逐一掂量了一回，对于自己花掉一早晨的精力择出了这么些精选品，很感满意。在用手称量时，那神气仿佛说，这把子没有三两么？从这里也可以看出他平日又是怎样勤恳，对于自己的业务，又是怎样热爱了。另外，也可以看出来，对待他所等候的那个带着三头围狗的来客，并不怎么殷勤。因为带着这种庄稼院式围狗上山来的猎户，和王子修老大爷的业务关系，一般来说是不大的。他们只是打野猪的手儿，从他们手里，最多能收进一两颗熊胆。自从农业生产合作社高级化之后，猎户们连野猪油都留下来自己享受啦！更不要说熊掌什么的啦！而且从打狗围的猎户手里，就不要想收到珍贵的鹿茸、鹿胎，或是狐狸皮、紫貂之类。如果是冲河有名"打单儿"的猎手韩云龙，那么，就是落着鹅毛大雪，他也会走过过磅场，到村口外去欢迎。尽管那个有名的猎手并不一定带来什么，老头子的眼光仍然会现出兴奋、快乐的神气，因为那是他在猎户里所最尊崇的人物。这人打狍子，专讲子弹穿眼睛，不伤这种生物的皮毛。王子修老大爷在闲谈中常说："人家那才是打围的手儿呢！哪像如今打狗围的呀！全靠狗追。"

从芦苇河公社来的猎人胡喜春走进村口，过磅场的那棵小树旁边就露出那顶尖塔形狐皮帽子来了，这时王子修老大爷才提着长烟袋迎出去。

"今年上来得早呀？庄稼收完了么？"

"哪收完了呀！大甸子的洋草还没有割呢。"

"是打岗南屯绕过来的么？"

"是呀！"那猎户进屋既不摘下帽子，也不摘下肩上的枪来，声音洪亮地说道："我是想看看老锅盔那边是不是有点踪迹，不想，在那碰见你们站上的女收购员啦！她在那儿帮着食堂的炊事员盖猪圈呢！挽着两个裤腿儿，蹲在板棚顶上，好像挺懂门儿。——谁？原来你们这儿又派了女主任来啦!可挺年轻能干呢!"

"她是从县商业局派下来的!"王子修老大爷听见有人称赞他们的女主任,仿佛听到自己的孩子受到外人夸奖一般,脸上现出一种又愉快又得意的神气,仿佛说,要不是在全县财贸部门发光的人物,你想想,会派到我们小屯收购站来么?又问:"那么她是昨天晚上,在岗南住的了?你没问她,今天能不能回来么?"

"没有!她口里含着钉子,也没和我搭话呀!我哪知道是你们的头头儿呀!"

胡喜春在说话工夫,面对王子修老大爷站着,用自备的报纸条条儿卷烟:"光钉上棚板,泥还没抹呢!"用嘴唇润湿卷烟纸,又说:"有什么急事,你还处理不了么?"

王子修老大爷听说,猪棚刚钉棚板,泥还没抹,还要覆草什么的,看来今天不能赶回来了。叹息了一口气,仿佛说,要是我能处理,就不发愁了。既不再说什么,也不把手里那盒火柴递过去,却伸过自己的长烟袋,要猎户低头就火,很明白,老头子有犯愁的心事呢!

二

小屯收购站和小屯供销部,虽说是两个独立核算单位,却全归公社商业部门领导,在业务上又和县收购总站、县百货公司总经理处发生直接的关系。因之,这两个部门,就占着一个门面,收购站的账目,归供销部的会计小刘兼管,王子修老大爷自然也兼着店员的工作,打油裁布什么的,样样都能插手。也没有一个正式的头脑。公社化以后,进货的项目扩大啦!除了农业机械零件还有化工品,县里才派来曹英挂帅,兼着收购、供销两个部门的主任。

原来这曹英是一九五二年的高小毕业生,先在县商业局管会计,以后又调到土产公司去当营业员。在来小屯收购站之前,她是县畜牧场的共青团支部书记。总之,六年来,在党的培养下,在实际工作锻炼中，一个雇农的女儿，现在已经成为全县财贸战线上的为许多年轻男女营业员、畜牧手所注目的人物了。

按理说，这样一个朝气蓬勃的女青年，和性情有些冷僻的王子修老头子相处，是很难投缘的。但不知道这个年轻的女主任有股什么力量，一来不久，竟获得老头子衷心的崇敬。她不仅口头上管王子修叫师傅，而且真也下功夫钻研业务，什么山参、鹿茸、药材，样样感兴趣。并且当着外人面公开地承认他是有学问的老人，说："别看我们的老师傅不认识几个字，可是有一肚子的实际知识。"说："老师傅是属于我们无产阶级劳动人民的土专家。"别提王子修老大爷对这个新来的女主任是多么贴心啦！

现在听说曹英还在岗南屯整猪棚，心里就有些犯愁。这倒不是因为她在业务之外爱管闲事。他早就听她说过，岭前食堂喂的那十几口母猪，都怀肚子啦，挤在一个猪圈里过冬，一定会出问题。又说过，我们要收购，就要从生产上着眼。他不舒服的是，家里有事。因为，正当山葡萄收购的旺季，昨天就接到县里的长途电话，叫停收。说是消费品在运输上要给钢铁让路，火车站上的山丁子、葡萄、草莓，都烂掉不少，硬是装不上车。因之，这类山产，县里一律停收啦！可本屯采集山产的群众就不满意，他们都说，后沟那些山葡萄都是公社化前就消耗了大量劳动力移植的，不收，公社就有损失，影响到劳动日值的收入。再说，还有已经收进来的山葡萄怎么办呢？自然所有这些，王子修老大爷是没有必要和那个外地来的猎户谈的。

"那么，你这是预备奔哪个山头呢？看样子，你不想在我们小屯食堂打尖啦！"王子修老大爷问道。

从芦苇河镇上来的猎人胡喜春就说，他还要在今天晌午赶到大东沟去，说，冲河的韩云龙已经在镇上和他约好啦！要在沟里碰头。

"怎么？冲河的韩云龙也到东沟去了么？"王子修老大爷很惊奇。又问："你们还听到个踪影没有呀？今年那里能有什么东西打么？"

"去年，大东沟可出了不少野猪和狍子呀！"

"今年，可不一定能转出东西来！"王子修老大爷磕磕烟袋灰，很有自信地这么说，"不信，你上去看吧！我看是白跑路！"

"我就是来探探动静的呀！"

"那么我告诉你好啦！今年大东沟不会有什么东西！"

"那是怎么回事呢？呵？王大爷！"

王子修老大爷思索着，这倒不是为了保持他的权威的尊严，而是为了怎样能提出理论的根据。自然，他很慎重，究竟他是有威望的人。

"这么说你就明白了！"王子修老大爷在久久不语之后说道，"今年我们从东沟里收进来两三千斤的木耳和蘑菇！"

"那又怎么说呢？"

"怎么说？这不是明情么？你想想呀！我们收了这么些山产，野牲口还会多么？"

"是呀！可不是怎么的！"胡喜春不自觉地从肩上摘下枪来，语气中有些怏怏失意的味道。"为什么今年秋天，野牲口这么少呢？"胡喜春在柜台外索性坐下来了。"是不是找矿找的都惊走啦！"

"有关系呀……我看，你们得向北转，转到百草沟一带去看看吧！"王子修老大爷抽着烟，思索很久又说，"你看到冲河的韩云龙就告诉他，说我说的，在百草沟那边，也许有鹿，这可得下窖子，搞套子套，如今山规可严啦！禁止枪打。要是没有鹿，狍子总会有的！可是你带着这些围狗能行么？打狍子也不顶用呀！你不是还有一头细腰洋种狗么？"王子修老大爷现在已经摆脱了由于听说曹英还在岗南而引起来的一些烦人的心事，又因为自己对于山情的权威性的判断，在那个猎户身上发生了影响，感到很满意："呵？那头围狗呢？"

"别提啦！他妈的！"胡喜春仿佛决定了自己的行程，站起来说，"那头狗不争气，偏偏在这时候，在家里下崽子啦！"

那三条庄稼院式的大围狗，在它们的主人卸枪坐下时，就用鼻子呜呜叫着，围在他两腿间转来转去，仿佛知道它们的主人不愉快而齐来宽慰似的，等到看见他背枪站起来，就全都欢快地摇着尾巴，又是短促地吠叫，又是在他脚前脚后蹿来扑去，看来，仿佛催促它们的主人立即出发行猎，不耐在这个充满兽皮豆油气味的屋子里久待了。

"走啦！走啦！"胡喜春对它们说。又对王子修老大爷说："回头再见啦！"

王子修老大爷在这彪形大汉背后跟随着，殷勤地给他打开门，却不想这个魁梧的猎手在门口又站住了，几乎贴在他耳朵边上，低声地，机密地问道："有酒么？色酒也没有么？"

"呵呀！芦苇河镇上都没有，我们山沟里哪有呀！不是消费品都给钢铁让路么？"

"我知道呀！"胡喜春走过过磅场又大声说，"好啦，再见吧。"说话时他所带的围狗，已经蹿出村外丈把远去，仿佛山里就有些野猪已经在那里等待着它们去驱赶似的。

三

芦苇河的猎户过去不久，从蚂蚁河上游下来的一个有名的老山户，背着背篓，走进小屯管理区的收购站。这个老山户现在是蚂蚁河公社副业主任，留着一口蓬蓬硬的胡子，黄脸膛，两只蒙古式的眼睛，栗子色，闪着一种快乐的光泽。头戴一顶庄稼院戴的瓜皮毡帽，斜襟短棉袄，脚底下挺利落，靰鞡绳子结得规规整整，十分潇洒！一看就知道干活是把挺率的手儿。随身还提一根带叉儿的支背夹的粗棍子。一进门，他就热情地叫道："老哥！你好呀？"

"好呀！是陈老三么？哎呀，一两年不见，听说你们发迹了！电灯都安起来了。"王子修老大爷脸色带着少有的兴奋和热情，又解开刚刚扎好的围裙，热切地走过来，在陈老三卸背夹篓时候帮他从肩上"码"绳子套。

"两年没过来,嘿!你们的门面也不一样啦!"他背靠柜台,卸背篓,面向另外那半部分供销店的铺面说道,"你们这里的布匹花样比我们那可多得多呀!蓝斜纹布卖多少钱一尺呀?和我们山里的斜纹布一个价码呀!是呀,老哥,咱们这个岁数能赶上今天公社的年月,就是有福呀!多么便宜的布呀!可是如今的年轻人,穿斜纹布还觉着不打眼呢,还一定要弄套灯芯绒的制服穿!姑娘吗,还要穿条毛料裤子!酒呢?呵,也和我们公社供销部传达的一样,说进不来,就都进不来呀!"说话工夫,陈老三已经卸下背篓。直到这时,才面对着王子修老大爷舒展而又幸福地笑起来:"老哥,你也不见老呀!呵?我自己觉得还年轻了呢。"

王子修老大爷提过暖水瓶来,见到陈老三从扎腰巾上抽出短烟袋,就连忙拉过自己的雕花烟盒子来:"你尝尝我种的好烟吧!"又说:"去年弄了点芝麻酱渣子,都叫我放到烟地里去啦!你尝尝,味可醇啦!"之后问道:"你是从哪股道来的呀!走百草沟那股山道来的么?"

"走百草沟!"这个愉快的老头子说,"我想到县里去看看我那三丫头,她不是调到县农学院里去了么?"

"上礼拜才打我这过去的,我还不知道么?"

不知道为什么,蚂蚁河公社的副业主任陈老三,却霍霍地笑起来,仿佛有什么机密被他的老朋友揭穿了似的。

"你说说今年百草沟山产怎么样。听说,你们那里的供销部,收进来的一般山产不多呢。"

"劳动力调配不开呀!今年百草沟的山产也丰收呀!五味子什么的可厚啦!你不知道,这阵子粮食生产抓得紧,哪顾得上山采集呀!"又问:"你们这里呢?庄稼也没割完吧?"还问,今年老黑山公社的农业劳动日是不是能超过一元二角?甜菜运的怎么样?上山拉木头出多少车?车老板在劳动日之外又有多少补贴等等。王子修老大爷在回答了他的问题之后,仍然打听百草沟的山情。

"那么你们出来割柴火的人，在百草沟榛木林子里，没有留心，今年百草沟的榛子厚不厚呀？我估计，要是没有狍子什么的，今年那里的黄鼠子一定不会少啦！"

陈老三就说："我在那路过，碰到冲河打围的人，他们两个人，也没带狗，刚到，就打了两个狍子，还叫我托你转个口信儿，要芦苇河上来的人，不要到大东沟去啦！"

"那么，没叫他们往北去么？"

"没说，反正不要他们到东沟去瞎转啦！"

王子修老大爷就说，这个口信捎晚了。芦苇河的猎人刚过去。心里半是后悔，半是宽慰。他后悔的是，不该叫胡喜春带着那三头围狗到百草沟去骚扰打单儿的猎手；值得宽慰的是，他果真没有判断错，而且竟和那有名的猎手韩云龙所走的路线是相符的。足证自己考虑的正确，到底在那里打到狍子了。

陈老三交代了他转的口信，仿佛已经完成了到收购站来的主要任务，就打听谁管小屯的食堂，食堂又安在哪个大院里。但他发现王子修老大爷的神情，越来越不对头，仿佛还期待着和他进行什么重要的交易。在他那双冷彻得透骨的眼睛探索下，陈老三开始左顾右盼，有意回避什么似的，问食堂什么时候打点，最后竟打听起供销部有没有四十号的胶鞋，说，山里就缺这号胶鞋，要不他怎么这样早就穿起靰鞡来了。

"别闲扯啦，老三！"王子修老大爷口含长烟袋，居然双手捧过第二碗热茶来。

那满嘴胡子的老头儿，一时须发都蓬硬得直竖起来。两只蒙古式的栗子色眼睛，闪着一种故作惊讶的模样，说道："你这是怎么的了，你看看我脚底下，不是穿的靰鞡么？"但在王子修老大爷的锐利的含着斥责的眼光底下，竟第二次霍霍地咧开大嘴笑起来。可是嘴里还说："我真不懂，你老哥，是什么意思呀？"

王子修老大爷含笑低声恳切地说道："你拿出来，听个价儿不好么？"见他突然低下头去抽烟，又说："不省得你翻山越岭往尚志跑么？"

"怎么往尚志县跑？我还想到哈尔滨呢！"蚂蚁河公社副业主任现在正色宣布，"给你过过眼可以，反正我不打算在你这里脱手。"说话当中，从背篓里取出覆在口上的两串红辣椒，随后从细山草底下摸出一个桦树皮卷儿来。他的两只手颤抖着，一苗长须叠绕的山参，在柜台上出现了。树皮和山参之间，衬着一层带潮气的苔草。王子修老大爷的神色，像一个外科大夫动手术时那么庄严。眼睛注视着山参，手呢，从柜台里的窗桌上取过眼镜来。

"在哪拿住的？"

"大青沟里呀，快到五常边界了！"这个公社副业主任一直注视着王子修老收购员的脸色，恰在他要伸手接触的时候，把压在底下的参须舒展开来，"看吧！一根须也没有伤！"

"大青沟里？你们怎么走到那去啦？不是在老松林子里，红石砬子后头么？"

"是呀，是有块红石大砬子呀！"这胡子蓬硬的老头儿吃惊地问，"你怎么知道这个场子呀？"

"那是四十年前一面坡的老把头开的场子。老黑山公社今年也放出一个组去，转了半个来月，就是没找到。"

"那么说，老马头儿，三年前一进大青沟老林子，再也不见踪影，就是在老松林子里走麻耷山头，转不出来了……"

"他哪是走麻耷山头，"王子修老大爷果断地说，"他是叫什么野牲口糟蹋了，他不会迷了山。你们找到这个场子，就不会少了，你们可走运气呀！"

"托毛主席他老人家的福，运气是不坏！"

"那么一总拿到多少苗？都拿出来吧！"

"我得先听个价儿呀。"又说,"你看这苗参的胳臂腿儿,这不赶上武生打把子的架势了么?"

"可是光看架势不行!"王子修老大爷说,"你看这些断纹,给野牲口踏过,在地里动过。"

"断纹还算毛病么?我可头次听说。"

"你再看看这节'丁'呢?"

"算啦!算啦!一开口,这不是就要挑剔着压价么?"陈老三的脸色变了,他埋着眼睛,尽自包扎山参,全不听老收购员的解释。

"反正有国家牌价挂在那儿,我怎么压价呢?按一级还不行?一级是一百七十元一两呀!"

那公社副业主任心里想,简直是旧式的商人,哪里是国家收购站的财贸工作人员呀?

老收购员王子修这时心里也想,简直还是老跑山的作风,净往高里讨价儿,一点儿国家观念都没有!

在背篓里装上最后的两串红辣椒,那陈老三就从柜台上拾起短烟袋来。只听他在靰鞡上磕烟袋的声音,就知道他心里多么气愤,仿佛说,一百七!见鬼去吧!但脸色还故作坦然的样子。烟袋往腰里一插,声言他要到食堂去啦,打过尖还要赶路呢。老收购员王子修知道,从蚂蚁河下来的这个老山户,一拿定主意是很难再移动的。三年前,因为一张草狐狸皮,他竟翻山越岭背到尚志县收购站去。要是在小屯这里把价出到顶,那么到了县收购站,听到评价还能满足么!说不定真要到哈尔滨的土产公司去呢!

"老三,"老收购员王子修恳切地说道,"你要给公社社员增加几元收入,这我还不知道么?我呢,你也得想想,我把守的是国家资金呀!咱们得从两方面来考虑呀,是不是?"

"我看是没有什么考虑的,咱们俩是谈不到一块儿去。"嘴里尽管这么说,却从腰巾上又抽出那只短烟袋来了。又说:"这不是给私人办事呀。你知道,今年批给我们两台六轮卡车,我们的甜菜,年年总有些运不出去,都烂在地里呀!经济作物的商品量怎么赶上去呀,还不是运输力的问题么?再说,我们的柴油机光用来打稻子么?还要铡草呢,不得要铡草机么?畜牧场的饲料粉碎呢?光靠国家贷款行么?哪里不要钱呀!你当是我们搞点副业,完全为了多花几元,买毛料裤子穿么?"

眼看这笔交易的僵局,还有打开的可能。在陈老三谈话中,王子修早已拉过自己的烟盒子去,又递给他火柴盒。陈老三接过火柴,开始在木盒子里装烟,这都表示有转机。就在这时候,收购站门口外那个过磅场上,又和往日傍午时分一样,突然喧闹起来。可以清楚地听见,那些抢先占过磅位置的半大孩子们所发出的互相拥挤的笑声。从那些带着喘吁的笑声中,可以听出来,他们是跑来的,带的筐子也够重的。王子修老大爷这时候就不得不要求他的老友在门市部里留一留。自己扎上围裙,提着过口袋的手秤,到外头来应酬他的日常业务了。

四

冷落了一头午的小过磅场,现在是集市一样热闹,是凡到这里来的男女社员,都是采集组的老弱劳力,还有一些是超过入学年龄的孩子。孩子们都着急地等着过完秤,就到食堂去赶饭,要不,等到敲过点,就要排在农业劳动力的后头吃了。

王子修老大爷担心,今天在过磅场上会出岔子。提着手秤出来一看,果然不出他的意料,摆在磅秤周围的那些背篓、挎筐,全装的是一嘟噜一嘟噜的山葡萄,这简直是要收购站难堪么!

"你们采集组的女组长呢?"王子修老大爷脸色冷冷地向人丛中发问,"她怎么不来呢?"

在那些十三四岁男女孩子当中,一个个兴致勃勃的脸蛋上,都闪着一种溜儿溜儿转的又活泼又调皮的眼光,仿佛都怀着在暗地早已有过串通的机密似的。他们都站在前锋的位置上，那些嘴唇呀，小腮帮子呀，都现着一块深紫一块淡紫的斑点，这是大嚼一通山葡萄留下的痕迹。那些伸出来的手指头呢，更不要提啦，全是紫嘟噜的，从染房出来的工人一般。在他们后头，多是些妇女，有十五六岁的，有四十开外的，她们全都穿着上山的旧罩衣，有的还打着补丁，袖口和领口却多半露着花棉袄和毛线衣，还有的头戴自制的八角苇笠。她们一看老收购员左右环顾脸色狼狈的神气，就哧哧地笑啦。她们笑时露出的牙齿也都是紫嘟噜的。另外有些老汉都远远地三三五五站在后头闲谈，有的蹲在靠村道的小榆树底下抽烟，他们都仿佛自愿留在最后过磅。他们各自的脚前脚后，都有装松子之类的口袋。

"山葡萄停止收啦！你们都到旁边去吧！"王子修老大爷站在磅秤跟前宣布，"带松子和榛子的赶快来过秤！木耳怎么不收呢？能保藏的都收，过来呀！"

如果今天来过秤的，不是采集山葡萄的老弱妇女占优势，在王子修老大爷宣布之后，那些带着布口袋的老汉，就都会拥到前头来，把那围在磅秤周围的以妇女为核心的阵势冲散了。但现在，她们已构成主力，一动也不动。外围的老汉呢，也远远看着，观望动静。一个右臂残废的更倌，提着布口袋刚向前移动了两步要穿过来，又在几个挡路的妇女哄吓声中狼狈地退回去啦！引起孩子们一阵哄笑。

"我看，今天的山葡萄就过秤吧！昨天晚上，有的听到，有的没听到。还有的下山晚，昨天采下来也没来得及送。"

说话的是一个挽发髻的中年妇女，看来完全不像年过四十的女人，眉目很清秀，声音也很柔和，她是社员代表。

"这样无组织无纪律不行呀！"王子修老大爷仿佛没有听到这个女人是在说什么，尽自左右环顾着，在人丛间走动着说，"国家哪有那些资金赔呀！国家的资金能这样糟蹋么？叫它变成山葡萄烂掉么？外屯的，我还不知道么？这一筐是谁的呢？这不是后沟移植场的葡萄么?山上的有这么滚圆圆的大肚儿么!"

"移植场的更应该收!"有个声音响亮的姑娘说道,"那不是在高级农业社时候,你们收购站号召的么?我们耗费了多少劳动日呀!"

"等你们采葡萄组的组长来解决吧!反正国家资金是不能这样糟蹋!这是原则问题,上级指示的!董祥,你这是什么,榛子么?来,过磅!"

那个一只胳臂残废的更倌,还要回饲养场去挑水,闻声就跟随王子修老大爷从妇女发出"该死,该死"的呼啸声中,从她们用脊背和臂膀阻挡中,笑着溜过去。老收购员终于打开一个缺口,开始给采摘植物籽儿的人过磅了。

在过磅、往采集人手册上画秤码子的时候,老收购员全不在意那些妇女们发出的不满和抗议。他问采集人,西沟的榛子多不多,这些斤数是不是一个头午捡的。等到给采集植物籽儿的过完磅,在所有那些提着空口袋的社员手册上盖过图章,见到那些妇女和孩子们还不散,就说:"吃过饭你们不会走得远一点么?西沟出去十里地,就有榛林子呀!"

那些在小广场上纷纷议论不休的山葡萄采集人还是站在那里,仿佛期待着什么,有的机密地耳语,用眼睛刺他。一个个原先本是活泼的孩子,现在脸色都冷冷的,简直向他示威呢!在议论当中,有人说:"这糟老头子就是固执!"有人说:"后沟移植场的葡萄不收,可是外屯的该收!"有的说:"零零星星的收不收倒不要紧,可是后沟移植场的应该收,不能要公社受损失!"在群众中平常有威信的那个社员代表说:"王大爷说得也有道理,咱们也不能让国家受损失,在这上往外赔钱!"因之,意见也不统一。正在纷纷议论当中,不知道谁的眼尖,低声说了句:"那不是小曹吗?"所有站在过磅场上的妇女和半大的孩子们,都转过脸去,背着王子修老大爷,向南岗的山道上瞭望啦!于是在群众中爆发一阵低低的欢呼,那些原本是气急、忧愁的脸色，突然像是在阴雨之后又见到阳光一般，所有的眼睛都闪着一种又兴奋又快活的激动光辉，亮晶晶的。有的孩子竟呼啸着跑到村口外去迎接了，完全忘记他们已经占据的位置和葡萄筐了。

从南岗桦木林间的山道上走下来的，果然是小屯收购站兼公社供销部的女主任曹英。她头戴鸭嘴制帽，帽舌朝天扣在后脑勺上。高个儿，有两条矫健的长腿，蓝布制服，挎着大背包，唯一和男人不同的标志，就是项下结着的那块天蓝色头巾。

这个一九五二年的高小毕业生，现在是二十三岁的姑娘了。她的长形脸蛋儿，还带着一种少女所有的娇柔气，但那宽阔的肩膀啦，走路的矫健姿态啦，都可以看出，她的体质很健壮，是典型的生长在黑龙江农村里的姑娘。她那双黑亮的眼睛，给那两排长长的睫毛一衬，简直别提有多秀美啦，以致整个本是很平常的脸型，都显得惹人注目的漂亮了。尤其是她那股蓬勃的朝气，她目光中那股对于自己的事业充满自信和幻想的热情，分外招人喜欢。这种招人喜欢的感觉，只有在早晨见到黎明光辉，呼吸到带露水珠儿的青草气息的人，才能体会。

"呵哟！小琴！你的两条腿，跑得可真快呀！"她大步走着伸出两手，抓住最先跑到她面前的那个七岁的女孩子的两臂，就势把她抱起来，欢乐地叫着。在那名叫小琴的女孩子发出一阵银铃般笑声之后，又要她和自己贴贴脸。放下小琴，又抱起第二跑到的男孩子，叫道："小五子，你怎么也跑来啦，呵？怎么不到幼儿园去呢？"同样也和他贴贴脸。那名叫小五子的男孩，却在她耳旁告状了："王大爷今天不给我们过秤啦！可霸道啦！"

"是么？王大爷那么凶呀！"这年轻的女主任故作害怕什么的样子，惹得那两个孩子，都咯咯地笑起来。"一手牵一个吧！"她又说。那两个孩子就自得其乐地侧着身跳着走。

在村口，这个年轻的姑娘，就给那些外罩旧短褂的半大姑娘和男孩包围了。他们说，收购站接到县里的电话，停止收山葡萄了。他们说,采植物籽,得到西沟去,二十来里路,谁能去呀?又说,后沟的移植场的山葡萄要是不收,不都烂了么?那为众人环绕的曹英闪着那双又黑又亮的俏丽的大眼睛,喜盈盈地环顾着周围,一点不介意似的说道:"哎呀!你们是吃了多少的葡萄呀,嘴上脸上都挂着幌子呀!"那些半大孩子们都笑起来,有的用手背挡住嘴。

曹英像给一群嗡嗡作响的蜜蜂包围着一样,迈着矫健大步走进村街里来了。在过磅场斜坡底下,还和夹篱墙的一个老汉打招呼:"杨大爷!你午间也不歇歇呀?"正像一个久经战阵的人物,不管对待怎样严重的问题,都仿佛胸有主见,谈笑自若。实际上,昨天夜晚在岗南屯听到小屯管理区的广播,她是吃惊的。因为她在公社开山产会议的时候,还没有接到停止收购山葡萄的指示,从林区的小铁道上,还运进来大批的装篓,卸在离岗南屯六里路小车站上了。她一听到停收的消息,还没有想到后沟移植场的山葡萄的处理问题,她考虑的是已经收进来的几千斤山葡萄怎么办。还能听任它烂掉么?开始研究是不是当饲料来喂猪,可以折回本钱来,后来又想到做果子酱,还有利润。因之,走上过磅场,听到那些妇女向她探询意见的时候,她含笑着说:"你们说怎么办呢,呵?要是收么,国家受损失;不收呢,你们劳动日受损失。你们说,该怎么办?这可真挠头!"说话时,她还故作为难的样,皱皱眉,谁也不知道,她心里打的什么主意。

"大号的绒线衣也来货啦!"她向那些站起来和她打招呼的老汉们说。又向另一个说:"你要的枪沙子和火药也来啦!"

她在人丛中走着,左看看,右看看,最后找到小五子的母亲,这个中年的眉目清秀的妇女,就是声音柔和的那个社员代表。

"你说该怎么办呢?"曹英把孩子交出去时仍然俏皮地笑着说,"你不是组长,可是代表呀!你看该怎么办,呵?"

"我看呀!就收这一回吧!"小五子的妈说道,"我可是代表个人呀!采下来的,算是国家的损失,没采的呢,就叫它烂在沟里,算是公社的损失，不好么？反正也不搭工啦！"

"好！"曹英环顾周围问道，"你们说，好不好呀？好！"又说："现在你们把筐子都留在这里吧，我给你们看着，你们先到食堂去，回来过秤。"

过磅场上发出最后一次欢乐的呼声，接着响起纷纷跑动的脚步声、孩子们的呼啸声。这次他们要到食堂去抢占排头位置了。

王子修老大爷在他们的女主任一出现在过磅场上的时候，就发现留在屋里的陈老三，什么工夫早已溜走啦。正有些懊恼，听见孩子们的欢笑呼声，又走出来，心想，昨晚收购进来的山葡萄损失总数都已经上报了，再收，这笔损失可怎么报销呀！

五

"王师傅，你不要光心痛这几十元的损失，我们要是连后沟移植场的葡萄也不收了，影响面可挺广，我们不要光算经济账，还要算算政治账！"年轻的女主任曹英，一进门就从肩膀上摘下挎包来，庄重地向王子修老大爷说，"再说，咱们收进来，也不能白白叫它烂掉呀！咱们还可以想法子，叫它换回资金来呀！反正咱们不能拿来喂猪吧！"

曹英说这话工夫，向墙上挂的方镜里看了看自己的脸，并把那朝天的帽舌向上提了提，"呵！你想想看，咱们得动动脑筋，不能按常规办事呀！"她面对镜子说。实际上，她心里早已拿定主意了，她正考虑在屯子里物色做果子酱的人，谁家能有大缸。

"咱们自己怎么能处理呢？"王子修老大爷沉思好久才说道，"咱们是收购和供销部门，又不是搞生产的，咱们还能开个酿酒厂么？"

只见曹英一下子掉转身来，两手倒靠在茶几上，背着墙镜说："你想到的主意多好呀，师傅！"又自语似的说："是呀！我们的酒，酒，运不进来；原料，原料又运不出去！当前在我们业务上的主要矛盾，不就是在这个购销问题上么？真的，我就没想到造酒！"她兴奋地两手紧紧握住肩上的头巾。

"可是造酒,也得有资金、设备,这可是不简单呀!"

"我们不会用土法子么?我们不会土洋并举么?"说这两句话的时候,她两手把颈后的头巾,拉得绳子似的溜直,快活得简直像展翅的高腿鹤一样,全身那么轻捷地旋转了一圈儿,可见王子修老大爷的话,她全没有听,她的主意已经拿定了。

"我们来考虑考虑地方吧!"她回转身正色地说,"要是把仓库腾出来,搞酒作坊不行么?你想什么呢,王师傅?"。

"我么?"王子修老大爷抽着烟,叹息般说,"可惜刚才有批山参生意,没做下来呀!要不,咱们开酒厂,可不用犯愁,光从这批山参提出来的百分之五经手费,也就够开销的啦!这得要投资呀!得要大批的白糖,就是土法造酒,还得要有几十口缸吧!"

"为什么没成交呢?是从哪里下来的货呢?"曹英问。

王子修老大爷就叹息着说:"要论交情,是二三十年的老来往啦!"就把蚂蚁河公社副业主任陈老三到收购站来的交谈经过,讲述一番。说他:"最难打交道的啦!"说他:"就是不买的东西,一见了也必定打听打听价码!"

"从前他是干什么的呢?马贩子出身么?"

"不,地地道道的贫雇农呀!要不是穷得没路走,你想,年轻力壮的时候,还会去上山'访参'么?解放时候他还给地主家当帮工呢!"

"现在他不也是公社的领导干部了么!那就不会这样难办事吧?怎么会呢?"

"老跑山的人,哪个心眼儿不都是溜儿溜儿的精呀!二级参总想讨一级的价儿,一级的就要卖特级的钱,老'访参'的主儿,还有知足的时候么?要是知足,又不会'访参'啦!"

曹英又问,那个公社副业主任陈老三,是不是自己定的价,听到评价怎么说。问他,到底经他过目的那苗参是一级货呢,还是特级货。

"特级也评上啦！可是开价儿不能开满啦。一上手，价码开大啦，以后的价就更没法开啦。"

"是这样么？"她在怀疑、考虑、判断。

"我和陈老三不是一天半天的交情了，那我还不摸得准么？他来就是要听听价码的，可是一上手，就装作根本没打算在这里拿出来的样子，这就是要讨高价呀，可鬼透啦！"

"只要他是公社的干部就好办。"仿佛她已经从王子修老大爷口里，摸到一些根据了。她说："咱们也并不是单从完成上缴利润计划着眼，也不是从搞造酒厂资金着眼，咱们要考虑到，眼下公社劳动力紧张，不能叫他翻山越岭往尚志跑！"

临出门时候，她已经换了双黑绒面的软底儿便鞋，红袜子。又在货架子背后作为她自己独身宿舍的壁镜上，看了看自己的服装，扯了扯衣襟。觉得自己的脸蛋，兴奋得有些发烧，心里想道："不管怎样，要办自己的酿酒厂。要是把这个厂子办好啦，说不定我们小屯的葡萄酒能销售全省，那时候，后沟啦、东沟啦、西沟啦，全是葡萄移植场……村子里的男女社员都是酿酒工人……嘿！面貌还要大大改变哪！"想到这里，便告诉王子修老大爷，在请示县里之后，晚间要很好地开个业务会议，提出一个小规模的酿酒计划来，又嘱咐等小刘回来，就留在门面上，收葡萄，自己打过电话，就到食堂去找那个陈老三。

六

曹英到食堂的时候，已经很晚了。

她是从小屯管理区办公室来的，在那里她已经挂了长途电话，向县总站做了请示报告，并且当时就得到县总站的党总支书记的批准和鼓励。在电话里，那个转业的校级军官热情洋溢地说："小曹，你这一仗打得漂亮，在购销矛盾的关口上，打开了一个缺口呀！"又说："我们一定支持你们，给你们从一面坡酿酒厂调一两名技师去。"还说:"移植场的山葡萄,自然要尽量收呵!"在这里就不必说,曹英听到这些热情洋溢的声音,心里有多高兴啦。

她来到食堂的时候,蚂蚁河公社的副业主任陈老三还没有走,他正坐在炕上抽烟,向女炊事员打听,曹英是不是还会来。因为他早已从那些采摘山葡萄的女社员又兴奋又热烈的议论中,知道这个收购站的女主任,在群众间是有多么高的威信了。而且她一回来,山葡萄的收购问题就解决了。他想,这个女主任的肩膀头儿,还真能担几百斤分量呢!一来想看看这个人物,二来,说不定自己背的这批山货,能就近在她跟前脱手。正谈着,就听见那个胖得圆桶一般的女炊事员高声叫道:"你要看的人,这不是来了么!"又见她笑嘻嘻地向走进套间的那个姑娘说:"小曹!我们正在背后说你呢!"

"在背后说人,还有好话呀!我可不要听,——你就是从蚂蚁河下来的陈主任吗?"她在陈老三对面坐下,眼睛连望也没有望那个炊事员,但可以看出来,她们之间的关系,倒比一般打招呼的亲密一倍似的。她问他:"你吃过了么?"这才侧脸向那个女炊事员说:"桂英,给我开饭吧!我可饿了!"又向陈老三说:"你吃过我们食堂的辣椒酱了么?好吃不好吃?"她谈话竟那么随便、自如,一开始就取得了陈老三的好感。

在她吃饭的时候,她就问蚂蚁河公社多种经济的规划,又问公社畜牧场办得怎么样。

"我们的猪还好,就是新法养鸡可不怎么样,"一提到畜牧,陈老三的谈话就热烈起来了,"也许我保守!"又说:"是呀!都是一个笼子靠一个笼子,三层高,你说怎么样?一天死三四只,一天死三四只,死得人心疼,哪知什么病!"

"死的都是母鸡么?"

"谁说不是呀!要是公鸡死几只,还不这么叫人心疼啦!都一色是莱亨鸡呀!"

"死鸡的翅膀上的毛怎么样？"

"都掉了，背上的毛也脱啦！"

"鸡冠子一定有的滴着血，不是么？"

"你怎么像看到的一样呀！要不我早走啦，听说，你是从县畜牧场调过来的，就等着向你请教啦！"

"你们笼子里的公鸡和母鸡的比例数不对呀！一个笼子你们是几只母鸡配备一只公鸡呢？"

"有的四只，有的三只。"

"三四只母鸡，一个公鸡么？"曹英用自信的口气说，"那怎么对头呢？得配备十二只母鸡。"又说："比例数不对，病根就在这里，你懂了么？"

"是要按比例么？原来都是给公鸡踹死的啦！我懂啦！懂啦！"那个副业主任完全为这个年轻姑娘在家禽饲养学上的知识所征服了。他说："这真要向明白人讨教呀！要是鸡养好啦，春天一定给你捎筐子新鲜鸡蛋来。"

"鸡蛋，你们留着，能超额完成商品任务不好么？"

"那怎么谢谢你呢？"

"把一二类的山产，多多往小屯送，比什么都好！"她喝完最后一口菜汤，用手巾擦擦嘴，叫道，"好辣！"又说："还必得背到尚志去么？"

"评价要是合适，"他说，"难道我还愿意扔下家里的活儿，往尚志跑么？"

"咱们走吧，路上谈不好么？"曹英觉得他很直爽。

"好呀。"他背上自己的背篓。临走曹英还向那女炊事员说："呵哟！可辣啦！你们弄的辣酱这么好吃，可害人啦！连舌头都麻酥酥的！"只听那胖墩墩的女炊事员咯咯地大声笑着。

"小曹同志！"陈老三一出来就问道，"你今年有二十岁呀？"

"我么，二十三啦。"

"和我三丫头同岁，"他说，"她在县农学院学习呢。丫头也有你高，可是空长了个傻大个子，见了生人说话还脸红，哪有你这样的本事呀！"

"有什么本事哟，还不是党培养的！"又告诉他，她在会计桌上坐惯了，刚调到土产公司站柜台的时候，可面软啦！说，那时连熊掌都不认识，还叫人家往副食品公司送，可闹了些笑话啦。总之，两个人谈得越来越体己，陈老三不知道怎样，也和她说起贴心话来。问她，到底要他三女儿在农学院好呢，还是到哈尔滨去考专门技术学校好。

"为什么一定要考专门技术学校呢？"

"我们公社不是要工业化么？将来要是有了自己的技术人才，像修理个柴油机、电滚子什么的，就不用往县里送啦。"总之，所有蚂蚁河公社的工业技术问题，柴油机的马力、发电量，甚至所需要的一些农业附属机械装备，在闲谈中，全为收购站的主任曹英所了解啦。

他们一路上，碰到一些从过磅场提着空筐回来的人，孩子就躲到一旁给让路，喊声阿姨就过去了，妇女有的就老远高声笑着说："小曹，你这回可真给我们办了件好事呀！"她就不得不站下来闲谈两句。对这一个说："是县里决定的。"对另外一个又说："你家渍酸菜的大缸，得倒出来，借给我们使两天！"等他俩来到过磅场的时候，只有王子修老大爷一个人在那打扫场子。

"看样子，你们是谈妥啦！"王子修老大爷手提竹枝子编的长柄扫帚说。

"我们光闲说话啦！"曹英两手抓着肩上的头巾，笑着说。走到门口，她转过身子来，手把门柄，意思让陈老三在自己头里走。

"老哥！咱们俩能谈到一块儿去么？"陈老三愉快地笑着向那个老收购员说，"我看够谈的！"

"单看你怎么样啦！"王子修老大爷神色很严峻。

"怎么单看我呀？"

"一定能谈妥！"曹英笑着说，"难道咱们不都是党的工作干部么？进来，咱们先看看货吧！"

七

两个人各自怀着心事，随在曹英背后走进收购站的门市。供销部的会计小刘正在那半部铺面的柜台背后，给女社员和孩子们称饼干、奶粉、糖果什么的。

女主任曹英就走过去，问小刘明天的稻子是不是能全部割完，告诉他下半天不要下队去支援了，要把后院的仓库倒腾出来。

在曹英和小刘谈天工夫，陈老三已经取出那一苗为王子修老大爷已经鉴定过的山参，硬是说："先谈妥这一苗，再看另外的吧！"

"你自报吧！"她走过来爽朗而亲切地说，"你自己是行家，我们相信你！"

"我自报能算数么，小曹同志？"那陈老三栗子色眼睛中闪着又兴奋又愉快的光彩说，"你先看看这苗参的灵性不好？你看看，这两只腿儿，呵！这是什么样的腿儿呀！这不赶上踢足球的架势吗？这丁节呢！又细又短，力量全在参上！"

"光看架势怎么行呢？"王子修老大爷不知道怎么样，总感到需要抗辩，仿佛如果不抗辩，陈老三占了上风，那么国家的利润就会有损失。但一开口，就给他们那个年轻的女主任那两只聪明眼睛的俏皮暗示所截断啦。他转过身去装烟，担心地想道，要是一上手定满了价，往下就不好办了。只听见曹英在那里说："丁是没问题，灵性确也是灵性。你说，该是哪一级呢？"

"我说么？不管拿到哪去，评不到特级外头去！"那陈老三说，"你再看看一级的什么样。小曹同志，我们拿住十六苗一级的，有两苗还是四品叶，我在桦树皮上都做了记号！"

等到十六苗一级山参都摆在柜台面上，王子修老大爷就走过来，仿佛是那女主任的卫士一样。曹英手托苔藓草，一苗一苗在自己过目之后，又递给她师傅鉴定。只见他，每一根须子都要伸展开来检查，因为老跑山的，断须子会造假，会接补得完完整整。

"一级怎么样？"那个年轻的曹英见到王子修那严肃得连手指都有些发抖的神态，笑着问。见他一点反应也不表示，仿佛耳聋的人一样，就向陈老三宣布说："行呀！这十七苗，一苗特级，十六苗一级，按你报的定啦！"她说话的口气啦，脸色啦，是那么随便。王子修听见她已按陈老三自报的等级定下来，心想，这可是都定满价啦！定得这样口松，三级的还不往二级上跳呀！生怕自己的脸色泄露了什么似的，既不表示肯定的态度，也不表示否定的意见。等到大小五十三苗山参，全部由陈老三定了等级，而曹英同样地，自语式地问："怎么样呀，王师傅？"之后，就尽自决定下来："我看行，就按这个等级折价好啦！"在整个评价的进程中，她的口气是那么简捷、爽朗、果断，而且心情轻松、神态随便。陈老三呢，不管是响亮的音调啦，栗子色的眼睛啦，都看出来，对她越来越显着的尊敬和信任，仿佛完全忘记他身旁的那个老收购员啦。仿佛王子修老大爷的权威性的作用，完全失掉了。尤其是在最后，介乎二级和三级之间的两苗参，陈老三全定作三级，说："公社吃点亏，也有限！"以表示对于年轻女主任的信任的酬谢。

"怎么样，王师傅！我看，是不是拿雕花小戥子来，过过分量，就按陈主任定的等级折价吧？"满面春风的年轻女主任最后向王子修老大爷说，"我看行呀！"又向陈老三说："你们打算怎样处理这笔款子呢？全带回去，打在劳动日里分掉么？那样，购买力可都要往高级商品上冲锋啦！我看一个屯子有那么三台五台收音机就行啦，眼前，要多想到在机械化上投资的问题。是呀！那么，我们给你们订货怎么样？你们不是缺铡草机么？咱们等一会儿就开个订货单子，带回一部分现款去！"

"那可叫我们省心啦！"陈老三又是兴奋又是激动地欢叫着。他所欢快的，还不仅仅是因为有人给他们办理订货手续，省得占用他们公社的劳动力亲自跑腿啦，他所高兴的主要原因是，他和小屯收购站之间，第一次建立了这么珍贵的同志之间的关系，第一次取得国家财贸工作人员的信任和尊重。"小曹同志呀，"他说，"你可是真为我们打算得周到呀！等我们装备起来机械设备的时候，我们一定要请你到我们蚂蚁河去做客，去看看我们的养鸡场，看看我们老山林子的'电气化'到什么程度啦。我们一定好好招待你。要是明年夏天来呀，我们果木园子的苹果就管你往饱里吃。还有蜂蜜、沙果。牛奶呢，更不用说，我们现在就有三头奶牛啦！"

这时候，王子修老大爷才感到，陈老三已经不是他所熟习的那个老跑山户了，不是三年前农业社时代那个老副业组长了。在他们主任曹英面前，他是另外一个人。直爽、公道，有国家观念。一句话，完全是个为党所教养出来的人。他奇怪地感觉到，他和曹英尽管是初次办事，为什么竟似胜过他们之间二三十年的旧友情？而且听来，他们之间的友情，又是多么纯洁、亲密呀！

在过戥子的时候，不知为什么，他的手还有些发抖，一沾这些珍贵的山参，他的心情就这么紧张，……而她呢！却那么谈笑自若地说："过些日子，我们这里可就有自己酿造的好葡萄酒喝啦！"

一九六一年五月四日至十九日

初 冬

一

卧虎岭管理区有一个马程远,在区里掌管着二三十台铁轮大车和胶轮车的运输、调度事务,人称运输组大组长。这人体质健壮、肌肉坚实,两臂简直像铁匠般有力,只是身材短小;说起话来,声音却又如铜钟般洪亮;满脸生长着半圈儿腮胡,两只眼睛,在腮胡当中,仿佛是乱草丛中两座暖水泉似的,春气洋溢,别提精力是多么饱满、健旺啦!

这一天,是大组长马程远该轮休的假日。天还没亮,管理区所有往火车站送甜菜的大车,往县城送公粮的胶轮车,都打发走啦!自己家里又没有私人的活儿牵手,马程远就套上一辆牛车,往柳河镇上去卖桦木样子,在那样子车底下,还装了两个要修理的破车轮子。看起来,马程远是到柳河镇上卖样子,实际上呢,倒是为了向公社农具修配厂去送那两个破车轱辘。

卧虎岭到柳河镇,也不过二十里的路程,马程远赶车出村的时候,还觉得很早,以为不等天黑就回来了,谁想,在柳河镇卖掉样子,天色已近黄昏了。这倒不是卖柴火耽误了时间,主要的是黑龙江的冬季,四五点钟,天就黑啦!另外,也由于赶的是老牛车,确实走得也过于缓慢。

马程远赶着车往后街农具修配厂走的时候,西面的天空阴上来了,大块大块的灰云,把隐藏在薄云层背后的一点落日的余晖,完全给遮蔽了,气候也骤然严寒起来。马程远心想,要是今晚上再起风,半道上那才要挨冻呢！手里的柳条，就不由得在辕牛背上抽了两下；又想到，要是今天夜里能落一场大雪，第二天再一上冻，那么，是不是还这么急着要修理这两个大车轴辘，就很难说了。因为大雪一落，再一变天，上了冻，那么拉开冰道可以出爬犁了。但是眼前雪没封道可不行。送甜菜要大车，送商品粮要大车，往矿区送菜蔬还要大车。该在冬季里送出去的粪，到如今还没有开始动手呢！更不要说，能拿出几辆车去揽外载、搞副业，要卧虎岭的劳动日值冲破一元二的水平了。现在，管理区的运输力是紧得很，要不，马程远哪会在轮休的假日，不到山里去打木桦子、割烧条，却打谱儿把搁置了一年多不用的两辆破大车修补起来，往公社农具修配厂跑呢！

农具修配厂的院子临大街。说是院子，又没有什么栅栏墙之类的围子，倒不如说修配厂门市外头有个宽阔的空场。在木器部门口的空场上，一挨排摆着三口棺头涂彩的寿器。在农具部门口的空场上，矗立着四根柱子的拴马架子，那是专给牲口挂掌用的。

实际上，农具部等于铁匠炉，冬季里除了挂马掌、串钉儿等铁工活儿之外，木工的活儿是很少的，木工的活儿，大部分都是集中在木器部里。这木器部仅仅才两年的历史，却从原来一个旧式大车店的铺面改变成一所红砖而有大口玻璃窗的新式木工车间了。

卧虎岭管理区的马程远，近二三年，在冬季夜晚，是很少到柳河镇上来的，都是早来早走。农业社时期，马程远出长途车，夜里却常经过柳河镇后街，那时候冬景天，天一黑，柳河镇的街上，哪还有行人走路呀，而且，哪条街上也没有路灯，都是黑漆漆的，只有后街的铁匠炉，不到十二点是不熄火的，叮叮当当儿，叮叮当当儿地响个不休，半个街口都给炉火照得通亮。另外，就只有铁匠炉旁的那家大车店了，一排临街的纸糊炕窗上，哪怕下半夜呢，窗户里总有两盏半明半暗的油灯。可是现在呢！公社建立了自己的发电厂，不管直街啦，横街啦，哪怕一条僻静胡同呢，都安装了路灯。天还不黑，就唰地一下全亮啦！

再说街道也平整，路面全铺着层黄沙，每次马程远打这儿路过，心里就不由得赞美一次，"大跃进"的年代，可把柳河镇的街面儿给改变啦！

这次走过后街，老远就看见木器部车间里的电灯是多么亮了。而木工们在各自的操作床上，斜着身子刨木板的刨木板，歪着头吊线的吊线，低着头凿眼儿的凿眼儿，干劲儿分外的欢势。因为当时，公社农具修配厂，正在给牡丹江市木器家具社赶制一批订货，七斗橱啦，带玻璃镜的衣柜啦，方桌啦，茶几、靠背椅啦，还有婚丧用的木器啦，学校用的桌椅啦，尤其是当时各村的生产队，都建立了幼儿园，小桌子、小椅子、木马、滑梯之类的订货很多，总之，都是细木活儿的家具。马程远隔着玻璃窗老远一看，就越发感到柳河镇在傍黑天的时候，更是一片繁荣和兴旺的忙碌景象了。

马程远在农具部门口卸下那两个大车轱辘，向一个刚下班的小铁匠，正打听老木工武有才下没下班儿的时候，却不想，碰见公社农具修配厂的营业科主任杨忠从木器部那边走过来了。马程远心想，这才糟糕哪！

因为送来的活儿，要是经营业科一过问，那就说不定要排到哪一天去了，压个三月两月，不算什么。要是不经营业科，只要找到老木工武有才，那就不同了，不管什么活儿，连打两个夜班，就给赶出来了。今年管理区一些秋收工具的"改革活儿"，完全是靠武有才老师傅给打夜班赶出来的。原来这老木工武有才，本是卧虎岭管理区的木匠，公社建厂，才把他调到柳河镇公社的。而营业科主任杨忠就又不同了。

那杨忠原是镇上一家木匠铺的老手艺人出身，四十来岁，能读能写，又打得一手好算盘儿，两只眼睛像雄鹰一样，乌黑发亮，别提有多么精明啦！从来和谁都不讲私交的。以往，手工业生产合作社时期，杨忠还是一个兼会计的七级木工，公社建厂不到三年工夫，他已经是代表厂长出头露面的掌权干部啦！农具修配厂木器部的扩建，是经他手设计的，上缴的利润，一年当中从八千元到三万六千元，也是在他的算盘子底下上升的。因之，尽管他身上穿的还是旧棉服，耳朵旁尽管还是夹着根画线铅笔，和手工业生产合作社当会计时候一样，从来不离操作床上的劳动。但那种望人的眼光啦，说话的神气啦，都看得出来，带着一种办事握有一定准则的气势，坚定得很。

"这两个大车轱辘卸在这儿干什么？"杨忠走过来问。说话时，脚下的棉鞋触了触车轮子。

马程远一听，风势果然不对，就用冷冷的口气说："你说是干什么呢？拉到农具修配厂来的车轮子，还不是要修么？"

"现在是什么季节啦？你们还要修大车轱辘呀！眼看就要走冰道，拴爬犁啦！大车还能走几天呀！"

"要是不下大雪，就会走冰道啦？"

"怎么会不下大雪呢！你看看，这是什么样的天气呀！"

"那可很难说，就是老天今天晚上能落场雪，谁敢保明天不来个暖和天呀！雪要是一化，大道上全是泥浆子，还不得靠铁轮大车晃荡呀！"

杨忠侧着头，仿佛不认识这个又矮又壮的车老板，要仔细看看这个固执的人儿似的："你说的话可真奇怪，明天就是不上大冻，过个三五天也要上大冻呀！"

"那可很难说！"这个又矮又壮的汉子说，"这可是老天的事儿。要是雪再不厚，太阳一晒，道面儿上就露出土来了，就是上冻那还能走爬犁呀？"他的话声铜钟般响亮，这是在草原上打洋草的人所惯有的一种声音。

"唉！同志！你别吵呀！有话咱们小点儿声说，不好么？"

"小点儿声干吗？难道还怕人家听见么？"卧虎岭管理区的运输组大组长的声音，连隔着一条街道在建筑公社楼房的夜班泥瓦工人都听见了，有的蹲在高高的脚手架上往眼底下看呢。马程远就觉得更加理直气壮了，他说："你们挂着农具修配厂的牌子，为什么就不接农具活儿呀？还不叫人家讲话呀！"

"哎！谁说不接农具活儿呀？你不要吵呵！同志！"营业科主任杨忠半是谴责半是恳求地说，"有话咱们好好协商不好吗？"又说："大车轱辘可不是农具，同志！只能说是运输工具的附件，可不能说是农具！"说话工夫，就弯下腰去，大冷的天，也没戴帽子，就逐一检查起那两个大车轱辘来，口里不住地说："这不是还蛮好吗？车圈儿裂点缝不要紧，车辐条活动的地方，自己找两根钉子一钉，我看，凑合着使到明年春天，不会有问题。还蛮能顶一阵子呢！"

"怎么还蛮能顶一阵子呀！这车圈裂成什么样了呀？要是装上三千斤的载，能经得住么？不压零碎了呀！大冷的天，要是车轱辘在半道上哗啦了，我们上哪叫人去呀！还不得抱着鞭子蹲在大道上挨冻呀！"

"你们不会少装一点儿吗？"杨忠依然冷静自制地说，"公共的财产要爱护！什么样的大车，还架住拼命地装啦！就是车轱辘吃住劲，辕马也抗不住呀！要不这两年大车坏的这样多！"

"不是'大跃进'么！少装还能拉得出去呀！过去一垧地是多少出产呀！如今又是多少的出产呀！出产的东西多了，可是车呀，牲口呀，添得不多，就是这样干，今年春天，该送到地里的粪，还没有送足数呢！要不，就是今年春天旱一些，我们卧虎岭也不会只有五家子一个队超产呀！"

"你不吵，行不行？"杨忠在恳求中带着警告的口气，"我们这不是协商么？"又说："要是留在厂里修理，就不能急，要是等着用，就拉回去，自己钉巴钉巴！"

马程远心想，他又该要说，厂里的生产计划还要赶着完成，要说，计划外的零活儿排不上去，要说，这是关系上缴利润的指标，关系到社会主义建设资金的积累，要说，农具修配厂是国营地方工业，全民性的生产企业等等，像往常马程远所听到的一样。但这回，却出乎马程远的意料之外，杨忠却没有说到这些。他的理由仅仅五个字："眼下没木料！"声音低而有力。仿佛是在这上面，没有留下什么可争论的余地了。

"没有木料！哈！"马程远的声势突然增加了三分，"那么，你们是拿着什么在那里刨呀？不是木头么？你们做棺材，怎么又有材料呢？门口一摆就是三口呀！呵？"在从玻璃窗射来的灯光底下，马程远看见营业科主任杨忠那雄鹰般敏锐的眼光中，反而露出笑意来，这种笑意是他所疑惑不解的，因之他本来要说："棺材是什么做的呢？难道还不是木头做的么？"却说成是："棺材是什么呢？难道棺材还是农具么？"

"唉！同志！你让我说两句话不好么？"杨忠两只眼睛在射到窗玻璃外的电灯光下闪闪发亮，而声音却是低沉而坚实，"同志！你没有看到那三口寿器，是什么料子的么？那不是杨木的吗？拿杨木给你们用，行么？杨木、柳木、椴木，我们可有呀！我们可不能用软杂木头来做轮圈呀！是不是？"又说："你别看我们不在农业活儿上求利润，可是还得往上搭上等材呀！你别看我们做的寿器利润大，可都是等外材！"

"那我们要等多久呢？"马程远不由得叹息般地问了。

"奶峰山管理区清除蚕场，砍下来一批柞木，可是没车，拉不下来呀！"营业科主任杨忠，靠近一步，亲切地说，"你看怎么样？能弄两辆车么？"

马程远心里叫道，这个营业科主任，可真有两手呀！我们送来的活儿，他还没有接过去，就又伸手，向我们要运输力啦！嘿！真厉害。

马程远用手里的柳条鞭，在脚尖前头划着，划过来，划过去，一时不知道该怎么说。

"你看，有活儿，都知道往我们农具修配厂送，可是一提到运输力啦，就都不响啦！有的把活儿拿走，再打镇上过，都躲着修配厂的门口走!修配厂自己可没有拴大车呀!眼瞅着,有柞木,拉不下来,又有什么办法呢?"见马程远不说话,又道:"这样吧!一开化,管保耽误不了你们使车,怎么样?过了春节来拿!"

"过了春节呀!"马程远提起手里的柳条鞭子,吃惊地高声叫道,"说了半天,这不是还是原地没动么?我们今冬的粪,就不用往外送啦!"

"那叫我们怎么办呢?要柞木没有柞木,要水曲柳没有水曲柳,你们要是能出两辆车,到奶峰山,把我们的木头拉回来,也行呀!"

马程远第二次用鞭子柄在自己脚前划来划去,很是不耐的样子。

"我们按里程,该付多少脚力就付多少脚力……怎么样?你们又不肯出车,是不是?"

"奶峰山的木头,奶峰山管理区不出车拉,还有叫我们远路村子去拉的道理吗?"马程远最后抬起头来说,"等武有才师傅回来,我听他说一句话好啦!"

营业科主任杨忠就告诉他,武师傅到五常县水利工地,参加运输工具改革的现场会议去了,说,他还要过一个礼拜才能回来。又轻声地向马程远说道:"你们卧虎岭的人,也该替武师傅想一想呀!木器部的商品活儿可都是计件工资呀!今年一个秋季,武师傅光给你们耕作区忙活啦!"

"呵!还有这些讲究么?"马程远那两只玛瑙色眼珠儿,瞪得铃铛般大小,说道,"你要不说,我们哪里知道呢?我们还当是他打夜班给赶的呢!这么说,秋天给卧虎岭忙的活儿,是武师傅个人吃亏了?"

"吃亏不小呢!哪个管理区送来的徒工,在木器部,一个月不是百儿八十地拿呀!可是你们卧虎岭的武师傅就不行,活儿是干了不少,收入可是不但没加,反而少啦!"

两个人原来是对立的,距离很大,现在却觉得彼此之间的距离,突然消失了。在马程远来说,觉得这个营业科主任倒还爽直,埋怨的有道理。

在杨忠来说，看出对方有些自疚，说明对武有才师傅同样很体贴。因之，约马程远到营业科去坐坐，说："要变天啦！"马程远就说："还有二十挂零的夜路要赶，下次进街再来'唠嗑儿'。"

那两个大车轱辘，就这么留在公社农具修配厂了，两个人，也没有讲明什么时候来取。

等到马程远走出柳河镇，才发现天气已经是很晚了，到家总得要过半夜了。而且天气是越来越冷，走到半路上，果然四围就落起鹅毛雪来，大片、大片的，树枝子都为坠雪所触，窸窣有声。

二

这场鹅毛大雪，落了一夜，第二天一直没有停。

马程远的眉头，顿然感到轻松了。因为眼看要走冰道了，要是爬犁出动了，问题倒不在大车上，倒是马匹又不足调配了。自然，关于那两个大车轱辘的修理问题，也就不需那么急迫地去催了，尽可以留到明年春天去。

管委会所在的卧虎岭村，离饲养场三里地，天一亮，马程远打发走车辆，就到管委会来了。不想，管委会的党支书记、主任、共青团支部书记、村妇联主任，还有各生产队的正队长，都在天傍亮的时候，冒着大雪到县里去开重要的会议去了。不管是会计老刘头儿，还是留在屯子里的管理区副主任，还是党支委员兼保管的耿老三，一个个都是春风满面，快活得像碰到什么节日一般，分明是他们在党支书记接到通知电话的时候，已经听到有关会议内容的消息了，可是谁见了他也没有透露什么，都只是说："老马呀！这场雪下得可是时候吧！"都说："这场雪，呵！赶上黄金那么值钱吧！"

这一天，马程远和留在家里的几个掌鞭子老板儿，把马爬犁都拉到库房院子里，拧绳套儿的拧绳套儿，搓线的搓线，钉的钉，刨拉杆儿的刨拉杆儿,忙了一天,管理区所保管的一些马爬犁,总算整理妥当,单等夜里封冻啦!马程远本来打算把一部分铁轮车和胶轮车换下来,铁轮车留在村子里送粪,胶轮车就雇出去拉长载。可是各村的生产队来电话打听究竟能调回去几台车,他却不放口,只说能不能出爬犁把拉甜菜的大车替回来,还要看天气。

夜晚,只听到风刮得电线呜呜直响,天气是变啦!果然,一夜工夫,雪还没化透,就上冻了。自然,一早,卧虎岭管理区的马爬犁都出动了。可是马程远没有想到,底下各小队的男女社员,已经全部出动,用人爬犁往地里送粪了。就连管委会仓房背后搁置的那两个摘掉轮子的车座子,也给人在两边挡上板,拉出去运粪啦!

马程远从饲养场到管委会的这段路上,逢人便说:"好呵!好呵!近地人力往外运,远地用大车,这样干,咱们今年冬天就能多出去几辆车揽载啦!"逢人便说:"好呵!好呵!咱们这样干呀!咱们在副业上,就非要劳动日值还往上涨几分不解!"不用说,马程远是多么兴奋啦!在他说话的时候,那两只玛瑙色的黄眼珠儿,乐得骨碌骨碌直转。自然,那两个留在公社农具修配厂的大车轱辘,就越发无关紧要了。

一个礼拜之后,去县里开会的干部,都到柳河镇啦!卧虎岭管理区的党支书记,有电话回来,说,在公社还要耽搁两三天,打听家里往外送粪的进度;又说,为了加强农业,大办粮食,公社畜牧场又调给管理区六头马,要人去赶;并且说,这六头马,都是苏联奥尔夫改良种挽马,一头马有两三吨的挽力,腿粗,蹄儿也大。

马程远在旁边一听,就问留在村子里的副主任说:"我到柳河镇赶去。咱们挽马一增加,还得要赶紧把那两辆破烂大车,修补起来呢!"又欣然自得地说:"要是咱们今年冬天能出到十二台车,在外头拉载、搞运输,那咱们的劳动日值还不要冲破一元二的水平呀!"

却不想管理区副主任却说:"咱们要大办农业、大办粮食,可不能光往劳动日值上使劲呀！"

马程远离开管委会时暗想，是呀！大办粮食，就要往粮食上使劲，要是还在劳动日值上着眼，岂不要犯错误么？不由得暗暗称赞副主任，人家年轻，到底是领导呀！办事原则性就是强呀！

这次运输组大组长马程远，去柳河镇赶马，觉着还是不能空手去，仍然套上老牛爬犁，不过这次拉的不是桦木样子，而是公社食堂所需要的喂猪饲料。

那会计老刘头儿原说好，要搭爬犁走，一看，"大组长"马程远有马不套，却拴了个两头牛的爬犁，就说："我可不要坐老牛爬犁，大冷的天，坐在上头还冻不结实呀！"

只见马程远穿了件短筒子羊皮外套，在他身上显得又肥又大，头顶上戴了一顶狗皮帽子，把外套往身上一裹，尽自跳上爬犁去，并且得意地笑着说："别看牛车，可是稳当呀！"他心里却想，不是要大办粮食么？今年一冬，还得要保得住牲口的膘头呀，那几匹马，下半夜才卸的车，岂能再套。又得意想，别看我没到县里去开会，消息可也灵呀！

三

"你好呀！老马同志！"

马程远想把牛缰绳拴到钉马掌的架子上，看到公社农具修配厂的营业科主任，耳朵夹着管铅笔过来打招呼，就眼睛望着在柱子上盘结的缰绳说："你好！杨主任。"

"给我，我来拴！"营业科主任杨忠殷勤地接过缰绳，把牛爬犁拴到木器部门前的电线杆上，一面结绳扣儿，一面说："那两个大车轱辘，我们昨晚上就全修好啦，是不顶用的车辐条，都给拆下来了！"又眼睛望着马程远说："你跟我到后院去看看吧！管保满意。"

"真的呀！"马程远又惊又喜，疑惑地看着营业科主任杨忠："怎么会这样快呀！我这还想找武师傅听句回话呢！"

"我们修配厂党支书记从县里一回来，就给我们指示啦！社会主义建设，要以农业为基础呀！对不对！"

"这回你算是说到我心里去了呀！"马程远得意地笑了。又问："那么，你们在奶峰山的木头都拉下来了？"

"还没有！现在是大办农业，大办粮食的时候，我们还能向农业上伸手，要运输力么，我们现在正赶造爬犁，准备自己拉呢！我们可以向公社畜牧场要牲口，畜牧场那几头阿尔登种马，整天闲着，也该干点正经活啦！"不等他回话，就在离开电线杆子时，顺手拉了他一把："走吧！走吧！咱们看看去！"

"那你们是从哪弄到的硬木料呀？"

杨忠就靠在他耳朵边上小声说："做靠背椅的水曲柳，我们都给用上啦，要不是大办农业，谁舍得往外拿呀！"营业科主任杨忠的说话神气啦，笑容啦，处处都流露着一种亲切感来。他说："工业的发展，还不是得全靠农业的粮食大增产来支持么？"

马程远第二次听到这样的话，为了表示谦虚，就说："可是这些年我们农业上的增产，还是工业给我们的支持大呀！"

"农业可总是建设的基础呀！"等营业科主任杨忠一看到木器部北窗底下那两个大车轱辘，他那雄鹰般的眼光中，就现出一种老厨师在顾客眼前端来一钵拿手的"红烧头尾"的神气，侧着头注意马程远的反应，似乎在问："怎么样？"并示意要马程远蹲下来，仔细摸一摸、看一看。

"哎！老马！你要看看这是什么样的水曲柳呀！"杨忠显然不满足对方那种仅仅关于修理速度的称赞。在他眼中闪着一种欣赏和贪恋的光辉，仿佛一个酒徒蹲在茅台酒坛子跟前一样："你看看这种色道，呵？这木质，多细致呀！现在，你到木材厂去看看，在一般民用木材里，能找到这样好的水曲柳么？"

"那倒是呀！这样的水曲柳近两年可是不多见啦！"

"你再看看，这些车辐条！"营业科主任杨忠从耳朵旁拿下画线铅笔来，在车辐条上敲着："你听，这是什么柞木呀！过去，这种柞木都是配黄花松寿器板，做'川带'用的！"又解释道："川带就是棺底子上的横挡木呀！"

"柞木我可见过！柞木在咱这儿，可不算什么娇贵木头……"

"我说，你外行吗！"

"怎么的，柞木还有什么讲究么？"

"你听！你听听这是什么声音？这是木头吗？这不是和钢条的声音一样吗！"

"我可听不出来！"

"你仔细听听！不是嘣嘣的么？一点儿湿气也不带呀！"又说，"你知道，这是在哪长的柞木吗？"

"不知道！"

"这是山南坡上长的，山北坡长的柞树，木质就不是这样细致了！"

马程远兴奋地说："你们和武师傅一样，也舍得往农具上搭好木头了。"

"这是执行党的大办农业的政策呀！"又说，"不光木头选好的，你再看看这活儿的手艺呢！老马！你看看这辐条儿，有缝儿吗？这不是像一根木头上雕出来的一样么？你再摸摸，不像绸子一样光滑吗？"

"真是，看出工夫来啦！"马程远站起来之前，摸了摸辐条口。

"怎么，回来拉吗？"

"回来拉，"马程远说，"你知道，我还要到公社食堂，把那十几袋喂猪饲料送去，回头还要到畜牧场去赶马。"

离开公社农具修配厂的路上，马程远心里不由得赞美道，这才是听党的话呢，人家执行起党的政策来，是这么认真、彻底……对营业科主任杨忠，不由得升起一种由衷的尊敬和爱戴的感情来。

白桦树荫下

一九六〇年初夏,大兴安岭北部,从黑龙江码头到内蒙边界的三塔公路正在修建的时候,在公路未来的中间站——一个为长满各种天然树林的优美山峦所环绕的小平原上,已经是帆布帐篷和松树干叠建的木屋林立,形成一个热闹繁荣的临时村镇了。

一个现代型的林业镇市,正在这临时村镇二里外的平原中心,按规划动工建设着。尽管公路还没有伸过来,但在这里却连未来的铁路线以及木材装卸场、车站的位置也区划出来了。小平原上的洋草,去年夏天已经打过第二次,沼泽地已经露出了干燥的腐殖土,并且开辟了一条宽阔的十字路基的未来街道。稠密的人群,都在这十字路基一带,兴奋地忙碌着,劳动着,呼叫着。凿楼基石的声音叮当直响,打夯的号子声此起彼落……这种喧闹的声浪飘荡在小平原空间,在五里外一听,闹哄哄得胜过一个繁荣的集市了。

相反,在那临时的构筑简陋的村镇里,白天却显得很寂静。但不管是邮电局的架线工、供销部门的运货人员,还是捎着标杆的测量人员,只要是从这寂静街道上路过,脸上也全都现着忙碌而兴奋的神色,步伐都是那么匆匆,显然他们都受着工地建设活动的牵制,仿佛天体中的繁星,都各自有着互受牵制的运行轨道一样。这时候,只有林业局医疗所的院子里,坐在白桦树荫底下一伙人,是和整个工地建设的沸腾气氛脱节的。

这排白桦林子,现在只有十几株了,原来面积却很大,一直到烧砖窑、晒坯场,全是腐殖物堆积很厚的桦木林子。一九五八年冬天,一个有名的林区医生和几个从林业职工家属中选拔出来的护士,亲自动手，在这里建筑医疗所的时候，还在房后那片桦木林子里开辟了一条林间走道。却不想，仅仅一年的工夫，在这里再也看不出原是一片原始桦木林子岗地的痕迹了。另外，当初盖医疗所的时候，谁也没有想到大兴安岭的塔河流域会发展得这么快，简直是飞跃一般，原来还认为十足宽敞的一排五间的诊疗室，自从三塔公路动工修建之后，就显得过于狭小了。结果，在主房两侧又不得不搭起两幢帐篷来，作为陆续增加的医务人员及其家属的临时宿舍，把原来开辟的排球场又占去大半截，院子就显得格外拥挤。现在看来，连医疗所门前保留下来的那十几株作为风景点缀的白桦树，反倒有些碍眼了。但夏景天，来这里候诊的人，坐在屋檐底下，却全靠这排桦木林子遮阴凉。

现在岭外的树木已经是浓荫满地了，而在这里，白桦林子的叶儿，还很娇小、稀疏，仿佛初春光景，阳光也似春日一般的温暖。坐在屋檐底下树荫中的候诊人，有黑河建设局的筑路工、林场的伐木工、水动力木材厂的锯板工和他们的家属，还有福利科的猎手和一个住招待所的过路的金矿矿工。他们有的现着一种宁静、舒适而又安闲的神气，抽着烟管，有的给树荫空隙间的阳光晒得要打瞌睡，也有的埋头在想什么心事，只有一个每天来敷药的年轻伐木工，兴致勃勃地在和人聊天。

这个伐木工，人称小杨。他在采伐时，脚背给树干砸伤了。他手持一根借以支撑着身子走路的松木棍，一颠一颠的，却不愿意在屋檐底下的长凳子上坐下来，可见这个人精力是多么充沛而又多么活跃了。他的眉毛又粗又黑，两只活泼的大眼睛流露着一种少年得志往往不免的昂昂自得的神态。谁都知道，他在林场里日采伐量常常达到四十立方米以上，超过定额一倍，和拉上锯的老师傅两个人，一天就是三元四角的超额奖金，再加工资之外还有百分之五十的山区津贴，眼下他手里已经有了一二千元的存款了，自然，这倒不是他腰杆儿很硬气的因素，他之昂昂然地自得，倒是被推崇为采伐标兵的地位使然。

"咱们的公路，到底修到什么地方了？"他说，"不是去年封冻的时候，早已过了鄂伦春自治乡了么？这才不到二百里路的距离，怎么还没有修到咱们这里呀？"

他问的是那个黑河建设局的筑路工。那筑路工六月天还披着件棉袄，合着眼睛，用打瞌睡的口气说："路面早铺到老固其故营林所了，义撒气大河过不来，就等大桥了！"

这个消息，立刻在候诊的那伙人当中，引起了注意。有的欢呼道："都铺到老固其故了？这不是很近了吗？"一个来做安全检查的中年孕妇，在人们交换着又惊又喜的眼光当中，脸上闪着兴奋、欢跃的笑容说："听说，在三合站码头上，从黑河运上来的大白菜呀，葱呀，都露天堆在那里，也运不进来，一个冬天还不冻坏了呀！不会给十八站那边的金矿上的人拉去呀！"一个手持长烟管，做旗装打扮的年老妇女说："弥陀佛，快通车吧！一个冬天，连新鲜菜也没吃到一口，除了犴肉干儿，就是咸鱼和大酱，我可吃够了！"那个腰扎军用带的猎手用吵架的声音说："现在，大甸子里的山芹菜都有一尺高啦！再过些日子，黄花菜也出来了，那不比冻白菜好呀！"

那个手持松木棍的年轻伐木工小杨，对他们这些谈话，全不在意，他所盼望的是公路通车之后，能给他带来大批的刊物和报纸，他是那么热切地关心着祖国的建设，尤其是他自己家乡的农田水利的建设。听到筑路工的话，他又问："公路要是铺到老固其故，那么前面山口子上那些人，又是干什么的呢？"说话时，还用手里的松木棍遥遥指点着。越过白桦林子背后的旷野，可以看到路边有杨树露出顶端枝丛的山谷。在那里有些搬弄石头的工人在活动，还能隐隐听见岭背后传来的凿炮眼的叮当声。

"那呀，"筑路工后脑靠在窗台上，连眼睛也没有睁，仍然用打瞌睡的口气说，"那是打炮眼，炸石头的。"

"是呀！"那年轻的伐木工小杨背对着筑路工说，"那怎么能说铺到老固其故了！"

有人说，那是采石场，专门弄修大楼的石料，和公路两码子事儿。筑路工却不作声，这时，他晒着阳光，正舒服得很，他的注意力仿佛全集中在享受那春日般的阳光上去了，实际上他在想，医生又都到工地去参加义务劳动了吧……真慢呀！还不叫我呀！

看到那筑路工慵懒思睡的样子，显然不是谈天的对手，伐木工小杨，就用松木棍支撑着身体，一颠一颠地走到猎手和那两个妇女的面前来了。他们正谈得热烈，那个中年孕妇在说，她一个人不管怎样，可是不敢到大甸子里去采山芹菜，说，她就怕碰到狼。她说得很简短，仿佛耳朵在注意着护士的呼声，随时会轮到她"检查"似的。

"哪还有狼呀！"伐木工小杨插口说，"大甸子的狼都跟着狍子跑了！还会有狼呀！如今，你在塔河一左一右，连个飞龙也找不到呀！五八年秋天，我们刚刚来的时候，不用往远处走，就在这烧砖窑一带的桦木林子里，那飞龙呀，乌鸡呀，沙斑鸡呀，简直是一群一群的，那年冬天，乌鲁克局过春节，大摆飞龙宴，他们一冬就打了七百多只，你想，有多少呀！"

"那年狍子也厚呀！"福利科的猎手用草原上特有的高音叫道，"多会儿，食堂要说开会聚餐啦！再不，黑河那个书记上来检查工作了，要吃狍子肉，我都没过塔河北边去呀！走不出去三里地，枪就响啦。哪像现在呀！一两个礼拜，翻一两道山，也见不到个狍子影！"

从他们的谈话当中，可以知道，在这地广人稀的地方，人与人之间的关系分外的单纯，谈话也放纵，更可以看出来，在紧张的建设当中，他们能有一个坐下来闲谈的机会，又是多么兴奋！

这时候，只有住招待所的那个过路的老矿工，独自保持着沉默。他那两只显得过分年轻的眼睛，望望这个，望望那个，尽自听着别人的谈话，抽着烟，一声不响。这是个将近七十岁的老头子，没留胡须，看起来，只有四五十岁的模样，脸色光润、年轻不说，一道皱纹都不见，这是常年为树林、新鲜空气、旷野和充分的阳光所滋润的一种肤色。他手里擎着短烟管，在那短烟管上系着一个出于鄂伦春妇女之手精心绣制的烟荷包，十分雅致，古色古香的。可见在金矿上，他和鄂伦春猎人没少打交道。但他的两只大手，却极粗糙，手指上的裂口又多又黑，正像经常在沙石之间沾弄水的一般矿工所有的两手一样。他叫陈富才，在金矿上早已退休，却又不愿离开大兴安岭，眼下留在金矿上看看菜园子，挡挡鱼亮子，算是食堂的外勤人员。

他正抽着烟，听着他们的谈话。从二里外的山谷间，突然传来了山石爆炸的巨响，仿佛天崩地裂一般，震得背后的窗玻璃沙沙作响，墙上有尘屑纷纷落下来。在山谷间震荡的回声，像霹雳一样，隆隆然地滚向远方去，同时从对面的山谷，有三股浓烟升腾起来了。山韵还没有停止，山腰间又传来了大块岩石纷纷滚落的响声，仿佛半壁山的岩石，一下子全部塌下来一样。

等到空间又恢复了沉寂的局面，帐篷背后就响起有人劈木桦子的动静，这是在山石爆炸之前，谁也没有注意到的一种声音。诊疗室背后，在二里外的草原中心，仍然是那么喧闹。

在寂静中，那伐木工小杨左右顾盼着说："你听，刚才这动静，还会有狼么？啊？"周围的人都忍俊不禁地笑起来。于是他得到有力支持似的又断然说："什么也吓跑了呀！什么野牲口不怕人呀！什么都得怕人！"他根本忘记了自己是在这里候诊似的。

他刚开始的谈话，却给在门口出现的年轻女护士打断了。这女护士粗眉大眼、黑脸膛，却漂亮。她的脸色很甜，身材雄健，正像黑龙江省土生土长的姑娘一样。她向那伐木工小杨摇摆摇摆一个手指，用眼色示意墙上有"保持肃静"的标语，之后，就呼唤轮到的候诊人了。不管从她那轻盈的步伐上，还是从她那摇摆一个手指头的动作上，都流露着一种珍视自己工作岗位的神情。而且她那种称心如意的情绪，仿佛院子里那排白桦林子一样，给人一种新鲜的春天般的感觉。

"你认识她么？"等那护士在中年孕妇身后走进门口去，伐木工小杨向猎手机密地说，"她是局党委办公室杨秘书的爱人，医院的共青团书记，可棒啦！"又说："我在局里的周末舞会上，听过她唱歌呀！她的歌，唱得更棒，简直像在百里不见人烟的大草原上唱的一样！"又自语式地小声说："等医院大楼一盖起来，咱们医疗所就扩大了……变化多快呀！要是内蒙那边的铁路再修过来，大兴安岭可就要轰轰烈烈地大干一番啦！别的地方，哪有这里的林子厚呀！平均一公顷一百六十立方米的木材。小兴安岭呢？拿穆棱局来说，有的林场一公顷平均十六立方米，可还采伐呢！哪比得上这里呀！"

"那边的木头可粗吧？"老矿工陈富才低声问。

"可是杂呀！"伐木工小杨也低声说，"又是椴树，又是柞树，又是红松、水曲柳，一天，这么说吧，总得要换二十道大锯，掉过来，换过去，哪有大兴安岭的木头好做呀！这要是铁路从内蒙那边伸过来，全国工矿，要多少坑道木、电杆子，咱们还不供应多少呀！"

"天气可真暖和了！"那筑路工现在打断伐木工小杨的话，睁开两眼说，"一暖人就困呢！"

"咱们这里的气候，比起前一两年来也暖啦！"有人这么应声。

"不光天气暖啦！地性也变了呀！"那个腰扎军用带的猎手仍然用高音说，忘记了女护士对伐木工的警告，仿佛他等这个发言机会，等了好久似的。"前些日子，我到巴延纳鄂伦春人那里去讨换围狗，咱们五八年上来的时候，那里不是要路过一片烂泥洼么？是呀！就是那块大杜实甸子，一脚下去，烂泥没到大腿，越拔越深，可是你猜怎么样？如今变成一片干干松松的腐殖土了！这不是地性也变了么？就是人上来得多了呀！"

"人上来得多了，地性怎么还会变了呢？"那年轻的伐木工低声而冷静地插口说。

"可是变了呀！这难道还是假的不成！"那福利科的猎手一时不

知道怎样来辩解，左右看了看，仿佛要找什么人证明似的。

"劳动创造世界呀！"那老金矿工陈富才现在接过话来了，耳语似的放低声音道，"还用说旁的么？就拿晒坯场来说，从前还不是一片杜实甸子么？现在也没有挖排水沟，怎么干了呢？那还不是挖土挖的，你看，那个土坑里不是满满的一塘水呀！都渗到坑里去啦！这还是修的简易路，要是公路，那两旁的地，更该干巴巴的了，劳动能改造世界，还不是有道理么？要么说共产党的话，就是有道理呢！"

"可是气候怎么改变呢？"伐木工小杨在许多赞助的声音里，又问。

"你看看，如今草原上的草根底下，能找到有冰须的土块吗？一开春，就找不到了呀！这还不是年年打洋草呀！往年，太阳光还能晒到地下的腐殖土么？草那么厚，从开天辟地就那么长起来，枯掉了，枯掉了又长出新的来，日光哪晒到草根底下啦！可是一打草，腐殖土就都露出来了，秋天给毒日头晒得都发烫，冻都化到两三米深，气候还有不变的呀！五八年，我跟着鄂伦春运粮食的驮子从这路过，七月份天气，就在河滩上打的露宿，那霜下的，树叶子都白刷刷的，可是去年九月里，我们又打这路过，还没见头场霜呢！这不是差……"

他们的话被从白桦林背后的简易公路上传来的马车声打断了。这是一辆达呼尔式轻便马车，两个车轮倒有半截高过车厢。人们从车夫的呼喝牲口当中，从马蹄敲击着结实的土路发出的嘚嘚声中，都听出来，是向医疗所送紧急的病号来了。

现在，连那些坐在候诊凳上打瞌睡的人，也都睁大眼睛向白桦林子背后的简易公路上瞭望起来了。

那辆达呼尔式双轮轻便马车，果然绕到医务人员的帐篷宿舍背后，在帐篷和医疗所之间所形成的夹道口外，停下来。最先迎出去的，是那个体质健壮脸色很甜的女护士，许多人在街道上把那辆车团团围住了，还有一些孩子正呼叫着往这里跑过来。有些候诊人，也趋向夹道口，停立在夹道口上瞭望。这时候那个女护士在头前领路，身后随着木板担架。她的脸色仍然很镇静，另外还有些职责性的庄严。由于在夹道口上，人们堵住了走道，她不得不停下来，用她那两只闪光的大眼睛开路，那眼光仿佛是说，你没有看到你站的位置，挡住走路了么？那眼光落在谁身上，谁就不得不往后倒退两步，再倒退两步，最后，脊背贴着墙，给担架闪开路。因为，那担架两侧还有两个人横步扶持着做随从。有一个人，还戴着采石场工地指挥的红布臂章，只见他脸色仍然很紧张，望人的眼光也惶惑无主。另外一个小青年，满脸通红，显然是面部充血，眼睛里止不住泪水，半边身子还带着尘土，耳朵上、鼻梁上，仿佛给火药熏过一样，带着乌黑的痕迹。担架板上，盖着一条蓝绸子面的棉被，可以看到白衬单儿上染的血迹。受伤的人，脸色蜡白，但两只眼睛却又神采奕奕、晶晶发光。他尽管也在注意着向他探看的各种眼光，却又仿佛没有什么感觉一样。如果一个意志薄弱的人，见到周围这些探望的脸色和好奇的眼光，注意到那些脸色、眼光中的反应，正是面对着一个生命垂危的人的反应，那么，他就会受到这些惶惑、怜悯以及痛惜等等情绪的感染，会立即失去自持，发生对于自己的生命即将丧亡的恐惧的。但在他，却看不出半点什么反应来，只在木板担架当着医疗所门口停下来，那个女护士在人们包围中目测，是不是担架能从门口顺利通过的时候，那受伤人的神采奕奕的眼光，才开始向侧面顾盼，显然他在找寻什么人。他的眼光落在身侧那个满脸充血的小青年脸上，现出这正是他所要找的那个人的宽慰样子。这青年的脸，像喝过酒一样，血红血红的，正在用手背擦脸上的眼泪。

"哭什么呢？"周围的人都听见受伤者的微弱声音这么说，"不要哭，你看，我不是挺好么？不要紧哪！"

看那意思，为了要证实自己"不要紧"，他很想做出一个笑容来宽慰那个小青年，但刚一开始作笑，就不得不皱起双眉，忍疼地咬紧牙关了，直到现在，他的肉体才开始恢复局部的感觉，他用微弱的声音，要水喝，说："水……口渴……"

"他是怎么受的伤呢？"担架抬进诊疗室之后，金矿的老矿工陈富才迎面截住赶车的人问。

"放炮受的伤！"那个赶车人手提鞭子，激动地大声说，"什么事儿，都是该着呀，要不是他跑过去，早把他徒弟炸零碎啦，要不，他徒弟就那么哭得伤心呀！"

"怪不得呢！"那个年老的林业干部女家属啧啧称叹地说，"那小伙子，看样子也挺机灵，怎么会出事呢？不等炮响，就往爆炸石头的地方乱跑么？"

"要么我说，什么事儿都该着呀！"那个赶车人大声说。

原来，受伤人的徒弟，也是一个爆炸手，药捻子点上了二十分钟，没有动静，那个徒工以为是雷管报废了，就从安全洞里走出来，要上去检查检查，另换雷管，他师傅叫他，他还说，没有事儿了！等到老爆炸手追出来，炮就响了。那赶车人说："烟还没散，我们就都跑过去了，知道要出事儿，一看，两个人当时都震晕了！小伙子还好，压在老祁头儿身底下，没怎么样，可是老祁头儿的一条腿，给石头砸断了。"

"啧啧，他还向徒弟说宽心话呢！"那年老的旗装妇女说，"多么好的一个人呀！许不要紧吧？"

陈富才老金矿工就叹息道："这是共产党派人进山来开发大兴安岭啦！伐木工人背后还带着医生，一个林业局有这么个医疗所，要是从前，那还能活呀！那时候，在山里砍木头啦，挖金子啦，有病有灾的，上哪去找医生呀！医生都在城里，赶着马车去请也请不来呀！谁眼睛里还有咱们在山沟老林子里的工人呀！受伤了！受伤了，还得歇工，死的人还有数呀！"

"这个是实在话！"那腰扎皮带的猎手一反平常的讲话语调，沉思式地，低低地说。

"再说，那时候，你也找不到这样的师傅呀！眼看着小伙子跑上去，喊不回来，就喊不回来，还会跑上去，用自己的身子保护别人呀！这都是共产党带来的风气呀！这才是大兴安岭的英雄呢！是共产党员吧？"老矿工又问。

"老党员啦！老祁头是一○三师转业过来的呀！老班长啦！"那赶车人说。

"我说怎么样？"那老金矿工陈富才说，"这才是好样的呢！"

那赶车人已说完原委，现在却尽自向诊疗室门口走去。在他们谈话的工夫，那体格雄健的女护士早已展臂挡住门口。那些刚从街上跑进来的孩子，还有从烧砖厂跑过来的歇班工人，在互相探问着："谁受伤啦？""在哪儿呢？"全都又溜向屋檐底下，拥挤在窗玻璃上，向内探望了。在赶车人手扶门框向里窥探的时候，那个用胳臂挡住门口的女护士就回过脸来，见到是赶车人，立即移开臂膀，想让路给他通过，但赶车人不想进去，显然他还惦念着夹道口外的牲口，他只在她耳旁小声问："不要紧么？"

"不要紧！"那年轻的女护士，也小声在他耳旁说，"我们一定设法抢救！"

"这我就放心啦！"

那个赶车人走出去不久，采石场工地指挥和值班的外科大夫两个人也走出来了，两人一直走到那排白桦林子背后的阳光下面去。伐木工小杨在这之前，同样是伏在屋檐底下的窗玻璃上的，现在悄悄地跟随在他俩背后，谛听着，他已完全忘记自己是在等待敷药的人了，竟在轮到呼他的名字的时候，高声叫道："我等一会儿再看！"可见他是怎样在关心着受伤人的命运了。这种关心，是从听到赶车人的诉说之后，听到那个老矿工对于受伤者赞美之后，才突然上升起来的。

"怎么样呀？"当他一颠一颠离开白桦林子走过来的时候，老矿工陈富才问。

伐木工小杨用叹息的失望口气说:"方大夫直摇头,你没看见吗?他说,要输血,没有血浆,要动手术,又没有设备——设备来啦,还在仓库里没打箱子,又没有电源、照明,还得往鄂伦春自治乡的医院送!"

"十八站离这里还有二百来里路,这要是在小道上一颠搭,还会保住命么?"那年老的旗装妇女问那女护士说。只见那女护士两条粗眉一皱,完全改变了原有的镇静自若的神气,那脸色仿佛在说,如果这样一个品质崇高的老战士,我们的医疗所不能挽救过来,那我们做护士的,又有什么光辉的意义呢?

当那以吃苦耐劳著名的老医生方树仁走过来的时候,她用身子挡住门口,那些候诊人听见她说:"是不是需要马上输血?我们共青团员可以支持……"只见那方树仁大夫用外国人的姿势,耸了耸肩膀。她又说:"是不是找郑景春大夫来会诊呢?他就在后头劈桦子呢!"说话时,身子越发前挺,仿佛是得不到满意答复,就决不会移步让路似的。

"好吧!"那体态轩昂、脸色红润的外科值班大夫叹息般说。于是那个年轻的女护士,迈着轻捷的步伐,离开门口,向帐篷背后的院子里走过去了。

"郑大夫是佳木斯医学院毕业的学生,我认识,是新来的,外科专门!"那伐木工小杨兴奋地说。

"年轻的大夫行么?"那旗装老年妇女说,"我来看病,可多会儿不要年轻的大夫看。"

"那可很难说!"那年老的矿工陈富才说,"如今的世界,有许多轰轰烈烈的创造,还不是年轻人搞出来的呀!"

在他们议论当中,那个护士已经陪伴着郑景春大夫走过来。这人只穿着件有拉锁的衬衫,只见他一边走,一边听着那女护士在向他述说什么,神色很激动。"那我们党团员,先输血好啦!保持住他的体温……"在他们匆匆走进诊疗室门口去的时候,他们听见那个年轻大夫这样说。

"听到了么?"那老矿工陈富才说,"这才是我们工人的医生哪!你们都听到了么?你们谁过去问问,要是血不够,抽我的!我是伤寒腿,血可是没有毛病,管保干净!"他说这话的口气,仿佛对谁赌气一样,抗议什么似的。

谁听到这话,也没有人再比伐木工小杨吃惊的了。仿佛在这以前,他没有看清楚老矿工的面目似的,呆然地望着他,说不出对他的崇敬,又因为这话不是从自己口里说的,对自己又感到失望,仿佛顿然失去了光泽似的。

"我去说吧!"门口传来第二次的呼唤他轮诊的声音,在老矿工的叮嘱中他这么软弱无力地说。

伐木工小杨手持松木棍离开白桦树荫之后,从帐篷和医疗所之间的夹道口,又响起吉普车的声音,只听见那小型吉普车哧然地在街口停下来,自然这是从二里外的草原中心驶过来的,一伙匆促的脚步声,从夹道口传过来了。这是一组穿着灰布制服的林业局高级干部,追随着管理局的党委书记和建设局的首脑人从夹道上出现了。他们都带着急于要了解爆炸手的伤势所有的匆忙而不安的神色。从诊疗室里有一个体态娇小的女护士跑出来。

"他们正在给受伤人输血呢!"那个女护士说,"郑大夫准备动手术,就是照明有问题,电筒的电,不足!我们党支部书记带着人到工地去参加义务劳动去啦!"后一句是回答局党委书记说的。只见那肩宽背厚的党委书记回头说了句什么,立刻有人跑开去,高声向吉普车司机叫道:"到商业科仓库去!快!"

所有的候诊人,在只穿着件条纹布衬衫的党委书记路过的时候,都尊敬地从长凳上站起来了。

"你们,都等着看病的吧!"局党委书记在路过时,这么问候。

"我们这不算病呀！"那金矿的老矿工陈富才说，"我们这是在今天啦！也娇贵起来啦！……"

"健健康康才能多做点工作呀！"那党委书记没有停留下来，面带笑容回顾了一下，这么说。那神气仿佛是说，要是我没事，还可以闲谈谈，可是现在，我得先去看看受伤的人……

那天，当陈富才从医疗所针灸之后，回来和伐木工小杨一路搭伴走，感到身心从来未有的舒畅。这倒并不是单单因为那个受伤的转业军人在局党委的直接关怀下，已经不但保住生命，而且不会残废了；主要的倒是因为，围绕着这个人物的生命，老矿工见到了在年轻的医务人员身上反射出来的党的光辉，尤其是那个第一个要求给受伤人输血的女护士是这么绚丽夺目。这时候，过午的阳光，在小草原上闪耀着，给人一种春天般的感觉，从剪过的草根上，生长出来的蓬勃挺立的密草，从未有的那么新鲜，欣欣然地在微风中飘动着。

"要是在从前，就是拿黄金也难买到医生给咱们工人输血呀！要么说，毛主席像太阳，走到哪里，哪里都见到他呀！你看咱们大兴安岭这么远的地方，还不是一样吗？"

"人家那才是英雄呢！"那伐木工小杨，头脑里同样思潮汹涌，完全没有听到老矿工说的是什么，自语式地说，"我们一天多给国家弄个三十二十米的木材，算什么呀！"

显然，伐木工小杨已从受伤的老祁头的品质上，看出作为一个英雄人物的风范，这种舍己为人的风格，深深地震撼着他的青春向上的精神。

暴雨之后

一

九月的天气，大兴安岭北部山区，一连落过两三天的暴雨，现在正是雨后头一个晴天。原始的草原啦，盆地式的天空啦，大乌苏河上的白桦林子啦，全都仿佛刚刚冲洗过一般，可洁净啦！那些远在十里八里之外的原始山岭，是那么娇小、优美，看来就像在面前，就像离着一二里路那么近，甚至，连岭上密林当中，冲霄站立的那些蜡烛扦子般的枯木，都看得清清楚楚，空间是那么清爽、明朗，简直是一粒尘沙都没有。

甸子里的洋草，都向一边倒去，可以看出落雨时候的风向，白桦林子里那些触须般伸展在空间的枝丫，那些娇嫩的小白桦，也都倾向一面，足证那股风势，还着实不小。有七八株祖父辈的老白桦，全从树干半截腰折断啦！一株是给大风刮断的，另外那些却是给倒下来的同伴砸断的，从此以后，站在十里八里之外的岭脚下，纵目望过去，塔河两岸直到大乌苏河两岸，全是些断断续续的白桦林子，但再也认不出哪一片林子是大乌苏河口的标志了。

大乌苏河口自然界所发生的这种变化，一点也没引起在岸上活动的林业工人的注意，他们正围聚在那里，和已经解缆返航的运粮木船告别。他们挥舞着手臂，欢声呼叫着。这里有到河口卸粮场上来背粮食的林场工人，有水动力锯木场的工人，还有特意从另一个草原上走了二十里路来送行的某林业局的党委书记、局长和党委宣传部部长。有的在喧叫声中高呼："小孙呀，把那些信，搁在橡胶艇上，别叫水打湿了!"有的又说:"固其故邮局要是开业啦,就在那里发出去好啦。"以至那局党委书记在高声呼叫什么,运粮船上的人,谁也听不见。这样,那个局党委书记不得不追随着离岸的木船,急急往前赶出十几步,他嘱咐那个负责的临时舵工,到固其故总局,一定要在呼唤台上通一次话。又说:"别忘了,给我弄几十发手枪子弹来哟!"

"记住啦!"那作为临时舵工的王祥站在船尾上同样高声回答。

"半个月又见面啦!"他又喊道,"下水可快啦!再见啦!"最后,他摘下制帽来,在头上挥舞着,一手还把着舵,那神气,又自得又兴奋,很是潇洒。

这个临时舵工,本是离大乌苏河口二十里外那个林业局的生产科长,宁安东京林业局的电工出身。他是牡丹江边一个船户的儿子,泅水、撑船、叉鱼、打猎,都有一套看家的本事。东京局第二林场的水动力发电站,就是经他手建设的。这人身材瘦小,精明强悍,脸晒得乌黑,帽檐处的前额,还留着一道宽宽的白痕迹。两只眼睛,闪着活泼、愉快的光泽。这种活泼和愉快的精神,和他十年来一帆风顺的林业建设生活分不开的,他不仅关心着国家的木材采伐量,关心着祖国的社会主义建设的进度,还关心着世界局势,关心着拉丁美洲的古巴和非洲的刚果。总之,在固其故林业管理总局中,他是个有魄力的"干家"。

为什么一只普普通通的运粮船返航,连局党委书记和局长都从二十里外赶到大乌苏河口来送行呢?就因为他是有名的"干家",用当时流行的一句话来说,就是干劲儿十足,用党委的话来说,"在黑龙江上游的呼玛河支流的航运史上,开辟了光辉灿烂的一页"。

原来,当时从黑龙江上游的三合站直通塔河流域的三塔公路,还没有伸过来。他们的那个离大乌苏河口二十里的林业局,是这条未来公路的终点站,离开内蒙的边境,只有四十里;而内蒙的铁路,还刚刚铺到甘河,离开黑龙江省境的塔河上源,还有一二百公里的路程。这个林业局二三百人的口粮,在塔河航运没有开辟之前,是全靠大批人力出山去背的，要走二三百里的山道，来回一趟要十啦天的工夫，光背粮食的人工，就占去局里一大批人力，可见开辟塔河航运，当时在粮食供应上，有多么重要的意义了。水动力锯木厂，是根据生产科科长王祥的建议设计的，开辟塔河航运，也是生产科科长这个有名的"干家"倡议的，并由他亲自掌舵。从鄂伦春自治乡所在地的十八站，经呼玛河转入塔河，首次的处女航，就给这个公路终点站的林业局载来三千斤粮食，还有成桶的啤酒，成箱的瓶装白酒、猪肉罐头，以及一些珍贵的药品。当鄂伦春人在十八站无线电台上得到这条运粮船只胜利抵达大乌苏河口的消息时，人人惊讶得咂嘴伸舌，看作是古代神话一般，自然那作为临时舵工的生产科科长，就在鄂伦春人头脑中变成一个具有神力的非凡人物了。因为谁都知道，塔河的弯道多，河岔子多，蜿蜒、曲折，到处是从河床两岸冲刷下来的大倒木，这些倒树冲积在河道上，年深日久，越积越多，形成了丘陵式的倒木垛，阻塞了河道，而河流就不得不往两岸作更猛的冲击，于是两岸的树木又倾跌到河床里，河道也越来越宽，形成了原始河流的一种特色，倒树和枯木横陈在鹅卵石的河滩上，哪里还有航路！就是鄂伦春人自制的桦树皮"苇护"，一种可以坐两个人的轻捷小艇，都是扣在马背上，驮着走，只能于必要时，在短距离中做航具用，可见开辟塔河航线，是有多么艰难了。不怪作为舵工的王祥，半个月光景，脸色晒得就那么乌黑黑的了。他的两个助手，又是纤工，又是撑工，一个是老汉，晒得满脸火般的红，一个晒得和他同样的黑。

那脸色火红的老汉，名叫张广义，满脸沟渠般的深纹，长着黑硬的胡子，刺猬针似的，腰围粗圆，酒桶一般，是个壮健有力的老伐木工。为人耿直、诚恳、勤谨，很受局党委书记的重视，在运粮船上，除了拉纤、撑船，还兼做火夫、更倌。那一个脸晒得黑黑的青年小伙子，名叫孙东来，粗眉大眼，长得俊秀，穿着制服，两膝打着补丁，在王祥面前，总显得有些拘谨，像是入伍不久的警卫员一样。那王祥在他眼里，简直是党和权威的化身，生怕自己有什么不得体的地方，处处显出一种有分寸的样子，称王祥总是"王科长"！称张广义为老张同志，是个规矩而懂得礼貌的年轻人，干起什么出力的活儿来，总是从张广义手里抢着做。

现在，那胜利返航的运粮木船，已经驶入了水面辽阔的塔河，沿着河岸上的桦木林荫，顺流而下了。

作为临时舵工的王祥，把帽子扣在头上，帽舌朝天，竖着两膝坐下来把舵了。

"多好的天气呀！"他不由得赞美道。

那老伐木工张广义就手持撑竿，在船头前蹲下去，开始瞭望水情。那年轻的小伙子孙东来，这时候在一个空的酒箱子上写什么，他一边写，一边查点橡胶艇上装的大批信件，还有伐木工人们委托的大批汇款，有的三百，有的二百，总在二三千元的样子。那橡胶艇，要带到固其故，交给内蒙过来的铁路测量队，里面除了伐木工人们托邮的家信、汇款，还有局党委向上级汇报的文件，木材采伐面积测量图之类的资料，还有两只做自卫用的步枪和两排子弹，做寝具用的皮短大衣，俄国式的羊皮大氅，对襟带拉锁的黑布棉袄……

"老张！"那作为临时舵工的王祥望着河面上平静的水流，倒映在水里的蓝色的天空、树影，又不自主地心旷神怡地赞叹道："这是多么好的景色呀！大兴安岭不比小兴安岭漂亮么？"

"那可是漂亮呀！"张广义老汉头也不回地望着前方河岔子的水面说，"雨后天晴的风光，还不秀气呀！这才是山清水秀的地方呢！"

"这要是顺顺当当的，天黑还赶不到狍肩山下吗？"王祥又说。

"赶到啦！塔河的水涨了哪！这下水，还不快呀！"

那王祥不说"我们今天一定要赶到狍肩山底下过夜，争取三天到达十八站"之类的话，而说："要是咱们今天晚上，能在狍肩山底下住宿，那可美啦！"

"王科长！"那年轻小伙子孙东来说，"在狍肩山底下打围的鄂伦春人，说不定还在那儿没动地方呢！"又说："那山底下的河岔子里，'哲罗'才多哪！可惜咱们上来的时候，没在那里停船。"他说话时，仍然伏在空箱子上写什么："今天晚上，要是在那里过夜，我去捉两个蛤蟆下夜钩。"

"狍肩山西头，可有个好河岔子呀！那河岔子上有片林子，树上的飞龙可多啦！"那张广义老汉回过头来说，"我光听说你喜欢打枪，今晚上要是到得早，你不会打两只飞龙么？"

"咱们不打飞龙，要打，有乌鸡，乌鸡多肥呀！"

"我可没听说，有飞龙不打，去打乌鸡的，飞龙的肉多细致，多嫩呀！"

"我知道王科长为什么不打飞龙！"那孙东来也从空箱子上抬起头来。

"为什么呢？"

"国家的珍禽呀！要保护，是不是？"

"乌鲁克局林场的老张，去年一冬可是没少打呀！"那张广义老汉说。

"小孙说得对呀！"那临时舵工王祥说，"飞龙，在清朝是进贡的东西呀，咱们哪能随便地打着吃呀！再说，刚进山的时候，都尝过新鲜啦，这可不能像咱们吃鱼似的，一住下来，就带着鱼叉，点着桦树皮火把去叉鱼那样，一路打着飞龙吃，珍贵的飞禽，要是咱们不爱护，还有谁会爱护呢！"

那孙东来一边写着什么，一边心里想道：我们局的生产科科长，不管什么，都从整体观念出发，原则性强，可是在老林子里，又有哪个打围的鄂伦春人管这些呢，除了国家公布的鹿不打以外，什么不打呢？

那生产科科长王祥又说："要不是这次局党委给咱们两支步枪，咱们连乌鸡也吃不到呀！别不知足哟，老张！"

"那倒是呀！"

他们俩谈话的声音不很高，但在寂静的塔河的水面上，显得特别的爽亮。那木船早已越过一段两岸尽是洋草的草原，向东转过去，两岸距离越来越远，河水却只占了河床的一半，另一半是广阔的鹅卵石河滩，可以看到成群的老鹳在那儿栖息着，它们见到闪过去的木船，一点儿也不惊慌，只是伸着长颈注视着，很奇怪似的。两岸出现了高高的樟子松林，仿佛两道城墙一样，天空在这里变成一道狭窄的长条儿了。

"有这样两片林子，西里尼林业局果树种，还用往远里跑吗？"那生产科科长王祥把着舵又说，"老张！你看岸上是不是有人呀！"

"大概林场的人，出来采蘑菇的吧！"

"松林子里哪来的蘑菇呀！"在那岸上活动的两个人影，越来越清楚，并且也看出他们从林子里清理出来的幼弱的树干和枯树，都堆积在河岸上。那两个清理林场的工人也发现来到脚底下的木船，都欢叫着，跟随着木船跑着。"你们是塔河林业局的运粮船吧？"他们问，"谁是王科长呀？"又说："我们等了两天啦！我们高局长说，在十八站有公鸡，托你们给带上来一只呀！"又说："工人家属上来，一个个都抱着老母鸡，现在，我们局里有五只老母鸡啦！可是没有公鸡，怎么能行呀，繁殖不起来呀！"

"你们在这干什么呢？"

"清理林场！"

"两岸的樟子松还要采伐吗？"

"离水近呀！流送便当呀！"两个工人站下来。

"局里批准了么？"

"不知道！记住了！王科长，给我们弄只公鸡带上来！"最后他们高声叫着，那只木船已经越来越远。

那王祥扬声说："没问题，要条公牛，也能给你们运上来呀！"

"真的，王祥同志！"那张广义老汉说，"我们还从十八站那边，往上给他们带公鸡吗?"

"可以带,建设大兴安岭嘛!等我们的奶牛上来啦,没有公牛,还不得找西里尼局的公牛么?"又说,"前面的水声不好,要注意呀!"

有两座原始的无名岭,迎面冲过来了。因为塔河的水面,突然狭窄,水流就急湍湍的,那只木船在山峡的河道间,再也稳不住了,箭一般地直射出去。那临时舵工王祥立刻站立起来了!

一过山涧般的河道,那哗哗啸着的流水声,不但没有减小,反而越来越响声震耳了。

"前面该看见桦树林子岛了吧!"在王祥眼前果然闪出一块生满白桦林的河心岛来。

那岛上的白桦树,全一色的高,都仿佛聚集在那里,向远处瞭望什么似的。

塔河在这里分成两股,西股水道是他们上行时的航路,现在都给岸上倒下来的六七株大落叶松的树干,阻塞住了,水的叫啸声,就是从这里发出来的。东股河道,在百年前许是老河身,只因为鹅卵石越冲积越厚,形成高丘式的河滩,那水流才不得不绕过桦树林子的高岗,另外向西开辟出路,因日久年深,这块桦树林子高岗地,竟变为河心岛了。

航道发生的变化,是出乎那生产科科长王祥意外的。

"怎么办?下水去清理吗?"那张广义老汉头也不回地问。

"水涨啦!走东股试试!"

随着两人的话声,只听见扑弄弄一阵响,有群吃惊的野鸭子,突然发出恐怖的叫声嘎嘎叫着,半是用翅子拍击水面,半是用两腿划着,在船头领航般地疾驰而去,好一阵子,直到越过那岸上的一排杨树丛,才腾空飞起来。那时候,有些杨树的枝丫,长臂一般伸到水面上,粮船上的三个人不得不忽地蹲下来,低头、弯腰躲过去。

"嘿!好肥呀!"那青年小伙子仰脸望着空中说,"一个有两三斤重哪！"

那平日喜欢打围的王祥却没有注意到似的问："怎么？能过去吗？"

河中心岛的桦树林背后，连接着一块狭长而又广阔的鹅卵石河滩，那张广义老汉用撑竿在水里插着，有时说："还得往东。"有时说："东边深一点。"分明是河水越来越浅，水势也越来越缓。

孙东来一看，就离开空箱子，赶紧提着小樟子松树干刮制的撑竿，只听见船尾上的生产科科长王祥高声叫道："往西边探探水看！怎么样？也过不去吗？"那木船在渤渤的水声中，已经发出船底和河底相摩擦的声音，不管两个撑工怎样调换位置，怎样斜着身子用肩胛抵着撑竿，那船头只是左边力大向右摆，右边力大向左摆，船身再也不离原地了。

二

这三个塔河航运的开辟人，都穿着高腰靴子下水了。那水齐到他们裤腰，冷得冰骨头，又是抬，又是捐，又是呼号子，那只木船却紧紧贴着河底，再也漂浮不起来了。结果，他们不得不在那开阔的鹅卵石河滩上生起篝火来取暖了。那时候天色已经傍晚，气息是冷飕飕的，简直要人直打寒噤。三个人都只穿了件湿漉漉的短裤，光着膀子，各自披着作寝具用的冬衣，谁都不说话，索然无趣地烤着各人手持的裤子、小褂。那篝火的烟，时而往南，时而往北，那熊熊的火焰一会儿向张广义老汉脸上扑过来，一会儿又向王祥的脸上扑过去，三个人各自躲着，一时头向东歪，一时身子又向西斜。

"小孙！去把枪拿过来！"那王祥突然振作起来，裤子还冒着热腾腾的蒸汽就穿上了，"趁天不黑，我到岸上去，给你们打两只沙斑鸡什么的。在哪儿不是过夜呀！别愁眉苦脸的，吃饱啦！睡足啦！明天咱们把木船，用大倒木撬，也把它撬过去！"

"那还不如把西股正河身的那些倒树拖开呢！"张广义老汉说。

"也行呀！今天咱们是筋疲力尽了，等会儿，你到林子里去砍桦木杆子，就在这河滩上搭起'撮罗子'来！"临走，又要那个老伐木工把吊锅架起来，准备好开水秃噜野味的羽毛。那青年小伙子孙东来，也提着支枪跟着他。

"小孙，你不把棉袄穿上，不冷吗？"王祥说，"带着水桶和斧子呀！回来，咱们要捡点蘑菇！说不定这里的龙须蘑很多呢！"

两个人一前一后从搁浅的木船上跳到岸上，这一带全是稠李子树和山丁子树构成的杂木林子，所有的树枝上，都结着累累的果实，红黑相间，红的樱桃一般红，黑的山枣一般黑，那生产科科长王祥，提着枪，在没人深的莽莽的杂木林中畅然地叫道："嘿！山丁子都赶上小沙果大啦！"顺手抓住树枝，捋了一把，一颗一颗向口里扔着。一出杂木林子，就现出足有两三千亩广的一块原始草原，一只归巢的老鹰，寂然地在低空盘旋着飞去。那草原的天空，是深蓝色的，透明的大块宝石一般闪着光润，馒首式的原始山岭呢，现着浅蓝色，一点暮霭的影子也看不出来，又寂静，又神秘，这是多么悦人胸怀的草原景色呀！但那生产科科长王祥提着枪，既不注意草深处的景色，也不注意有沙斑鸡栖息的林子，却背向草原，浏览似的观察起那片长带式的杂木林子来了。手呢，还往口里一颗一颗扔着山丁子吃。正看得出神，只听见林木丛中，咔嚓的一声响，顺声望过去，他看到有株磨棍粗的山丁子树，带着它的全部枝杈和红红的果实摇摆起来，这是青年小伙子孙东来按照山区采伐工人采野果的方式，不是抓住枝条单搂山丁子，而是把整个一株山丁子树折断了。

"这棵树上的山丁子多大呀！给老张同志带回去！"那小伙子说罢，就作为来路的标志插在道儿上了。

"这要长五六年呢！多可惜呀！"那生产科科长王祥说，"你知道要是嫁接上苹果，这一片林子，一年要出产多少东西呵！"

"大兴安岭还能接苹果么?"

"那怎么不能接呀?西伯利亚不比大兴安岭冷吗!"尽管他指责连树木都折断了的捋果子的方法不对,却仍然从那株树上捋了一把山丁子,一边走着,一边往口里扔着吃。他说:"小孙,你对果木园子有兴趣没有?做个米丘林专家!呵?咱们局的后面有块山丁子树林,比这块林子大,将来咱们在那里要开辟起个果木园子来,离内蒙近,铁路一通过来,咱们不但往外运木材,还要往内地运去大兴安岭的苹果,你说好不好?事在人为呀!塔河自古以来没走过船,咱们不是一样把三千斤的粮食送上来了么?要有创业的雄心呀!你以后往这上钻研钻研好不好?"

"好呀!"那孙东来却喊喊地笑起来。

这时候,草原背后那些原始的山岭,已经为一块一块乳白色的暮霭遮挡着了,有些古老的松树的顶部就从暮霭中闪出来,仿佛裹着细纱一般。可见那些古老松树背后的暮霭是多么浓厚,也可以想象到它们看来似在山半坡,实际上却是生长在矮矮的一座山头上。草原的空旷间,同样有一朵一朵的薄雾般的暮霭,升起来了,可以借着暮霭起处看出塔河上流在草原中蜿蜒而去的踪迹。天空越发蓝得透明,蓝得光润而又柔静。落日给沿河岸生长的杂木林子遮住了,这草原的上空,有两三朵薄云,却仿佛红玛瑙一般,出奇的鲜艳。

"有鹌鹑在前边林子底下叫呢!"

青年小伙子孙东来话还没有说完,就见王祥科长回脸向他望了一下,那眼光和神色现着一种猎人发现目标之后所有的又紧张又神秘的样子。这种神情,立刻感染了他,他在王祥身后,弯着腰,悄悄地跟随过去,保持着二三十步的距离。草原上的洋草,本来高过人肩,现在却已倾倒下来,掩盖着下面的腐殖土或沼泽。在柔软的腐殖土中,时而有鹌鹑飞起来,在沼泽地的洼塘里,有蛙跳动的响声,一到一片杜实甸子的灌木丛中,那孙东来早已看不到王祥的踪影了。只觉得灌木丛中暑气蒸人，蚊子嗡嗡地直扑脸，往嘴唇上撞……

"王科长，你在哪儿……"孙东来小声叫着，却不想从灌木丛中突然惊起两只乌鸡来，接着枪声响了，只见两只乌鸡倒栽下来，那王祥就在离开他二十步之外的地方，从灌木丛中探出乌黑的脸来，小声兴奋地问道："看清落在哪儿了？"一句话又惊起一些给枪声吓呆的乌鸡来，足有六七只，它们的翅膀拍击着空气，嗖嗖有声，只见孙东来仰脸，旋转着身子，还未及递枪，它们已经飞向前面的白桦树林子去了。孙东来一时兴来，就要跟踪去追赶。

那王祥却把枪倒挂到肩上，在他背后说道："别过去啦！"

"它们飞不出去多远……"说话间，那几只在前面桦树林子里停落的乌鸡，又往一里外的林木丛中飞开去了。他怅惘地站下来还说："它们飞不多远……"

"有两只乌鸡还不够咱们吃么？"

"在这里呢！"那孙东来跑着说，"呵呀！好肥呀！你看……打得真棒。"

那王祥却看也没看，就背着枪在灌木丛中采起杜实来，说："把水桶拿过来，这里的杜实真大呀！"又摘下帽子挥赶头上的蚊子，说："西里尼林业局比咱们的条件可好呀！你看见过咱们东山底下那片杜实甸子了吗？你说，那里有这里的条件好吗？这里靠塔河近，要是小个酒厂，从呼玛河就运出去了，可是咱们东山底下呢！可够不上铁路呀，离水又远。这里多好呀！"在说话中间，他又一次站起来，左右巡视着，对于西里尼林业局的领地不胜羡慕的样子。

那青年小伙子孙东来也伸直了腰，左右看着，又向乌鸡停息的一里外的桦树林子里注视着："它们许在那里过夜啦！要是咱们摸过去，保管还能打几只！"

"这都是人踪不到的地方，咱们往远里走还行呀！说不定草原里还有狼群呢！怎么样？有小半桶了吧？那么，往回走吧！"

两个人往回走的工夫，王祥仍然时时停下来观察着那片草原上的杜实甸子，不止一次说："位置占得好！"

两个人在暮色苍茫中，穿过杂木林子，脸上、耳朵上都沾了些蜘蛛网。远远见到河中央石滩上的篝火正旺，清清楚楚看见篝火上架起的吊锅，还有高岗上的"撮罗子"帐篷，也像把落地的大雨伞般围起来了。

那生产科科长王祥，捧着装杜实的制帽，向嘴里扔着杜实，吐着核，隔岸高声问道："水怎么样？烧开了吗？"

"早开啦，打了几只什么呀？水鸭子吗？河岔子里的水鸭子才多哪！"

"两只乌鸡！"那孙东来欢声叫道，"还给你带来山丁子啦！"

在他们两人隔着河水问答的工夫，只听见那生产科科长王祥发出孩子般的欢呼声，又响亮，又天真："同志们呀！感谢马克思在天之灵，河水涨啦，我们的船漂起来了，都打横啦！"

水中央的河滩上响起跑动声，岸上也响起愉快的呼应声，只听见灌满水的长筒胶靴在跑动时发出吱吱的声音，还有水桶碰到什么的响声。但王祥已将那只木船撑开去，远远地呼叫道："你们不要过来了，我把它划到汇合口子上，省得半夜水落了，过不去……把橡胶艇搬到河滩上去呀……"

那声音越来越远了。这条河道向东拐了个大弯，才又迂回过来，在水中心河滩的尾部，和西股水道汇合。那声音就是来自河湾的深处，杂木林的背后。有两只野鸭子从那里惊起来，嘎嘎地在星空底下叫着，越过河滩，向西面飞开去。

三

他们三个人围着篝火，饱餐了一顿乌鸡肉汤煮面条之后，谁也不想睡，脸上都现出一种满足的愉快，吃起饭后助消化的杜实来了。

那只木船，饭前早已由青年小伙子孙东来在河滩的尾端拴好，距离篝火有半里路的样子，橡胶艇，也早由张广义老汉搬到帐篷后头，他们只等谈会子天就睡觉了，正像一般伐木工在露宿的时候所常有的那样，但在他们，这还是第一次。因为上水的时候，又是拉纤，又是搬弄堵塞航道的倒木，劳累一天不说，晚上还得到河岔子里去叉鱼，往往鱼还没有炖好，三个人就围着篝火打起瞌睡来了，哪里还有高谈阔论的兴致。现在却不同，谁也不想睡，那青年小伙子孙东来还忙着从那折回来的树枝上摘山丁子，准备第二天早晨蒸着吃。

"王科长，咱们打乌鸡的那块草原上会有狼吗？"那孙东来问。

"怎么没有呀！过去，咱们背粮食的工人，不是常常碰见狼截道么！"

"那是冬天呀！"

"秋天还不是一样！这是过去人迹不到的地方呀！"那生产科科长王祥，披着皮领短大衣，兴致淋漓地说，"要是在小兴安岭，咱们笼起火来，总有过路的人，也许是打围的，奔着火光过来了，再不就是放夜马的人。可是在这里呢，除了离林场近的地方，另外，连打洋草的，也很难碰到呀！"又说："咱们要是往远里走，不要说有狼呀，就是没有狼，在草原的林子里迷了路呢！夜里，又没有月亮！"

"在这里到处都有河，还会迷路吗？"

"哎！要是走麻耷山啦！别说这里到处是河岔子，就是有一条好认的河，说走不出去，就走不出去呀！"那张广义老汉开始用又粗又硬的手指卷纸烟。嘴唇啦，牙齿啦，都被杜实染得紫噜噜的，显然吃了过多的杜实，已经有了酒兴啦。

"怎么，你还走麻耷过山么？"那王祥问。

"嘿！说起来话就长了，那年我在伊兰，是在日本人办的采木公司一个林场组合里做木头，那是什么年月呀！如今像小孙这么大的年轻人，还知道么？想也想不到呀！中国人还是人吗？在日本护林队的眼睛里,咱们干活儿的苦力,连狗也不如呀!干活儿不给钱不说,吃的是什么呀!哪还有粳米白面呀,除了发霉的高粱米,就是喂猪的橡子面呀,他们养的狼狗,可是吃大米饭,还得拌罐头牛肉。"就这样开始了他的故事,大口喷着烟。他说:"那狼狗也真调治得听他们使唤,可懂他们的话啦!要它咬谁,就猛地扑过来啦!专咬人的喉头,可凶啦!可是没有日本人的命令,它就耷拉着尾巴,走起路来,也不看人,两只眼睛,可是阴沉得可怕,就像刽子手似的。"

"你不是说迷路,走麻耷山了么?"那孙东来问,"怎么老是说起日本狼狗来啦!"

"是呀!我得说个来由呀!要不怎么会走麻耷山呢……我们那时候,就像犯了大罪的囚犯呀!脚底下就是还缺一副锁镣了,那还是人过的日子呀!我一想,这样下去,还不早晚死在大青沟里吗?听说,山里头有抗日联军,刚开过来,就跟着咱们的老陆一合计,跑吧!就搭伙儿跑啦!哪个老陆?就是咱们局的党委书记呀!"

"怎么?老陆还在伊兰和你在一块砍过木头吗?"那生产科科长王祥关切地问。

"要么,我们是老伙计啦!在宁安东京局里,他开的名单,指名要我呀!"那张广义老汉说,"那时候,他是不是已经和抗日联军接上关系啦,我不知道,后来,也忘了问,许还没有接上线;也许,还对咱们保密,反正我们有两个人,跟着他跑出来了。也是交秋的天气,林子里,树叶哗哗往下落,一走过去,脚印就给落叶盖住了,要说,我们选择的倒是时候。我们跑的时候,是半夜,正赶上林场前头的大青河涨水,大伙都捞木头去啦!乱哄哄的,我们一过河,窜进老林子里,跑呵,跑呵!脸也给树枝子划破啦!一只布鞋也跑丢啦!幸好还有狗皮袜子。等到天亮啦,我们也不敢出林子,就在一棵倒木上坐下来啦,喘得什么似的,连话都不能说啦,坐在那儿光喘气啦!你看,我们跑得是多么急吧!因为一路上,风吹的断枝咔吧咔吧响,我们也当是后边有人追上来了,脚底下踩的树枝子,也咔吧咔吧响,我们哪还有心思好好听一听,分辨分辨是什么动静呀!兔子和獾子给我们吓得也是乱窜呀!咱们的老陆,那时就爬到树上去瞭望瞭望四外的山头,我们是跑出大青沟啦!四外山头上,什么人烟也没有,我们这才安心啦。剥下松明子来,引着火,我们就用日本人喂狗的罐头筒子,煮起饭锅巴来了。那些饭锅巴,都是当天夜里,从日本护林队的伙房里偷出来的。上哪里找水去呢,就在山洼的积水坑里,那水都是黑色的,净是腐殖叶子的霉气味。可是煮出来的东西,那个香呀,和咱们炖乌鸡肉汤一样!天黑啦,我们又睡醒啦,吃了几块饭锅巴,也没煮,就上路了。我们还是往北走,走了个下半夜,我们就看出有人走过的一条小道,落叶上还踩着泥,我们划着火一看,两边的树枝子给挂断啦。是抗日联军的人,还是打围的猎人走过的呢?我们小声一合计,向前头悄悄地摸吧。就这样,我们又走到一个有棵大倒树的旷场,再也找不到路啦。坐在倒树上歇歇吧,反正,我们两夜工夫,离开大青沟很远啦,按我们的走法,起码走出二百多里路了。我们从口袋里摸出饭锅巴嚼着,就打起瞌睡来,你说,邪不邪,天亮,我们仔细一看,真是叫鬼迷住了,我们又回到煮东西吃的老地方来了。我那扎狗皮袜子的草绳子,还扔在烧过火的地方。当时,我在动身前是换了从裤腰带上撕下来的一节麻布条编的绳子,我们用树枝做的筷子,也扔在那。"

"开头,我们还定住了心,没慌,咱们的老陆,还笑着,稳我们的神儿呢!可是等我们笼起火来,准备煮东西吃啦,一摸口袋,哪里还剩下什么了。我们三个人,这时候,话也说不到一块去啦!有人说,该在过草甸子的时候,往右手走;有人说,那些草甸子,年久积的腐殖物烂泥会把人淹没在里头,不能向深处走。走麻耷山了,还有不埋怨的!咱们的老陆,那会子有一点抓得紧,打唧唧归打唧唧,可是三个人不能散伙,待又不敢在那里待,怕碰到日本护林队放出来的狼狗赶上来,我们就在烂泥塘里喝了一些水,把肚子灌得满满的,走起来,都听到肚子里的水咣啷咣啷响,又往北走下去啦。越走火越大,也不知道饿啦,碰到榛子林,也不去捡啦。这时候,碰到挡脸的树枝子,咔嚓一声攀断了,碰到风倒木挡道,一步就跨过去了,净捡直路走,走到下半夜,你说邪不邪,更坏了,一出林子,就听见老远有日本护林队的狼狗叫了。……"

"那也许是什么屯子的围狗叫吧?"孙东来两只俊秀的大眼睛,闪着惊奇的光。

"也许是你们听到牧人的狗叫!"王祥却做不同的解释,"你们已经慌啦,耳朵怕也不管事啦!"

"是大青沟护林队的狼狗叫,谁知道,也许是我们心里发毛啦,反正,我们三个人凑在一块一嘀咕,要坏事啦,我们困山啦!"

"难道山里就没有河道呀?"

"有呀!当天晚上,我们也没敢歇脚,就又窜进林子去啦。走了大半夜,我们前面碰到大河了,可是这究竟是哪条河呢?是大青河,还是小青河呀?我们又用手捧着水喝,喝饱了,就顺着这条河走开啦!三个人,谁也不和谁说话,也不管是往哪里走啦!反正走就是啦,心都糊涂啦,光知道往前走。走了一夜,浑身都叫露水湿透了。我们的步子,越走越大,那种走法,简直一天能走出去三百里地,真是两腿如飞,走起来嗖嗖的,我们明明白白是顺着河往下走。走到天大亮啦,我们看见落到河里的树叶子,怎么顶着水往上漂呢?你说这不是邪气吗?我们当时简直都吓呆啦。我们哪知道,我们心火太旺啦,烧得呀,两个眼睛不管事啦!到底我们老陆精明,当时,就把头上戴的一顶破草帽子,扔到河里去了,看看,那个草帽也是往我们来的方向流,这才知道,我们不是顺着水往下走,我们是逆着水往上走呢!怪不得我们困山了,什么都看颠倒啦,这才又掉回头来,跟着河里漂下去的草帽往下走。走了两天,等我们顺着河水,转出山道来,头一个碰到的人,是在山外一户种大烟的,他一见我们哥儿三个,脸都吓白了。我们三个人，眼睛都红红的，和野人一样，头发、胡子、汗毛都直直竖立着，衣裳啦，裤子啦，都刮烂了。这是第五天头上啦！三天多，我们光喝水，什么也没吃，走出六七百里地，转到穆陵南去了。"

那生产科科长王祥，静静听着，很入神，一边往火上添加倒木，那些倒木也是张广义老汉从河滩上搜集起来的。

"那你们也没找到抗日联军呀！"他想什么心事似的说，"白受些罪呀！"

"我们上哪找去呀？我们一到穆陵就和老陆分手啦，人家到底坚决呀！有大志呀！咱们呢，草木之人，在小店里，听说佳木斯招工，就到牡丹江去啦！"

"那你们怎么又碰到的呢？"

"一九四九年，咱们的老陆到宁安东京城的时候，我在林场里还正采伐呢！光听说，上边有人下来啦，见了面，咱哪敢认呀，人都变啦，脸盘也大啦，身子也粗实啦，他一看到我，就叫道：'那不是大老张吗？'我一听就愣啦！这是谁呢？怎么知道我叫大老张呢？看着他，就是想不起来了，十啦年的光景了，哪还敢认呀！我可没有变呀！以后，就调我出去放木排啦。他知道，牡丹江的航道，我熟呀！有一个时期，还叫我管仓库，大小十三把钥匙，都交给我啦！拿咱们当人看呀！要不，咱们这样出力气呀！真是当家做主了。什么是当家做主？信得着，大小十三把钥匙在手里管着，还不是当家做主了么？哪个林场里领粮啦什么的，不都得经咱们过秤呀！"

"我还不知道，过去你和咱们局党委书记，有这样一段历史呢！"那生产科科长王祥若有所思地往篝火里添着倒木说，"咱们党的干部和群众，这是一种什么关系呀！同过生死，共过患难的呀！老张，你说，这不比亲弟兄亲么？！"

"那可亲多啦！"

"要是当时，你不去佳木斯卖苦力，一直跟着咱们的老陆去找抗日联军,你想想你会变成什么样啦!那你就会有政治头脑啦!是革命军人啦!"王祥说,"怎么样?咱们把火弄到'撮罗子'里头去吧。喂!小孙……进去睡,说不定今天晚上还要下霜!还没有困着呀!……小伙子,都打鼾睡了!"

他们三个人先后走进"撮罗子"里去,铺上羊皮大衣,围着用打水桶弄进来的熊熊炭火,又开始往上添椽子般粗的倒木,篝火在顶部露天的落地伞式的帐篷里,重新燃烧起来。这篝火已经不是单纯地为了取暖的了,而是防备在塔河两岸的林丛里,会出现什么野牲口,不管是熊啦,狼啦,猞猁啦,土豹子啦,见到火光,总是躲得远远的。那张广义老汉临睡前,又去半里外的河滩尾端,检查了一下船缆绳,怕棕麻绳不结实,木船给汹涌的水流冲击久了,会断掉。回来之后,他说:"水还见涨哪!"

孙东来只听到这么一句就又睡了,半夜醒来,还听见张广义老汉和生产科科长王祥围着篝火在那里闲谈,只见王祥前额那道帽痕和晒黑的脸,截然分作两部分,两只愉快的眼睛,闪着动人的光彩,而张广义老汉的脸色又红红似枣,两个人仍然是醉意盎然。他们的谈话声很低,谈得挺贴心、挺体己似的。

他听见王祥口气又亲切又深沉地说:"你还是应该成个家口呀!在山里不容易找,要是往东京镇上说个家口还难么?哎!这话就不对啦!五十三还算老呀!"又说:"咱们林业局河岔子东头,那块草原,土头才好哪!要是开辟一个小型农场,种个大葱、大蒜、黄瓜、豆角什么的,还有比那里好的么?看样子,铁路还得过两年才能伸过来,我们不能天天指望公路往山里给咱们运大葱、大蒜呀!你要是在那安个家,再养点鸡啦,鸭啦,还不是挺美呀!"

"那块地,我也看上啦!还有一些老黄芪呢?腐殖土可是厚,我看要是开菜园子,倒行,就怕长不好,九月就下霜,行吗?"

"唉!我们是来创业的呀!要伐木工人在大兴安岭安下心来,在这里扎根,就要叫他们看到这里长的大葱,要不,他们怎么能把家眷都接上来呀!所以,还非种好菜园子,做出个样子,给他们看看不可呢!这可是有政治意义的呀!要不,你怎么办?光伸手向山外要不行呀!就是我们航运发展啦,木船多啦,能往上运,咱们也得有自己的菜蔬基地呀!"

"上哪讨换菜种去呀!"

"到呼玛金矿上去讨换,明年春天,咱们试试怎么样?咱们不能老是划船呀!开辟妥当啦,就交给人家啦!"那王祥突然又抬起头来,向远方倾听着,低呼道:"这不是马打响鼻的声音吗?呵?难道,咱们这是来到西里尼林业局的牧场背后了吗?怎么样?睡吧!"

"睡呀!……"张广义老汉的声音又说,"在大兴安岭里头种黄瓜,能行吗?大蒜、大葱许能成……"

孙东来不由得想到在山丁子林丛中嫁接苹果,蜜蜂成群的飞来飞去,苹果花在空气间是多么芳香哟!想着想着,又睡着了。幸福的年轻人哟!他哪里知道,那有名的"干家"王祥燃起的理想火焰正旺,他和张广义老汉,隔着篝火,还在兴奋中久久不能入睡。

四

"呵哟!这雾好大呀!"第二天孙东来一醒,就这样喊着。只见"撮罗子"里空荡荡的,只他一个人。帐篷里面,潮气袭人,篝火早已熄灭了,连衣裳都有些潮湿,帐篷顶端,帐篷口外,那大雾似浓烟一般的凝结着。岸上的灌木丛啦,野果林子啦,紧靠河滩的塔河河岔子的水面啦,天空啦,全都给大雾遮蔽住了。除了脚底下的一小块鹅卵石的河滩,什么也看不见,就是连河滩的全部情景也看不见。这时候眼睛只能望出去尺把远,地面上的石子,都像洗过的一般湿润。透过浓烟似的大雾,可以隐隐听见塔河的水啸声,仿佛来自很远的地方。

"王科长!"那青年小伙子孙东来眼光怯怯地望着雾中喊,两手遮住嘴："你们在哪儿啦！"再听听，什么反应也没有，就探索般地迈着步子，往昨天夜晚拴木船的倒木垛方向走去了，没有走出十步路，就见到了满是黄色泡沫的水面，上面漂着一些冲积到一块儿的草梗之类的腐朽物。再往回一看，连昨天夜晚住宿的"撮罗子"也见不到了。四围全是"鬼打墙"似的大雾，那青年小伙子孙东来完全迷失了方向，不由得心底一阵惶恐，感到那四围的茫然大雾，又神秘又可怕，立刻顺着脚下的那些湿润的鹅卵石往回走了，但走了十几步，还是没有看见自己刚刚离开不久的那座桦木杆儿搭的落地伞似的帐篷，却又见到塔河的水面了，水边儿上同样是一层漂浮着的腐殖物。他停下来，对周围的浓雾恐怖地望着，不知怎么竟想到山魈迷人之类的神话来。

"王科长！"他又用两手传声，望空喊着，仍然什么反应也没有。但他借着呼喊驱逐自己的恐怖，又叫道："你们在哪儿呢？"

他顺着河滩边走了几步，竟发现了横在雾间的一节绳子，继之，又看见水面上飘荡着的橡胶艇的头部，原来，他已经绕到"撮罗子"帐篷背后来了。这时候，他的脸色已经惨白啦！好一阵子没有变过来。现在，他心里总算稳定下来了，但仍然不知道，他怎么会顺着河滩边儿，竟走到帐篷背后来了，显然，这一夜工夫，塔河的水是暴涨了。

等到他从大雾中隐隐听到那生产科科长王祥和张广义两人的谈话声，就欢快地冲着声音来处大叫："王科长！"

"你在哪里呢？"

"在这里呢！"

"这雾好大呀！我们都走过了呀！"那张广义老汉的火红面孔在一尺外的雾里出现啦，还叫道，"这不是看见咱们的帐篷了么！"

"那么，笼起火来吧，拆掉'撮罗子'，就用桦木杆好啦！"那王祥也在一尺外的雾里出现了。两个人都是水湿到胸口，外边披着做寝具用的冬衣，看来，他们是在下水时搁在河滩上的。原来，那只木船的船缆一夜工夫果然断了，可见山水冲击力有多么大了。木船没有漂出去多远，就在一个回水湾里荡漾起来。那时候，早雾还没有这样大，生产科科长王祥背着一支步枪，早晨还想打两只野鸭子，一看到塔河山水暴涨，这才跟着张广义老汉蹚水到河滩的尾部去查看木船，临走，自然先把橡胶艇拴在帐篷后面了。

"我刚才差点儿给大雾迷住了，好心慌呀！"那孙东来说。

"看样子，咱们今天上半天还不能开航呢！"作为临时舵工的王祥眼光紧张地说，"要等水落一落，大概这是大乌苏河上游的山洪下来啦！"

"那咱们要是走不了，今天夜里，还没有打小宵的地方了？"张广义老汉倒提着两只长筒胶靴，烤着脚说。

"那怎么的呢？"孙东来问。

"上半天，水还不上来了呀！你没看见帐篷后都上来水了吗？"

直到雾中出现了白白的一圈日光，孙东来才看清楚，塔河的河面好宽哟！一夜工夫，涨了一倍似的，那河滩的全部轮廓也逐渐清楚可辨了，它已经缩小了两倍，而且给河水切断作三块小洲了。生长着白桦林子的滩头，已经陷落下去似的，水面没到桦树林子的腰际了。有一株足有百年的老落叶松，带着它的许多伸向天空的枝叶，横卧在水里，顺水疾驰而下地漂着，很清楚，它刚刚脱离开倒塌的堤岸不久，这庞然大物，追逐什么似的，从西股的主流河道，畅然无阻地漂下去了，说明原先西股堵塞航道的那七八株大倒树，昨天夜里已经漂走了。

"不好呀！老张！"那王祥一见到上游冲下来的那株百年大树，警惕地说，"我们还要早点离开这里，往前赶哪！要是上边冲下来的倒木和大树多啦，都赶到咱们头里去了，咱们还要困在这塔河上呢！到那时候，咱们要向乌鲁克林业局借粮吃，可就丢脸啦，人家都是人力往上背的呀！再说，要是下水，三天还赶不到十八站，上水再走十一二天，咱们局里可就要断粮啦！"

"那咱们就开船走吧！"张广义断然地响应。

"水可正涨着,咱们可要当心,别发生什么事故!"那王祥在动身时候,又检查了一遍橡胶艇上装的重要物资,包括文件、款项、面袋子和步枪、子弹,并且用绳子捆扎妥当,围"撮罗子"用的帆布,就用人力捐到木船上去,装食盐和干酱的小桦树皮桶子,装杜实的铁水桶也都拿下来,用手提到船上去,橡胶艇是蹚水拖到木船旁,又抬上去的。

现在他们是贴着塔河东岸有回水湾的那股水流启航了。实际上,船一离岸,水流比王祥所想象得还急,那两个紧张的撑工用撑竿再也触不到河底,那木船在疾流中却已经横着身子漂开去啦!那时舵工王祥还想靠拢东岸,但两只臂力却再也抵不过山洪的冲击力。两个撑工再也站立不稳,不得不蹲下去。在隆隆然的山洪中,又出现了喧闹的叫啸声,王祥突然感到这啸声是不吉的征兆,河道一拐弯,张广义老汉果然叫道:"不好哪!"

水面上出现一道短墙式的倒木垛,它伸开两臂,阻拦着上游下来的所有的漂流物,大倒树和枯倒木都停积在这里了,他们在下船前所见到的那株百年的落叶松,也果然在这里停住了,而溢水口却在西南上,直到这时候,那临时舵工王祥才发现离开西股航道是个多么严重的错误。

"赶快!跳!"他大声疾呼,却仍然不松两手。那两只大手紧紧把住舵把,在这瞬间,他的身子仿佛钉在上面一样的结实,他完全忘记了自己。在那紧张的一瞬间,他听见跳往倒树干上的张广义老汉回脸向他大声招呼着什么,看到他匍匐在倒树干上了,也看见孙东来一手抓住装杜实的水桶,提得高高的,半截身子露在水外,脚下踏着水下的倒木了。如果,那临时舵工王祥不是左顾右盼地在这瞬间注意他的两个伙计,那么他会及时地脱险了,但他是那么镇定,仿佛如果他们两个人不全安然离开船,那么他的两只手绝对不松开舵把子似的。当他现在松开两手准备往下跳时,却不想,那失去操纵的舵把子猛地回转来，是那么有力地在他腰间一击，在木船和倒木垛相撞而翻掉时，他也同时给舵把子扫落到水里了。

但他却在沉下水底时带着一个清楚的概念，那就是要贴着河底，逆着水向西南溢口的主流泅过去。他知道，要是摆不脱倒木垛，给冲到倒木垛底下去，那是休想再能蹿出来的。开始，他感到两只手所摸到的、滑润的河卵石，是长着绿苔的，确实他已在倒木垛底了，因为他保持着冷静的头脑，逆着水流划行，果然接触到的河卵石不带黏质物了，他顺着一股急流泅开去，什么树根之类的东西，在他肩上擦过去了，他离开河底，探出头来，见到水面上已经闪耀着新鲜、刺目的阳光了。这傍午的阳光，给他的印象是那么深刻，那么美好，心里不由得高呼："多好的世界呀！"正像一个刚刚摆脱了死亡威胁的人那样欢快。他深深地吸着气，吐出一口水，他感到水冷得冰骨头，眼睛注意着水面，不由自主地迅捷地漂流下去，很久一阵子，他才离开了主流的冲击范围，最后抓住一株老榆树伸在水面上的粗枝子，才挣扎到岸上，已经离开落水的倒木垛三里路，隔着一道岭峡了。

"总算没出事！"他欣慰地想。冷得要命，手指都冻僵了，衣扣都解不开了，止不住地抖嗦，心里就像凝结了冰块一样。他想离开那株榆树的树荫，到阳光底下去晒一晒，刚扶着树干站起来，就看见塔河水面上漂来了橡胶艇，不知是枪筒还是什么，在阳光下闪着光。于是他那又疲倦，又疲怠的眼光，立刻现出了机警的神气，顺着塔河追踪下来。直到这时候，他才意识到，他是光着两只脚，那双长筒胶靴，早在落水工夫甩掉了。现在两脚踩在松软的腐殖土上，暖烘烘的。

他原想赶到橡胶艇前头去，泅水拦截它，但仓促间给什么绊了一跤，等他爬起来，眼望着那装着主要物资的橡胶艇，已经迅速地急流而过。

"漂不多远，说不定在哪道河岔子上，会给倒木垛挡住的。"他扶着一株杨树干想了想，又在后面追踪起来。开始他踮着脚走，穿过河岸的杂木林子，眼前是野蔷薇构成的灌木丛。这些原始的灌木高过人头，一直连接到岸边上，他不得不用两手分拨着那些杂乱的带着刺棘的枝条，蹿进去。脚底下，一会儿是扎脚趾头的断木棍，一会儿是泥洼塘，时而又有受惊的鹌鹑从草丛间飞起来，他现在感到灌木丛中的暑气蒸人了，牛虻和蚊子越来越多。他这样走了很久很久，仍然没有走出灌木丛，好辽阔呀！他时时停下来喘息，用手掌擦脸上的汗，用一握草挥赶头上的蚊子。

"要是把橡胶艇丢失啦，问题可严重了！"他想："嘿嘿！我那两个伙计，怎么样了，难道以为我是淹死了么？怎么就眼看着橡胶艇漂走了，也不追下来呀？"

他喘息擦汗的工夫，突然听见远处有只斑鸠发出恐怖的鸣叫声，只有在鹞鹰追捕中，才会有这样的凄厉的叫声，继之，是已经为鹞鹰捕获的惨呼声，而且这声音越来越急切，渐渐微弱下去。不知道怎的，王祥从这原始草原的可怕的惨呼声中想到非洲，想到殖民主义者在逞凶的刚果，想到刚果的民族英雄卢蒙巴……但他心里还明白，要到塔河边上找块开阔的鹅卵石的河滩，躲开越来越雄厚的蚊虫群。

"这些石子，好热呀！胸脯好舒服哟！"当他如中暑的人一般，栽倒在一块三角洲式的河滩上时这样想，随即失去了知觉。

五

塔河上游林业局的生产科科长王祥第一次醒来，见到塔河的白白光辉，夜空满是星星，还感到口渴思饮；第二次醒来，已经是阳光晒脸了。

"我怎么能在这里睡啦！橡胶艇岂不要丢失了么？"他很吃惊地发现自己的手啦，脚啦，完全脱离了自己意志支配似的、不存在似的失去感觉了。唯一能动的，只有头颈。

他的心底却又很平静。他想："要是昨天夜里倒在灌木丛中，给蚊子群围攻一夜，今天还不只剩下一具骷髅了么？这是在哪里呢？难道不会有打洋草的工人从这路过么？"

他像一个战壕前沿的侦察兵一般，匍匐在河滩上向对岸瞭望，见到塔河西岸上有片古老的樟松林，有的是枯松，一根枝子也没有，像蜡烛扦子一样挺立着。王祥认出这是乌鲁克林业局的领地，那就是说，是在这个局的贮木场背后了。

"对岸有人吗？"他隔着塔河向东岸高呼，但这声音使他自己很吃惊，竟微弱得不似他的声音，倒像是发自一个病人的呻吟。

"嘿！"他想，"要是自己牺牲在这里，可太没有意思啦，如果，再因为这个，造成开辟塔河航线失败的坏影响，那就更不值得了。"他又想："不是这样，这次事故，不是由于这里没有水文站，没有塔河的水情、流速的历史记录，而是我一时疏忽，离开航线，走东岸，如果不这样，今天早已进入呼玛河啦。"他还想："要是肯定了塔河航线的开辟成功，那么，牺牲在这里，还有些意义，塔河流域的各上游林业局，将要在船只来往运输中繁荣起来，……"

他没有想到，就在这时候，他听见了一种来自对岸的呼声，他依稀地听见那声音是说："……喂，……什么人……噢！"

他用下颏支着头，向对岸望去，见到高林下面有个矮小的人影，这人既没有戴帽子，也没有背枪，穿着黄色军衣，还牵着一匹马，看样子，是碰到巡逻的森林警察了。

实际上，这森林警察，是协助贮木场工人，到老松林子后面的草原上来抓马的。原来，昨天夜晚山洪冲毁了贮木场的挡"鱼亮子"的老河身的河口，出槽了。草原上河水泛滥，伐木工人的临时的帐篷，不得不挪到八里外的狍肩山山脚下去，但贮木场的马匹，一早却又跑回松林后的老草场来了。贮木场的工人都在草原上捞集给水冲散的木材和木板，因之森林警察就出动，涉过过膝的山水回到老牧场上来捉马匹……

"你怎么倒在这里了！同志！"那个森林警察骑在马背上，后尾还带着两头母马,渡过那道河岔子,高声叫着,"你是布拉格罕来的么?喝醉了吗?"跳下马来一看,就又吃惊地说:"你不是鄂伦春人吧!呵?你怎么认识我呢?是从塔源下来的,你不是王科长王祥同志吗?我怎么也不敢认了!水涨得好大呀!你倒在这三角洲上,多危险呀!你还笑哪!不是你们开辟航运成功了吗?我们看到总管理局表扬你们的通报啦!塔河上游几个林业局,都派人到十八站,赶着弄木船去啦。"

这森林警察把生产科科长王祥扶在马上,一路埋怨他:"这样大的水,你们怎么不在西里尼上岸呢?"又宽慰他:"在塔河流域,到处有咱们林场的伐木工、打草工,就是橡胶艇上装着金子,也管保丢不了!"

两天之后,张广义老汉和孙东来两个人听到消息,从老固其故林业管理总局赶来看他了。那时候,王祥在乌鲁克林业局卫生所办公室搭的临时病床上,腰后塞着枕头坐起来,他的两只手掌、两条胳臂、脚掌、胸口、面颊,全裹着绷带,贴着药膏,脸上只露着两只眼睛和鼻孔、嘴巴。一见他那两个面色枯槁的伙计,就欢乐地叫道:"你们怎么才到呀!呵?都瘦了呀!"唇间闪着一口洁白的牙齿,他笑了。

但那张广义老汉再也忍不住眼泪,呜咽地叫道:"我的兄弟呀!我还以为咱们这辈子再也见不到了……"说到半截,就哭了,哭到半截又笑了。

"当时,我们都吓傻了呀!"那青年纤工孙东来一改拘谨的态度,热情焕发地说,"我们就站在水里,望着,就那么一动也不动地望着,还以为你能冒出头来,当时看见你的帽子给水冲走了,又看见橡胶艇也冲走了,后来看见好像是你冒出来了,我赶紧跳水,过去一抓,哪里有人,光是一件你披的短大衣,我们这才慌啦!以为你给冲进倒木垛底下去啦!我们两人就像狗熊一样,扒开倒木垛了,开头一根一根地从水里掮,又抬又拖,后来,总算把垛拆开了,还以为你还在倒木垛底下呢!……"

那生产科科长王祥见张广义老汉又掉下眼泪来，就连声说："都过去啦！哭什么呀？这还值得你掉泪么？"

"你怎么上岸，也不招呼一声呀！"那张广义老汉开始埋怨道，"我们那天夜里，在草原上，拖泥带水地走了一夜呀！也不知道东西南北啦！一路上，这个心里，可不是滋味啦！"

"等天亮，我们看到了塔河口固其故总局啦！我们饿得要命，满身又是泥，又是水，先吃点东西要紧，饿得话也说不出来啦！等食堂的老刘把面条端来了，还打的罐头肉卤子，可是，你说怪不怪，谁也吃不下去，我们光喝了两口面汤，就回招待所去睡啦！……"

"说这些做什么呢！"那张广义老汉又继续道，"那天夜晚，心里就不是滋味，我老是想，党提拔你当领导干部，就是有眼力呀！你牺牲了，还不是为我们两个人么？"

"怎么为你们两个人呢！"

"咦！你看，当时，我还大声叫着，要你往下跳，可是你就把住舵，不松手，还不是为了我们两个人吗？你不知道，要是等我们两个人跳下去的时候，你再跳就来不及了么？"

"我是叫舵把子打下水去的……"

"你没听见，我叫你赶快跳么？"

"没有！"

"咱们的橡胶艇呢？"

"给乌鲁克的打草工人截住啦！"

"钱呢！"

"什么也没有少呀！"那生产科科长王祥说，"你们在总局没听说，西里尼局的运粮船也从呼玛河往上开过来了么？咱们还要赶紧去捞船，赶回十八站去装粮食呢！今天听呼唤台上的消息，东京局从宁安给咱们运来的八口小母猪也到十八站啦！不管怎样，这条航线是打通啦！"又问："老张！你在总局，没喝到庆功酒吗？"

那张广义老汉嘿嘿地笑起来，晒得红红的脸上，现出又兴奋，又快活的神气："哪还喝得下呀！前两天，连饭都吃不下去呀！"

"怎么，你们那天扒了一天的倒木垛吗？"

陪伴着张广义老汉和孙东来进来的乌鲁克林业局的生产科科长，一直在听着他们的谈话。这时就吃惊地叫道："怪不得老河身的水出槽了呀！上面漂下来的大倒木，都在河岔子上堵住了，我还当是大水冲下来的，是你们扒倒木垛，放下来的呀！到底是老伐木工，有套拆垛的本事呀！"

"是这样呀！"那生产科科长王祥眼光也现出了又惊又喜的光彩，"要不是你们在上头拆下大批倒木来，堵住河岔子口，我在三角洲上，还要给过来的水冲走了呢！"

"那当然呀！"乌鲁克林业局的人说。

那王祥伸开一臂，抱住张广义老汉的肩膀，又伸出一手，抓住孙东来，又亲切，又幸福地叫道："我们是经过患难的好弟兄哟！我们经过这次患难，以后要是党委有什么艰巨的任务交给我们，还有什么力量能阻挡我们呀！"

"什么也挡不住呀！王祥同志！"那青年小伙子孙东来满面生辉地说，"我还想搞果木园子呢，我在固其故听说，黑河农业研究所嫁接的苹果，过冬都活啦！"

"你不是说，我和咱们局的老陆是血肉相连的吗？比亲弟兄都亲么？咱们这一趟，三个人也拧成一股绳子啦！谁都摸透谁的心啦，这股绳子，有什么任务拉不动呀！就是搬山，能凿个眼儿，拴上这股绳子，也拖得开呀！"张广义老汉说。

三个人互相望着，三个人都带着互相理解、感激的眼光，欢乐地笑起来。

一九六二年七月十日

《老魏俊与芳芳》后记

这是继《年假》之后，我的第二部反映战后我们新年代的农村生活的短篇小说集，全是以北京近郊的高级农业社为背景。在小说的结构、形式和风格上，又都和《年假》不一样。

写作时，原本不准备就以这样的短篇结构形式来发表的；曾打算把在农村生活里观察所得、感受和印象，点点滴滴的这么一个片段一个片段地写下来，本来体力要允许的话，再作为长篇或中篇小说来整理的草稿。结果呢，写了两三篇，却又没能那么如愿的，作为待整理的长篇或中篇小说的草稿来储蓄起来。

原因，文艺是不能脱离政治的，这些短篇就成为文艺服从当时政治形势所要求的产品，零散地发表出来。

当时国外有叛党的美国作家霍华德·法斯特之类的作家，对社会主义现实主义的艺术，进行侮蔑；国内又有一小撮幻想着匈牙利反革命事件在我们中国上演的右派政治活动家们，对我们农村的新生活和新面貌，颠倒黑白地歪曲、攻击。自然，这就在我们广大的人民中，引起无比的愤怒，有鼓的，鸣鼓而攻之；有锣的，敲锣以逐之。

我手头当时只有这么两三篇小说，那么也就不能管它们的未来怎样了。最后，又终于作为欢庆大典时所撒的彩纸——尽管并非七色缤纷，作为对于中国共产党的歌颂，对于这伟大时代的欢呼，对于革命的农村社会主义建设的赞美，同时，也作为对于那些侮蔑者的反击，临着占绝对优势的东风，歌唱；临着这占绝对优势的东风，撒开来，并且是随手创作，随手撒开。

因之，这些短篇小说，就形成它自己所特有的、现在的这种结构形式和色泽。

以《老魏俊和芳芳》为首的第一组短篇，情节相牵，鱼逐尾式地连续着；以《黄昏》为始的第二组短篇，人物则纵横交错，时间和地点又集中，分开来，各似独立，接续读，已是中篇结构的规模。在这两组之间，结构形式分明还存在着进展和跨步的痕迹。

关于在这些短篇里出现的人物，还要连续在未来的几篇短小说里出现。集名总称"颂歌"，这是"颂歌"的第一册，定名"老魏俊和芳芳"，是为记。

作者

一九五八年三月春暖时候

《山区收购站》后记

从一九五二年写的《王妈妈》开始,到一九六一年发表的最后一个短篇《暴雨之后》为止,在这里选出了十年来反映我们中国农村——从互助组到生产合作社,从生产合作社到人民公社,各个时期的农村生活建设面貌的短篇,分作三组,共为十五篇。

其中的第二组,《北京近郊的月夜》是反映南苑区的农村,在公社前夕展开的"大跃进"局面的序曲,保持着一种独特的结构形式,规模似中篇,却又各自独立。从黄昏、月亮初升,到月落、夜归,全是在打井的水利建设工地上,时间、地点集中,而人物呢,是纵横地交错着。这是"大跃进"形式要求下的产物,因之,在形式上保留了它所有的痕迹。

完成这一组短篇小说之后,作者就离开了北京郊区,到黑龙江省的农村做基层工作去了。在创作上,间隔将近三年的时间,才又开始写《山区收购站》。这篇小说,和《父女俩》一样,酝酿的时间是比较久的。

《父女俩》的素材,是来自山东导沭的水利建设工地,是一九五一年的生活感受,直到一九五六年才着笔。在酝酿期间,主要的问题是,构思中的那个父亲所具有的十九世纪批判现实主义的阴暗色彩及虚无主义的情绪过渡,作者在美学上摆脱西方文学的消极影响的过程,就是这篇作品的整个酝酿过程。直到香姐的形象形成,在构思中出现了我们这个时代所独有的初春般色泽,原来作为主人公的父亲,退到了衬托的地位,已经是五年之后了。

《山区收购站》的素材,是来自黑龙江省的一个山区公社,是一九五八年底的生活孕育，直到一九六一年才落墨。在酝酿期间，主要的问题是，为了摆脱真人真事的局限性，原本以三十岁出头的中年妇女干部，代替那个在现实生活中解决山葡萄产销矛盾的男性门市部主任，之后，又因为听到党中央关于号召全国未升中学的高小毕业生面向农村公社，参加农业生产的传达，因而这个在构思中的中年妇女领导干部的形象受到影响，时而转为高小毕业生的年轻姑娘的模样。因为社会主义的文学艺术，是为社会主义的政治服务的，作者面对着鼓舞高小毕业生面向农村的政治要求，自然而然地考虑到，在这篇作品里如果能塑造一个典范式的高小毕业生的榜样，那么它就体现了社会主义文学艺术所具有的非凡特征。自然，如果这是一个刚刚毕业的高小生，又担负不了故事结构中所赋给她的使命。在构思中，最后终于形成了曹英的形象，一个早期的高小毕业生，在中国共产党的培养下已经锻炼得成为近于成熟的干部，但仍不失一个年轻姑娘的青春的天真气息。这已经距离最初的孕育有两年之久了。

这两篇作品，自然都没有达到作者理想那样，作者所以举这两篇例子，不过说明在文学艺术的创作路程上，迈进当中的两个阶段而已，是为记。

作　者
一九六三年五月一日

《骆宾基小说选》后记

一

本集共收中篇小说三部，短篇小说十四篇。就短篇来说，它应是作者《短篇小说选》（人民文学出版社出版）的姊妹集。

例如，本集中《关于饲养员被狗咬伤的问题》《六月的早晨》《午睡的时候》，是三篇连续性的短篇小说，正像它的姊妹集内的《北京的月夜》是《黄昏》《夜晚》《月出》等五篇连续性的短篇小说组成一样，分开来是各自独立的短篇，连续读，人物是纵横相牵，而各个农村角落的生活，又构成了浑然一体的"世界"。它反映了五十年代中国农村为集体所有制而改变了的新姿态、新情调。由各个自然村组成的各个耕作区的农民，都是属于一个整体的农业社的社员。不管是哪一个村的女孩子，还是哪一村的普通的社员老汉，他们都是共呼吸同命运的属于一个大家宅的成员。因而它是新社会制度下的颂歌。它与十九世纪世界文学名著中为我们所习见的那种以个体经济为主的一盘散沙式的愚昧无知的东方旧农村的农民以及它的阴暗色彩是完全不同的。这就是因为我们祖国有社会主义制度的优越性。是的，尽管它在"文化大革命"中遭受了林彪、"四人帮"一伙掀起的极"左"思潮的很大破坏，但经过一九七六年十月粉碎"四人帮"，尤其党的十一届三中全会以后，社会主义的优越性，不但又在幅员辽阔的祖国大地上迅速地重现了，且更添了新的色彩。（例如解放初期，中国生产粮食全年也不过两千两百亿斤，而现在已年产六千六百亿斤。）今天我们的农村公社又进一步实行了专业承包联产计酬责任制，它的优越性无疑将越来越显著。

总之，它们是出自北京南苑地区金星农业社（作者生活与采访的基地）的产品，因为第一本《短篇小说选》已有二十五篇之多，只得把这三篇原属连续性的短篇小说，从《老魏俊与芳芳》之后割掉，现在就编入这部小说选里来了。

这仅仅是一方面，另外一方面，就是本集所选的三部中篇小说，也为《短篇小说选》这个命题所限，而未能列入那个选集之内，这是本选集所以诞生的又一原因了。

二

本选集的短篇小说十四篇，代表了作者抗战后三个时期的文学创作；而中篇小说三部，却同是属于抗战时期的作品。如果作为"抗战文学"来说，《东战场别动队》与《罪证》都是一九三八年的作品，还有它的稚嫩处，而后一部几乎不为人知的《胶东的"暴民"》应该是属于作者这一时期的代表作之一了。

在十四篇短篇小说中，前面提到的那三篇及《旅途》，为一九四九年建国以后的作品，另外十篇，又分作抗战时期与第二次国内革命战争时期两个阶段的产品。属于前一范围的为《千人塔下的声音》《寂寞》《生与死》《生活的意义》《庄户人家的孩子》《贺大杰的家宅》《老爷们的故事》《一个唯美派画家的日记》等八篇，属于后一阶段的是《一个奉公守法的官吏》和《可疑的人》两篇。

因之，作者在文学创作上的历程，为日本前东京大学中国现代文学系教授小野忍先生划分为四个时期（见日本东京都岩波书店一九五三年日文版《北望园の春》的译后"说明"，而近来又为东京都大学的中国现代文学研究者中岛贞子据以为论（见东京都大学中国现代文学研究室编印的《中国民话の会》载《从骆宾基的短篇一文谈起》——一九七九年第四期）。可见这种划分，在日本的中国现代文学研究者来说，已经是权威性的定论了。

这一论点，是与作者的文学创作历程相符的（而在抗战之前，于一九三六年鲁迅先生逝世之后完成的长篇小说《边陲线上》，自然是作者最初从事文学创作的准备时期的作品了，由于它得到茅盾先生的赏识并介绍出版，因而以后才奠定了作者几乎坎坷一生的文学生涯）。从本集所选的抗战后三个时期的作品中，也明确地可以看出作者在文学领域里的成长进程。这又是弱于第一部《短篇小说选》而又优于第一部选集的一个特征了。

三

在这里且让我对最后这部抗战时期个人的代表作《胶东的"暴民"》做几句说明。

最初，它以"一个倔强的人"为题，应茅盾先生之嘱，作为先生主编《笔谈》的中篇连载在香港发表的。附带地还要在这里表示作者对沈公雁冰先生的衷心的谢忱，因为它是在第一部分手稿已经发排，而第二部分续稿还未脱手的情况下刊载的。在这里反映了先生对我超乎一般作者的信任，次则是为了在经济上帮助我在香港这个天涯海角式的殖民地里能够站稳脚，自然等到二期稿发排，我已经有了一两万字的储备了。但我在笔墨之间写作正酣时候，终于为轰轰然两声巨响所震惊，当时整座楼房为之颤抖，——七级地震式的颤抖——同时有玻璃破碎声传来，还有飞机嗡嗡声呼啸而过。战争来了！我当即匆匆跑到楼下的庭院里，和许多聚集在空场上的人们一样，向上空瞭望着，果然看见一闪而过的轰炸机，连机翼之侧的太阳标志都看得清清楚楚。这就是一九四一年十二月八日，太平洋战争爆发的开始。

"进攻大英帝国的战争开始了！"

"开始了！"

但昨天的头条新闻标题，还是日本派遣的和平特使来栖与美利坚合众国总统罗斯福举杯联欢呀……战争已经出现在眼前了，但我们总还疑疑惑惑，却未及详谈。就这样，我和同楼的邻居著名演员风子同志在那院场上做过简短的交谈就告别了。当我回到楼上锁了门，准备出去探望探望病中的友人，决定行止之后再回来收拾随身带的手提箱和稿件，就匆匆忙忙锁上门，嗲嗲作响地要下楼时，却不想在走道上碰见了"阿妹"，她正手端黑色闪光的漆盘，准备了奶茶、面包为我开早饭。这是多么庄重的一种社会工作态度呀！她的工作是多么认真呀！简直置身于战争之外似的。我这才第一次注意到她。这时候我已经从时代书店的职员宿舍里搬到九龙约有两个月之久了，因而早已解脱了在香港一角将近两周的宿舍寄居式生活。新居是在九龙太子道的巴士的终点区附近的森马实道，距离尖沙咀对面的码头很远。它原为剧作家宋之的同志所租居，是别墅式二层楼的前楼，有阳台，也有卫生间。一个年轻的广东"阿妹"，专管我们的衣、食、住。使我很难忘怀的是，当时留港的左翼文化界的领导者的关切，因而一天三餐完全不用笔者操心，到时候就由"阿妹"用木漆托盘端进来了，而早晨脱下来的衣、袜，一到晚上就早已叠得平平整整搁到枕头旁边了，熨斗烙得熨熨帖帖，更见不到她拿拖把，地板总是擦得干干净净，也见不到她拿擦布，窗玻璃总是一尘不染。初冬的阳光又是那么温暖，我感到从来未有过的一种舒适，工作情绪就如春水般流得那么酣畅。于是伏在案头写呀写的。《人与土地》是我在桂林的桐油灯盏下，消耗了近一两年的时间完成的（约有三十万字，交到《时代文学》编者手里的约有十多万字）。当时所写的，主要的就是《笔谈》上这部中篇小说连载了，以后又插进了短篇小说集《生活的意义》。

我的情绪是那么饱满，容我再说一遍：简直是春天雨后的小河流水那般酣畅，写的是如痴如醉，简直忘记了身外的世界。尽管每周给"阿妹"菜金之类，但却连她的面型都未及注意。只有一次，她的存在在我的脑际产生了影响，那还是月底，她见到我桌子抽屉里的钞票不多，菜金已经减少到素食的程度了。于是她说："先生，没有港纸，我可以借把你呀。"我也真的要她垫上十元港纸作菜金。从这里，我产生了一个不同于以往的印象，觉得"阿妹"完全是以社会分工不同的"家务工作者"的平等态度和我相处的，没有半点封建家宅的女用人那种自卑感。这是大英帝国的资产阶级所培养出来的一种社会分工的精神反映。自然，实质上是在"自由平等"的观念外衣下掩盖着剥削者与被剥削者的关系的。尽管我有了不同的感觉，但却同样未及认真地更多地注视一下她的面容，仿佛精神都为我在写的这部《胶东的"暴民"》的构思占据了，仿佛内在世界真是"间不容发"似的。现在注意到她那镇静自若的神色，注意到她两排长睫毛下那一双闪着乌黑光亮的眼睛，那眼神仿佛说，不知道为什么先生这么匆忙，连饭也顾不得吃就外出；而且在我的注目下，突然在她红红的嘴唇之间现出了两排白白的牙齿，她欣然而笑。多么漂亮的人物呀！多么镇静的姿态呀！我心里这么叫着。同时从她的笑容上感觉到，她也已经仿佛听到了我心里的赞美声。我只说："一会儿就回来！"就埋头腾腾地径自跑下楼去了！我哪里想到这一去就是四十三天，直到一九四二年一月二十一日才得机从香港玛丽医院回到九龙探视我的旧居。那时香港早已为日本帝国主义侵略军所占领。我的旧居，不但再也找不到"阿妹"踪迹，就是桌、椅和钢架木床也全然不见了，更不要说墙上挂的大衣、西装，床后的手提箱与书籍、稿件了！这房子那时早已为新迁户所占据，男主人是一色港式唐装打扮，妇女是露着半臂的旗袍。原来在九龙沦陷之前，整条街整条街所有锁着门而又无人看守的空屋，却在炮火中遭到"乱仔"的带有大卡车为运载工具的洗劫。我还未完成的中篇小说《胶东的"暴民"》，还有未交出的那半部长篇小说《人与土地》，就这样全部不见了！和"阿妹"一样，踪影皆无。

直到一九四三年在广西寓居期间，作者才又根据《笔谈》的连载稿，补了最后一章，算是结束。

至于它以后怎样在东南出版社出版,我不但不知道,就是在北京图书馆影印它之前,我连这本书的样本也没见到过,足见解放前出版界的混乱状态了!

四

《生活的意义》是在太平洋战争爆发之前写作的。在九龙乐道萧红先生病榻前,她问及我正在写作的短篇是什么内容的时候,作者曾谈过它的梗概。这立即引起了她的兴奋与欢快,在欢笑中她不断插话,在想象中更给以添枝加叶的描画。现在看来,尽管它触到那个农村老妇由于传统的封建迷信而来的愚昧及可悲的疼处;但在对于调回后方学习的属于革命部队的一般军事干部的政治生活方面理解不深,探索也不切,从笔力上看,还有它在成长中的稚弱处。至于那篇《一个唯美派画家的日记》,是有着罗曼·罗兰的《约翰·克利斯朵夫》的影响色泽的。当它在桂林《当代文艺》(熊佛西先生主编)上发表之后,立即受到关心作者的朋友邵荃麟同志的注意,口头的批评是婉转的,认为有"脱离政治"的倾向。作者当时并不理解这种关心对作者所含有的一种可贵的期望。不久,我遂应中山大学的友人姜庆湘教授约会去广东坪石了。就在坪石小住之际,又接到重庆方面在党内很有威望的文艺评论家冯雪峰同志的来信,表示为我的创作倾向担心,我才感到问题比我所想的严重,且有所不平,还想有所申辩。又觉得笔述不如面谈了,于是就匆促地向中山大学的老友及新知告别了。回到桂林,正值作者的长篇小说《姜步畏家史》第一部《幼年》(五十年代改名《混沌》,曾由上海与北京先后重版出书)出版,于是得到一笔稿费,作者遂离开广西转赴四川了。这恰恰是西南军事防线大崩溃的时候,也正是桂林大撤退的前夕。朋友们的评论和担心,到重庆后终究为作者所理解、所接受,现在改名为《一个唯美派画家的旧记》,就说明作者已经对它所采取的批判态度了——对脱离了政治倾向的爱情及虚无主义式的茫然情绪所采取的批判态度。本集中所以保留它，一方面说明作者在文学创作道路上，也曾经存在过可以转入致命的"险境"，一方面它又标志着作者第二阶段的文学创作时期在短篇来说已临近结束。实际上这还是一九四四年的作品，距离抗战胜利，还有一段路程，但我却暂时不得不与文学写作的生活告别。这是由于当时重庆已经深受西南防线崩溃的影响。"银根吃紧"必然也带来出版业的萧条和收缩。靠卖文为生，在重庆当时已经是站不住脚了，于是只有搁下笔带着还未完成的长篇小说《姜步畏家史》的第二部《少年》，转到有名的丰都（一个小县城）的两级女子中学去教书了！抗战时期最后的一篇小说，是《贺大杰的家宅》。

五

一九四六年春在《新华日报》上发表了《一个奉公守法的官吏》。这应是作者第三阶段文学创作在短篇小说方面的开始。谁都知道，一九四五年秋国共两党在重庆签订"双十协定"。不久，就发生了国民党反动派撕毁这一协定的"校场口事件"。这篇小说正是反映了"校场口事件"之后一般公务人员对于国家与民族未来的渺茫感，以及处于和战未卜状态中的苦闷情绪，色彩自然是阴暗的，而且也只能如此。因为作者的笔是处于国民党反动派的"报刊审查法"的阴影笼罩之下的。等到一九四六年六月，作者到达上海发表了《由于爱》（见《骆宾基短篇小说选》）与《可疑的人》两篇，就明显看出，作者笔锋已直指国民党反动派的统治权了！但也仍然受着这一阴影的笼罩。《由于爱》与《胶东的"暴民"》，《可疑的人》与《罪证》，都是姊妹篇的性质，但却又明显地分属两个历史阶段，它们有着共性。前两篇都是属于无产阶级革命的后备军的孕育、成型阶段，都有各自的不同的历史特征以及又相类的社会根源。后两篇呢？《可疑的人》可以说是国民党反动统治政权的《罪证》，而《罪证》又可以称之为在日本帝国主义侵占下的伪满境内的《可疑的人》。

六

最后让我对在编辑本集之始给以盛情支持和协助的老友楼适夷、丰村两同志，湘潭大学的彭燕郊教授，表示衷心的谢忱。难以忘怀的还有美国旧金山州立大学中国现代文学系副教授葛浩文博士，他在一九八〇年七月来华访问，路过香港时，为作者搜集到了国内早已绝版难以找到的《东战场别动队》与他所译的英文版《生死场》与《呼兰河传》一起作为珍贵的礼物送给作者了。湖南人民出版社的张翅翔同志也为本集的编选付出很多辛勤的劳力，作者都要在这里一并致谢。

作者
萧红逝世三十九周年之夕校订